恋他芳草不多时

道咸词人的寥落穷愁

沈尘色 著

江苏大学出版社

镇江

序

　　予少时读词,好先读小传,纵寥寥数字,亦觉兴味,尝牢记字号,与同侪嬉戏,曰,某某字若何,号若何,尝任何官职,有何事迹。至于某词某句,更好做追究,欲识其因何事何人而作也。彼事何事,彼人何人,其趣有过于词者。

　　后读《本事词》,更觉其趣,置诸案头,随手翻阅,一则两则,俱是欢喜。有不解者,则以他书佐证,更与别集对照。偶有所得,恍然焉,自得焉,但道所谓学问不过如此,孰谓非学者不能为之?其沾沾自喜者如此。然终有憾焉。何者?一则两则,零碎不成章,或可知彼事何事,终难识彼人何人也。且予好清词,而此书上起于唐,下讫于元,不及于明,更莫论清,予欲知者而终不可得。

　　又数年,得《清词纪事会评》《近代词纪事会评》,遂又置诸案头矣,好随时翻阅。此二书者,所辑资料甚多,读之往往可识一人之生平。先是,钱仲联氏《清八大家词集》独不选鹿潭,曰:"蒋词艺术性虽较高,但内容多污辱太平天国革命,故不予选入。"言之不详。而《清名家词》中,则有述谭献语,曰:"咸丰兵事,天挺此才,为倚声家老杜。"终竟如何,亦言之不详。而予于此终得知鹿潭故事,推究当日鹿潭蛰居溱潼,与婉君贫贱夫妻终有龃龉,虽人之常情,不亦悲夫?鹿潭词集曰《水云楼词》,然则水云楼乃溱潼古寿圣寺大雄宝殿后之藏经楼耳,与鹿潭何尝相干。或曰,鹿潭曾寓居于此。然则昔人寓居于寺院者亦多矣,何鹿潭独以名词?鹿潭曾有《满庭芳》词序曰:"秋水时至,海陵诸村落辄成湖荡。小舟来去,竟日在芦花中,余居此既久,亦忘岑寂。乡人偶至,话及兵革,咏'我亦有家归未得'之句,不觉怅然。"无家之人,而词集以水云楼名之,以后世一流行歌歌名言之,不过"我想有个家"耳。每念及此,想象当日,予亦怆然,遂综合前人记述,得《水云楼的梦》一篇,以志鹿潭生平,识前人之词境、词心也。惟鹿潭临终冤词已佚,予拟作一首,置诸小说,加以说明;或有以为乃鹿潭所作,加以流播,非予之罪也。后又得《静志居情话》一篇,述金风亭长情事,所依据者,俱得之于《清词纪事会评》也。而后不作小说十余年。

去岁,老友董君国军忽提及当日小说,以为可以复作,而予十余年来,亦算读书,知若许词人故事,或与常识不同,遂允诺。而后,查资料,读别集,有记述不同者,冒昧甄别,而后更复知读其词当先知其人也。何者?某词某句,不知其人其事,未必知此词此句之真意也。词有本事,原应知之。朱庸斋先生于《分春馆词话》中论及贺铸,曰:"其词风格多样,非论世知人,熟稔其生平及作品,不能定论。"岂独贺铸,古今词人,概莫如是。孟子曰:"颂其诗,读其书,不知其人,可乎?"亦此之谓也。而后得五十篇,述清五十词人故事,分五册依次出版,可为丛书,董君名之曰《清名家词传》,而予以为或可谓"词人小说"。小说云云,终当允许虚构,七分实三分虚也。予也不敏,终非学者,或有不可查证者,读者不肯认可予之所得者,予或可以此为借口,逃之遁之,不必争论。

予友李君旭东,因效前贤,词咏词人,系于篇首,亦示后世小子终不肯让前贤独步也。是为序。通州沈尘色。庚子端午日。

目　录

龚自珍

怨去吹箫，狂来说剑，两样消魂味

水调歌头　龚定庵

潋滟西湖水，清宵一梦过。箫心剑气何处，来往有鱼梭。我对沈哀顽艳，君是狂情慧骨，世事且奔波。褰篆浮烟外，明镜不须呵。

花一片，经一卷，蹙双蛾。侧身人海，负手原知玉颜酡。便晓天风吹送，著尽京尘洛驿，无语发悲歌，经韵楼前叙，云影照婆娑。

—— 李旭东 ——

嘉庆十七年(1812)的西湖之上,湖光山色,俱在眼前,清风徐来,水波粼粼。蓦然回首,天空浩渺,苍茫无际。龚自珍站立在船头,微微仰头,神情狂放。

这一年的春天,二十一岁的龚自珍由副榜贡生充任武英殿校录。这使得龚自珍有机会读到很多旁人读不到的皇家典籍,然而,这钻研典籍、校勘掌故,又哪里是这狂放少年的平生意? 于是,当父亲龚丽正调任徽州知府的时候,他便随全家南下,不复留在北京。

长安旧雨都非,新欢奈又摇鞭去。城隅一角,明笺一束,几番小聚。说剑情豪,评花思倦,前尘梦絮。纵闲愁斗蚁,羁魂幻蝶,寻不到,江南路。　　从此斋钟衙鼓。料难忘、分襟情绪。瓜期渐近,萍踪渐远,合并何处。易水盟兰,丰台赠芍,离怀触忤。任红蕉题就,翠筠书遍,饯词人句。

——汪琨《水龙吟·送龚璱人出都》

汪琨,字宜伯,号忆兰,钱塘人,太学生。杭州袁、汪、龚三姓,联姻密切,所以,龚自珍到北京之后不久,便与汪琨订交。

跨上征鞍。红豆抛残。有何人、来问春寒。昨宵梦里,犹在长安。在凤城西,垂杨畔,落花间。　　红楼隔雾,珠帘卷月,负欢场、词笔阑珊。别来几日,且劝加餐。恐万言书,千金剑,一身难。
初相见,蒙填词见诒,有"万言奏赋,千金结客"二语。

——龚自珍《行香子·道中书怀,与汪宜伯》

"宜伯知我。"站立在船头上,龚自珍忽地想起当日与汪琨酬唱的这两阕词来。

"说剑情豪,评花思倦,前尘梦絮。"

"恐万言书,千金剑,一身难。"

书。剑。

然而,龚自珍却总还是觉得,无论是汪琨的,还是他自己的,这几句词，"都未称，平生意"。

他微微地仰头，瞧着眼前的湖光山色，只觉胸口有一股气，就要喷薄而出。

就像旭日。

就像旭日，在暗夜之中，等待黎明的到来。

当黎明到来的时候，谁也无法阻挡他的喷薄。

谁也不能。

段美贞静静地瞧着她的丈夫，忽然想起祖父说的话来。

"风发云逝，有不可一世之慨。"四月，龚自珍随母亲段驯去外祖父家探亲的时候，段玉裁读过这个外孙的诗文之后，忍不住这样赞道。然后，意犹未尽的样子，读过龚自珍的词，又赞道："造意造言，几如韩李之于文章，银碗盛雪，明月藏鹭，中有异境，此事东涂西抹者多，到此者少也。自珍以弱冠能之，则其才之绝异，与其性情之沉逸，居可知矣。"

段美贞与龚自珍的亲事是早就定下的。当月，两人便在苏州成亲。成亲之后，夫妇同返杭州。

然而，不知道为什么，眼见着丈夫如此意气风发的模样，段美贞竟隐隐地有些不安起来。也许，在段美贞看来，丈夫若能沉稳一点，她才会更安心。

只不过，她没想到，倘若龚自珍能沉稳一点，那还是龚自珍么？

"天风吹我，堕湖山一角……"龚自珍缓缓地吟哦着。

段美贞依旧静静地站立在丈夫的身后，静静地听着丈夫的吟哦，没有打断他。她知道，当思绪来临，一首诗或者一阕词，几乎就像是喷出来似的，最忌讳有人在旁边打断。宋时，潘大临"满城风雨近重阳"的故事一直流传至今——其实，这一残句，平常得紧，只不过因为只有一句便被人打断，后世之人才给予了无限遐想，仿佛潘先生的这首诗若能完稿就能名震古今似的。

事实上，除了这一残句，潘先生的其他诗篇，可都没人记得。

"……果然清丽。"龚自珍胸中满是不平，又满是自信，"曾是东华生小客，回首苍茫无际。屠狗功名，雕龙文卷，岂是平生意……"

段美贞心中苦笑，脸色却显得很是平静。她自幼跟随祖父读书,又哪里会不知道,自古以来,如丈夫这般自许如斯的,往往到最后都是功名无望。其他的且不说,前朝的唐寅,就是最好的例子。还有祝允明、文征明。祝允明十九岁中秀才,五次乡试,才于弘治五年(1492)中举,然后,七次会试不第,只能以举人选官。文征明也是一样,七试不第,到最后,只能以贡生进京,经过吏部考核,被授予翰林院待诏。这几位,当年无不被称为才子,年轻的时候又是何等自信与张狂!被后世合称为吴中四才子的,还有徐祯卿;徐祯卿倒是很早就中进士了,可因为长得丑,不得入翰林,改授大理左寺副,五年后,被贬为国子监博士,又一年,三十三岁时病逝在京中。

吴中四才子的传说,作为苏州人的段美贞,又怎么可能不知道?

吴中四才子的传说,更使段美贞明白,一个人过于张狂绝不是好事。

"木秀于林,风必摧之。"原就是很简单的道理。

祖父对丈夫的评价可谓高矣,丈夫也因此而越发自信。然而,祖父还有一句谆谆教诲啊,那就是"努力为名儒,为名臣,勿愿为名士"。她却知道,她年轻的丈夫,分明就是名士气派,而不像名儒、名臣。

段美贞忽又想起关于丈夫的一些传说。

当她听到那些传说的时候,他还只是她的表哥;虽然他们已经订了亲。

传说,龚自珍曾指着他父亲的文章,嘲笑其文理半通;指着他叔父的文章,则索性说其文理不通……

段美贞想,这可能还是因为姑父是他的父亲,否则,大约也是不通了。

龚自珍的父亲龚丽正是嘉庆元年(1796)的进士,嘉庆十四年(1809),入军机处,任军机章京,直到这一年,才调任徽州知府。

龚自珍叔父龚守正是嘉庆七年(1801)的进士,后来,曾官至礼部尚书。

龚丽正、龚守正俱为龚禔身之子,只不过因为龚敬身无后,龚丽正才出继为子。龚禔身去世之时,遗孤六人,皆为龚敬身养育成人。当时,龚守正方出遗腹,啼号不止。

所以，对龚自珍来说，龚守正名为堂叔，实为亲叔。

龚氏兄弟俱是段玉裁的女婿。

以段玉裁的眼光，又怎么可能招文理不通或半通的人为婿？

"乡亲苏小，定应笑我非计！"龚自珍斩钉截铁地将上半阕收结，铿锵有力，自是词笔。从天分上来说，龚自珍仿佛是天生的诗人、词人，一出手，便远超常人。

也难怪祖父对他评价如此之高了。段美贞忍不住这样想道。无论诗文还是词，祖父对丈夫的评价都是极高的。

龚自珍吟罢，转头看向他的新婚妻子，心中忽就多了几分柔情。

"吓着你了？"他柔声问道。

这是他的新婚妻子，既熟悉，又陌生。熟悉的是，他的妻子就是他的表妹，是二舅段雨千的女儿，二人自小就熟识，可谓青梅竹马；陌生的是，他的表妹，如今，已是他的妻子，是要随他一生的女人。

段美贞微笑着，轻轻地摇头。她的眼神，就如同秋水一般。据说，苏州的女子都柔情似水。

龚自珍自嘲似的笑了一下，道："我就这样的人，没办法。"这样说着，心中忽就一动，得了两句词："怨去吹箫，狂来说剑。"这两句词，刚好可以使用到《湘月》的下半阕之中。

《湘月》，其实就是《念奴娇》。只不过，龚自珍喜欢"湘月"这个别名。他自小就不喜欢跟别人一样。

段美贞点点头，忽地嫣然一笑，道："我知道。"

龚自珍一愣："你怎么知道？嗯，我是说，你知道我什么？嗯……"说着，忍不住便也笑了起来，似乎他已不知道想问妻子什么话似的。

段美贞又是嫣然一笑。

她想起，还在家的时候，听到的关于她这位表哥兼未婚夫婿的传说。传说，这个天才少年与人聊天聊得兴起时，会跳到桌子上手舞足蹈；传说，他会经常手提酒壶，与素不相识的路人饮酒为乐；传说，他会独自举着酒杯，在空荡荡的房间里，自饮自乐，口中喃喃不止……

龚呆子。

亲友们半真半假地笑着说道。

亲友们自然不会真的以为龚自珍是呆子。因为无论是诗词还是经史文章，他都已叫人吃惊。可那样疯疯癫癫的举动，却又着实像个呆子，或者疯子。

所以，又有人称他为"龚疯子"。

段美贞也曾因此去问祖父，祖父沉思一下，道："非常之人，往往有非常之行。"但段美贞知道，当龚自珍随着姑妈来看祖父的时候，祖父除了夸他的经史文章与诗词之外，也曾谆谆教诲他，要做名臣名儒，不要做名士。

祖父是一代名儒。

祖父年轻的时候，也曾经填过小词。

曾祖父道："是有害于治经史之性情，为之愈工，去道且愈远。"

于是，祖父从此辍而不作。

"可是……"段美贞便有些担心，瞧着祖父，却又说不出什么来。

婚事是早就定下来的。姑父龚丽正是祖父的得意弟子，所以，才会将姑妈许配给他，才会亲上加亲，将她许配给表哥。像段家、龚家这样的人家，婚事一旦定下，就绝无更改的可能。

更何况，她与表哥也算得上是青梅竹马——那时，大家都还小，虽说也觉得表哥有些怪怪的，可表哥的诗词文章，却也委实是好，好到段美贞相信，这位天才少年将来必然会名扬天下。

就像祖父一样。

然而，有时候，段美贞还是很不开心。

嘉庆十五年（1810），段美贞无意之间读到龚自珍寄给段玉裁的一封信，信中附录了两阕小词。

六月九日，夜梦至一区，云廊木秀，水殿荷香，风烟郁深，金碧嵯丽。时也方夜，月光吞吐，在百步外，荡瀁气之空濛，都为一碧，散清景而离合，不知几重。一人告予：此光明殿也。醒而忆之，为赋两解。

明月外，净红尘。蓬莱幽宭四无邻。九霄一派银河水，流过红墙不见人。

惊觉后，月华浓。天风已度五更钟。此生欲问光明殿，知隔朱扃几万重？

——龚自珍《捣练子》

读罢，她闷闷不乐，直到被祖父发现。

"丫头，未必是你想的那样。"老人沉默片刻，这样安慰道。

段美贞自幼跟随祖父读书，聪慧异常，这词中之意，她哪有不明白的？更何况，这些年来，表哥的事，她早就听了很多。只不过作为一个女子，有些事，只能在心中想一想，不敢说出来而已。

"……我只是担心。"段美贞也沉默了片刻，幽幽道。

那一年，龚自珍正在北京。

北京，多的是王公贵族。

红墙。光明殿。朱扃。一般只有王府才会这样。

段美贞只担心，如果龚自珍与王府的某个女子有什么关系的话，只怕会惹来杀身之祸。

段玉裁瞧着这个心爱的孙女，只觉人一下子苍老了起来。对自己的外孙，老人何尝不知？何尝不知这个外孙自小便潇洒多情，多有名士习气？早在嘉庆七年（1802），段玉裁便知晓自己这个绝顶聪明的外孙是何等的名士风流了。那一年，龚自珍还住在杭州，龚家有小楼在六桥幽窈之际，某一个春夜，龚自珍梳着双丫髻，穿着淡黄色的衣衫，倚栏吹笛，一曲东坡的《洞仙歌》使观者绝倒，甚而至于有好事者为之画《湖楼吹笛图》。那一年，龚自珍才十一岁。

这是一个不安分的小子。自小就不安分。然而，偏偏又聪明绝顶，段玉裁对他也是疼爱有加。

罢了。段玉裁叹息一声，道："让你姑妈带着他回来吧，你们这就成亲。"

段美贞愣了一下："爷爷……"

段玉裁笑道："你们也都不小了，也该成亲了。"

段美贞脸便红了起来。

段玉裁慢慢地道："丫头啊，一则是你们早就订亲，毁亲这样的事，我们段家可做不来；二则，自珍这孩子，自幼聪明，非常之人为非常之事，也算不了什么；三则呢，你们是表亲，嫁过去之后，你婆婆就是你姑妈，自珍又焉敢负你？又焉能负你？四则呢，爷爷虽然老了，这双眼却没花，如果丫头不是在意你自珍表哥，又哪会这样患得患失的？"

段美贞的心便有些乱。

她不知道自己是不是真的在意表哥，可她知道，从订亲以来，自己就一直牵挂着他，关心着他的一切，即便他会使她失落、伤心。

当一个人为另一个人伤心的时候，又哪里会真的放弃？

段美贞抬头瞧着丈夫，分明就在眼前，湖光山色之中，显得那么潇洒，意气风发，然而，蓦然之间，她竟又感觉到那么遥远。

她笑着。

笑得嫣然。

但她心里明白，这样的笑，很累，很假。

假到会使人怀疑，这世间，是不是有真的笑。

"也许，问题不在自珍那儿，而是因为我……"

段美贞嘴角微微地上扬着，依旧是嫣然的笑。

就像庙里的佛陀，那笑，永在嘴角；然而，谁都知道，那佛陀，原是泥塑的。

——谁能告诉世人，如果真有佛陀，真的是这样一直微笑么？一直这样笑着，会不会很累？

壬申夏，泛舟西湖，述怀有赋，时予别杭州盖十年矣。

天风吹我，堕湖山一角，果然清丽。曾是东华生小客，回首苍茫无际。屠狗功名，雕龙文卷，岂是平生意。乡亲苏小，定应笑我非计。 才见一抹斜阳，半堤香草，顿惹清愁起。罗袜音尘何处觅，渺渺予怀孤寄。怨去吹箫，狂来说剑，两样消魂味。两般春梦，橹声荡入云水。

——龚自珍《湘月》

嘉庆十七年（1812），二十一岁的龚自珍与新婚妻子段美贞泛舟在西湖之上，湖光山色，俱收眼底，情怀激荡，慨当以慷，遂填《湘月》"怨去吹箫，狂来说剑"一阕，此词尽展平生抱负，一出便传播南北，友朋赞叹不已。多年以后，龚自珍在此词之后写道：

是词出，歙洪子骏题词序曰："龚子璱人近词有曰'怨去吹箫，狂来说剑'二语，是难兼得，未曾有也。爱填《金缕曲》赠之。"其佳句云："结客从军双绝技，不在古人之下。更生小、会骑飞马。如此燕邯轻侠子，岂吴头楚尾行吟者。"其下半阕佳句云："一棹兰舟回细雨，中有词腔妖冶。忽顿挫、淋漓如话。侠骨幽情箫与剑，问箫心剑态谁能画。且付与，山灵诧。"余不录。越十年，吴山人文徵为作《箫心剑态图》。牵连记。

　　彼时，段美贞已经去世多年。

　　龚自珍始终都记得段美贞在湖光山色之中嫣然的笑，却永远也不会明白那个女子深深的担忧。

　　就像永远也不会明白外祖对他的嘱托"为名儒，为名臣，勿愿为名士"一样。

二

　　久欲作一札，勉外孙读书，老懒中止。徽州有可师之程易田先生，其可友者，不知凡几也。如此好师友，好资质，而不锐意读书，岂有待耶？负此时光，秃翁如我者，终日读尚有济耶？万季埜之戒方灵皋曰："勿读无益之书，勿作无用之文。"呜呼。尽之矣。博闻强记，多识蓄德，努力为名儒，为名臣，勿愿为名士。何谓有用之书？经史是也。茂堂泐。时年七十有九。

　　　　　　　　　　　　　　——段玉裁《与外孙龚自珍札》

　　段美贞呆呆地瞧着祖父给丈夫的信札，两行眼泪忽地就从眼角涌出，顺着脸颊，慢慢地流淌了下来，滴落在衣襟上。

　　她知道，七十九岁的祖父，这是不放心啊！

　　龚自珍已经进京去了。这是他第二次准备顺天乡试。当龚自珍收拾好行囊出门的时候，仰头大笑了三声，高声诵道："怨去吹箫，狂来说剑，两样消魂味！"然后，又大笑三声。

　　他的眼神之中，满是倔强与不平。

　　从龚自珍走后，段美贞心头就满是担忧与牵挂。

　　"怨去吹箫，狂来说剑……"

　　她知道，丈夫不是担心不中，而是满怀的不服啊。

　　嘉庆十八年（1813）四月，龚自珍进京，第二次参加顺天乡试，未中。

　　癸酉初秋，汪小竹水部斋中见秋花有感，一一赋之，凡七阕。弃稿败箧中，已十一年矣。兹补存其三阕，以不没当年幽绪云。

瑟瑟轻寒，正珠帘晓卷，秋心凄紧。瘦蝶不来，飘零一天宫粉。莫令真个敲残，留傍取、玉妆台近。窥镜乍无人，一笑平添幽韵。

芳讯寄应准。待穿来弱线，似玲珑情分。移凤褥，敧宝枕。秋人梦里相逢，记欲堕、又还沾鬓。醒醒。海棠边慰他凉靓。右咏玉簪。

——龚自珍《惜秋华》

阑干斜倚。碧琉璃样轻花缀。惨绿横糊。瑟瑟凉痕欲晕初。

秋期此度。秋星淡到无寻处。宿露休搓。恐是天孙别泪多。右咏牵牛。

——龚自珍《减兰》

一痕轻软。爱尽日沉沉，禅榻香满。别样珑松，小擘露华犹沄。斜排玉柱停匀，握处兜罗难辨。幽佳地，龙涎罢烧，银叶微暖。

空空妙手亲按。是金粟如来，好相曾见。祇树天花，一种庄严谁见。想因特地拈花，悟出真如不染。维摩室，茶瓯以卷且伴。右咏佛手。

——龚自珍《露华》

三

身后是都城，眼前将是江南。龚自珍嘴角浮现出一丝冷笑，站在那"一骑南飞"四字之前。这四字，不知是谁，也不知是什么时候，写了在这殿壁之上；不过，看那斑驳的样子，应该有很长一段时间了。

春风得意马蹄疾，一日看遍长安花。写下这四字的，必不是某个中举的举子，而应是相反。古往今来，不知道有多少这样的举子，意气风发地赶往京城，以为将一举成名天下知，以为将可以一展平生抱负，以为修、齐、治、平近在眼前；然而，很快地，他们就会发现，不是这样的，朝廷不需要他们，天下也不需要他们，他们所有的志向与抱负，都只似水中月、镜中花、天边的云彩一般，那么美丽，却又是如此之虚无……

龚自珍这样想着，又是几声冷笑，那冷笑声就像是从冬日京城什刹海的冰层上划过，显得有些阴冷，还有些阴森。

万马齐喑。万马齐喑。龚自珍心头一片悲凉。

对自己的文章,龚自珍从来就没有怀疑过。然而,这样的文章,第一次乡试中的是副榜;第二次乡试居然未中。世间事,有比此更古怪的么?

龚自珍想起,有个父执曾很真诚地说道:"璱人啊,要练练字了……"

字? 这科考,考的到底是文章还是字? 天下事,居然就这样古怪!

人生有限,要读的书那么多,要做的事也那么多,又哪有时间钻到什么字帖中去? 字便是写得好又如何? 与修、齐、治、平又何干?

龚自珍这样想着,又一阵冷笑。

一骑南飞,归心似箭。龚自珍恍惚看见,许多年前,一个同样失意的男子,似丧家犬一般,离开京城,回江南去。他的身后是京城,那高大的城墙,那开阔的城楼,从此,将与他毫不相关;那江南的山,那江南的水,梦境一般——那里,才是家啊!

> 一骑南飞,休道是、飘零木叶。凭辜负、京华风景,故园明月。人海疏狂蕉鹿梦,浮生寥落梅花雪。使行人到此也无言,听呜咽。
>
> 文章事,漫湮灭;千秋意,思难绝。把灵箫吹彻,乱云堆叠。一派商声萧瑟里,几曾意气从人说。想青山尽处是江南,当时别。
>
> ——佚名《满江红·题壁》

龚自珍转头见旁边的壁上有一堆模糊的字迹,仔细看时,不由得笑了起来,心道:这字,连我也不如,真真是劣字了。一时好奇,便慢慢地看将起来。

一骑南飞。

这开首的四个字,居然是"一骑南飞"。

再仔细看时,却正是一阕《满江红》——这"一骑南飞"四字,可不正是《满江红》的起句?

字迹模糊、潦草而拙劣,不过,龚自珍还是依稀将这阕《满江红》读完。读完之后,不由得呆呆地发愣,心道:"果然是不知什么时候的一个落第举子所做……"

从词意来看,这个落第举子自然便是江南人士。

011

龚自珍呵呵一笑,略一思索,便吩咐从人取出笔墨,又吩咐将墨磨得浓一些,而后,绰笔在手,饱蘸浓墨,在壁上写下了四个大字:

一骑南飞。

而后,隔了一些距离,又写下这四个字:

一骑南飞。

而后,再隔一些距离:

一骑南飞。

……

"公子……"一个从人有些奇怪,刚想开口,却被书童制止住了。那书童自幼跟随龚自珍,见状便知,公子是词兴大发,大约要填词了。

果然,龚自珍间隔着写下几个"一骑南飞",直到殿壁上再也没有空处的时候,方才放下笔,在大殿之中踱起步来。那从人跟随龚自珍不久,不过,却也知道,这位龚家的公子素有呆子、疯子之称,所以,虽说感觉有些奇怪,却忍了又忍,到底没有再说什么。书童则赶紧磨墨,知道龚自珍如果要书满殿壁的话,只怕刚刚磨的一点儿墨是远远不够的。

又沉吟片刻,龚自珍便提起笔来,在殿壁上文不加点地写了起来,不大会儿,便满壁都是酣畅淋漓的字迹,龙飞凤舞一般,直欲破壁而出。

那从人极为佩服地瞧着自己服侍的这位公子,悄声对那书童道:"公子写的是什么啊?"那从人可不识字。龚自珍到北京来的时候,只带着自幼跟随他的书童,龚守正正在北京为官,生怕龚自珍无人可用,便指派给了他几个从人,他们都是京畿土生土长的,对北京的里里外外都比较熟悉。龚自珍替这几个从人取名为:龚守仁、龚守义、龚守礼、龚守信。

可惜,少了一个,不然可叫"龚守智",这样的话,仁、义、礼、智、信就都全了。龚自珍喃喃着,忽就转头,对那书童道:"要不,你改个名字,叫龚守智?"

那书童这一辈子已不知被龚自珍改了多少次名字,以至于到现在他自己也不知道自己究竟叫什么——好在他还知道他是龚自珍的书童,龚家二老爷家大公子的书童。龚自珍曾经不无揶揄地道:"今之大家,都是有很多字号的,比如,我外公,字若膺,号懋堂,又号砚北居士,长塘湖居士,侨吴居士。"其实,段玉裁的字号真不算多,这世间,真有多达十几乃至二十几个字号的。只不过当说起那些人的时候,龚自珍更是冷笑连连,道:"文章写不好的人,就只会拼命给自己取个仿佛很有学问的字号。"

"公子,六老爷会不高兴的……"书童自不管龚自珍帮他改名字的事,而是小心地提醒道。龚橙身生六子二女,次子龚丽正过继给龚敬身,龚守正是第六子;当龚橙身去世的时候,龚守正"方出遗腹,啼出满前"。龚自珍将这四个从人改名为"龚守×",分明就是与龚守正玩笑,似属不敬。事实上,龚自珍读过龚守正的文章,便给予了"文理不通"的评价——他给他爹龚丽正的评价是"半通"。要说不高兴,龚守正早就应该不高兴了。只不过他们终究是叔侄。名义上是堂叔侄,实际上是亲叔侄。

龚自珍便睁大双眼,奇道:"六叔他为什么不高兴?"

书童道:"六老爷名讳是'守正'……"书童没有将话说完,因为他知道,公子必然会明白他的意思。

龚自珍当然明白他的意思。准确说来,龚自珍给从人这样取名,本来就是这个意思。只不过,在龚自珍想来,这不是与六叔开玩笑,而是对整个世道的嘲笑。仁、义、礼、智、信,谁在守? 守正者果然"正"么? 守"仁义礼智信"者果然"仁义礼智信"么?

这一个世道,黑白早就颠倒了。

龚自珍便笑了起来,道:"六叔名讳'守正',便不许别人守'仁义礼智信'了么? 还是说守'仁义礼智信'是错的?"

书童张口结舌。

龚自珍没有说的是,正因为世人愚昧,无"智",故而才去奢谈什么"仁义礼信"。这话,龚自珍对谁也没说,只是暗自得意而已。

龚守正听说之后,倒没有生气,只是笑骂道:"这就是个不安分的主儿。"没人知道,他暗地里却有些担忧。

朝廷需要的是安分守己的官吏。

认真说来,要是朝廷录用的都是龚自珍这样不安分的主儿,只怕会大乱了。

其实,不只大清朝廷,而是自古以来都如此。自古以来,绝没有一个朝廷,会去任命一个不安分的主儿来当官。

即使那些不安分的主儿都是才气逼人。

那问书童的从人,原先叫什么或许已经不重要了,现在叫作龚守礼。不过,名字叫"守礼",人却并不怎么守礼。还有一个叫龚守信的,其实,一点也不守信。至于龚守仁、龚守义,这"仁"与"义",不大容易看得出来,他们到底是不是"守仁""守义"就不好说了。

"也不知道公子是不是故意的。"书童这样想道。

书童现在的名字唤作龚知书——此"书"非彼"书",此"书"是"书法"之书。龚自珍替他改成这个名字的时候,就冷笑着说道:"写字很难么?我的小书童都能写得很好。"龚知书自从跟随龚自珍之后,便被逼着临碑帖,要说起来,现在写的字,倒也有模有样,至少,比龚自珍的字要好看多了。

龚知书写的是馆阁体。

不仅龚知书,在龚家,服侍龚自珍的几个丫鬟侍女,也被逼着写字,到现在,居然也能写一手四平八稳的馆阁体的字。在龚知书看来,应该也比龚自珍写得好看多了。

龚自璋也曾这样劝龚自珍,说:"大哥啊,书童、丫鬟都写得好,你就不能写得好一点?"

龚自珍仰头大笑,说:"连书童、小丫鬟都做得好的事,也由此可见,这事有多无聊。"

劝了几次,没用,龚自璋也只好苦笑着作罢。

在龚家,写字最难看的,便是龚自珍。书童、丫鬟的字比龚丽正夫妇和龚自璋要差多了,龚自珍的字就更不用说了。

"词。"书童龚知书懒得跟从人龚守礼多说,只告诉他公子写的是词,然后掏出纸笔,将龚自珍写在殿壁上的几首《满江红》给抄录了下来。

"可作《木叶集》。"龚自珍回头道。

龚知书点点头,只管抄录,很快地,他就发现,在每一阕的《满江红》中,都有"木叶"二字,心道:难怪公子要名之曰《木叶集》了。

词意悲慨莫名,以至于抄着抄着,龚知书的心情也变得低落起来,心道:公子的文章,段老太爷都是不住声地夸的,为什么就不能中呢?还只是乡试……

龚知书原是段家的人,后来,段玉裁见这孩子聪明伶俐,便指给了龚自珍。龚知书跟随龚自珍做书童,一眨眼的工夫,也有七八年了。

那时,他们都还只是孩子。

龚自珍龙飞凤舞、直欲破壁而出的字,那从人龚守礼自然是认不出来的,不过,书童龚知书写的是四平八稳的馆阁体,这馆阁体的字,便太好认了;即便是不认得的字,依葫芦画瓢,重新抄一遍,也丝毫没有问题。所以,见龚知书抄好一纸,龚守礼便涎着脸,道:"小哥儿,借我也抄一抄……"龚知书白了他一眼,不过,并没有拒绝。他知道,京中有很多人喜欢公子的诗词,往常,在京中就有人来找他,要他抄录公子的诗词给他们;这银子自是不会少的。龚守礼并不识字,所谓抄录,还要花钱去另外找人。不过,就是这样,他也有得赚——因为有些喜欢龚自珍词的人找到了他,告诉他,但有新作,抄录一份寄过去,自有赏赐。

龚知书之所以没有拒绝,是因为能够将公子的诗词传播开去,他也很开心。

——公子如此诗词文章,为什么就不得中呢?

书童龚知书一边这样想着,一边抄录着《木叶集》,忍不住就轻轻地摇了摇头。

龚知书想起,这一次乡试刚刚发榜,得知公子又不得中的时候,他曾劝说公子:"是不是去找一下六老爷,让六老爷打听打听是怎么回事儿?"

以龚守正在京城官场的人脉,说一定让龚自珍乡试得中,那或许很难,不过,打听一下落第的原因,总还是可以的。事实上,第一次顺天乡试的时候,龚自珍就曾打听过,结果,龚守正正色说:"璱人啊,要练练字了。"

那一次乡试,据说,龚自珍原本应是得中的,就是因为字的问题,结果录在了副榜上。副榜之上的举子,可不能去参加会试。

当时,龚自珍便冷笑连声,而后,龚知书的名字便被改成现在这样了。

"豺狼当道,安问狐狸?"听得书童劝他去打听落第原因,龚自珍悠悠说道。

龚知书不知道这句话是什么意思,便去问人,结果,一来二去的,就被龚守正知道了。龚守正苦笑一下,道:"看来,我便是那'狐狸'了。"这个侄子对他的不敬,他早就知道,虽说不计较,可到底心里还是有些不开心。否则,便是将龚自珍留在京师读书备考,又有何妨?

一路南行,却不是归心似箭,龚自珍只当是游山玩水了。不几天,他便收到了第一阕《木叶集》的和词,然后,便有第二阕、第三阕……这些和《木叶集》的人当中,有认识的朋友,也有不认识却听说过的,还有既不认识也没听说过的。这些和词,写的有好有坏,不过,都很客气地在末了写道:璱人兄斧正。

龚自珍呵呵地笑着,不知道为什么,心情也从灰暗开始慢慢地变得明朗了。

"来年,我再来考。"龚自珍想道,"老子还真就不信了,这个乡试,老子就真的考不中!"

我又南行矣。笑今年、鸾飘凤泊,情怀何似。纵使文章惊海内,纸上苍生而已。似春水、干卿何事。暮雨忽来鸿雁杳,莽关山、一派秋声里。催客去,去如水。　　华年心绪从头理。也何聊、看潮走马,广陵吴市。愿得黄金三百万,交尽美人名士。更结尽、燕邯侠子。来岁长安春事早,劝杏花、断莫相思死。木叶怨,罢论起。

殿壁上有"一骑南飞"四字,为《满江红》起句,成如千首,名之曰《木叶词》,一时和者甚众,故及之。

——龚自珍《金缕曲·癸酉秋出都述怀有赋》

四

家已在眼前,龚自珍忽然就有些不安起来。近乡情更怯。龚自珍苦笑着摇摇头。不管怎样,这一次的顺天之行,总是落榜;虽然说不至于无颜见家乡父老,可回家见到娘、妻和妹妹,总还是脸上无光。

龚自珍回到家第一个看见的是龚自璋,便问道:"你嫂子呢?"往常的话,龚自璋必然会回答道:"哥,你娶了表姐就忘了你妹妹了?"这小姑娘牙尖舌利,跟龚自珍比起来,纵然不如,却也相差无几。有时候,母亲会忍不住笑着说:"你们可真是亲兄妹……"

对龚自珍的桀骜不驯,龚丽正有时候还会说几句,母亲段驯却一直都道:"我相信我儿子。"即使龚自珍说父亲"文理半通"把龚丽正气得要死的时候,段驯也道:"你本来就'半通'。"龚丽正瞪着他们母子,到底也无可奈何,喃喃道:"唯女子与小人难养也。"

段驯、龚自珍母子便相视而笑。

龚自珍道:"母亲的诗,父亲你这一辈子也追不到。"

他说的是母亲的两首《绝句》:

轻寒恻恻掩重门,金鸭香残火尚温。燕子不来春过半,一帘疏雨对黄昏。

夜色新晴月上窗,锦屏遮暖乍生香。不知庭院春多少,自起笼灯照海棠。

——段驯《绝句》

"唐人的风致,宋人的理趣。"龚自珍说,"本朝如此等绝句,绝少,更不用说闺阁之中了。"龚自珍说这话,固然是因为段驯是他的母亲,然而,又何尝没有道理? 至少,这样的绝句,龚丽正是写不出来的。更不用说,龚丽正极少写诗——据说,是跟段玉裁学小学训诂的时候,段玉裁要求的。

人的精力原就有限。像段玉裁,一部《说文解字注》前后便耗费了三十年的时间。龚丽正这一生基本花在《国语注补》《两汉书质疑》《楚辞名物考》等上面了,而这偏偏是龚自珍最瞧不起的。

"你懂什么?"龚丽正瞪眼道。

龚自珍便写了一些经史文章,结果,给外公看后,外公赞叹不已。龚丽正只好苦笑无语。段玉裁不仅是他岳父,更是他恩师,对恩师的赞叹,他还能说什么?

龚自璋见得哥哥回来,居然没有像往常那样打趣,而是眼圈一红,欲言又止的模样。

"怎么了?"龚自珍奇怪地问道,"谁给你受委屈了?"

龚自璋不敢看大哥,低着头,小声道:"嫂子走了……"

龚自璋声音太低,以至于龚自珍没听得清楚:"你说什么? 谁走了?"

龚自璋眼圈发红,道:"大哥你等一小会儿,我拿娘的两首诗给你看……"

落叶悲秋籁,伤怀不自持。髫龄劳梦想,嫁日颇融颐。断魂归无影,招魂漫有诗。蘋蘩谁寄托,空叹鬓成丝。

为望成名早，沉疴讳不宣。结缡才几月，诀别已经年。枉使归装促，仍教别恨悬。何当奠尊酒，和泪洒重泉。媳为吾弟雨千之女，癸酉七月没於新安郡署，时珍儿赴京秋试。

——段驯《悼亡媳美贞》

龚自珍抓着诗笺的手慢慢地颤抖起来，脸色一下子变得煞白，嘴唇哆嗦着，仿佛想说什么话，却到底什么也没有说出。

"哥，哥，"龚自璋见状不好，着急地道，"你怎么了？别吓我啊，要哭，就哭出来吧，哭出来就好了……"

这时，段驯闻讯匆匆地赶来，责怪女儿道："怎么你哥一回来就说这个？"

龚自璋不敢做声，只是上前将龚自珍扶着，让他在椅子上坐了下来。书童龚知书与几个从人都在外面，没敢进来，闻得少奶奶没了，那几个从人倒还好，龚知书却早就忍不住泪流满面。龚知书自小在段家长大，后来才随了龚自珍，所以，对段美贞的死，感到很是难过，心道："老太爷不知会怎么难过呢。"

段玉裁已是年近八旬之人，风烛残年，忽然没了段美贞这个孙女，真无法想象他老人家会是怎样的一种伤心。

……嘉庆壬申四月，自珍从母归宁，婚于苏州，同至杭而抵徽州府署，时吾婿任徽守也。美贞归龚后，遂能听从家教，敬事舅姑夫子，而怀病于中，有庸医误以为娠，且半载有余始觉之，遂至不可治，至癸酉七月卒于府署，年二十有二，伤哉。时自珍先于四月赴京师应乡试，出闱后遄归，不见其人矣。甲戌之三月，自珍携柩归杭，暂厝于西湖之毛家步，余适至徽，因志之使石焉。铭曰：深深葬玉非余悲，乃尔姑嫜之悲，泪浪浪犹未绝兮。苟非尔之婉嫕，曷为经三时而犹痛其摧折。尔舅尔姑尔夫之厚尔兮，尔亦可以自慰而怡悦。委形付诸空山兮，魂气升于寥汭。

——段玉裁《龚自珍妻权厝志》

"我没事。"龚自珍挣扎着说道。他的眼前，忽就出现妻子那忧郁的双眼。龚自珍记得，当时，他还笑话了她，说："我只是赴京赶考嘛，又不是不回来了。"又道："不管得不得中，我都会尽快赶回来的。好了，瞧瞧，这要哭不哭的样子，给自璋看了去又要笑话了。"

临别之时，段美贞依依不舍。

"你要好好儿的……"段美贞几乎是哽咽着说道。

龚自珍大笑。

"我一直都很好，"龚自珍大笑着说道，"不用担心。"

妻子的担心，龚自珍又何尝不知道？只不过，他从来没有觉得有什么不对而已。这是一个颠倒的世道，在这样的世道，循规蹈矩，安分守己，龚自珍知道，他做不到。他知道，如果他像那些庸人一样，那他就不是龚自珍了。

龚自珍便这么带着书童龚知书扬长而去，头也没回。也许，是不肯效世俗的儿女情长；也许，是并没有如同妻子那样的依依的感觉；也许，在他的心头，赴京乡试才是最为重要的事……

那一次的分别，龚自珍真的没有放在心上。然而，谁又曾料到，这对夫妻婚后的第一次分别竟是他们的永诀。人生总有太多无法预料的事，总是在你毫无防备的时候突然降临，让你措手不及、惊慌失措，连伤心都成为一种奢侈。

"人总是会死的。"龚自珍喃喃着，"这世间，又有谁会不死呢？百年之后都将是一抔黄土呢。"

他的眼角早已湿润，他的眼泪，却始终不肯流出。

嘉庆十九年（1814）三月，携妻柩归杭安葬。春夏之交，泛舟西湖，龚自珍泫然泪下。

甲戌春，泛舟西湖赋此。

湖云如梦，记前年此地，垂杨系马。一抹春山螺子黛，对我轻颦姚冶。苏小魂香，钱王气短，俊笔连朝写。乡邦如此，几人名姓传者。　　平生沉俊如侬，前贤倘作，有臂和谁把。问取山灵浑不语，且自徘徊其下。幽草黏天，绿阴送客，冉冉将初夏。流光容易，暂时著意潇洒。

——龚自珍《湘月》

死者已矣，活着的人，总还得继续活下去。

嘉庆二十年（1815），龚自璋嫁徽州朱振祖。

同年，龚自珍续娶何吉云。这是一位山阴姑娘。这位山阴姑娘出嫁的时候，绝没有想到，她会将段美贞的担忧继续下去，担忧一生。

有的人,总是会使身边的人为他担忧,无论他身边的是什么人。也许,有人为他担忧是幸福的,然而,这样的幸福绝不是快乐。

今夜团圞坐,挑灯话旧缘。家风本寒素,世德媲先贤。忆我初为妇,扪心幸寡愆。鸡鸣循问省,日出治盘筵。汲瓮甘操作,荆钗不斗妍。几曾寻画舫,何暇理香笺。颇爱清贫味,同筹藜藿饯。有无真黾勉,疾灾未缠绵。叔子埙篪雅,书声旦晚联。雍雍敦布被,蔼蔼溢门楦。况有兰闺伴,相依萱室前。宵分频问药,秋冷劝装棉。奉养方期永,春晖不少延。两番垂缟幕,一恸渺黄泉。了了悲欢迹,堂堂乌兔迁。渐看儿女大,都是嫁婚年。燕北风沙地,江南花柳天。妆宁空有梦,生计苦多缠。幸遂南来愿,沉疴快一痊。庭闱垂白见,尘土软红湔。风烛参差尽,云萍去住牵。昔人伤逝矣,老我意茫然。别抱难言绪,多应凤业偏。半生工顺受,往事任抛捐。恨定三生种,心供百虑煎。文章惭女戒,身世羡枯禅。遥夜寒机曲,秋风锦瑟弦。诉愁新骨月,触绪旧云烟。追远迢迢慕,含毫絮絮宣。平生辛苦甚,吟倩汝曹传。

——段驯《赋新妇何三十韵》

段驯如此谆谆告诫新妇的时候,或许没有想到,新妇的未来将与她一样。

或许,她早已想到。

这个世道,人与人的命运,很多时候,其实,并没有什么分别。

就像水一样。

不同的河流,拥有不同的名字,然而,那水,是一样地东流,永不停歇。

五

偶检丛纸中,得花瓣一包,纸背细书辛幼安"更能消、几番风雨"一阕,乃是京师悯忠寺海棠花,戊辰暮春所戏为也,泫然得句。

人天无据,被侬留得香魂住。如梦如烟,枝上花开又十年。

十年千里,风痕雨点斓斑裹。莫怪怜他,身世依然是落花。

——龚自珍《减兰》

何吉云默默地读着纸上的这阕《减兰》，恍惚看见十年前那个住在北京法源寺的十七岁的少年，将飘落的海棠花花瓣珍重地拾起，包进纸中。他的眼神那么清澈，仿佛会滴出水来。

就像《石头记》中的黛玉。何吉云忍不住又这样想道。不过，应该是赋《葬花吟》之前的黛玉。那时，她还不懂人世间的艰辛，不懂"身世依然是落花"。

现在，他懂了。

时间，会使人经历很多，懂得很多，年轻时的青涩、稚嫩，会随着时间的流逝而渐渐消失，人，会渐渐地变得圆滑、世故，据说，这叫作"成熟"。

然而，他真的"成熟"了么？

分明已经经历了那么多，分明"身世依然是落花"，这一切的道理，他分明都懂。

然而，他真的"成熟"了么？

何吉云不知道。

何吉云真的不知道。

何吉云所知道的是，有的人，是怎么也不会改变的。就像那山，无论经历多少风霜雨雪，依旧会挺拔向上，直冲云霄；就像那鹰，哪怕双翅折断，他的心，依然在那浩瀚的天空。

他们仿佛不像是这个世界上的人，却又偏偏活在这个世界上，身世沉沦，此心不改。他们痛苦。他们凄凉。他们像精卫，去填那永不可能填平的海；他们像刑天，手持干戚，面对虚无绝望地、无声地呐喊；他们是屈子，是陶潜，是太白，是东坡，唱着悲伤的歌。

　　士皆知有耻，则国家永无耻矣。士不知耻，为国之大耻。历览近代之士，自其敷奏之日，始进之年，而耻已存者寡矣。官益久，则气愈偷。望愈崇，则谄愈固。地益近，则媚亦益工。至身为三公，为六卿，非不崇高也，而其于古者大臣巍然岸然师傅自处之风，匪但目未睹，耳未闻，梦寐亦未之及。臣节之盛，扫地尽矣。非由他，由于无以作朝廷之气故也。

——龚自珍《明良论》

桌上，是龚自珍这几年的文稿。

《明良论》四篇：《尊隐》《保甲正名》《地丁正名》《说月晷》。

《乙丙之际著议》二十五篇……

这些文章，写得惊心动魄，叫人读着更是惊心动魄。

何吉云想起，成亲的第二年，夫妇二人赴上海省侍途经苏州的时候，与前辈归懋仪相见时的情景。

扬帆十日，正天风吹绿，江南万树。遥望灵岩山下气，识有仙才人住。一代词清，十年心折，闺阁无前古。兰霏玉映，风神消我尘土。　　人生才命相妨，男儿女士，历历俱堪数。眼底云萍才合处，又道伤心羁旅。大人频年客苏州，颇抱身世之感。南国评花，西州吊旧，东海趋庭去。予小子住段氏枝园，将之海上省侍，故及之。红妆白也，逢人夸说亲睹。夫人适李，有"女青莲"之目。

——龚自珍《百字令·苏州晤归夫人佩珊，索题其集》

萍踪巧合，感知音得见，风前琼树。为语青青江上柳，好把兰桡留住。奇气拿云，清谈滚雪，怀抱空今古。缘深文字，青霞不隔泥土。　　更羡国士无双，名姝绝世，谓吉云夫人。仙侣刘樊数。一面三生真有幸，不枉频年羁旅。绣幕论心，玉台问字，料理吾乡去。海东云起，十光五色争睹。时尊甫备兵海上，公子以省觐过吴中。

——归懋仪《百字令·答龚瑟人公子，即和原韵》

"国士无双，名姝绝世……"何吉云脸色忽就又有些晕红。自己的容颜，何吉云可不以为真能"绝世"，然而，丈夫真的可谓"国士无双"，尤其是在读了这几年他的文章之后。当嘉庆十九年（1814）的秋天，二十三岁的龚自珍写罢四篇《明良论》之后，八十岁的段玉裁便为加墨评，道："四论皆古方也，而中今病，岂必别制一新方哉！耄矣，犹见此才，而死，不恨矣。"嘉庆二十年（1815），老人去世。

然而，国士无双又如何？

嘉庆二十一年（1816），秋，龚自珍第三次省试落第。

这次落第使得龚自珍心灰意冷，而又愈加愤懑不平。过了一年，他偶然在纸丛中翻出这包十年前的海棠花瓣，忍不住泫然泪下。

原来，不是所有的梦想都能实现，就像不是所有的云都能下雨、所有的花儿都能开放、所有的明天都是晴天一样。

六

"要不，就不去考了吧？"何吉云见丈夫落泪的样子，只觉心疼。她想起《石头记》中的宝玉。她想起宝玉被笞打之后，黛玉抽抽噎噎地对宝玉道："你从此可都改了罢。"

何吉云却知道，她的丈夫决不会改。

何吉云更知道，如果她的丈夫真的改了，那就不是龚自珍了。

这世间，像丈夫所写的文章，像这样的人，已经太少太少。

然而，如果不改的话，这人世间的路，丈夫将走得有多艰难？"云漫漫兮白日寒。天荆地棘行路难。"明人刘永锡的《行路难》这样写道。出嫁前，还在闺中的时候，读到这首诗，何吉云只觉悲壮，现在，她只觉凄凉、绝望和深深的无奈。因为她懂了。从丈夫的身上，她懂了什么叫作"天荆地棘行路难"。

"咱们家不缺功名，"何吉云又这样安慰道，"也不缺吃少穿……"

仁和龚家，这些真的都不缺。

"就像外公那样，"何吉云柔声道，"咱们就在家，著书立说……"孩子在襁褓中静静地睡着，发出轻轻的鼾声。何吉云忽然觉得，一家人，就这样，不分开，似乎也没什么不好。与一家人平平安安地在一起相比，功名富贵又算得了什么呢？丈夫的路，将很难走，"天荆地棘"。因为朝廷不需要丈夫这样的文章。"士之无耻，国之大耻也。"那些已经当了官的"士"们，又怎么可能容得了丈夫这样的文章？

龚自珍轻轻地摇了摇头，神情失落、黯然却很是坚决，道："我还会去考。"

"为什么？"何吉云脱口道。丈夫屡屡不中，不是因为文章不好，而是因为文章太好、太尖锐，以至于那些颟顸的官僚容不得这样的文章存在。至于说丈夫的字写得不好，那是因为那些人实在无法说丈夫的文章不好啊！

"因为，要做事，就必须先当官。"龚自珍悠悠道。

"可是……"何吉云欲言又止。

龚自珍很认真地道："这世间，总会有与我一样的人。"他的双眼亮亮的，就像黎明时分的星辰。

他想起,那一年在上海的时候,与翠生的相遇。

女郎有字翠生者,酒座中有摧抑不得志之色,赋此宠之。

城西一角临官柳,阴阴画楼低护。冶叶倡条,年年惯见,露里风中无数。谁家怨女,有一种工愁,天然眉妩。红烛欢场,惺忪敛袖镇无语。　　相逢纵教迟暮,者春潮别馆,牢记迎汝。我亦频年,弹琴说剑,憔悴江东风雨。烦卿低诉,怕女伴回眸,晓人心绪。归去啼痕,夜灯瞧见否。

——龚自珍《台城路》

"吉云,"龚自珍忽地笑了起来,"徐星伯前辈说,我不能做小楷,万万不得中的,如果你去考的话,则可望矣。"

徐松,字星伯,浙江上虞人,后迁顺天大兴。嘉庆十年(1805),年方弱冠的徐松考中举人,二十五岁又以殿试二甲第一名、朝考一等二名的成绩高中进士,改翰林庶吉士,不久授翰林编修,入直南书房。龚丽正曾与他这位老友说起儿子的事,这位老友语重心长地这样说道。

龚自珍相信这位父执的真诚。然而,在他的心头,冒出来的却是"买椟还珠"这四字。世人重椟不重珠,这该是怎样的一种无奈与悲凉?

何吉云脸色微红,白了丈夫一眼。

她没有劝说丈夫去练字。因为她知道,丈夫不会将大量的时间与精力花在这上面的。人生有限,丈夫要做的事,实在是太多太多,又哪有多余的时间与精力花在这无谓的练字上?虽然对于何吉云来说,这练字,其实,真的算不了什么,而且,还是一种快乐。

只不过,同样的一件事,对于有些人来说,是一种快乐,而对于另外一些人来说,却成了痛苦。

龚自珍瞧着妻子晕红的脸,大笑了起来。

"我会去考。"龚自珍大笑道,"我就不信,凭我的文章,就真的连个乡试也不得过!"

嘉庆二十三年(1818),秋,龚自珍第四次应浙江乡试,终于中式第四名举人。座主王引之、李裕堂,房考富阳知县向某。房考评其文曰:"规锲六籍,笼罩百家,入之寂而出之沸,科举文有此,海内睹祥麟威凤矣。"评其诗曰:"瑰玮冠场。"

六

苏州。虎丘。夕阳西下。早春的风,淡淡地吹来,还有些凉,使人不经意之间便会打个寒颤。灵岩山上的树木却似刚睡醒的少女一般,慵慵地睁开双眼,揉着惺忪的眼;梅花虽说还开着,却似远去的云,渐渐地开始凋落。

那曾经点缀了整个冬日的灿烂的梅花,在春天来临时节,开始凋落。有人说,春天不属于梅花。也有人说,是梅花不属于春天。然而,不管怎样,梅花总曾盛开,而且,正是梅花的盛开,才使得春天如期来临。

"定庵,"吴文徵举起酒杯,笑着说道,"其他的什么都不说了,只祝你这一次北上,一帆风顺,金榜题名。"吴文徵,字南芗,安徽歙县人,工书善画,不过,至今仍是诸生,功名无望。龚自珍曾劝他去科考,他睥睨大笑,道:"也要我像你那样么?"龚自珍便也大笑。

龚自珍明白,吴文徵志在书画,志在刻印。

龚自珍乡试屡次落榜之后,吴文徵也曾劝说他练字,道:"练字不难,临帖即可,殿阁体嘛,说到底,写得工整些就行。"很显然,对殿阁体的书法,吴文徵着实是瞧不上。

龚自珍便也睥睨大笑,道:"也要我像你那样么?"

吴文徵愣了一下,也忍不住大笑。吴文徵自然明白,他的这位年轻的朋友,志向远大,又哪里肯将大量的时间花在练字上?

龚自珍曾悠悠道:"我们读《论语》《孟子》,读圣贤书,到底是读字,还是读文章?"这话,听的人几乎都无法回答。读圣贤书,自然读的是文章,至于是用什么文字书写,篆书,楷书,行书,草书……又有什么关系? 到最后,还是龚丽正正色道:"写得工整,方有对圣人的恭敬之心、虔诚之心。"对这个天分极高的儿子,龚丽正委实寄予了很大的希望;只可惜,这个儿子的执拗,便是他这个做父亲的,也无能为力。

"定庵,"沈锡东则道,"论才情的话,在我半生游历所见到的人当中,你是最好的。"他迟疑一下,又道:"便是东翁,也是大不如你的。"说到这儿,他忍不住笑了起来,小声道:"不过,定庵啊,你说东翁'文理半通',也太过了。"沈锡东在龚丽正幕下做了个记室,与龚自珍时常相见,对龚自珍的这些狂悖的话,虽不敢说知道得一清二楚,却也差不了多少。

"年少轻狂,年少轻狂。"龚自珍笑着说道。不过,看他的神情,可一点儿也没有觉着自己年少轻狂的意思。

沈锡东苦笑一下,道:"罢了,其他的,我也什么都不说了,就说一句,定庵……"说着话,两眼便紧盯着龚自珍。

龚自珍微微一笑,道:"江山易改,本性难移。"

沈锡东忍不住便又大笑。

一天幽怨欲谁谙,词客如云气正酣。我有箫心吹不得,落梅风里别江南。

——龚自珍《吴山人文徵、沈书记锡东饯之虎丘》

"我有箫心吹不得,落梅风里别江南。"众人喃喃着,心中却忽都有了一些不祥之感,心道:莫非定庵这一次又要落第?不过,这样的心思,谁也没有说出,只是道:"好诗,好诗。"便纷纷唱和,为龚自珍送行,以至于段驯也一时兴起,连写了四首绝句。

燕云回首意何堪,亲故多应鬓发斑。此日幸能邀一第,又催征骑别江南。

都门风景旧曾谙,珍重眠餐嘱再三。盼汝鹏程云路阔,不须惆怅别江南。

云山没没水拖蓝,画出春容月二三。两岸梅花香雪里,数声柔橹别江南。

樽前亲与剖黄柑,听唱骊歌饮不酣。岁序惊心春事早,杏花疏雨别江南。

——段驯《珍儿计偕北上,有"落梅风里别江南"之句,

亲朋相和,余亦咏绝句四首》

龚自璋也写了一首七律，以表临别殷殷之情：

重叠春山重叠云，满山红紫正纷纷。一年好景君须记，明日花
前手又分。诗句勉依慈母和，酒颜拼似阿兄醺。垂杨应解人将别，
青眼盈盈意太殷。

——龚自璋《春日登紫翠楼与定庵兄话别即和原韵》

龚自珍登上船头，"数声柔橹"，离开江南，前往京师。
"我有箫心吹不得，落梅风里别江南。"

嘉庆二十四年（1819），二月，龚自珍进京，参加嘉庆帝六十大
寿增加的恩科会试。
不第。
这一年，拜入经学大师刘逢禄门下，学公羊春秋。
在刘逢禄家，与宋翔凤相识，一见如故。
刘逢禄、宋翔凤俱为常州庄家之甥。

七

"这世间，总会有与我一样的人。"龚自珍微笑着想道。许多
年前，圣人也曾说过，"吾道不孤"，就像天空终不会有孤独的云、
枝上终不会有孤独的花一样。
只要去寻觅，人总不会孤独。
嘉庆二十五年（1820），正月，龚自珍由上海出发，经过扬州，
再次进京应试。
三月，二次参加会试，不第。四月，以举人选为内阁中书，未就
职，旋即回南，与同样落第的周仪暐同行。周仪暐，字伯恬，江苏阳
湖人，嘉庆九年（1804）举人。

何曾神女有生涯，渐觉年来事事赊。梦雨一山成覆鹿，颖云三
角未盘鸦。春心易属将离草，归计宜栽巨胜花。扇底本无尘可障，
一鞭清露别东华。

——周仪暐《富庄驿题壁和龚孝廉自珍韵》

名场阅历莽无涯,心史纵横自一家。秋气不惊堂内燕,夕阳还恋路旁鸦。东邻婺老难为妾,古木根深不似花。何日冥鸿踪迹遂,美人经卷葬年华。

——龚自珍《逆旅题壁,次周伯恬原韵》

端阳前一日,伯恬填词题驿壁上,凄瑰曼绝,余亦继声。

羌笛落花天,办香韝、两两愁人归去。连夜梦魂飞,飞不到、天堑东头烟树。空邮古戍。一灯败壁然诗句。不信黄尘,消不尽、滴粉搓脂情绪。　　登车切莫回头,怕回头还见,高城尺五。城里正端阳,香车过、多少青红儿女。吟情太苦。归来未算年华误。一剑还君君莫问,换了江关词赋。

——龚自珍《南浦》

两人一路南行,一路唱和,"同是天涯沦落人"。周仪暐,嘉庆九年(1804)的举人,十六年过去了,依然还是举人。周仪暐已经四十多岁了,两鬓也已出现白发,辫子细细长长,星星点点。

道光元年(1821),龚自珍不与会试。段驯有诗曰:

桃李添栽屋不寒,却教小阮意全阑。待将春梦从婆说,始觉秋风作客难。皇榜未悬先落地,青云无路又辞官。长安岁岁花相似,会见天街汝遍看。

——段驯《珍儿不与会试,试以慰之》

这使得龚自珍很是惆怅。他知道,母亲对他寄予了很大的希望,然而,他却是一次又一次地辜负了母亲。这一年的春天,龚自珍终于决定就任内阁中书,参加国史馆修订《清一统志》的工作,任校对官。这样的官职,自然非龚自珍所愿。然而,即使这样,他还是不顾职微位卑,写了《上国史馆总裁提调总纂书》,并订正《清一统志》十八处疏漏与错误。

是年夏,考军机章京,不中。

道光二年(1822),龚自珍第三次参加会试,落第。

道光三年(1823),春,龚自珍第四次参加会试,不中。七月,其母段驯去世。

沉思十五年中事,才也纵横;泪也纵横,双负箫心与剑名。

春来没个关心梦,自忖飘零;不信飘零,请看床头金字经。

——龚自珍《丑奴儿令》

龚自珍只觉自己就像没有脚的鸟儿,飞在这绝望的天空,无处停歇。

而且,还得继续飞下去。

八

转眼已是道光六年(1826),服丧期满的龚自珍携妻入京,参加第五次会试。

然后,第五次会试再次落第。

气味花同馥,聪华玉比温。神仙居上界,谪降亦高门。清麈为菘圃相国季女。竹柏前缘在,松萝雅谊敦。足征家法古,相业百年存。

笑我无家者,看山便结缘。偶同栖庑客,不费买邻钱。乡梦同思越,离樽又入燕。将何夸别墅,只合署迎仙。

——何吉云《留别清麈女史》

吴璥,字式如,号菘圃,钱塘人。嘉庆二十五年(1820),调吏部尚书,授协办大学士。

何吉云将两首留别女伴的五律抄写一遍,恍然想起,成亲以后,已经很多年不写诗了。柴米油盐酱醋茶,早就冷淡了那颗也曾炽热、沸腾的诗心。她苦笑一下,将抄好的诗稿收拾起,心道:"可不要让定庵瞧见了去。"

她生怕让丈夫笑话。

这样想着,略显苍白的脸上,竟泛出丝丝红晕,忍不住又想道:"若我不说这是我写的,只说是……只说是京师的一个什么名媛写的,他会怎样评价?"

孩子正在屋外的槐树下,数着就像雪花一样满地飘落的槐花。

"龚橙,龚橙,"胡同里有孩子这样喊着,"出来玩儿吧。"胡同的上空,有鸽子飞过,发出嘹亮的鸽哨声;而天,是蔚蓝色的,就像江南的水一般。

"娘,娘?"龚橙询问似的唤着何吉云。

何吉云柔声道:"去吧。"龚橙刚出门的时候,何吉云忍不住又道:"看见你阿爹的话,就回来告诉娘。"

"知道了,娘。"十岁出头的龚橙身量不是很高,但两个眼睛乌溜溜的,很是明亮。龚自珍曾道:"这孩子聪明像我,也好读书,只是……"他有些担忧。因为他发现,很多时候,这孩子,狂悖也像他。何吉云则道:"孩子毕竟还小……"也正因如此,当胡同里的孩子来找龚橙一起出去玩儿的时候,何吉云都没有阻拦。或许,孩子们在一起玩儿的时候,会少些狂悖。毕竟,孩子是天真的,这样的天真,总会互相影响。

何吉云看着龚橙出了四合院的院门,站起身来,将抄写好的诗稿收拾好,心道:将来,丈夫诗集刊印的时候,是不是能够附个骥尾? 这样想着,不觉脸又有些红。

丈夫的文、诗名满京华,这自然是她所知道的。她也相信,将来,国朝编史,文苑传中,必然会有丈夫的一页。

只是,这么多年以来,丈夫连续五次会试,五次落第,也着实使人心头惆怅与苦闷。何吉云理解丈夫的那种惆怅与苦闷。可这一家子,总要居家过日子的啊。这样一想,何吉云忍不住又是长叹一声。

买米的钱都已经没了。

丈夫早上出门的时候说,领到俸禄就先送回来。

但愿吧。何吉云苦笑着想道。因为丈夫曾经花七百两银子,去买了一枚据说是赵飞燕当年用过的印章……

要说起来,龚家其实并不缺钱,然而,搬到京城的这短短几年,书法碑帖、据说是古董的那些东西,不断地被龚自珍买回家;此外,他还好赌如命,时常进出青楼……

又有多少银两,能供他如此挥霍?

到京城以来,已经搬了多少次家了。

自然,这家,是越搬越小,小到局促。

这样想着,何吉云未免又有些伤心。"笑我无家者,看山便结缘。"何吉云忽然就想起江南来了。

那时,还住在公公的府邸之中,婆婆也还活着。

婆婆活着的时候曾说："定庵就像个长不大的孩子……"临终前,再三叮嘱说:"吉云,你不要和他计较,你要照顾好他……"又说:"这一走,我最不放心的,就是这孩子……"

何吉云至今犹记得婆婆临终前那黯然的神情。

她流着泪,答应了。

她知道,丈夫真的就像个长不大的孩子一样。否则,京师士林之中,又怎会传出他"龚疯子"的名号? 丈夫疯起来,真的就像孩子……

何吉云低低地叹息一声。

她只觉得好累。

正胡思乱想间,忽听得门外一阵匆匆的脚步声,远处隐隐地又传来敲锣打鼓声。这使得何吉云的心中微微一愣,心道:"胡同里有哪户人家办喜事? 也没听说过啊。"

搬到这个胡同也有些日子了,邻里之间,低头不见抬头见,哪户人家有什么婚丧喜事,一般都会宣扬得满胡同的人都知晓。人生已是短暂,这样更为短暂的快乐,自然要抓紧,要与人分享。

何吉云忽就又自嘲似的摇摇头,想:或许,是他们知道我家连礼金也拿不出来,所以,就没让人告知、瞒着我家吧? 这样想着,心中未免又觉得有些悲哀。

四十还不到的何吉云,额头早有了皱纹,鬓边也有了白发。

那锣鼓声越来越近,越来越近……

何吉云有心出门去看一看到底是谁家娶媳妇,可到底还是没好意思,心道:"要是出去见了,无论如何也要随一份礼了。"

可家中现在这副模样,实在是拿不出像样的礼来。

"娘,娘。"远远地就听见龚橙的喊声。

这孩子。何吉云心中未免就有些责怪,心道:"这要是知道了哪家娶媳妇还不随礼的话,真就丢人了。"举头四顾,能当的都当了——除了龚自珍的那些宝贝古董、书帖之类。这使何吉云很想大哭一场。

"娘,娘,"何吉云正左右为难之际,龚橙已从外面奔了进来,喘着粗气,额上更满是汗水,"阿爹中了。"

何吉云失声道:"什么?"她几乎已经忘了,丈夫今年参加了他这一生的第六次会试。或者,是不愿意去想起。

如果早知道结局,又何必去问开始?

龚橙喜盈盈、兴冲冲地道:"阿爹中了,这一科,阿爹考中了!"

道光九年(1829),三月,龚自珍第六次参加会试,中第九十五名。四月,参加殿试,取三甲第十九名,赐同进士出身。

同进士,如夫人。

这是该哭,还是该笑?

四月二十八日,朝考,命题《安边绥远疏》。龚自珍洋洋千余言,阅卷诸公皆为赞叹,然终以"楷法不中程"的理由,不列优等,不得入翰林,奉旨以知县用,不就,仍请留任内阁中书。

道光八年(1828)的时候,龚自珍曾为王凤生填过一阕《水调歌头》:

《黄河归棹图》者,秣陵王竹屿观察凤生之所作也。君老於河防,当局甚向用君,由同知奏擢河北观察矣。君忽移病归,指未可知,聊献感慨之辞焉。

落日万艘下,气象一何多。何人轻掷纱帽,帆影掠天过。邮上通侯如彼,江左夷吾若此,不奈怒鲸何。挥手谢公等,径欲卧烟萝。

当局者,问何似,此高歌。著书传满宾客,余事貌渔蓑。贱子平生出处,虽则闲鸥野鹭,十五度黄河。面皱怕窥景,狂论亦消磨。

——龚自珍《水调歌头》

龚自珍十五岁度过黄河,来到京师,而后,四次乡试,六次会试,至今,二十三年矣。然则,这"同进士"的出身,对于龚自珍来说,到底又有何用?

"面皱怕窥景,狂论亦消磨。"原来,这世道,想做些事是这么的艰难,还是这个世界根本就不需要我?"楷法不中程",想到此,龚自珍直欲大哭一场。

九

又很多年过去了。龚自珍依旧留在京师,想谋得某个机会,能够一展胸中抱负。然而,从前他不曾有这样的机会,现在他也一样没有。所谓机会,对于很多人来说,只是奢侈;所谓机会,对于很多人来说,就像等待天边的云从他的头顶飘过一样——即使飘过,也无法得到。那分明近在咫尺的机会,其实,真的是远在千里。

就像那在进士出身的人看来是笑话的"同进士"一样。

龚自珍越发放浪形骸起来。他在与朋友聚会的时候，会忽然之间大哭大笑，会跳上饭桌，去大声诵读他的那些得意文章。像少年时一样。只是他的双眼早已不复从前的清澈，而是浑浊如夏日雨后的池塘；他的声音，就像那在浑浊池塘之中不停歇的蛙鸣一般，分明显出很是热闹的模样，却使人听出无限孤独、无限凄凉。

龚疯子。

果然是龚疯子。

从杭州，到北京，几乎无人不知这天才横溢的龚疯子。

龚自珍全然不管。年轻的时候，他就有"龚呆子""龚疯子"之谓，现在，人渐渐老去，"疯子"又如何？"呆子"又如何？这原就是一个疯了的世界。

老友魏源也曾写信过来，劝说龚自珍。龚自珍只是呵呵一笑。"和光同尘"这样的道理，龚自珍何尝不明白？只是他不愿意这样。人世间的很多事，就是这样。我知道该怎样做，可是，我不愿意；我也知道不该怎样做，可是，我就是不愿意。龚自珍在心中这样想道。这样想着，嘴角是一抹嘲笑，或许是嘲笑这一个世界，或许是嘲笑自己。人生，也就是这样，嘲笑世界，或者，让世界来嘲笑。

他好赌成性。

他好色如命。

也许，只有在赌场中，他才能找到自己的存在。

也许，只有在青楼中，他才能收获那些炽热的目光，才会感觉自己有个人样。

因为龚自珍只觉自己活得不像个人。

本来不应该这样的。龚自珍这样想道。本来，他的人生不应该像现在这样，然而偏偏就是现在这样，所有的抱负，都只能在心底、在笔下，那些说他文章好的，却永远也不会给他一个做事的机会。

他也曾求在老友林则徐幕下有一个效力的机会，然而，林则徐终是婉言拒绝了他。

近闻兄酒席谭论，尚有未能择人者。夫促膝之言，与广廷异；密友之争，与酬酢异。苟不择地而施，则于明哲保身之谊，深恐有失,不但德性之疵而已。承吾兄教爱,不啻手足,故率而诤之。然此事要须痛自惩创,不然结习非一日可改,酒狂非醒后所及悔也。

——魏源《致龚定庵书》

……至阁下有南游之意,弟非敢沮止旌旆之南,而事势有难言者,曾嘱敝本家岵瞻主政代述一切,想蒙清听……

——林则徐《复龚自珍札》

这已是一个疯了的世界,是颠倒了的世界,我又为什么要委屈自己,去"和光同尘"？龚自珍放浪形骸。对于他来说,也许,只有这样,才是真实的自己。至于别人怎么看,又与我何干？

人,终会死去。

"但我知道,纵然死去,我的文章、诗、词,都会在,也终会有知道我的人在的。"

平生有恨,自酸酸楚楚。十五年来梦中绪。是纱衣天气,帘卷斜阳,相见了、有阵疏疏微雨。　　临风针线净,爱惜余明,抹丽鬘低倚当户。庭果熟枇杷,亲蘸糖霜,消受彻、甘凉心腑。索归去、依依梦儿寻,怕不似儿时,那般庭宇。

——龚自珍《洞仙歌》

梅天过了,尚萧萧残雨。倚与羁人作酸楚。忆秋槎听遍,春国寒余,都不似、此度凄凉情绪。　　瑶台应不远,天外朱楼,也听丁冬铎铃语。欹枕度寒宵,入晓行云,可递到、乡关烟树。怕润逼、衣箪未成熏,欲寄与都梁,断鸿无据。吾友瑗人以近作《洞仙歌》见示,适予正成此解,异怨同曲,瑗人以为幽曼可吟,遂取归附其词尾,可见吾两人之论交,各在回肠荡气时矣。纪堂自识。

——储征甲《洞仙歌》

十

"你疯了！"一向温顺的何吉云这一回终于生起气来,愤怒异常。她怎么也没有想到,龚自珍不仅出入青楼,回家之后,居然带着醉奸污了家中在厨房帮忙的丫头。说起来,那丫头虽说只是婢女的身份,可这些年在龚家,也始终都是不离不弃,做着做不完的粗使活儿。

那丫头低着头，局促在屋子的一角，两只手不知所措地捉着衣角，有些羞涩，又有些不安。作为婢女，她明白，在这个家，她不会有任何自由，包括反抗主人奸污的自由——即使那作为主人的男人其实已经很落魄，可是在这个家，他依然是她的主人，甚至她的生死，都全在那主人的一念之间。

她已经听说过太多的跟她一样的婢女的故事——惹怒了主人或主母，结果，被卖入青楼……

她不知道她的未来会怎样。但她知道，如果主人因此肯收房的话，或许，这也是不错的结局。

她知道她只是一个卑微的婢女。

她没有什么奢求。

甚至，她连名字也没有。

她所不知道的是，纵然落魄如龚自珍，也决不会将她放在心上。

因为，她已卑微到尘土里。

一个卑微的人，瞧不起另一个比他更卑微的人。或许，这就是这个时代的悲哀吧。

龚自珍满面羞惭，嗫嚅道："昨儿，昨儿，喝多了……"他不敢看妻子，不肯看那"灶下婢"——龚自珍根本不知道那可怜的女子叫什么名字，在心中，只是鄙夷地将她唤作"灶下婢"。

何吉云心中难过。这些年来，龚自珍不知道做了多少放浪形骸的事。赌，赌得连买米的钱也没有，以至于要她这个做妻子的厚着脸皮去向人借米下锅——有一回，何吉云实在是没办法，向一个寡妇家借贷，那寡妇也没银两，便收拾了几件首饰，交给何吉云去换钱；可问题是，不久之后，那家的母子俩双双病亡，以至于何吉云想还贷都没地方去还。那一回，何吉云大哭了一场。

她不知道丈夫是怎么想的，她只知道，丈夫的心不在这个家中。或许，丈夫的志向，真的是"修齐治平"吧，可是，人总得吃饭啊，即便是大人不吃，孩子也要吃啊。

"定庵他心里也苦啊。"曾经有个朋友这样对何吉云说道，"嫂子，你大人有大量，就不要和定庵计较了。"那一回，龚自珍也是喝得烂醉，他的怀中，有一张揉皱了的词笺。

曾在曲栏干，瞥见纱裙傍。花影濛松细步回，月底帘钩上。

重到曲栏干，记起人模样。万劫千生再见难，小影心头葬。

——龚自珍《卜算子》

何吉云只管冷笑，说："这就是他的苦？这就是他的苦？"这样说着，何吉云的两眼忍不住就湿了，只不过那泪，终于忍住，没有落下。如果要哭的话，这些年，早就将眼泪哭干了。

那朋友干笑道："嫂子，不是你想的那样……"

何吉云凄然道："那应是怎样？"

那朋友又干笑几声，忽就灵机一动，道："寄托，寄托……嫂子，你也知道，自张皋文出，《词选》风行，常州成派，词贵寄托……定庵之词，自然是寄托深远。"说着，手捻额下短须，沉吟着，仿佛在思忖这一阕《卜算子》到底寄托了龚自珍的什么情怀似的。

何吉云冷笑着，不语。

那朋友终于苦笑一下，真诚地道："嫂子，你也是读书知书的，须知道定庵他的诗词文章，独步当代，几无人能及，然而，却始终不如意，平生抱负，也终只能在纸上，'忠不得用兮，贤不得以'，古来才人，不过如此。唉。纵酒好赌也罢，纵情声色也罢，无非是别样的屈子行吟、陶潜采菊罢了。他的苦闷，说不出啊……"说着，那朋友的神情便有些黯然。

何吉云听着，默然良久，长叹一声。

然而，她还是没有想到，今天，丈夫居然带醉奸污家中的婢女，这实在使她难以接受。这些年的酸辛，压在心头的苦，在这一瞬间终于爆发了。

"你……你怎么能做出这样的事？"何吉云嘶哑着声音质问着丈夫，眼泪终于滚落。起初，何吉云还忍着，但当第一滴眼泪滚落之后，便一发不可收拾，很快就沾湿了发黄的两颊，将发丝紧紧地沾在了两颊上。

她的两鬓，那丝丝白发，显得更为惊心。

龚自珍垂头丧气，只是喃喃道："醉了，醉了，我……我根本就不知道自己在做些什么……真的，相信我……"他也知道，即使他这样说，妻子也未必肯相信他；可要是不这样说，妻子大约就更不会相信他了。

何吉云胸口起伏不定，很显然，这一回是真的气坏了。

龚自珍忽就抬起头来，恶狠狠地道："你放心，我这就去找牙人，将她给卖了！"

那婢女先是一愣，然后，立刻就慌了，跪了下来，落泪道："老爷，夫人，不……不要卖我，不要卖我……"她自然知道，她长得并不漂亮，也不识字，粗手粗脚的，要是落入牙人之手，只怕会被卖到乡下去，甚至会被卖到山里去，给某个乡下人生儿育女，还有做不完的活儿，受不完的苦。平心而论，在龚家虽说只是做一个灶下婢，可龚氏夫妇也没有亏待她，至少，能够吃得饱饭，也有衣裳穿，不会忍饥挨饿，不会受寒受冻。对龚自珍忽然要了她，其实，她也并没有多少抗拒，所以，才会稍稍反抗一下，就从了。

因为她也知道，大户人家的婢女，都这样；或许，这就是作为婢女的宿命吧。

人，总要认命。

龚自珍皱着眉头，厌恶地道："你住嘴！这里没你的事！"

"我……"那婢女不敢做声，只是眼泪不住地滚落，落到了地上。她的身子也开始有些发抖，很显然，心里害怕得很。人对于未来的不可知，总是会感觉惶恐与害怕，尤其是无法把握自己命运的人。"娘啊……"那婢女忽就哀哀地叫了一声，声音凄厉而哀伤。

何吉云瞧了那婢女一眼，然后，还是瞧向龚自珍，冷冷道："万一怀上了怎么办？"

"这……"龚自珍张口结舌。

何吉云长叹一声，道："留下吧。"龚自珍子嗣不旺，成亲多年，也只有二子一女，龚橙、龚陶（后改名宝琦）与龚阿辛。

道光十六年（1836），龚阿辛出生。

龚自珍对这个女儿爱如珍宝，然而，对她的母亲，连名字都懒得称呼，始终都称她作"灶下婢""灶人"。

生下阿辛没多久，那个可怜的婢女就郁郁而终，阿辛由何吉云抚养成人。

阿辛四岁的时候，由龚自珍许给孔宪彝长子庆第为妻。

孔宪彝，字叙仲，号绣山，山东曲阜人，道光十七年（1837）举人，后官至内阁侍读学士，"以文学见称于世"，兼工绘画篆刻。

龚自珍去世之后，孔家没有悔婚，孔庆第成人以后，便南下杭州,将阿纨娶回了曲阜。孔家,并没有因阿纨母亲的出身而瞧不起她。

有时候,龚自珍也会想,那一年,如果阿纨的母亲不来告诉他,那盆他原以为已经死去、弃置灶间的兰花忽然又活了,他会不会与那个女人有这一段孽缘呢?

青阳尚书有女公子与内子友善,贻内子漳兰一盆,密叶怒花。俄女公子仙去,兰亦死,弃置灶间三年矣。今年夏,灶人来告兰复生,数之得十有四箭,赋此记异。则乙未六月十九日也。

香车枉顾,记临风一面。赠与瑶玕篆如箭。奈西风信早,北地寒多,埋没了、弹指芳华如电。　琴边空想象,陈迹难寻,谁料焦桐有人荐?甘受灶丁怜,紫玉无言,惭愧煞、主人相见。只未必、香魂夜归来,诉月下重逢,三生清怨。

——龚自珍《洞仙歌》

不喜欢就是不喜欢,这又有什么办法?龚自珍忍不住又这样想道。当初,只是喝醉了而已……

龚自珍不知道自己对那个可怜的女人是不是有些内疚,但他知道,将阿纨许给孔家,是他这辈子做的最正确的事。

也许,对于龚自珍来说,这能够使他稍稍心安一些。

十一

据说,机会是给有准备的人的。然而,这决不意味着有准备的人就必然会获得机会。

道光十八年(1838),担任礼部主客司主事的龚自珍忽然被处罚,罚俸一年。这对于屡次搬迁、住处越搬越小的龚家来说,无异于雪上加霜,甚至可称之为灭顶之灾。

"我的收藏啊……"龚自珍忧心忡忡,几乎是哀嚎着。一家大小,加上婢女、佣仆,这吃穿用度,一旦没了俸禄,可怎么办?当年的小书童,早就成家另过去了;当年的四个从人,死的死,散的散,到如今,身边早就换了人了。就像朝廷。十多年过去,现在的朝廷,还是当年的朝廷么?嘉庆爷都已换作道光爷了。

父亲龚丽正也早已辞官,在母亲去世后不多久的道光五年(1825)便已返回杭州,主讲杭州紫阳书院。父亲的辞官也就意味着,龚自珍不能再从父亲那儿获得多少银两;更重要的是,龚自珍早已成家立业——如果担任礼部主客司主事也算是立业的话——又怎么有脸再去向老父要银两?

龚自珍一向不会赚钱,这个家,这些年来,如果不是何吉云精打细算,早就完了;即使这样,多少次,都揭不开锅来。何吉云也是官宦人家出身,祖父何裕里曾任贵州下江通判,正六品;而龚自珍混迹官场这么多年,也只不过是从七品。前些年,龚自珍也曾想去担任一次试差,只不过,没什么意外地,他失败了。

字,字,该死的字,该死的楷法。

有一回,龚自珍买回一册小时候临帖曾用过的字帖,面对那久违了的东西,不由得放声大哭。

这一生,他几乎就是在考场上度过的,而每一回的失败,都是说他的字不合楷法。龚自珍也曾冷笑着说,这什么楷法,我家妇人都会。可妇人会又怎样?即便早就有人说,如果何吉云去参加那些考试必然会通过,那又怎样?龚自珍终究是一次失败,紧接着另一次。

人生究竟要经历多少次失败才会到尽头?

一年俸禄没了。何吉云便是再精打细算,这日子也难以过下去啊。便是撇开下人不说,四个孩子,总还要养活啊。龚橙大了,要读书;其他三个孩子,可都还小。

龚自珍唉声叹气着,瞧着他的那些收藏。那些收藏,在有的人看来,就是个笑话,有一个朋友,索性就笑着摇头,说:"定庵的眼光啊……"

那些收藏,或许真的就是个笑话。可是,龚自珍喜欢。哪怕真的是一钱不值,可是,龚自珍喜欢啊。这世间的事,不就这样么?

龚自珍瞧着他的那些收藏,实在不知道该先去变卖哪一件;因为哪一件他都喜欢,都不舍得。至于收藏的这些古董、字画,是不是如他所料的价值,他不知道,也没有去想。对于银两,龚自珍实在是看得很淡,一两、十两、百两,在龚自珍心中,也就是数字而已。否则,当年也就不会花七百两去买一件所谓赵飞燕用过的印章了。当年,京师一般的四合院,也只卖二三百两,有人便曾花二百两,买下了刘家胡同二道街的一套四合院、一亩地、十间房,然后,加盖一间客房、一间门楼、三间书房、三间板房，也只才花了三百五十两。也就是说，一套像模像样的四合院，一家人可以住得舒舒服服的四合院，五百五十两，离七百两还远着呢。

龚自珍没有计算过他的这些收藏值多少钱，他也不会计算，因为对银两，他根本就没什么感觉，他只知道，只要他手头上有银两，他就会去花掉，去买那些他所喜欢的东西。至于家中的日常开销，有妻子在呢。这十多年来，妻子的辛苦，他自然也明白；只是他花起钱来，还是随心所欲。很多时候，明知不该做的事，还是会忍不住去做；更不用说，龚自珍未必认为那些事不应该做。

可如今，一年俸禄被罚掉，家里真的是没钱了。房子是租来的，而且，这十多年，房子住得越来越小；家什，也不值什么钱，而且日常总要使用的。这样一来，唯一能够去换些银两来度日的，就只有他的这些收藏了。

"怎么？不舍得？"何吉云站在门边，瞧着丈夫，轻轻地问道。她的嘴角，有一丝看不清的讥笑与无奈。眼前的这个人，是她的男人，是她孩子的父亲，然而，人，总要过日子的啊！她真的不明白，这个天分极高的男人，何以在为人处世、居家过日子上一塌糊涂！

她所不知道的是，不久之后，一直不屈不挠留在京师等待机会的龚自珍，将不得不离开京师南下，"恢恢如丧家之犬"，直到莫名其妙地暴死在丹阳，年仅五十岁。

没人知道龚自珍的死因。

又过了四年，何吉云郁郁而终，终年五十二岁。

龚自珍没有回头看妻子，也没有做声，只是干笑了两声——这笑声，分明就是不舍得他的这些在别人看来或许一钱不值的收藏——古董与字画书帖。

何吉云叹了口气，依旧轻轻地说道："找你的朋友去借些钱吧。"这些年，对借钱度过难关，何吉云早就习惯了。如果说最初向人借钱的时候，她还很不好意思，羞于开口，如今，便决不会这样了。一个人的羞涩，也会随着生活的艰难，慢慢地变成泼辣、厚颜的。从前的那个爱诗、写诗、爱字、写字的女子，早已不复存在，即使偶尔翻起从前的诗、字，也恍如隔梦。

人总是会变的，在生活的磨砺之下，尤其是她的男人，还是如长不大的孩子一般。

龚自珍愣了一下，有些茫然，道："我……我向哪个朋友去借?"他忽然想起魏源来。龚魏齐名,想来,向魏源借钱应该没什么问题吧？只是,魏源远在江南,这远水解不了近渴啊。至于京师,可以借钱的,好像没什么钱;有钱可借的,好像算不上是什么朋友。

其实,在京师,还是有一个人可以借钱的。

龚守正。

然而,龚自珍根本就没有想起过龚守正,这个当年被他评为"文理不通"的叔叔。

"你忘了你的那个同年托浑布了?"何吉云苦笑一下,说道。

托浑布,姓博尔济吉特氏,字安敦,号爱山,蒙古世族,隶正黄旗,道光九年(1829)进士,与龚自珍是同年进士。不过,与龚自珍比起来,托浑布要官运亨通得多了——道光十八年(1838)的时候,已经官至直隶布政使。托浑布是嘉庆四年(1799)的生人,龚自珍是乾隆五十七年(1792)的生人,论年纪,托浑布小七岁;更重要的是,托浑布是蒙古人,龚自珍是杭州人……无论是乡试还是会试,托浑布都是一帆风顺,到如今,还不到四十岁,已经是直隶布政使,从二品;龚自珍这些年坎坎坷坷,也算是升了官,调任到礼部任主客司主事,正六品;龚自珍所不知道的是,不久以后,龚守正将从都察院调任礼部尚书,从一品……

三年清知府,十万雪花银。龚自珍明白,作为从二品直隶布政使的托浑布,纵然为官再清廉,银两肯定也是不缺的,如果他肯放下身段去借的话,仅仅凭同年进士的关系,他就不会拒绝,更不用说两人总还算是朋友;至少,托浑布是这样表示的。

至于托浑布在心里是不是真的这样认为,龚自珍倒也有几分相信。因为托浑布虽说是蒙古人,却也是通过科举进入仕途的,而且,还是诗人。龚自珍总以为,一个人只要还肯写诗,就不会太坏。

因为言由心生。

闽越分程咫尺间,峰如屏展水如环。龙收潭雨僧安钵,鸟破林烟客款关。风色苍茫瓯海树,秋容峭削浦城山。年来遍踏红尘道,一晌云栖始觉闲。

——托浑布《再度梨岭和壁间韵》

能够写出这样诗句的人,又怎么可能坏？即使坏,又能坏到哪里去？

可是,真要去向他借钱么?更大的问题是,如果真的要去向他借钱,又如何开这个口?这样想着,龚自珍便有些迟疑,脸色阴晴不定。

老实说,无论文章,还是诗艺,龚自珍真的瞧不起他的这位同年蒙古人,可偏偏这位比他年轻得多的托浑布,在官场上一帆风顺。龚自珍想起《三国演义》中诸葛亮骂死王朗的几句话来:"……庙堂之上,朽木为官,殿陛之间,禽兽食禄;狼心狗行之辈,滚滚当道,奴颜婢膝之徒,纷纷秉政。以致社稷丘墟,苍生涂炭……"

何吉云见丈夫迟疑的样子,不觉又叹息一声,道:"定庵,除了求他帮忙,我想不到还有谁能帮到我们了。"她也一样没有想到龚守正。

"我想想,我想想……"龚自珍嗫嚅道。

何吉云淡淡地道:"如果你要多想几天的话,那也行,先变卖几件你的宝贝吧。"她有意无意地瞧向丈夫的那些宝贝收藏。

龚自珍干笑几声,道:"行,行,我这就去,这就去找我的这位同年……"没来由地,脸皮便有些发红。

十二

长安有一士,方壮鬓先老。读书一万卷,不博侏儒饱。掌故二百年,身先执戟老。苦不合时宜,身名坐枯槁。今年夺俸钱,造物簸弄巧。相彼蚍蜉梅,风雪压欹倒。剥啄讨屋租,诟厉杂僮媪。笔砚欲相吊,藏书恐不保。妻子忽献计,宾朋佥谓好。故人有大贤,盍乞救援早。如藏孙乞籴,素王予上考。西行三百里,遂抵保阳道。

大贤为谁欤?邈邈我托公。壁立四千仞,气象如华嵩。见我名刺笑,不待阍言通。苍生何芸芸,帝命苏其穷。故人亦苍生,此责在吾躬。置酒急酌之,暖此冬心冬。三凤出堂后,峙立皆温恭。冬心暖未已,馈我孤馆中。朝馈四簋溢,夕馈益丰隆。贱士不徒感,默默扣其衷。

默默何所扣?忆丙子丁丑。家公领江海,四坐尽宾友。东南骚雅士,十或来八九。家公遍觞之,馆亦翘材有。我器量不宏,我情谊不厚。岂无绨袍赠，或忘穆生酒。求釜但与庾，求奇莫与偶。呜呼此一念，浇漓实可丑。上伤造物和，下令福德朽。所以壮岁贫，天意蓄报久。昔也雏凤蹲，今也饿鸭走。既感目前仁，自惭往日疚。我昔待宾客，能如托公否？

蒌不恤其纬，忧天如杞人。贱士方奇穷，乃复有所陈。冀州古桑土，张堪往事新。我观畿辅间，民贫非土贫。何不课以桑，冶织纤组䌷。昨日林尚书，衔命下海滨。方当杜海物，翫翫拒其珍。中国如富桑，夷人何足擯？我不谈水利，我非勤迂闻。无稻尚有秋，无桑实负春。妇女不懒惰，畿辅可一淳。我以此报公，谢公谢斯民。

——龚自珍《乞籴保阳》

　　其实，这四首诗，龚自珍早就打好了腹稿，只是他到底没好意思一见面就拿出来。

　　人，终究还是要些脸皮的。

　　虽然说脸皮终究不能当饭吃。

　　当托浑布呵呵笑着从衙门里迎接出来的时候，龚自珍一颗始终忐忑的心终于放了下来；然而，也是从这一刻开始，他明白，他与托浑布，将不再是朋友。

　　"托公。"

　　他将恭恭敬敬地称呼这个比他小七岁的同年为托公，将恭恭敬敬地称呼这个比他小七岁的同年为大贤。

　　大贤为谁欤？邈邈我托公。

　　龚自珍心中到底有些悲哀，然而，他还不能也不敢像在京师时那样使气发疯，再为"龚疯子"。

　　"定庵！定庵！"托浑布大笑着，握住了龚自珍的手，几乎是将他给拖进了衙门，道，"我说衙门里的梅花怎么忽然就开了，原来，是有故人来访啊。"

　　托浑布是蒙古人，虽说走的是科举之路，读书，写诗，写文章，但蒙古人的那种豪爽个性却是丝毫也没改变。

　　托浑布身形高大，是典型的蒙古人；龚自珍身量不高，是典型的江南人。托浑布这一热情，在旁人看来，恰便似老鹰抓着小鸡……

老鹰抓小鸡,孩子们喜欢玩的游戏。

其实,龚自珍穿着臃肿,倒不像是小鸡,而像兔子。

只是,这兔子看起来很瘦。

龚自珍神情尴尬,却又不敢挣扎,半推半就一般。

进屋坐定,托浑布便吩咐人摆酒,道:"定庵,我们多少年没见了?今天,我们就好好儿地喝上一场,不醉不休。"龚自珍所不知道的是,当他将名刺递进去,托浑布便让人去打听他的来意,不大会儿,便已打听到。龚自珍诗文名满天下,保定距离京师也不是很远,他被罚俸的事,早已传到了保定。

"这个'龚疯子'……"托浑布笑着说道。他不知道龚自珍何以被罚俸,但他相信,以"龚疯子"之名,做出一些让有司咬牙切齿的事,也不是什么奇怪的事。他想起,当年,进士及第的时候,龚自珍的房考是王值;王值本不欲取之,结果有人笑着说:"小心'龚疯子'骂死你。"王值便也一笑,大笔一挥,取了。取了之后,有人问龚自珍房考是谁,结果龚自珍头一昂,道:"是一个叫王值的无名小卒。"话传到王值的耳朵里,王值苦笑不已,道:"不取要被骂,取了还是被骂,这个'龚疯子'……"

不知道这一回"龚疯子"会不会发疯。托浑布笑着,放下名刺,便亲自迎出了衙门。要是"龚疯子"在衙门外发疯,对于托浑布来说,那可不是好事,至少,怠慢同年的罪名,他可受不起。

坐定之后,龚自珍还是有些尴尬、不安,心中更是仔细措辞,想着如何开口借钱。

"定庵?"见龚自珍有些发呆的样子,托浑布便又叫了一声。

"托……托公……"龚自珍回过神来,不敢怠慢,这"托公"二字,早已酝酿,到此际,终于挣扎出口。

托浑布明显地愣了一下。他想起,多年以前,一班同年相聚,龚自珍是以"那个蒙古人"来称呼他的。很显然,他这个蒙古人,龚自珍并没有放在心上;不过,话说转过来,连房考王值龚自珍都看作无名小卒,他这个蒙古人,自然也就更不在话下了。

王值,号晓舲,河北清苑人,嘉庆进士,如今正任江西巡抚,有《经解术》《深柳书堂诗文集》行世。托浑布也好诗,这些年来,也写了很多诗,编有《瑞榴堂集》;不过,他始终没有将自己的集子送给龚自珍,无他,怕这个龚疯子说出什么不动听的话来,面子上须不好看。

不过,这"托公"的称呼,使他的一颗心放了下来,因为他明白,这一回,"龚疯子"不会发疯了;与此同时,心中也未免有些悲哀,心想"龚疯子"也有不疯的时候。当"龚疯子"不再发疯的时候,这还是"龚疯子"么?

托浑布忽就觉着眼前的这个中年男子很是可怜——从前,听一些同僚说起此人的时候,只觉可恨。

自然,这些心思,托浑布一点也没有表现在脸上,他的脸上,满是热情、欢喜。能够在不到四十岁的时候坐到一省布政使的位置,托浑布当然明白喜怒不形于色的道理。

"定庵,定庵,"托浑布笑道,"这样不好,见外了不是? 还是叫我老托吧,要不,叫'那个蒙古人'也行。"说着,呵呵呵地笑了起来。不动声色之间,托浑布将当年的事提了一提,心中陡然快活起来,当年的不高兴,竟也因此而烟消云散。

"托公……"龚自珍越发不安,道,"公如今是一省布政使,这……这礼不可废,自然当称公。"

托浑布大笑,心道,原来龚疯子也是知礼数的,知道什么时候该说什么话了。"当年,太白写过两句诗……"托浑布悠悠道,"早些年,我还有些不大明白是什么意思,现在,我明白了。"

"什么诗?"龚自珍脱口道,"不过,前些年,我也曾花了一点时间,将太白的诗读了一遍,觉着,他的很多诗都是伪作,真正是太白所作的,也就百十来首吧。"龚自珍对自己的这一发现,倒也颇为自得。

"生不愿封万户侯,但愿一识韩荆州。"托浑布笑着说道,不过,也不待龚自珍说话,已自又大笑起来,道,"玩笑,玩笑,定庵,你可莫当真。"

龚自珍脸色发红,有心使气发疯,拔脚就走,却又哪里挪得动两脚?

"定庵,"托浑布正色道,"咱说真的,你这要是不来找我,我才会真的生气。"

"托公……"

"一遇到事,立刻就来找我,这就说明定庵你还是将我当作朋友,"托浑布感慨地道,"你能一直将我当作朋友,我又怎么会不高兴呢? 你说是不是?"

"托公……"龚自珍嗫嚅着。

"不过,定庵啊,我也要说你一句,你早就应该来找我了嘛,有什么事,只要能帮的,我一定会帮。"托浑布续道,说着,又叹息一声,道,"唉,说起来,我也有不是,到京师去的几次,应该去看你的,这样的话,也就能早些帮到你了。我的不是啊……"托浑布轻轻地摇了一下头,满面自责的模样。

这使得龚自珍不由眼圈一红,道:"托公到京师也是公事,忙,不来找我也是应该的……"他知道,托浑布这样的大员进京,时间都是安排得紧紧的,不会无缘无故地去见一个六品小官,即使那个六品小官是他同年。

所谓同年,只有地位相差无几,那才是同年;一旦地位相差太大,这同年,也就仅仅是个名号、称谓而已。

托浑布责怪道:"话不能这么说,也还是应该怪我的。我们这些牧民官,本就应该心系苍生的,芸芸苍生,定庵,你却也是苍生呢。所以,这责任,还是该在我。"托浑布说得很是真诚,这样的真诚,使得龚自珍不由得眼圈又是一红。

自然,他的脸色更红,或许,是因为天气冷了。

时近岁末,正逢隆冬,很快就要过年了。

那一晚,龚自珍喝了很多酒,不过,他没有喝醉。他知道,人在什么时候可以醉,人在什么时候不应该醉。

没有喝醉的龚自珍,面对着眼前的这位"大贤""托公",说了很多很多话,甚至不惜说起从前父亲为官的时候,他是如何招待宾友的事。

"惭愧,惭愧。"龚自珍不断地贬低自己。"我不如托公,大不如啊!"

他的眼神迷离、恍惚,他的脸色晕红,掩盖了几分憔悴,他的发辫早已灰白,垂挂在胸前,就像一条耷拉着尾巴的丧家之犬。

托浑布只是笑着,不断地吩咐人上酒、上菜,心中只觉悲凉,心道,前人说,一文钱难倒英雄汉,原来是真的。

他怎么也没有想到,龚定庵居然也会折腰。

说到最后,龚自珍讪讪的,只觉总是说这些,也未免太丢人了些,便小心地措辞道:"托公,我这一路行来,有一谏言想说与托公,不知行也不行?"

这谏言,龚自珍倒也真的是想了很久。因为他总觉得,这奔波三百里来到保定,只是为了借钱来见托浑布这位同年、故友,好像有些不妥,不像他龚自珍一贯的为人。他所没有,或者不敢去想的,是他内心还隐隐有一份希望,希望托浑布能够重视他的想法,然后,能够让他有一次做事的机会。

今年,林则徐出京的时候,已经谢绝了他,客客气气地;托浑布会重用他么? 他不敢去想。但总也要试一试,说出自己的想法,让托浑布明白,他龚自珍并不仅仅是"乞籴"之人。

托浑布笑着,假装生气道:"定庵,你我什么关系? 是朋友啊。是朋友,有话,你就只管说。"

"就是……就是种桑……"龚自珍终于说出自己经过深思熟虑的想法。

"种桑?"托浑布愣愣的。

龚自珍将杯中的残酒一口饮尽,站起身来,酝酿了一下,滔滔不绝地论说起在京畿种桑的好处来。

种桑,养蚕,纺织,洋人的东西,不就没了市场? 京畿百姓不就能富足? 百姓富足,民风不就会淳朴? 而对于托浑布来说,这岂非就是天大的政绩?

托浑布笑而不语,心中却道:"原来龚疯子还是龚疯子,嗯,还是龚呆子。京畿种桑? 还不如江南牧马呢。这算什么主意?"

龚自珍兀自憧憬着京畿种桑之后的美好。

龚自珍在保定住了好几天,托浑布没有丝毫怠慢,早晚馈赠,使得这个觍颜而来原本做好被嘲笑准备的男人是既感激又羞愧,那原本打好腹稿却没好意思拿出来的四首诗,稍作修改之后,便写在了纸上。

《乞籴保阳》。龚自珍这样命题道。原本,他是想写作《过保阳》,或者,《保阳访友》《保阳过托浑布有感》之类,但是到最后,他还是老老实实地写作《乞籴保阳》。

原本就是来"乞籴"。龚自珍这样苦笑着想道。既然是来"乞籴",又何须做清高状? 就像既然已是十字街头求爷爷、告奶奶的乞儿状又何须做清高似不食人间烟火般的诗人状?

毕竟已经年近五旬,早就不是当年那个不识人间艰难的富家公子哥儿了。

写完之后,龚自珍苦笑一下,心道:"想不到我龚定庵也有奴颜婢膝的时候。"这样想着,到底有些脸红,遣人将诗呈递给托浑布之后,便匆匆地离开了保定。一则是已近年关,家中还等着用度;二则呢,也实在是无颜再见故人,即便这故人对他是青眼有加、始终都客客气气的,而且馈赠丰厚。

回京的路上,风雪交加。龚自珍望着白茫茫的一片,忽就又低叹一声,想:"这个蒙古人,到底没有采纳我的建言。"

这使得龚自珍悻悻然,心中,又开始不平起来。

也许,在龚自珍想来,在京畿、河北种桑养蚕,是一个绝好的主意,可以富国富民。

十三

两鬓斑白、早已垂垂老矣的何吉云,忽就做起橘红色的梦来。在梦中,她回到了少女时代。那是一个活泼泼的时代。那一个时代,只属于年轻得不像话的何吉云。年轻得不像话的何吉云,仿佛做着的,是粉红色的梦,在那一个梦里,有夫唱妇随,有游历山河,还有诰命夫人的荣耀。

在这样的梦中,何吉云忽就不知道,不知道到底她是不是在梦中,还是在梦中还有一个梦,梦中之梦,连绵不断。

在这样的梦中,何吉云想笑,可不知道为什么,忽然鼻子一酸,两行眼泪就顺着眼角滚落。

她醒了。

去年,龚自珍辞官南下的时候,独自一人,雇了两辆车,一车载人,一车载文集百卷,夷然傲然,飘然远去。

何吉云被他留在了北京。

这一路之上,龚自珍诗兴大发,一连写下三百一十五首绝句,题曰《己亥杂诗》。当这组亘古未有的组诗传到京师时,引起京师文坛的轰动。他们相信,这组《己亥杂诗》足以使龚自珍名传后世;他们相信,不要说本朝,便是置诸唐宋,也肯定有龚自珍的一席之地。

有人便笑着说道:"看来,定庵这次出京是因祸得福了。"

又有人悠悠说道:"欧阳文忠公早就说过,诗穷而后工嘛。"

他们自然知道,龚自珍是被迫辞官的。

因为龚守正调任礼部尚书。

"叔,"何吉云径直闯进龚守正的府上,质问道,"为什么? 为什么要定庵辞官?"

龚守正苦笑一下,道:"朝廷的规矩,我们叔侄不可能留在同一个部门的。言下之意,自然便是老夫调任尚书,不可能辞官;若不可能辞官的话,那么,便只有定庵辞官了。"

何吉云竭力控制着胸中的怒气,道:"叔,不是这样吧? 侄儿媳妇可听说,叔侄不可能留在同一部门,却是可以调到其他部门的。"

大清从开国以来,父子、兄弟、叔侄同朝为官的自然很多,不可能只有龚守正、龚自珍叔侄两个,所以,一旦出现两人在同一部门的情况,除了辞官之外,还有其他选择,就是其中一个调任其他部门。只要不在同一部门,就行。所以,龚守正调任礼部尚书,龚自珍即使要避嫌,也不须辞官,调任到其他部门就是。

更重要的是,这件事是龚守正一上任就上书朝廷,要朝廷定夺的。也许,对龚守正来说,这只是公事公办,可在何吉云看来,就是这个做叔叔的,恨不得将龚自珍早些赶出礼部去。

何吉云当然知道,龚守正对当年龚自珍说他"文理不通"的话一直都耿耿于怀。可毕竟是叔侄俩啊,而且,表面上是堂叔侄,实际上是亲叔侄啊,何以不通人情至此? 这些年来,龚自珍遇到再大的艰难,也没有去找龚守正;却没料到,到最后,还是龚守正给予他致命的一击。

听得何吉云质问,龚守正竟没有生气,而是用一种怜悯的目光瞧着这个也已年近半百的女人,半晌,叹了口气,低低地道:"没人肯要……"

"什么?"何吉云仿佛没听清楚一般,

龚守正苦笑道:"老夫也曾与同僚沟通过,结果是,结果是,没有哪个部门肯接受定庵。"他没有说的是,大多数人只是说部门人员已满,暂时不想进人,而有几位有交情的老友,则是开门见山,道:"令侄的文章诗词都是极好的,可要说到做事嘛,眼高手低,名士做派,我们可不敢要一位大爷回来侍候着。"

"定庵他已经改了很多。"龚守正无力地辩解道。

"呵呵。"老友便道,"那么,丁香花的传言又是怎么回事?"

龚守正正色道:"定庵不可能做出这样的事来。"

"空穴来风,未必无因。"老友道,"不管怎样,我们可不敢惹事,尤其是与宗室有关的事。"

龚守正无奈,只好上书,请朝廷定夺。龚自珍自然明白叔叔上书的意思,一赌气,便直接辞官了。只是这样的辞官,使得何吉云不由分说地找上门来。

龚自珍、何吉云夫妇在北京这么多年,也没怎么上龚守正的门。否则,以龚守正的人脉,龚自珍也不至于这么多年一直混不出个名堂来;龚守正原本就不高兴那"文理不通"的评价,侄子又自恃清高,极少上门,他自然就不会主动去帮侄子什么了。只不过,有时候,想到龚丽正,也会有一些内疚的感觉;好在龚丽正大约也明白儿子的名士做派不适合官场,也就从来没有向这个弟弟打什么招呼。

这些话,龚守正自然也就心里想想,不会对眼前的侄媳妇说。像龚守正这样做到礼部尚书的人,哪个不是胸有城府? 即便是面对自己至亲之人,也会不动声色,更不用说,眼前的这个女人,只是他所不喜欢的那个侄子的妻子。

"怎么会?"何吉云失声道。其实,何吉云也知道丈夫不适应这个官场,就像这个官场也不适应他一样;可即使这样,她也无法相信,全京城那么多的衙门,竟没有一个肯接受丈夫的。丈夫的诗词文章可谓天下闻名,可怎么就没有一个衙门肯接受他呢?

何吉云真的觉得自己无法接受。虽然说,在她的心底,对此也是早有预料。很多时候,人都会早有预料,只是往往不能接受、不肯接受而已。

龚守正沉吟一下,道:"最近,京城里有丁香花的传言,你听说了没有?"

何吉云脸色倏地就变了。这丁香花的传言,隐约之间,她自然也听说了。今年以来,具体的也不知从什么时候起,京师忽就传言,龚自珍与荣亲王府的太清夫人好上了。荣王府多丁香花,传说,太清夫人时常遣人将丁香花送与龚自珍,据说,这是作为定情信物的。荣王府主子贝勒奕绘又刚好于去年也就是道光十八年(1838)去世,去年的岁末,龚自珍又恰好驱车三百里到保定去见托浑布,而在这之前,奕绘去世之后、龚自珍出京之前,太清夫人又恰好被赶出了荣亲王府……

于是，种种传说越发有鼻子有眼起来——传说，贝勒爷奕绘是被气死的；传说，龚自珍找托浑布是去讨救兵的；传说，王府将太清夫人赶出府去，只是因为家丑不可外扬。总之，在传说中，年近五旬的龚自珍与年过四旬的太清夫人就是因词结缘、因词相爱、因词私通。甚至有人将龚自珍早年的两阕《捣练子》翻了出来，道："——此生欲问光明殿，知隔朱扃几万重。"光明殿，可不就是王府？隔着朱扃，可不就是他们只能私通？由此可见，定庵必然与太清夫人有私情。人们在传说的时候，什么表情都有，有羡慕的，有担心的，有只是当作传言的；人们在传说的过程当中，自然也不免添油加醋，说得更加像真的一样，说得仿佛他们是亲眼看见一般。

这样的传说，传得满京城都是，不过，宗人府倒始终都没有什么动静。于是，有人便笑道，这传说自然是假的，小人作祟罢了，否则，宗人府会不出面？可很快就又有人说，家丑不可外扬，宗人府要是出面，宗室的面子往哪儿搁？

到今年，忽就传出龚自珍辞官的事……

知道的，自然明白，这是由于龚守正调任礼部尚书的缘故；不知道的，或者假装不知道的，便神神秘秘地道："荣亲王府到底还是出了手，要将定庵赶出京城啊。"

这样的传说，有因有果；有开端，有发展，有高潮，只是，还不曾到结局；有才子，有佳人，有极好的诗词——对于才子佳人，有人喜欢，有人羡慕，自然也会有人嫉妒。这世界，原就如此，你永远也别指望所有人都喜欢你；无论你是天才横溢的龚自珍，还是天才横溢的顾太清，都一样。

至于时间上是不是对得起来，那两阕《捣练子》真的是龚自珍年轻时所作，那都是三十年前的事了……传说中的人是不会在乎这些的，有意无意之间，他们都会忽略。

自然，也有人解释道，太清夫人年轻时不是在苏州住过么？段玉裁先生不是长住苏州么？定庵不就是段先生的外孙么？定庵年轻的时候，不是在苏州跟段先生读过一阵书么？我说啊，定庵先生与太清夫人应该是旧相识，只是不知什么原因，太清夫人结果被奕绘贝勒所夺，定庵这些年之所以长住北京，也是因为太清夫人。

毫无疑问，这样的解释似乎很有道理。他们忘了，当初，龚自珍在苏州随外公读书，学《说文解字》的时候，是十二岁，而太清夫人当时只有五岁。不过，如果真有人质问的话，也很快就会解释的:青梅竹马嘛。就像当年的王初桐与六娘一样。当年,王初桐就是与六娘青梅竹马,后来,六娘为人所夺,不得不嫁与一富家子,直到许多年之后,六娘堕入青楼,才与王初桐偶然相遇。

王初桐很长寿,直到嘉庆二十五年(1821)九十三岁高龄的时候才去世。

> 二月十日,金夫人惠芸苔菜,予不食此味廿六年矣,遂以短词记之。
>
> 春风春雨。酝酿春如许。三十六陂芳草路。尚记昔年游处。
>
> 漠漠翠羽金英。菜花开近清明。好是江南二月,者般滋味香清。
>
> ——顾太清《清平乐》

有词为证,定庵与太清夫人早就相识在苏州,青梅竹马……

何吉云默然良久,轻轻摇头,这只是传言罢了。

龚守正道,老夫自然知道这只是传言。

何吉云眼前一亮,道:"那叔叔的意思是?"

龚守正轻轻地道:"人言可畏。"

何吉云神情一黯。

龚守正又叹了口气,道:"如果是其他人的话,这样的流言,未必会传开来;即使传开来,同僚们也不会相信。你明白老夫的意思?"

何吉云神情越发黯淡,半晌,惨笑两声,道:"我明白,叔叔。"

这些年来,龚自珍放浪形骸,好赌,好色,好使气发疯,发起疯来谁都不认,早不知有多少关于他的传言了。这些传言,有真有假,像借醉奸污家中婢女,便是一例;据说,去年罚俸一事就与此有关。

所以,关于龚自珍,所有的风流韵事,无论真假,都有人会相信。更不用说,还有龚自珍的那些词为证。

> 好梦最难留。吹过仙洲。寻思依样到心头。去也无踪寻也惯,一桁红楼。   中有话绸缪。灯火帘钩。是仙是幻是温柔。独自凄凉还自遣,自制离愁。
>
> ——龚自珍《浪淘沙·写梦》

别梦醒天涯。惆怅年华。怀人无奈碧云遮。我自低迷思锦瑟，谁怨琵琶？　　小字记休差。年纪些些。苏州花月是儿家。紫杜红兰闲掐遍，何处蘋花。

——龚自珍《浪淘沙·有寄》

像这样的词，拿来佐证龚自珍曾与太清夫人在苏州时青梅竹马，谁会不信？人只会相信他所愿意相信的东西，而不会去追究，那到底是真还是假。

十四

龚自珍终于离开了北京，飘然一身。可不知道为什么，当龚自珍被迫辞官的时候，何吉云只觉气愤难当；等他真的离开北京，何吉云竟忽然感觉到一阵轻松来。

何吉云知道，这是她不应该有的一种感觉，可她更知道，当龚自珍离开的时候，似乎也没有什么依恋。成亲二十多年，龚自珍何尝对她有过依恋？在他的笔下，何尝对她有过深情？她只是他的妻子、内子，如此而已。

有时候，何吉云也会羡慕早已去世的段美贞，因为在龚自珍的笔下，段美贞到底曾出现过，即使出现得很淡很淡，也丝毫不见这个男人对其他女人的深情。

"苏州花月是儿家。"龚自珍曾经惆怅地说过这件事：当年，在苏州与一个女子相识，相恋，只可惜，终须是有缘无分，空留下无限惆怅。

得不到的，在龚自珍的笔下，在龚自珍的记忆中，那么深情，永生永世也不肯忘记；而她这个做妻子的，二十多年陪伴在他的身边，生儿育女，操持家务，他却视而不见。

他只将她当作妻子而已。

他没有将她当作爱的人，更没有将她当作最爱的人。

否则，这些年来，这个男人何以会是青楼常客？何以会奸污家中的婢女？——所谓醉了，或许，只是他的借口而已。

你是我的全部，而我，在你的心中，或许，连块栖息之地也没有。

当龚自珍远去，再也看不到他背影的时候，何吉云不无惆怅地想道。如果换了是我，我是男人，你是女人，二十多年的夫妻，我又怎么会将你抛下？又怎么可能将你抛下？

将一个人抛下，实在是一件很容易的事；因为，在他的心中，她只是妻子而已，而且，已经年华老去，再也不复从前的容貌。而男人，所喜爱的，永远都是年轻、漂亮的，哪怕她只是一个青楼女子。

何吉云的眼睛有些湿，一颗心，却陡然之间轻松起来；当龚自珍的新词不断传到京城的时候，何吉云的心，便越发地轻松起来。

因为她知道，或许，在丈夫的心中，从来就不曾有过她。

既然从来不曾拥有，又何须难过与生气？

此去东山又北山，镜中强半尚红颜。白云出处从无例，独往人间竟独还。余不携眷属仆从，雇两车，以一车自载，一车载文集百卷出都。

——龚自珍《己亥杂诗》

十五

转眼已是庚子年。不过，对于龚自珍来说，己亥年也罢，庚子年也罢，似乎也没有不同。如果实在要说有什么不同的话，大约就是越发感觉人老了。人总是一年老似一年。当人渐渐老去的时候，那种落花心绪，总是不由自主地涌上心头。

"平生默感玉皇恩"，"百年心事归平淡"，"落红不是无情物，化作春泥更护花"……

也许已经死心，也许还没有；也许至死不悔，也许深深无奈；也许这样无边的孤寂何必人知，也许这样令人怆然的沧桑总要有所诉说。龚自珍一口气写下这三百一十五首《己亥杂诗》之后，意犹未尽，在庚子年到来之后，忍不住开始大规模地填词。

这是一种很奇怪的感觉。

又或者，这是少年时代情感的延续吧。

因为遇到灵箫之后，龚自珍便感觉自己回到了少年时代。

这一生，这人间，独往独还，少年时代的梦幻，至于今，三十年了，依旧是那样的梦幻；那样的梦幻，又能说与谁人知？

又有谁知道，对于龚自珍来说，灵箫的出现，只是使他不由自主地回到了少年时代而已。"怨去吹箫，狂来说剑，两样消魂味。"如果要说有什么不同的话，那就是自己那时还那么年轻，对这一生充满了期望;而现在,他已经老了,而且,是惶惶如丧家之犬一般地离开了京城。

他深知,这一生,想重回京城,基本已经不可能。

他深知,少年时的梦幻,已如泡影一般破灭。

然而,为什么,一颗老去的心,还是充满着少年时代的期望?那期望,分明已经不在啊。

紫鱼桥下。片片桃花春已谢。不怨桥长。行近伊家土亦香。

茶瓯香煁。多谢小鬟传好语。昨夜罗帏。银烛花明螬子飞。

——龚自珍《减兰》

"不怨桥长。行近伊家土亦香。"这样的悲凉,没有人知。

这样的悲凉,又何须人知?

龚自珍终没有将灵箫娶回家去。

小云也没有。

或许,对于龚自珍来说,灵箫与小云只是他少年时代的一个梦而已。

一个梦,一辈子,一辈子也没能改变,即使他已渐渐老去,即使他已被迫离开京城,从此,将再无希望,即使那希望原本就很是渺茫。

可是,人生之中,除了梦,除了希望,还有什么是不渺茫的呢?

龚自珍终没有将灵箫娶回家去,即使灵箫愿意。

然而,既然没有将灵箫娶回家去,这个聪慧的姑娘又何以始终都在他的心头呢? 还是这个聪慧的姑娘,真的就像龚自珍少年时代的那个梦一样?

去年岁末,龚自珍已经将眷属从北京接出,安置在位于苏州府昆山县城的海西羽琌山馆。

龚自珍往来于吴越之间,或许,依旧在寻找少年时代的那一个梦吧。

"定公。"灵箫瞧着风尘仆仆的龚自珍,两眼盈盈,仿佛有泪的模样。她欲言又止。她已久历风尘,知道男人是一个什么东西,即使眼前的这个男人是名满天下的龚自珍。

这是一个聪慧的女子,也是一个狡黠的女子。不过,灵箫并不觉得自己这样做有什么不对。因为如果不这样的话,在青楼之中,又如何能生存? 她已见到太多姐妹的不幸。任谁见到那么多的不幸,都会变得狡黠起来的。这是生存的必需。对于灵箫来说,能够平平安安地生存下去,就是这一生最大的幸福。

如果,如果能够像前辈柳如是那样,就已足够。灵箫这样想道。柳如是据说本来姓杨,后来才改姓柳。一个人,连自己的姓氏都不确定,这是怎样的一种悲哀? 不过,灵箫真没有觉得这有什么悲哀,相反,她还很羡慕柳如是。因为柳如是终究知道自己原来姓杨,即使后来改作柳,杨柳,杨柳,到底还是有原来姓氏的影子。可灵箫呢? 连姓都没有。她不知道自己姓什么。她不知道自己姓什么,自然也就不知道自己的爹娘是谁,不知道自己家在何处,不知道自己还有哪些亲人活着——或许,他们都已经死了。她都不知道。她的所有亲人的生死,她都不知道。这世上,只有她孤孤单单的一个人。孤孤单单,在青楼之中,每一天,还得在脸上堆满优雅的笑,仿佛淑女一样。

其实,她与她的姐妹们一样,就是"婊子"。

婊子,却装作淑女一样,号称"校书",这是不是很可笑?

姐妹们当中,有的会书画,有的会诗词,有的会琴棋……然而,这又怎样? 她们依旧是任人欺凌的"婊子",依旧是卖笑生涯,依旧身似浮萍,今日不知明日之事,不知明日会沦落何处,不知一旦人老珠黄,会落得一个什么下场。

含着笑,唱着欢乐的歌,而心头是不尽悲伤与绝望。这样的生涯,灵箫已经厌了、倦了,现在,她只想像前辈柳如是那样,能够有一个归宿就好。

即使眼前的这个男人已经老去,而且,长得还很丑陋。可这个丑陋的老男人,那双眼,却是那么炽烈,就像烈火,就像午日的太阳一样。

灵箫相信这样的炽烈。

因为她久历风尘，看得出，那样的炽烈，是怎样的真诚。

这世间，真与假，原就难以分辨，可这个男人的炽烈，真的与别的男人不同，更重要的是，此刻的灵箫，已经厌倦了卖笑生涯，只想有一个归宿。

也许，龚自珍不是她最好的选择，却是此刻的唯一。

"灵箫？你叫灵箫？"当闻得这个名字的时候，龚自珍原本还有些昏暗的双眼，蓦然之间，就变得惊奇，然后炽烈起来。

灵箫便也很惊奇。她所惊奇的是，这个男人不是因看到她的容貌而炽烈，而是听到她的名字。

"我们都叫她阿箫。"有人笑着说道。

"灵箫好，灵箫好。"龚自珍忍不住大笑道。

众人都笑。

"为……为什么？"见他们都在笑，灵箫便觉得很是奇怪。她忽然想起，当年，也曾有一个名妓，唤作琴操——这也是一个优雅的名字，跟灵箫一样。只不过，琴操的结局，就谁也不知道了。据说，东坡为之落籍，然后，出了家，二十余岁的时候郁郁而终；又据说，曾想嫁与东坡为妾——当时，琴操不过十六岁，而东坡已经垂垂老矣，白发苍苍。

对于她们这些"婊子"来说，哪怕是花样年华，嫁与一个白发苍苍的男人，也是最好的结局。

前辈柳如是不就这样？

"气寒西北何人剑，声满东南几处箫。""怨去吹箫，狂来说剑，两样消魂味。""一箫一剑平生意，负尽狂名十五年。"几乎是同时，有人吟将出来。吟罢，众人大笑。在这些笑声中，龚自珍的笑声显得尤其爽朗、欢快，仿佛一扫他刚进来时满面的阴霾。

箫剑平生。龚自珍为之自傲，这箫剑的意象，也因此传遍天下。

"然而，这不就是'达则兼济天下，穷则独善其身'？"也曾有人这样说道。

"然而，你不觉得这更富有诗意？"便又有人笑着说道。

"……这倒是。"先前那人想了想，便也笑着说道。

灵箫依旧很是惊异。她读过龚自珍的诗词，知道这些诗句词句,都出自龚自珍的笔下。

"这便是龚自珍了。"一人笑着说道,"阿箫,往日,你不是说想见龚自珍一面么?怎么,如今是相见不相识了?"

灵箫便睁大了双眼。

她实在无法将诗词之中那个箫剑平生的龚自珍与眼前的这个貌寝且老的男人联系在一起。

这里是清江浦,也就是袁浦,从弟龚景姚以丹阳丞驻南河,龚自珍经过这里,自然便住进了龚景姚的官署之中。龚自珍诗文名满天下,一班见过面没见过面的朋友,闻得龚自珍经过,便请他赴宴,以慰平生。他们自然不会想到,这次宴席使得龚自珍原本有些黯淡的眼渐渐地就炽烈起来。

"这……这便是定……定公?"灵箫依旧不相信似的。

龚自珍微笑道:"我就是龚自珍。"

灵箫瞧着龚自珍,瞧了好久,忽就嫣然一笑,道:"我就叫灵箫。"

众人越发大笑。笑声中,有人便提议分韵赋诗,龚自珍自然不会拒绝,结果,无巧不巧,他便分到一个"箫"字,这使得众人面面相觑。一人笑道:"这果然是缘分了。"他屈指算道:"定庵兄平生箫剑,这是一个'箫'字;座上,又遇见灵箫姑娘,这又是一个'箫'字;第三嘛,这么多的字,偏偏就分到一个'箫'字……诸位,这不是缘分是什么?"龚自珍也欢喜莫名,原本有些苍白的脸颊上竟飞出丝丝红晕来。

龚自珍原就惯常出入青楼,见惯了这种场面,可不知道为什么,在这瞬间,他的脸颊上还是飞出丝丝红晕来,仿佛有些羞涩似的。

袁浦席上有限韵赋诗者,得箫字,敬赋三首。

大宇东南久寂寥,甄陀罗出一枝箫。箫声容与渡淮去,怀上魂须七日招。

少年击剑更吹箫,剑气箫心一例消。谁分苍凉归棹后,万千哀乐聚今朝。

天花拂袂著难销,始愧声闻力未超。青史他年烦点染,定公四纪遇灵箫。

——龚自珍《己亥杂诗》

龚自珍以"箫"韵连写三首绝句,意犹未尽的样子。众人读罢,纷纷搁笔,笑道:"定公,定公,你这三首一出,我们都不敢写了。"

一人点头道:"我记得定庵兄有一首琴歌……"他这里声还未住,便有人接口道:"我记得!我记得!"说着便吟将起来:

之美一人,乐过于人,哀过于人。月生于堂,匪月之精光,睋视之光。美人沈沈,山川满心。落月逝矣,如之何勿思矣。美人沈沈,山川满心。吁嗟幽离,无人可思。

——龚自珍《琴歌》

吟罢,众人俱一时无语,只觉一种无边孤寂,霎时间涌上心头。也许,是因为这样的孤寂,人人都有吧。灵箫更是双眼盈盈,仿佛要落泪的模样。良久,方才听得有人低咳一声,一本正经地道:"'青史他年烦点染,定公四纪遇灵箫。'我觉着,这两句,才会名传青史。"这一说,众人忍不住便都看向灵箫,也俱点头,道:"人以诗传,灵箫,还不快谢过定公?"

灵箫这才发现,原来,龚自珍已经将她的名字写入诗中。

龚自珍喝了口酒,瞧着灵箫,双眼越发炽烈起来。众人见状,便起哄道:"灵箫,今晚定公就宿在你这儿了。"没来由地,早就不知脸红为何物的灵箫,居然也脸红了起来。

第二天早晨,龚自珍起身之后,忍不住又用昨夜的"箫"字韵写了一首绝句:

一言恩重降云霄,尘劫成尘感不销。未免初禅怯花影,梦回持偈谢灵箫。翌晨报谢一首。

——龚自珍《己亥杂诗》

龚自珍在清江浦住了十日,几乎日日都与灵箫住在一起,情到浓时,自然说到将来,龚自珍道:"等我安定下来,就来接你。"

灵箫点头。

"我等你。"灵箫深情款款地说道。

她知道,这是她眼前唯一的选择。

因为,对卖笑生涯,她真的已经厌倦了,现在,她只想像前辈柳如是一样,能够有一个安稳的下半生就好。

即使眼前这个男人落魄如斯。

可眼前的这个男人,是龚自珍啊。

是名满天下的龚自珍。

是走到哪里都会被人拥戴的龚自珍。

龚自珍已经远去。

灵箫望着龚自珍的背影,忽地心中一悸,想:他真的会来接我?还是像从前的那些男人一样?

可是,他的双眼,分明是那么炽烈、真诚啊。

灵箫自然不会想到,龚自珍很快就遇到另一个使他不由自主将其写入诗中的美丽女子。

那个女子名叫小云。

扬州名妓。

小云的名字中,并没有一个"箫"字。

能令公愠公复喜,扬州女儿名小云。初弦相见上弦别,不曾题满杏黄裙。

坐我三熏三沐之,悬崖撒手别卿时。不留后约将人误,笑指河阳镜里丝。

美人才调信纵横,我亦当筵拜盛名。一笑劝君输一著,非将此骨媚公卿。友人访小云于杭州,三至不得见,恼矣。箴之。

——龚自珍《己亥杂诗》

十七

把酒留无计。渺烟波、西风一舸,载花归矣。囊底黄金原易散,空使英雄短气。问甚日、重游胜地。名士高僧何足算,有倾城解珮成知己。题艳句,绿窗里。谓阿箫校书。　　飘零我独怀难理。叹秋宵、寒衾病枕，梦魂千里。镜阁偎香无此福，冷巷重门深闭。怕忆起、旧时罗绮。蝶怨蛩凄书不尽，只封将泪点教君寄。桥畔路，可能记。

——孙麟趾《金缕曲·定庵将归，托寄家书，赋此送别》

孙麟趾，字清瑞，号月坡，江苏长洲人，诸生，室名长啸轩、一鱼庵，平生工词，著有《词径》《雅词万选》《词学正宗》《一鱼庵词话》等。

同人皆词知余近事，有以词来贶者，且促归期，良友多情，增我回肠荡气耳。

吴棉已把桃笙换，流光最惊羁旅。蜡屐寻山，黄泥封酒，小有逢迎今雨。怀沙辍赋，梦不到南州，邓林夸父。且逐寒潮，金阊一角傎秋去。　　觉来谁与相遇。有卷中姚合，楼上孙楚。催我归舟，鸳鸯牒紧，莫恋闲鸥野鹭。青溪粥鼓，道来岁重寻，须携箫侣。多谢词仙，低回吟冶句。

——龚自珍《台城路》

一年来，龚自珍东奔西走，尽记录在《己亥杂诗》之中。到庚子年，他不断填词，回忆起与灵箫交往的点点滴滴，仿佛很甜蜜的样子。有几回，他甚至带着灵箫，来到羽琌山馆前，仿佛灵箫即将成为这里的女主人。这给予灵箫以无尽的希望。对于灵箫来说，她所求的其实真的不多，能够有一个安定的家，就已足够。

她自然也知道，如果嫁给龚自珍，那也是做妾。然而，当年，柳如是岂非也是做妾？

当年，钱牧斋以妻礼迎娶了柳如是，柳如是嫁入钱家之后，虽说名义上是妾，可实际上，并不曾受过一日之气，始终都是钱家女主人的模样。即使外面流言蜚语，即使牧斋因此被别人诟病，也丝毫没有改变。这一段婚姻，的确是白发红颜，可要是白发能够如此呵护，这红颜又有什么不满足的？更何况，红颜的身份，已经注定，只能做妾。

至少，比李香君当年身份暴露之后被侯家赶出去要好。

灵箫胡思乱想着，脸色很是温柔，在她的眼中，眼前的这个兴致勃勃男人，好像也好看了很多。

龚自珍东奔西走，每次经过清江浦，都会来找灵箫；因为灵箫也使他仿佛回到了少年时代。即使在这期间，他的生活中还有小云，以及一些在他诗词之中留下痕迹却没有留下名字的女人。

龚自珍原就是一个多情的人，从少年时代，到如今老去，从未改变。据说，诗人原就多情，越是大诗人就越是多情，否则，又何以能写下那么多动人的篇章？

然而，龚自珍终于还是没有将灵箫娶回羽琌山庄。也许，是因为穷困，觉着即使娶回，也养不活；也许，是担心，担心妻子会不高兴，于是不接纳，或者是担心灵箫会不安于室。总之，无论什么原因，这个原本打算娶灵箫的男人，终于还是没有来。

就像逃避小云一样，他最终，还是逃避了灵箫，即使灵箫为了他回到苏州，闭门谢客，静静地等待他来迎娶。

"同是天涯沦落人，相逢何必曾相识。"因为相识之后，未必就会有一个好的结局。

拟聘云英药杵回。思量一日万徘徊。毕竟尘中容不得。难说。风前挥泪谢鸾媒。　　自古畸人多性癖。奇逸。云中仙鹤怎笼来。须信银屏金屋里。一例。琪花不称槛前栽。

除是无愁与莫愁。一身孤注掷温柔。倘若有城还有国。愁绝。不能雄武不风流。　　多谢兰言千百句。难据。羽琌词笔自今收。晚岁披猖终未肯。割忍。他生缥缈此生休。

——龚自珍《定风波》

然而，龚自珍又一直都思念着灵箫，时时都想起灵箫，因为灵箫不仅是他少年时代的一个梦，与灵箫在一起的日子，更是他这一生中最温暖、最温柔的时候。

他想起，很小的时候，每当听到箫声，都会感觉到一阵温暖。

就像与灵箫在一起时一样。

"等安定了下来……"龚自珍想道，"等安定了下来，我就去接你，娶你。"

这样想着，龚自珍心头一片安宁。

他相信，灵箫会等他，在苏州，静静地，就像一棵树，等他走过她的身旁。

道光二十一年(1841)，龚自珍就江苏丹阳县云阳书院讲习，正月初三，由杭州起程。

三月初五，龚丽正去世。

八月，龚自珍赴扬州访魏源。

同月，他写信给江苏巡抚梁章钜，表示"即日解馆来访，稍助筹笔"。龚自珍终不能忘怀少年时代的那一个梦。他的心，终不死。"怨去吹箫，狂来说剑，两样消魂味。"他的心头，始终都横着那支剑，只待有机会，便会出鞘。

只有在剑无法出鞘的时候，才会去吹箫。

也许，这不是龚自珍的悲哀，而是一个时代的悲哀。

珠尘玉屑。侧商调苦声呜咽。愁心江上山千叠。但有情人，才绝总愁绝。　　板桥杨柳金阊月。累侬也到愁时节。一枝瘦竹吹来折。恰又秋宵，风雨战梧叶。

——沈鎏《一斛珠·定庵礼部以近制庚子雅词见示，索题其后》

沈鎏，原名杰，字晴庚，号秋白，无锡人。有《留沤吟馆词存》。或许，也正因为他是词人，才能从这一卷《庚子雅词》之中，看出龚自珍的不甘。昔人云，"男儿到死心如铁"。

八月十二日辰时，龚自珍暴卒于江苏丹阳，没有任何征兆。

此时，何吉云犹在家中，不过，她未必苦苦等待。不是因为她已经老去，而是因为她知道，龚自珍原就似无脚的鸟儿，不会停留在任何一片天空。

此生，小云早已死心，知道龚自珍不会真的来娶她；对于龚自珍来说，她只是一个过客，跟他以往所遇到的那些女子一样。即使，龚自珍对每一个他所遇到的女子，都曾是那样的深情。

谁肯心甘薄幸名，南赦北驾怨三生。劳人只有空王谅，那向如花辨得明。

怕听花间惜别词，伪留片语订来期。秦邮驿近江潮远，是剔银灯诅我时。

——龚自珍《己亥杂诗》

此时,灵箫犹在苏州,闭门谢客,绝望地等待一个人的来临。她的耳边,时时回响着龚自珍那温润如玉的话。那温润如玉的话,才使她的心,慢慢地牵系在这个分明已经老去的男人的身上。

东指羽琌山下。小有亭楼如画。松月夜窗虚。待卿居。闲却调筝素手。只合替郎温酒。高阁佛灯青。替钞经。

——龚自珍《一痕沙·录言》

没人知道龚自珍的死因,但几乎每一个人,都在猜测龚自珍的死因。

有人说,是灵箫因爱成恨,恨龚自珍的薄情,毒死了他;

有人说,是当年丁香花案的延续,荣亲王府派人毒死了他;

还有人说,当年,龚自珍被迫离京,其实是因为得罪了权臣穆彰阿,所以,是穆彰阿派人毒死了他。

人们津津乐道着龚自珍的死因,多年以后,还有人指责着龚自珍的薄情。

龚定庵诗云:"偶赋凌云偶倦飞,偶然闲慕遂初衣。偶逢锦瑟佳人问,便说寻春为汝归。"其人之凉薄无行,跃然纸墨间。

——王国维《人间词话删稿》

自然,也有人传说着他的风流韵事。丁香花案,多么浪漫的故事;便是因此而暴卒,不正是"牡丹花下死"?

太平湖畔太平街,南谷春深葬夜来。人是倾城姓倾国,丁香花发一徘徊。

——冒广生《读太素道人明善堂集感顾太清遗事辄书六绝句》(选一)

这正是:

身后是非谁管得,满城争说蔡中郎。

十八

龚自珍的灵位摆放在桌子上。灵位前,两支红烛,摇曳着昏暗的光。

龚橙提着笔，在纸上不时地写着什么，嘴里更是嘀嘀咕咕，道："不通，不通，这里不通，这里也不通……"说着，便抬起头来，用竹鞭敲击灵位，说道："因为你是我老爹，我才为你改正，不至于欺蒙后人……"然后，便又低头，提笔写了起来……

龚橙，字昌瓠，更名公襄，字孝琪、孝拱。龚橙少以才自负，应试久不遇，遂似其父，好作狭邪游，日挥千金，将龚自珍的收藏变卖殆尽，到最后，与家人反目，身边只留下一个侍妾，自号"半伦"。曰："半伦者，无君臣、父子、夫妇、昆弟、朋友，五伦俱丧，而尚有一爱妾，故曰'半伦'。"妻子与他同城居住，然不复来往。

有传言，英法联军火烧圆明园，便是龚橙带的路，说"清之精华在圆明园"。英国公使威妥玛与大清在礼部大堂议和之时，龚橙也在座，席间，他对恭亲王奕䜣百般刁难，奕䜣怒道："龚橙你世受国恩，如何为虎作伥？"龚橙应声道："我父不得入翰林，我穷到倚靠洋人糊口，朝廷于我龚氏，何恩之有？"

自然，这些只是传言。

然而，即使是传言，人们也偏偏相信。

有的人，他们的故事，无论真假，人们都愿意相信。

蒋敦复

茧已不成丝，怎禁得、飘零如此

——月宫春 蒋剑人——

劝君休与问蕉柯，一树影婆娑。光阴墨渍半消磨，四十静中过。

优昙花外非吾事，云水岸，老去如歌。万山红破夕阳多，无句解沈疴。

——李旭东——

"剑人,剑人。"闻得蒋敦复来访,汤贻汾不顾年迈,大笑着迎了出来,一见面,便伸出双手,嘴里且不住地喊着他的名字,欢喜、激动,全显露在老人的脸上,以至于脸上的皱纹都像是被水浸润了似的,舒展了开来。

蒋敦复心下感动,赶紧紧步向前,与老人伸出的双手握住。老人人很精瘦,手也很精瘦,不过,却很是有力,如果只是握手,而不看人的话,任谁也不会想到,眼前的这个人已经年过七旬。

汤贻汾是乾隆四十三年(1778)生人,到今年,也就是咸丰二年(1853),已经七十五岁了。夫人董琬贞比他要大两岁,如果还活着的话,就是七十七岁了。

四年前,董琬贞已经去世。当时,汤贻汾痛不可当,为赋八首悼亡七律。

"老爷子,老爷子,"蒋敦复一连声地道,"这可怎么敢当,这可怎么敢当……"他心中欢喜,可嘴上还是忍不住客套了起来。

汤贻汾一瞪眼,身子微微地往后仰了一下,瞧着蒋敦复,仿佛很生气的样子,道:"剑人,剑人啊,这可不像老夫所认识的蒋剑人了。"

蒋敦复笑道:"那老爷子认得的蒋剑人应该是怎样的?"

汤贻汾道:"老夫认得的蒋剑人,那是才如江海,目无余子,睥睨天下的江东少年郎。"汤贻汾说得一本正经,苍老的脸上,一点也不像是说笑的样子。

蒋敦复脸色一红,干笑两声,道:"在老爷子面前,哪敢说才如江海……"他这话,倒也不是假话,至少大半应是真心话。老爷子虽说是出身武将世家,出仕以来,也一直担任武职,直做到浙江抚标中军参将、乐清协副将,从二品。清军编制,三营为标,两标为协,协之上,便是镇。协,大约相当于后世的旅。到晚年,升温州副总兵,因病不就,遂寓居南京,在鸡笼山下筑琴隐园,颐养天年。老爷子精骑射,娴韬略,通音律,懂天文、地理及百家之学,书画宗董其昌,后世的《清史稿》直言,"清画家闻人多在乾隆前,自道光后卓然名家者,唯汤贻汾、戴熙二人",此外,诗词文章、杂剧,俱有盛名。也就是说,按照后世的话来说,汤贻汾除了是军人之外,还是音乐家、天文学家、地理学家、书法家、画家、诗人、词人、杂剧家……而且，几乎每一项都享有大名，为世人所景仰。夫人董琬贞亦工画、工词。他们的子女，也俱是书画一时俊彦。汤家，端的满门才俊。

在这样的老爷子面前，蒋敦复哪里敢说自己才如江海？虽然他自幼便有"神童"之谓，常州周济更是称之为"奇童"。

蒋敦复记得，那是他六七岁的时候，在家塾读书，塾师指着几案上的"墨"让他对对子，他应声道："泉。"塾师以为不工，结果，蒋敦复辩解道："白水对黑土，何不工之有？"自然，蒋敦复被人称之为"奇童""神童"，更重要的是因为他"九岁毕十三经"，到十五岁，已经"思为用世之学，遍览廿二史，凡天人感应之理，古今治乱兴衰之势，皆有以寻其迹而讨其原，窥其微而察其变"（蒋敦复《上抚部侯官公书》）。

汤贻汾愿意与他结为忘年之友，又哪里会是因为他幼年时的小聪明。

汤贻汾瞧着蒋敦复脸上略有些僵硬的笑意，心中嘿嘿一笑，道："昨儿老夫可听到剑人你的一件趣事呢……"说着，笑而不语，只是仿佛饶有兴味地瞧着蒋敦复，直瞧得蒋敦复浑身不自在，苦笑道："老爷子，你可别这样瞧着我，你眼神中带着刀呢。"在军中待过的人，未必眼神之中都带有杀气，却都会像刀一样，凛冽，有神；即使汤贻汾看起来更像一个文人。

汤贻汾嘿嘿笑道："怎么，你怕了？"

蒋敦复苦着脸道："怕，小子怎么会不怕？小子怕老爷子一生气，便要吩咐亲军将小子又出去了。"汤贻汾虽说已经辞官退隐，身边却还不少当日的亲兵，护卫在他左右。

汤贻汾道："那当日在阮枚叔宴上，你如何却不怕？"

蒋敦复愣了一下，恍然道："原来你说的是这件事啊……"说着话，讪讪地瞧着汤贻汾，小声道："那个时候，还真的是年少轻狂了……唉，算下来，也是二十多年前的事了。"不由得低低地叹息一声，叹息声中，有无限沧桑。

真的是许多年前的事了。

那一年，是道光三年（1823）。

那一年，蒋敦复十六岁。

那一年,蒋家发生了很多事,这些事,足以改变这个天才少年的一生。

那一年,母亲瞿氏不容于蒋敦复的祖母,被迫离开蒋家,回娘家去了。母亲被祖母赶走之后没多久,父亲蒋亨泰郁郁而终。十六岁的蒋敦复在蒋家再无立足之地,被迫避难出游。

蒋敦复搭船过江,到扬州上岸的时候才发现,匆匆出逃,身无分文。不过,这少年居然也不害怕、担心,而是信步游玩,到平山堂的时候,正逢阮元从之弟阮亨(阮枚叔)宴请曾宾谷。曾燠,字庶蕃,一字宾谷,晚号西溪渔隐,当时正以巡抚衔巡视两淮盐政。两年后,丁母忧客居昆山的龚自珍曾为此公做《咏史》曰:"金粉东南十五州,万重恩怨属名流。牢盆狎客操全算,团扇才人踞上游。避席畏闻文字狱,著书都为稻粱谋。田横五百人安在?难道归来尽封侯。"由此可见,当年曾宾谷在东南一带的权势。

蒋敦复整理了一下衣冠,也不管大门口有人看着,便昂首直入。那看门的门人哪能让这不知从哪里冒出来的孩子长驱直入?自然便伸手拦住了他。却不料,这孩子不但不害怕,反而大声呵斥起来。平山堂原本是清雅之地,即使阮枚叔用来宴客,平山堂内,也是清静优雅,侍女走路都是蹑手蹑脚,唯恐惊扰了贵客;于是,蒋敦复的呵斥之声,便"长驱直入",直闯到宴席上去。众人面面相觑,却也不好说什么,只有做主人的尴尬地笑了一下,遣人来问是什么人喧哗吵闹,蒋敦复应声道:宝山神童蒋某来见!——那时,蒋敦复还没有"敦复"之名。以阮亨(阮枚叔)的地位,今日又是主人的身份,哪能与一个孩子计较?便命人让蒋敦复进来。蒋敦复依然是昂首挺胸,进来之后,长揖入座。

说起来,那一年的蒋敦复已经十六岁,可问题是,他的身量不高,长得也有些丑,好像没有长成的模样,在主人的眼里,便似十一二岁的模样。这使得阮亨越发惊奇,便笑道:"你既然是神童,能诗否?"阮亨一生好诗,幼时随宦京师,曾作《蕉花曲》,有好事者称之为"阮蕉花"。蒋敦复道,取笔来。待下人将纸笔取来,蒋敦复立成一绝:"东风吹我过芜城,入梦繁华记不清。花外笙歌楼外笛,不知谁是庾兰成。"满座大奇。阮亨更是欢喜,待问清他没有去处之后,便招致家中,礼为上客,大凡有文酒花月之宴席,阮亨都将他带着。平日若有挥霍用度,只要开口,阮亨无不应允。阮亨一则是爱才,二呢,也有炫耀之意——一个看着也就十一二岁的孩子,能够缘笔为诗，无论走到哪里，总会引人瞩目的。然而，几十天之后，蒋敦复怪脾气发作，一言不合，将一个盐商大骂一通，然后，拂衣而去，浑不管前路茫茫，而待在阮亨府上，至少还能衣食无忧。至于因此得罪权贵，那一个少年还真的没想那么多；不过，很久以后，曾有人问起，说，如果当时知道阮枚叔宴请的是曾宾谷，你会怎样？要知道，曾宾谷以巡抚衔巡视两淮盐政，其权势虽不好说滔天，至少两淮盐商，是谁也不敢得罪他的；而两淮盐商的力量，东南一带，可谓无人不知。

蒋敦复想了想，悠悠道："当时，什么两淮盐政我还真不放在眼里。"说着，他昂首挺胸，道："当时，我有天下之志，是想以一己之力，澄清天下的。"说罢，哈哈大笑，笑得无限沧桑、凄凉。

那时，蒋敦复是真的不知世路艰难。

"年少轻狂，那时真的是年少轻狂。"想到这里，蒋敦复忍不住又是长叹一声。

二

坐定之后，蒋敦复左右瞻顾了一下，忽就有些担忧地问道："老爷子，老太太还好吧？"以往，蒋敦复每一次到琴隐园来，老太太虽说不似老爷子那般迎出门去，却也会在客厅里等着，就像寻常人家的老母亲等待儿女归来一样。这使得蒋敦复每一次到琴隐园来，都有一种回家的感觉。

这样的感觉，从十六岁以后，蒋敦复就不曾有过。

听得蒋敦复问起妻子，汤贻汾原本还阳光灿烂的老脸，蓦然之间便充满阴霾，半晌，低叹一声，道："她已经去世了。"

蒋敦复一惊："去世了？"

汤贻汾又叹息一声，自嘲似地道："人总会老，总会死的，老夫想得开。"说着，忽地轻轻一笑，道，"老夫活这么大年纪，现在想来啊，都是赚来的。"

蒋敦复默然无语。他自然明白，人都会老，都会死。别说是老太太，便是他自己，还不到四十岁，也时常感觉自己的身子骨儿大不如从前呐。

其实，不仅身子骨儿，便是心，也大不如从前了。从前，眼高于顶,从前,恃才傲物,从前,觑得天下宛若无物……这样桀骜的心,到如今,差不多都没了。

任谁世路艰难,遇到一连串的挫折,都会渐渐失去从前的桀骜的。

汤贻汾忽道:"剑人啊,还有一件事,老夫可要与你说道说道。"汤贻汾手捋须髯,一本正经地瞧着蒋敦复。很显然,他不想将老太太的话题继续下去。也许,这是逃避吧。可人的一生当中,总有些事情,是想逃避的;最多,也就是想逃避而逃避不了罢了。

蒋敦复心中一紧,干笑道:"老爷子,还……还有什么事要说道的?放心,您老人家只管说,小子受得起。"

汤贻汾嘿嘿一笑,道:"小子,也不是老夫要说道你,可你成亲这样的大事,当年也不知会老夫一声,这可是瞧不起老夫啊。"汤贻汾眼珠子滴溜溜地转着,瞧着蒋敦复,分明就是一副不怀好意的模样。

蒋敦复心里松了口气,却不由自主地脸色一红,苦笑道:"这事儿……"他欲言又止。对于蒋敦复来说,成亲自然是一件大事;可这样的大事,居然一直到年近四旬的时候才完成,在别人看来,大约也不是什么光彩的事。

人总应该在合适的年龄做合适的事,否则,在别人看来,就是一个笑话。也许,很多人并不在乎别人怎么看,可是,毫无疑问,每一个人都是生活在别人的目光中的。

自十六岁离开家之后,蒋敦复就漂泊流离,足迹几乎遍布江南——太仓、苏州、松江、江宁,"落落无所遇,不得已以诗酒自遣大江南北",直到三十六岁那年,应试于昆山。时张芾督学江苏,极为赏识蒋敦复,便拔为第一,补学官弟子,时称"江南才子"。一时间,蒋敦复名动大江南北,很快地,就有人前来说媒,不过,却要求招赘。起初,蒋敦复自然不同意,觉得是一种耻辱,来人说,是罗溪支氏的女儿,不会辱没了你蒋剑人。

支氏的源流已经说不清了,有人说,支氏源自于尧舜时期的隐士子州支父,后人以先祖的名字为氏,直传至今。不过,这对于蒋敦复来说,好像也没什么吸引力。

"那个姑娘叫支机。"来人淡淡地说道,"才学极高,普天下的须眉,就没有她放在眼里的。唯独看中了蒋秀才你。"

这便使得蒋敦复有些惊奇。

来人一边说着，一边便将抄录下来的支机的诗词拿出来给蒋敦复看，蒋敦复看罢，稍稍迟疑一下，便点头答允了这门亲事。他孑然一身，居无定所，老实说，要坚持娶妻，只怕这桩亲事还未必能成。

垂柳垂杨满画楼。谁家夫婿拜红侯。水流别恨花飞泪，金铸相思玉琢愁。　　春渺渺，梦悠悠。自怜临镜怕梳头。天涯芳草知何处，一点灵犀不自由。

——支机《鹧鸪天》

成亲之后，蒋敦复与妻子偕隐罗敷溪上，杜门谢客，只是夫妻对饮，质钗问字，瀹茗弦诗，"闺房之乐有甚于此者乎"？或许，对于蒋敦复来说，这是他一生之中难得的平静日子。

然而，蒋敦复终似没有脚的鸟儿，不肯在一处停歇的，所谓"温柔乡是英雄冢"，即使这"英雄"已经老去，即使这"英雄"已经识得世路艰难。

蒋敦复辞别妻子，再度出游。出游没多久，忽就接到妻子寄来的这阕《鹧鸪天》，当蒋敦复读到"金铸相思玉琢愁"时，不由慨叹再三，为之搁笔，即使后来也填了一阕词，终自觉大不如也。

羁愁无俚，灯影幢幢，读白石"甚日归来，梅花零乱春夜"句，怅触余怀，谱此寄灵石内史。

素月流烟，寒灯飏雪，春愁今夜如水。中酒衫青，吹箫泪碧，谙尽江湖情味。谁会相思苦，甚独抱、凄凉琴尾。倦来刚倚罗衾，子规啼尽窗纸。　　因念红闺翠袖，自瘦损眉痕，妆髻慵理。小镜蟾心，空房犀胆，怕问梅花开未。早又黄昏也，便好梦、商量无计。漫绣兰囊，鸳针和恨挑起。

——蒋敦复《探春慢》

又过了一阵，蒋敦复依旧在外，支机便随信附词一阕：

鹃语最分明。唤梦谁醒。有流莺处有春情。花底间关啼不住，可是双声。　　丝雨入帘轻。灯外愁生。小鬟低怨说三更。

红晕镜潮羞病颊，幽思盈盈。

——支机《浪淘沙》

"有流莺处有春情。"意有所讽。这使得蒋敦复有些不自在，便次韵和答一阕，为自己辩解：

寄达灵石内史。内史诗词秘不肯出，年来多病，更不轻作，今春家书后忽附此词，意有所讽，亦太慧心矣。次原韵解嘲。

鸳梦怕分明。酒已全醒。不多听得也伤情。花外疏钟灯外雨，一两三声。　　何事别离轻。恼恨今生。桃笙悄拥坐深更。蜡烛背人红不亮，孤泪盈盈。

——蒋敦复《浪淘沙》

"蜡烛背人红不亮，孤泪盈盈。"蒋敦复自然是表示自己飘泊在外，始终都是孤身一人，并无"有春情"之事。他日，回家之后，蒋敦复心中还是放不下，便对妻子再三表示，自己在外，"孤泪盈盈"，真的没什么"有春情"之事。支机听罢，徐徐说道："余自咏邻女，干卿何事？"

这使蒋敦复听得目瞪口呆。

三

一个有心，一个有意；一个关心，一个开心。蒋敦复便像是多少年也没说过话似的，滔滔不绝地说起妻子的事来。说妻子的才华，说妻子的聪慧与狡黠，直说得满面春风，仿佛妻子就在他身边听着似的。

对于蒋敦复来说，这次同意入赘，真的应是他这一生之中最正确的选择。

当说到"余自咏邻女，干卿何事"之时，汤贻汾忍不住哈哈大笑，直笑得眼泪都流了出来。在一旁侍候着的几个人，也都笑得直打跌。

"有趣，有趣。"汤贻汾笑着说道，"尊夫人着实有趣。"

蒋敦复苦笑道："她这是故意寒碜我呢。"看着好像是苦笑，不过，他的眼里，分明是得意之色。妻子是才女，原就是一件值得得意的事。不仅今朝，古来如是。

汤贻汾笑道："你这是得了便宜便卖乖呢。"

蒋敦复嘿嘿地笑着，竟也没觉得难为情。

汤贻汾道："尊夫人还有什么词，都拿来，让老夫瞧瞧。"读过支机的这两阕词，很显然，老人想更多读一些。老人一生多能，于词，也是大家。词人读到好词，喜不自禁，便想多读一些，原就是人之常情。

蒋敦复苦着脸道："她所作诗词，俱是秘不示人，便是我这个做丈夫的，也是极少看到。"

汤贻汾一瞪眼，道："你可别说除了寄给你的，就没读到其他的！"

蒋敦复应声圆睁双眼，仿佛很惊异的样子，道："老爷子，你怎么知道的？"他自然不是真的惊异。不过，若妻子不点头，他还真的不敢将妻子的诗词拿来示人。也许，这便是尊重吧。因爱而生敬。妻子对丈夫如是，丈夫对妻子，又何尝不如是？

两人大眼瞪小眼，谁也不说话，直瞪得两眼发酸，发疼，忽地相视一乐，纵声大笑。

"剑人，剑人啊，"汤贻汾笑着说道，"尊夫人这倒跟我家老太婆差不多了。"老人这样说着，眼中竟也闪过几分得意之色。

"老爷子的意思是？"

"咳，咳，"汤贻汾干咳两声，道，"老太婆平生所作诗词，也是秘不示人，便是老夫，也不让看。"他悻悻地说着。

蒋敦复笑道："不对吧？上一次老爷子嘱题《画梅楼图》长卷，可将老太太的一阕《卜算子》拿来我看的。"

汤贻汾老脸一红，又干咳两声，道："这是寄给老夫的词嘛。这个，这个，哈哈，哈哈，剑人，我们是不是同病相怜？夫人的词，只有寄给我们的才看得到，其余的嘛，就都秘不示人了？"

这一老一少，又是相视一乐，眼中有几分得意，不过，好像也有几分无奈。

折得岭南梅，忆着江南雪。君到江南正雪天，未是梅花节。

画了一枝成，没个人评说。抵得家书寄与看，瘦到珊珊骨。

　　　　　　　　——董琬贞《卜算子·写梅寄外，时在粤东》

一梦落春风,万里缄香雪。不定相逢在几时,别是黄梅节。

别恨雨纷纷,只共梅花说。嫁得林逋瘦一双,长是天寒日。

——汤贻汾《卜算子》

当年,汤贻汾在九江为官,董琬贞则带着孩子留在粤东。情之所至,董琬贞画墨梅一幅,并且题《卜算子》以代家书。汤贻汾接到妻子的画与词后,依韵和之。夫妇唱和,原就是人间一乐,只不过自古以来,能够唱和的夫妇并不是很多而已。

"这是很多年前的事了。"汤贻汾苍老的脸上,竟涌现出一丝红晕,道,"那时,我们都还年轻。"忽就指着蒋敦复,大声道:"剑人,那时,我可比你还年轻。"

蒋敦复愣了一下,道:"老爷子,跟你老人家比,我还算年轻,不过,也很快就是四十岁的人了。"

汤贻汾嘿嘿乐着,眯着眼,道:"那会儿,老夫可年轻得很,还不到三十,嗯,也可能过了三十了,记不清了。咳,咳,差不多是四十年前的事了。"眼睛分明眯着,忽然像想起什么似的,又瞪了开来,道:"我说你怎么进门就问老太太,却原来是想说你自己老婆啊,嗯,是炫耀?"

蒋敦复一撇嘴,道:"咱爷儿俩谁也别说谁,你不也一样?不然,将老太太几十年前的词拿来给我看做甚?"

汤贻汾哈哈大笑。

四

"刘光斗又是怎么回事?"聊了一会儿天,还没到午饭时间,汤贻汾忽就想起前些年蒋敦复出家为僧的事,便关心地问道。

蒋敦复明白,老人问的不是前明的那位刘光斗,而是当年担任昆山知县的刘光斗。

那是道光十九年(1839)的事。那一年,两江总督陶澍去世,刘光斗任昆山知县。早在道光十二年(1832)的时候,蒋敦复就曾上书陶澍,条陈东南水利之事。也是这一年,林则徐调任江苏巡抚,看到蒋敦复所陈水利,不由赞道:"此子天下奇士,天将老其才,俾异日得成大器,公等能豢养之作池中物耶?"蒋敦复闻听之后,大有知音之感。然而，也仅仅如此而已。

蒋敦复削发为僧，是道光二十年（1840）的事，说起来也是六年前的事了，恍如隔世。

"老爷子，"蒋敦复听得汤贻汾问起，苦着脸道，"你这不是哪壶不开提哪壶嘛。"

汤贻汾嘿嘿一乐，道："可别说是因为你上书牛鉴的事。嘿嘿，老夫不信。"道光二十二年（1842），英夷入侵，蒋敦复忧国家之事，上书两江总督牛鉴，献策抵御，结果险被逮捕，无奈，避祸入月浦净信寺为僧，法名妙尘，号铁岸。可问题是，早在两年前，蒋敦复已经为僧了。如果不是关心蒋敦复，就不会细细推论这其间的时间问题；如果不细细推论时间的话，自然什么问题也没有。可一旦推论时间，自然便会发现这其间的问题。

然而，对于蒋敦复来说，这一次的事，倒也未必就完全是一件坏事。至少，使他重为冯妇，时隔十余年，再次填词。蒋敦复年轻的时候就爱填词，尤其喜欢豪放一派，曾和陈维崧《怅怅词》五首，跌荡淋漓，如《百字令·咏垓下》的起句云："拔山已矣，忽英雄气尽，今朝儿女。"颇为自负。后来，有人将他的诗词拿去给朱绶（朱酉生）看，朱绶叹道："此君才气，非我辈所能企及，独倚声，一门外汉耳。"这使得蒋敦复大受刺激，此后，不复填词。

朱绶，字仲寰，又字仲洁，号酉生，元和人，道光十一年（1831）举人。自视当今词人，词名远播。否则，一则是蒋敦复的诗词，也不会有人拿去与他看，二则呢，听到朱绶的评价之后，蒋敦复也不会大受刺激，自此不复填词。

岸曲西风催戍鼓，把金尊、劝留难住。蘋波渐起，芦云尽卷，是离船行处。玉井泪波寒，还分付、烟鸿弹与。千山万水，书遥梦远，斜阳外、半帆雨。　佩素琚，搴翠羽。误神妃、暮皋微步。碧峰黛敛，瑶流镜贴，定湘弦频抚。人已隔天涯，愁今夜、月生南浦。消魂第一，黄陵庙近，猿啼断树。

——朱绶《湘江静·代别思》

据说，一个好的批评者，首先得是一个创作者。也有人说，不是这样的，就像一个食客，难道就一定得是一个厨子？然而，一个懂得厨艺的食客，必然比一个只会吃不会做的食客更加懂得什么叫食物、什么叫烹调。

更重要的，这个道理，两千多年前，就已经有人讲明了。

就是"纸上谈兵"的故事。

兵书读得再好，若没有上过战场，到最后，往往就是一败涂地。

兵书读得再好，也必须经过战场的磨练，方才能够成为指挥千军万马之将。

同样，要批评诗词，首先得会写；只有会写，并且能够写得好，方才不是"纸上谈兵"，方才能够如军中之将那般，批评起来游刃有余、一针见血。

毫无疑问，朱绶就是这样懂得厨艺的食客，或者说，他既是高明的食客，也是高明的厨子。

这样的人，这样的话，蒋敦复不受刺激才怪。

他原本就是眼高于顶之人，少年时便有神童之谓，当年，闯入平山堂阮亨宴请曾宾谷之筵席，直接便自称"神童"；到如今，朱绶居然说他于倚声为"门外汉"，岂不羞煞人也？而填词与写诗、作文、书画、琴棋等等一样，又并非一时半会儿就能从"门外"登堂继而入室。古往今来，那些徘徊在门外始终不能登堂遑论入室之人，比比皆是。

一眨眼十余年过去。蒋敦复以为，他这一生，都将不再填词，以免得人笑话。他所没想到的是，这一次避祸到南汇，居住在南汇县县丞王润的府上，居然再次填词。

王润，字沛堂，号四篁，嘉兴人，时任南汇县县丞。见蒋敦复避祸而来，王润居然也不担心、害怕，而是兴致勃勃地与蒋敦复谈起词来。

遥岚嵌缺树，露青青芙蓉，野烟初曙。叱犊声中，见麦须如戟，背风低舞。古苑荒凉，横断碣、苍苔深护。一队神鸦，飞上灵旗，蒋侯何处。　　呜咽邗流千古。送不尽闲愁，任潮来去。翠竹江村、问宝坊香积，乱红迷路。燕子归来，知故榭、今谁为主。料向雕梁同惜，天涯倦羽。

——王润《三姝媚·真州道中》

这是王润的得意之作。将蒋敦复安置好之后，还没说几句话，王润便忍不住将自己的这首得意之作取了出来，请蒋敦复斧正；不过，他脸上分明就是得意之色，怎么掩饰都掩饰不了。蒋敦复也早不复少年时的轻狂，更何况，这些年事事不如意，如今又被逼为僧，哪里会说不动听的话？自然便是赞叹几声。

王润道："有朋友说，拙词有玉田风味，剑人兄你觉如何？"

"玉田？张炎？《山中白云词》？"

"自然便是他了。"王润笑着说道，"当年浙派推崇姜、张，可等张皋文、周介存一出，姜、张便几乎无人问津，唉，其实，姜、张自有姜、张的好处，常州派未免矫枉过正了。"

蒋敦复忽地想起，自己年轻的时候，最喜的是陈其年，是阳羡派；也正因如此，才被朱绶看作"门外汉"。年轻时，总会喜欢豪放些的，以为自己将来会是一个英雄。

其实不是。

在经历过很多事情以后，很容易就会发现，自己真的不是英雄。

或许，这世间，原本就没什么英雄。

英雄只是少年时的一个梦而已。

蒋敦复沉吟一下，道，惭愧，我已经十余年没有填词，也十余年没有读词了。

王润便很惊讶地问道："剑人，你没有读过《山中白云词》？"

"没有。"蒋敦复平静地道。"年轻时，总是以不读书为耻，以没有读过某书为耻，等渐渐老去方才明白，这世间的书，是读不完的，无论你怎样刻苦，总会有一些书，是你没有读过的，有的，甚至连听说也没有听说过，更别说看见了。庄子说，'吾生也有涯，而知也无涯，以有涯随无涯，殆已。'"

当别人很惊讶你没有读过某书时，又何妨平静以待之？

王润又愣了一下，忽就笑道："没关系，我这边有，拿来你读。"顿了顿，又道，"值得读。张玉田的《山中白云词》，值得一读。"

"好。"蒋敦复道。

第二天，蒋敦复将《山中白云词》还给了王润，与此同时，还有一册《山中和白云》。

蒋敦复一夕之间，和玉田词三十余首，且四声皆依原作。

王润大惊，抄录之后，拿给戈载去看，客客气气地求指疵，结果，戈载也是大惊，道："此是词家射雕手，尚何疵可指耶？"

戈载,字顺卿,一作润卿,吴县人,诸生。后世词人所用之《词林正韵》,便是由他所著。

戈载极喜蒋敦复之词,知道这些词还未刊刻,便手录十余首,称赏不置。

看门外、绿阴浓遍。冷雨幽苔,小庭孤院。酒盏全疏,病怀消受恨何限。坠欢休拾,空惆怅、莺花苑。画壁唱黄河,谁想便、旗亭人散。　　天远。问远天何处,教我梦魂飞远。芳洲杜若,可唤取、鹭鸥同伴。但别后、怕去登楼,更怕见、垂杨春晚。记往日相思,不似而今悽惋。

——蒋敦复《长亭怨·寄王四篁用碧山韵》

垂杨尚系春愁浅,殷勤更啼黄鸟。细织琼梳,轻调翠琯,刚近绿窗清晓。芳心易搅。莫打起今番,梦何曾好。似怨东风,画桥飞絮碧阴早。　　红楼最怜窈窕。恹恹初病起,枕上声到。草长江南,春三二月,不怕离人不老。斜阳淡照。又零落金衣,一丝空袅。歌罢旗亭,玉骢嘶去了。

——蒋敦复《齐天乐·莺声和戈顺卿》

黄昏怎会人言语,生憎画梁双燕。绿剪春痕,香棲瘦影,似说今年寒浅。商量几遍。记帘幙悟悟,那家庭院。旧日梁空,玳泥零落有谁管。　　重门又成间阻,一襟分细雨,低诉芳钿。翠袖题笺,瑶钗寄泪,竚想桃花人面。年光未贱。但咒尽东风,落红难见。对语喃喃,絮愁和梦卷。

——蒋敦复《齐天乐·燕声和顺卿》

五

“唉。”蒋敦复叹息一声。他知道,老爷子既然问起刘光斗,总应是对事情的来龙去脉多少有些明白。他不想说、不肯说,是因为这些年来的经历,已经使他明白,有些事是打落了牙齿也要往肚子里咽,决不能吐出来的。否则,恐怕真的会忽然有一天,死了都不知怎么死的。

道光二十一年(1841),也就是上书两江总督牛鉴的前一年,出家为僧的后一年，蒋敦复逃到上海，却不料刘光斗也到了上海，移署上海县事。某一天，两人在路上不期而遇，刘光斗立刻便道，此必西人作内应来者。便下令关闭城门，去捉拿一见刘光斗便转身逃跑的蒋敦复。过了几天，上海火药局失火，刘光斗又道，此必蒋某人所为。再次命人去追捕。蒋敦复无奈，方才逃到了南汇县，先是住在王润的官署中，后来驻锡在荷花坞的栀子庵。

虽说王润不以为意，不断安慰，表示没事，可蒋敦复早就被吓怕了，担心万一出事，会连累王润。"反正已经出家为僧，自然要住进寺院中去。"蒋敦复这样说道。

蒋敦复羡慕画僧铁舟之为人，故而自号铁岸；又因为画僧寄尘能诗，故又自号妙尘，欲超出其上。出家之前，寄尘曾学诗于随园老人袁枚。

当日，固然是得罪了刘光斗，可蒋敦复怎么也没想到，这人居然千方百计想置他于死地。

"唉。"见汤贻汾笑而不语，只是瞧着他，蒋敦复忍不住又是叹息一声，苦笑道："其实，老爷子，这话也没什么不好说的，就是当初童生试的时候，我得罪了他。"

"哦？"汤贻汾依旧笑着。

蒋敦复沉吟一下，道："那一次只是童生试，出题的话，该多简单啊？可偏偏这位大老爷出题还有错。"说到这里，忍不住冷笑一声。很显然，时隔多年，经历了那么多的事，蒋敦复也知道了有些人得罪不起，哪怕那人只是知县——破家的知县，灭门的知府，只有经历过，才知道那真不是说笑——可知道归知道，不说倒还罢了，一旦说起当年的事，蒋敦复终究还是心里难以平静。

人心若水，看着很是平静，可谁都知道，在水下，多的是激流，是汹涌澎湃，只等待某个机会，便会掀起滔天巨浪。

"所以，你就闹起来了？"汤贻汾含笑问道。

蒋敦复脸色微微一红，有些不自然地点点头。

"而且，还是带头的那一个？"汤贻汾继续问道。

蒋敦复越发地有些不自然，将头微微地往下低了低，小声道："他出题分明就是错了嘛。"

汤贻汾冷笑一声，道："所以你还要写成揭帖，贴得到处都是，告诉世人，你们的知县大老爷不学无术？"

蒋敦复脸色一红，没敢做声。事情过去很久，虽说心里依旧还是有些不服气，可多少也明白，当初这么做，的确是孟浪了。知县大老爷固然有错，当面吵闹倒也罢了，可要这要揭其短，写成文章贴得到处都是，任谁也会生气、愤怒。

半晌，蒋敦复道："可到底是此人出错了题……"

汤贻汾嘿嘿冷笑。

蒋敦复忽就有些气短，低着头，小声道："可他到底逼得我出家为僧，到处遁藏，几乎无路可走。"说到这儿，气愤难平，便又抬起头来，瞧着汤贻汾，道："老爷子，你说我有错，我错在哪儿？总不成此人出题出了错还有理了？我们指出他的错还错了？他以堂堂知县大老爷之尊，逼得我走投无路，反而倒没错？俗话说，宰相肚里能撑船。此人也是读过圣贤书的，也是一场场考出来的，这点肚量都没有？"蒋敦复一句一句地质问着，越说越激动，唾沫横飞，差点儿喷到汤贻汾的脸上。

"更何况，若非他出言辱我，我亦不会揭其短。"蒋敦复心情平复了一点，徐徐说道。

"说完了？"汤贻汾待他说完，又过了会儿，方才淡淡地问道。

"完了。"蒋敦复泄气地道，"想来这件事老爷子你也知道得差不多了。"

汤贻汾微微一笑，道："剑人啊，你今年四十多了吧？"

蒋敦复愣了一下，道："我是嘉庆十三年（1808）生人……"这一年是咸丰二年（1853），算下来，已经四十五岁了。

汤贻汾屈指一算，道："咱们是八年前定交的吧？"

蒋敦复点头："一见倾心。"说罢，不觉莞尔，与汤贻汾相视而笑。当年，汤贻汾著有《剑人缘传奇》，忽闻得蒋敦复之名，不觉大惊，道："原来世间果真有剑人缘。"便屡次写信寄词，欲与定交。到道光二十四年（1844），蒋敦复到南京应乡试，由范仕义做介绍，两人一见倾心，遂定交。

范仕义，字质为，号廉泉，云南保山人，嘉庆十九年（1814）二甲进士。道光十六年（1836），二十九岁的蒋敦复客游如皋，时范仕义为如皋县令，便写信给蒋敦复，请他与如皋书院山长吴梅孙同修县志。道光十六年为丙申年，而陈维崧到如皋，也是丙申年，便有人以此为奇。

还不到三十的蒋敦复，早已狂名、诗名满江南。

范仕义在如皋任上，追慕兰亭韵事，便修葺了水绘园，并且请汤贻汾为之作《水绘园补禊图》，遍征题诗。

道光二十四年（1844），范仕义正任金陵同知，作为汤贻汾与蒋敦复的共同朋友，自然便成为他们的中间人。只不过范仕义也没有想到，这年龄相差三十岁的一老一少，竟然一见倾心，相与定交。

只是这一次定交之后，两人很快分开。道光二十六年（1846），蒋敦复、孙麟趾等人作《随园雅集》的时候，也曾邀请汤贻汾参加，然而老人因病未往。再相见已是八年之后。人生短暂，又能有几个八年？两人别后，蒋敦复已经成亲，董琬贞已经去世，汤贻汾已经七十五岁，蒋敦复也四十五岁了。

八年时间，世事已经有太多的改变。可总有一些东西，是怎么也不会改变的。

汤贻汾说起八年前定交的事，两人俱不觉有些感慨，蒋敦复的心，也因此慢慢地平复了下来。他知道，老爷子终究是关心他的，否则，又哪会在别后打听到他那么多的事。

别来八年，虽说一直都有书信来往，却都是谈诗论词，不曾说到这些事。

汤贻汾点点头，道："剑人啊，老夫并没有说你错，不过，圣人云，唯女子与小人难养也。得罪小人，便是有灭门之祸，也未必不可能。你也是熟读史书之人，当知这样的事，一部《二十二史》中，不知记载了多少了。"

蒋敦复默然无语。

汤贻汾沉吟一下道："几年前，嗯，应是定庵去世的前一年，我曾请他题词一首，为先母的《断钗吟》卷子……我找找看。"说着，便将蒋敦复带入书房，很快，就将汤太夫人的《断钗吟》卷子找了出来，此外，还有汤贻汾自画的《断钗吟图》。《断钗吟图》上，题识极多。

甲子长至前而日，贻汾奉母住扬州琼花观。越日晨起，母口示断钗二绝云："美便无暇断亦休，晓奁宵枕梦悠悠。於今别有思亲泪，记与钗时新上头。""镜非台已悟空门，赠嫁钗簪半不存。三十九年千万路，縻丝丝断玉还温。"谓贻汾曰："吾幼从汝外王父宦于滇，十四岁外王父偶以玉钗赐之。南北迁徙，历今三十九年，双鬓萧然，惟钗无恙。昨夜就枕，转侧之顷，乃戛然以断。"盖不禁其感于中而形诸声也。贻汾伏念先君子殉难海外，母辍吟已十八

083

年,今兹之作,良有莫喻之悲,不自已而发诸咏叹者,特钗之足重轻也耶。因谨录以识,并恭次元韵。

瑶琴掷碎砚焚休,精卫难填此恨悠。今日新吟动凄怆,玉钗无恙语从头。

梦隔梅花小院门,卖珠侍婢亦无存。难忘兄妹寒窗夜,钗股挑檠鸭鼎温。母舅有《寒窗课子图》,梅花院即课读处也。

——汤贻汾《断钗吟二首恭次太宜人韵并记》

常州汤太夫人《断钗吟》卷子,哲嗣雨生总戎乞题。

虎头燕颔书生,相逢细把家门说。乾隆丙午,鲸波不靖,凤山围急。愤气成神,大招不反,东瀛荡圻。便璇闺夜闭,影形相吊,鬓子矮,秋灯碧。　　宛宛玉钗一股,四十年、寒光不蚀。微铿枕上,岂知中有,海天龙血。甲子吟钗,壬申以殉,钗飞吟歇。到而今,卷里钗声,如变徵,听还裂。

——龚自珍《水龙吟》

汤贻汾的祖父汤大奎,官凤山知县,时台湾天地会首领林爽文起事,汤大奎、汤荀业父子死难。

蒋敦复看罢,抬头望向汤贻汾,有些不明所以,心道:莫非老爷子也要我题词一首?八年前,两人一见倾心,老爷子便是拿出《孤笠图》请题。《孤笠图》是老爷子追念亡友周济所作。当年,老爷子与周济友善,周济作《双笠图》以志快;如今,周济去世,老爷子作《孤笠图》以志痛也。

自常州张惠言之后,周济周保绪俨然便是当今词坛领袖,天下无人不知。也正是周济,当日将蒋敦复呼作"奇童"。

道光十九年(1839),周济去世。

汤贻汾点点头,道:"你的词里面,似乎有些定庵的影子啊。"

蒋敦复笑笑,没有点头,也没有摇头。十多年前,从玉田入手,一夕之间和词三十余首之后,蒋敦复便读过很多人的词,宋人的,明人的,本朝的,这些人的词,必然会对他有所影响。老杜说,"转益多师是汝师",学诗如此,学词也是如此。龚定庵当世名家,无论诗词,都是冠绝一时,甚而至于有遍和定庵词者;蒋敦复要是说自己没受他的影响,老爷子也不会相信;更何况,蒋敦复有一阵子,还真揣摩过定庵词。

汤贻汾忽就叹息一声，道："定庵从老夫这边走后的第二年，嗯，就是第二年，就死了。"

蒋敦复说："我知道。"

"暴卒于丹阳。"汤贻汾有些感伤地道。

蒋敦复嘴唇动了动，欲言又止的模样。龚定庵暴卒的事情，他自然是听说过的。而且，还听说了很多关于龚定庵暴卒的传言。这些传言，无不说得像模像样，有的，直听得人心惊不已。

汤贻汾瞧了蒋敦复一眼，缓缓说道，有说是荣王府派人毒死他的，也有人说，是穆彰阿派人毒死了他，还有人说，是一个叫灵箫的青楼女子毒死了他……

蒋敦复点点头，依旧默然无语。这种种传说，自然只可能有一种是真的；但无论哪一种，无论真假，都很好地解释了龚定庵的死因：暴卒。可老爷子何以忽然说起这些来呢？

汤贻汾又瞧了蒋敦复一眼，徐徐说道："剑人啊，老夫可不想忽然有一日听说你蒋剑人暴卒的消息啊。"

说着，老人脸上的伤感之色又增添了几分。

蒋敦复动容道："老爷子……"

汤贻汾道："老夫其实也不知道定庵到底得罪了什么人，可老夫知道，他的暴卒，必然与他先前得罪的人有关。"

老人深深地瞧着蒋敦复。

良久，蒋敦复长叹一声，道："其实，老爷子，我也是年近半百了，不复像年轻时那样了。"

"这就好，这就好。"汤贻汾道。一边说着，一边又翻出了一个卷轴，徐徐展开。

是《双笠图》。

颜色已发黄。

"这……"蒋敦复愣了一下。

汤贻汾笑道："来都来了，自然要请你题一首词了。"老人的眼角眉梢，全是狡黠之意。

雨生与宜兴周保绪相友善，保绪手作《双笠图》赠之。保绪殁后，雨生乃作《孤笠图》以志痛焉。道光甲辰，余既题《孤笠图》，咸丰二年秋八月，雨翁招饮于琴隐园，复出《双笠图》属题。宿草在墓，墨迹如新，此两图者，保绪不朽而雨翁高谊亦足以传矣。醉后倚大石调歌之。铁龙吹裂。

　　将军老去,只萧萧孤笠,西风吹早。碧水丹山盟白发,双影夕阳红小。瓢语青天,屐声黄叶,驴背添诗料。周郎江左,当时同调应少。　　曾记破笠飞来,相逢海上,桐帽蕉衫好。保绪客吾乡,幼时频蒙奖借。我访石城秋色冷,尚识东南一老。画里烟霞,酒边宾客,旧梦伤怀抱。苍茫摇首,浮云衣狗如扫。

——蒋敦复《百字令》

六

　　没有什么意外地,蒋敦复又落第了。这一次到南京,蒋敦复已是第五次参加乡试。也许是宿命,也许是噩运,蒋敦复已经五次乡试不第。不过,这世间的才人屡屡不第,也绝非蒋敦复一个。至少,龚定庵便是如此。

　　蒋敦复忽就想起龚定庵在《己亥杂诗》中所写到的“我劝天公重抖擞,不拘一格降人才”来。只可惜,如今这世道,终须是“万马齐喑究可哀”。

　　这使得蒋敦复心灰之余,万分悲凉,少年时的狂态也不由复萌。据说,人老去的时候,总是喜欢怀想起他年轻时的梦。因为那年轻时的梦,永远都只是梦,那么虚幻,如泡影一般。

　　其实,蒋敦复原本并不叫蒋敦复,那一年,刘光斗去职,朋友怂恿他还俗应试,这才改名蒋敦复。《易》云:“敦复无悔,中以自考也。”然而,这又怎样? 到了乡试,依旧是屡屡不得过。

　　人世之事,原来真的不像想象中那样简单。避开了刘光斗,蒋敦复依旧是蹉跎在科场上。

　　“剑人,剑人啊。”汤贻汾忽地兴冲冲地进来,快步如风,压根儿就不像是一个七十五岁的老人。秋风中,他白发飘萧,宛若神仙中人一般。

　　蒋敦复便有些奇怪,心道,老爷子莫非是得到什么书画? 还是又画出了一幅什么得意之作? 居然如此开心。

　　汤贻汾进来之后,左右顾盼一下,忽地又笑了起来,笑得极是天真,好像还有些猥琐。

　　“老爷子,”蒋敦复奇道,“什么事你老人家这么开心?”

汤贻汾嘿嘿地笑着。这使得蒋敦复越发奇怪。

"剑人啊,"汤贻汾神秘兮兮地道,"南京你也来过很多次了吧?"

蒋敦复苦笑一下,心道,每一次的乡试,自然都要到南京来,这不是明摆着的事么?这一次落第,只怕以后还会来。

对于乡试,其实,他已经渐渐死心。然而,总还要来试一试啊。不然,如何才能改变现在的状况?连妻子都养不活啊。想到这里,蒋敦复不由得对妻子万分内疚。当日,妻子是表示喜欢蒋秀才,觉着蒋秀才的诗词文章出众,才嫁给了他。虽说是招赘,可实际上,妻子并没有将他当作赘婿看待。

"很多次了。"蒋敦复点头道。

汤贻汾道:"那你有没有去过凉珠阁?"

"凉珠阁?"蒋敦复愣了一下。

汤贻汾大笑道:"那你是没去过了。"

蒋敦复沉吟一下,道:"周绮霞的凉珠阁?"

汤贻汾愣了一下,道:"原来你去过啊。"

蒋敦复苦笑道:"老爷子,秦淮河上凉珠阁,谁不知道啊,只不过,我还真没去过。"心道,每次到南京都是来去匆匆,忙着乡试都来不及,又哪有什么心思去秦淮河上?不知道为什么,这刹那间,他忽然又想起妻子的那一首《浪淘沙》来。

汤贻汾嘿嘿一笑,道:"老夫在南京这么久,都没有去过。"

蒋敦复心中一动,道:"老爷子怎么忽然说起凉珠阁来?"

汤贻汾又是嘿嘿一笑,道:"沾你的光了,小子,老夫这一回算是要沾你的光了。"

蒋敦复奇道:"老爷子的意思是……"

汤贻汾笑道:"我们几个老家伙商议了一下,过两天啊,就请你到凉珠阁一聚!"

"老爷子!"蒋敦复站起身来,心下是一股说不出的滋味。这一次到南京,汤贻汾盛情招待,一会于琴隐园,二会于狮子窟,想不到这三会竟然会是在凉珠阁。每一次的相会,汤贻汾都会将南京的一些名士请过来,一则是热闹,二则是将众名士介绍与蒋敦复相识,三则呢,蒋敦复也明白,汤贻汾这是替他扬名呢。

即使蒋敦复早就名扬大江南北,可屡次乡试不第,对于蒋敦复来说,这就是一根刺,还拔不掉,说不出,只能隐隐地痛。

"就这样说定了！"汤贻汾斩钉截铁地道。

秦淮河上，凉珠阁，美人名士云集，热闹非凡，为首的两个老人，更是为人瞩目。

一个是七十五岁的汤贻汾，一个是八十八岁的侯云松。

侯云松，号青甫，上元（今南京）人，嘉庆三年（1798）举人，曾官安徽教谕，诗画名世，南京老名士。

"剑人，剑人，"侯云松眯着昏花两眼，道，"久闻大名，久闻大名啊，雨生可对你推崇备至，怎么着老朽也得来见一见。"

与蒋敦复同来的王拓芗笑道："老先生在叫你呢。"

蒋敦复赶紧上前，道："小子见过老前辈，老前辈这样说，小子可不敢当，不敢当。"

侯云松握住蒋敦复的手，忽就转头看向汤贻汾，笑道："雨生啊，你往日都道是蒋秀才狂傲无比，如今见面，可不是这样呢。"

汤贻汾也笑："那是对你老，对其他人可不是这样。"

侯云松开心得大笑。

众人坐定，主人周绮霞盈盈而出，着碧绡衫，持白纨扇，果然是风神秀朗，一笑嫣然。

"好看，好看，"侯云松眯着眼，盯着周绮霞，又道，"老朽活到八十五岁，还没见过这样好看的女郎……"

汤贻汾忍不住大笑道："老侯，你今年八十八了吧？老夫可记得，你八十岁那年，老夫替你祝寿来着。"

侯云松面不改色，道："要不是早做了八十大寿，老朽今年七十八也量不定。"

众人俱是大笑。

酒过三巡，谈天说地，忽就有人说起粤匪的事来。粤匪起事以来，势如破竹，从两广直向江南，若朝廷官兵再不能遏止其势的话，打到南京是迟早的事。众人越说越是激愤，忽而大骂粤匪，忽而痛詈朝廷官僚，道，若非这些昏庸之文臣武将，粤匪又焉能壮大？又道，朝廷不会用人，用的都是些什么乌七八糟之人？蒋敦复早带了些酒意，忽就拍案打呼道："座中有他日能将十万兵，扫除中原豺虎者，谁也？"人已站起，睥睨四顾。四座皆惊，一时间竟谁也说不出话来。

良久，侯云松哈哈大笑，道："蒋秀才果然狂傲，老朽见识了。

只不过,这却要借酒才能催得出来啊。"说罢,更是捋髯大笑。

众人也俱笑了起来。

周绮霞待众人笑罢,委婉地道:"各位爷,小心给人听了去,治个妄谈国事之罪。"

汤贻汾一瞪眼,道:"他敢?"

众人便又是大笑。不过,笑归笑,到底还是不复谈论国事。侯云松笑道:"风月之地,自然还是谈风月要紧。至于粤匪,老朽听说啊,那个洪秀全不过是个不第秀才,这才起事呢,就急着封王,什么东王、南王、西王、北王,哈哈,东西南北都封王,诸位,古往今来,有这等封王的否? 这东西南北俱封王,简直就是笑话嘛。要是再封下去,岂不是还有上王、下王、左王、右王、前王、后王?"

众人更笑。侯云松续道:"再看一看前朝的太祖皇帝,那是'广积粮,缓称王'! 这洪逆,却是迫不及待呢。老朽看呢,虽说现如今朝廷是节节败退,不过,那是因为承平日久,军无斗志嘛。待官军缓过气来,老朽断定,那粤匪必然会很快平定。罢了,罢了,我们还是谈风月吧。放心,对朝廷来说,这粤匪终只是疥癣之患罢了。"

便有人笑道:"诸位,咱们现在置身于这秦淮河上,使得我不由得想起一本书来啊。"话这样说着,眼睛却瞧着侯云松。

侯云松笑道:"你说的什么书? 却瞧着老朽做甚?"

那人笑道:"这本书,却必然是侯老所看过的。"说着,竟然又是一笑,笑得还有些猥琐。

侯云松笑骂道:"老朽都是年近九十的人了,这一辈子读过的书也不知有多少,哪知道你说的是哪一本。"

那人又是一笑,道:"捧花生的《秦淮画舫录》。"

众人先是一愣,而后哄堂大笑。捧花生的《秦淮画舫录》,他们这些常来秦淮河上的,几乎都读过,只不过他们没想到,侯云松居然也读过。不过,再想想,也没什么奇怪的,《秦淮画舫录》差不多是三十多年前的书了,里面所记载的,也都是三十多年前的秦淮歌妓;当年,那些歌妓也似明末的秦淮八艳一般,有的,想见一面都难。

三十多年前,侯云松也不过五十来岁。五十来岁对于很多人来说,或许算是很老了;可对于侯云松来说,那还真的只能说是人到中年。

侯云松忍不住便笑骂道:"原来你说的是这个。"他眯着眼,忽地叹息一声,道:"当年的那些女子,到如今,恐怕好多都不在了。即使在,也俱是五六十岁的人了。"说着话,不胜唏嘘。

英雄老去,美人白头,原就是人世间最为无奈的事。而且,这样的无奈,任谁也无法避免。到侯云松这样的年纪,实在已见到太多的昔日少年,今日老翁;昔日美人,今日老妪。当人老去,回想起当日的风华,又应是怎样的感慨与感伤。

"老朽记得,当年有个叫陆绮琴的,妙娴丝竹,她还有个女弟子,唤作……唤作什么来着,对了,唤作朝霞。"侯云松说着,瞧了周绮霞一眼,想来,是周绮霞的"霞"字,使他老人家想起当年的那个朝霞来。"朝霞擅长歌吹,蛾眉曼睩,纤弱如也。每有丝弦,东船西舫,莫不停桡悄听。"老人絮絮叨叨,沉浸在对当年的回忆中。

"罢了,"侯云松默然了一会儿,道,"当年的这些女子,都记载在《秦淮画舫录》里,诸位读过的便也罢了,没读过的,去找来读罢,这书,也不难找,哈哈。"

汤贻汾点头道:"只可惜,一眨眼三十多年过去了,秦淮河上,又不知出现了多少奇女子,却无人写本《秦淮画舫续录》。"

"雨翁有意乎?"有人便打趣道。

汤贻汾大笑道:"老夫七十五了,有这个心,也没这个力了。"

"嘿嘿,"有人便笑,"雨翁,雨翁,如夫人可替你生子没多久,这七十老翁弄璋之喜都有了,却又如何有心无力?"

众人也俱大笑。董琬贞去世后没多久,汤贻汾纳了一妾,没多久,家中便添一丁。七十老翁还有弄璋之喜,倒也真的是一喜了。只不过此刻说将出来,却是打趣老人了。

笑罢,侯云松向先前那人问道:"老兄却如何知道老朽也曾读过《秦淮画舫录》?"

那人笑道:"读过侯老的一首题词,故而知道。"

侯云松恍然道:"原来如此。"顿了顿,道:"多少年前的词了,老兄居然还能读到。"不由感慨万分。侯云松诗画名世,填词原就不多,更无词名,那题词,又是许多年前的事了,连他自己都差不多忘了,想不到居然还有人读过,并且说起,又焉能不感慨?

便有人笑道:"什么题词? 写将出来,咱们瞧瞧。"

那人便望向侯云松。侯云松笑骂道:"老朽一句也记不得了,不过,当年倒也真的胡诌过一阕……老朽不似雨翁,一向都少填词,故而这偶尔为之,倒也没忘,呵,是没忘有这回事,这词嘛,是一句也不记得了。"

那人笑道:"我还记得。"说着,便索来纸笔,慢慢写道:

万片鸳鸯瓦。覆双双、蜂媒蝶使,莺哥燕姐。苦向情天求比翼,毕竟鸾单鹄寡。赚千古、泪珠盈把。一捧当头勤唤醒,向痴虫膜拜宣般若。听古寺,晓钟打。　　寻春懒系章台马。廿年来、鸿宾云散,罢谈风雅。今日重披金粉录,无那红娇绿冶。为坐到、香消灯炧。胜展题名碑记读,判云泥多少升沈者。尘世事,半真假。

——侯云松《金缕曲·题车子尊秦淮画舫录》

"莫非是侯老同乡的那个车子尊?"有人想起什么,道。

侯云松笑道:"正是老朽同乡。"众人恍然。若非两人正是同乡,只怕也不会知道,这位捧花生,原来便是车子尊。

车持谦,字子尊,号秋舫,上元县人。

这一阕词,自是一般,套用当年朱绶评价蒋敦复的话来说,"一门外汉耳"。不过,侯云松原就无词名,且已偌大年纪,众人自是夸赞一二,也不说其他。

侯云松忽道:"在座的多有词学名家,说老朽这多年前的词作甚? 诸位,今日不可无词也。"

周绮霞抿嘴笑道:"当请诸位先生题词,小女子或可青史留名也。"

众人大笑,便各自沉吟起来,一时间,凉珠阁内,悄然无言,唯有河边柳树上的秋蝉,兀自在喋喋不休地长吟。

六月二十四日,沈玉生载酒凉珠阁。绮霞女校书,双桨冲烟,翩然而至。余方小极,独据胡床。阁盖为媒,片时昵语,管弦既阒,不觉颓然。爰谱此解,以志欢踪,且索同社诸词人和之,使卅六鸳鸯知有群芳领袖云尔。

赚吟朋、几番载酒,平波相对如掌。调冰雪藕连宵书,秀句满城争赏。君莫让。消受了六朝风月骚人长。红霞碧浪。正玉笛声中,竹帘影里,仙侣笑移舫。　　轻纨放,劝我荷筒桂酿。云和斜抱低唱。夭桃怎比倾城色,声价百花头上。增怅惘。听环佩玲珑落日催双桨。深情海样。道家近西邻,易来易去,多病漫侬访。

——汤贻汾《买陂塘》

秦淮女子周绮霞，色艺绝佳，所居曰：凉珠阁。琴窗画几，位置楚楚。琴隐、根香二老人结夏延秋，张灯招客，拈此调首唱，嘱余继声。

盼秦淮、满湖烟水，夕痕飞上帘幌。莫愁生小湖边住，风月南朝谁访。开蕊榜。算第一名花第一名流赏。斜阳画舫。有翠枦双枝，红窗六柱，日日打兰桨。　　髯翁老，铁板铜琶豪唱。刚肠为汝柔荡。青山红粉销魂窟，白发尊前无恙。卿莫忘。道有个狂奴脉脉生霞想。脂奁未傍。便对影闻声，蓬山不远，环佩水风响。

——蒋敦复《买陂塘》

满座欢笑，在秦淮河上，凉珠阁里。更无人知，对他们当中的很多人来说，这却是他们一生之中最后的欢笑。

咸丰三年（1853），太平军攻入南京。

汤贻汾组织亲兵抵抗，太平军进城之后，投水自尽。

王金洛（拓芗）手杀数贼，力尽死，阖门殉难。

侯云松杜门饿死。

至于周绮霞，没人知道她在这乱世之中的结局。

七

公等今安在。想当年、酒酣起舞，举头天外。万帐貔貅谁杀贼，金印今年斗大。便取彼、头颅而代。各有心肝须报国，况疮痍满眼苍生待。歌未阕，唾壶碎。　　无端撒手成千载。忽中宵、裸身大叫，慷当以慨。与贼俱生真可耻，对此茫茫四海。臣子义、皇穹难戴。后死他年终慰汝，誓河山、肯负平生概。言不尽，复再拜。

——蒋敦复《金缕曲》

写罢，蒋敦复将笔一扔，两眼模糊，眼泪缓缓从眼角涌出，顺着脸颊往下滚落。

泪也冰凉。

他想起，咸丰元年（1851）四应乡试未售之后，馆于松江郡斋著书，取诸史中言兵事条项，分为兵律、兵某、兵机及兵戎四门，成《兵鉴》六册。

他想起，咸丰二年（1852），五应乡试不第之后，"发愤著书，虑岛夷终为中国患，搜罗遐陬人著述，考定地球四洲形势，作《寰镜》

一书,凡十六卷",预言着中国的将来,以为要早作打算、准备。

然而,那又如何?"处江湖之远则忧其君",殊不知"其君"又何尝要他"忧"来?龚定庵如是,他蒋敦复一般如是。

如果,如果朝廷能够重用他,提一支劲旅,扫平中原,勘定洪杨,又何足道哉?便是洋人,也一样会将他们赶出中国去。苟如是,雨翁、青甫、拓茓又怎么会死?当年的陈化成又怎么会死?

道光二十年(1840),鸦片战争爆发,时已避祸为僧的蒋敦复终不肯躲在空门之中,径赴上海谒见提督陈化成,论退兵之法,"言夷人入上海乃死地,可计歼之",陈化成为之言于当事者,终不听。这是道光二十一年(1841)的事。也正是在这一年,在上海,刘光斗道遇于他,遂下令追捕。

道光二十二年(1842),英夷入侵吴淞,陈化成战死,牛鉴逃到嘉定。

> 女子犹知赋小戎,男儿那作可怜虫。孤城一烬风犹烈,义士同声鬼亦雄。晋鄙有军皆壁上,亚夫无令在师中。吴淞野哭沧江冷,芦苇萧萧夕照空。
>
> ——蒋敦复《吴淞失守,有死事甚烈者,逃溃文武亦众,书以志愤》

蒋敦复兀坐良久,长叹一声。

这些年来,漂泊流离,屡试不售,上书也终究无用,至于今日,故旧又似落花飘零,怎么不叫人悲从中来?

> 梦醒客无家。有梦先差。春情都在旧琵琶。楼上残灯楼外雨,只隔窗纱。　　过了好年华。好事终赊。来生情愿作杨花。算是杨花容易落,一样天涯。
>
> ——蒋敦复《浪淘沙》

那一年,秦淮河上,声犹在耳;只不过隔了一年,不,还不到一年,已经天人永隔,而我,依旧流离在江湖之上,满腔抱负,只似水月镜花,纵有人识,决无人用。人世之事,有悲于此者乎?

那一年,汤贻汾为蒋敦复作填词图,一时名家,俱有题咏。侯云松更道:"老剑用世之材,惜世无能用之者。"

那一年,汤贻汾与蒋敦复论词,说到"有厚入无间",不由得敛手推服，道："得吾友董晋卿每云，词以无厚入有间，此南宋及金元人妙处。吾子所言，乃唐、五代、北宋人不传之秘。惜晋卿久亡，不克握尘一堂，互证所得也。"也正因此而作填词图。

蒋敦复忽又站起身来，略一沉吟，奋笔疾书。写的是当年与汤贻汾唱和的几首《长亭怨》。

漫重认、六朝山色，霜冷云凝，烧痕如墨。懊恨王孙，斜阳催送马蹄疾。𪃪鹰欲脱，怕血染、平芜赤。是处乱蓬飞，共绿鬓、一般秋白。　　还忆。伴珊珊花径，暗把茜裙沾湿。踏青去也，算屦印、为谁留得。怎料取、孤馆秋清，剩消受、怨蛩凉夕。便扇底灯光，都被西风吹息。

——汤贻汾《长亭怨·衰草》

更谁向、灞桥攀折，万里关河，一天风雪。古陌人稀，几丝犹自马头拂。萧萧短鬓，正顾影、同凄绝。盼断七香车，还只当、听莺时节。　　休说。赚高楼翠袖，望眼欲穷天末。浮萍散了，怕流水、也应消歇。最苦是、落叶江城，剩一笛、风前幽咽。算梦里腰肢，难解眉头千结。

——汤贻汾《长亭怨·衰柳》

看何处、最销魂地，一片斜阳，二分荒土。坏色罗裙，峭风吹送北邙雨。画衫扶醉，能几日、踏青去。瘦影冷蘼芜，恨减尽、好山眉妩。　　愁绪。剩红心脉脉，目断送君南浦。高楼望远，奈千里、沅湘迟暮。只今日、蕉萃青袍，问谁采、天涯芳杜。把怨瑟重弹，中有离骚廿五。

——蒋敦复《长亭怨·衰草和雨生都督》

又吹尽、西风瑟瑟，悄倚危栏，怕临流水。散了萍花，隔江烟霭渺离思。马嘶病驿，听四面、角声起。鬓已不成丝，怎禁得、飘零如此。　　弹指。望高楼不见，只见暮鸦归矣。哀蝉落叶，问谁慰、那人憔悴。怨玉笛、瘦减蛾鬟，定不似、旧时眉翠。记絮冷关河，万点齐销鹃泪。

——蒋敦复《长亭怨·衰柳和雨生》

写罢，又想起孙月坡的那两首和词来，便又续写了下去：

渐销去、秋声一半。冷巷萧条，湿烟堆满。懒步斜桥，好山吹瘦有谁管。砌边墙角，人不扫、西风卷。拾取待题诗，怕误入、荒沟流远。　　肠断。算青青昔日，悔把乱红偷换。凄凉此际，定飞遍、故宫离苑。替孤客、画出飘零，凝泪眼、霜痕千遍。叹已剩空枝，几个寒鸦犹恋。

——孙麟趾《长亭怨慢·落叶》

惯描写、六朝金粉。槛外山眉，暗将愁引。燕子依然，旧时王谢有谁问。玉骢何处，无奈是、黄昏近。水榭已萧条，况点点、归鸦飞尽。　　堪恨。恨繁华易换，难觅扇香衫影。斜门病掩，怎不管、蝶栖花暝。渐红过、一半雕阑，怕寒到、玉人钗鬓。剩几树荒烟，湖上亭台慵认。

——孙麟趾《长亭怨慢·斜阳》

一样的悲凉，一样的沧桑。
或许，这世道，真的已是如此，无法挽回。
就像衰草，就像衰柳。
就像落叶，就像斜阳。

咸丰三年（1853），乡试五次不第的蒋敦复终于幡然悔悟，道："丈夫生不得志，岂饱食安居，死与草木卒等哉。"发愤著书，务为传世之业。

这一年的春天，蒋敦复写《愤言》三篇、《战守》二策，指陈匡时之策。然则，他也知道，他的这些文字，终不会为当事者所重，跟从前的那些文字一样。当年，秦淮河上，"手提十万劲旅"之语，终只是狂言、妄言耳。

八

春寒恻恻浑难定。有个春人病。兰愁拥髻可怜他。又是天涯芳草不能歌。　　一枝清瘦棠梨影。小院沉沉静。柔魂能够再销么。行到悄无人地落花多。

——蒋敦复《虞美人》

眉月一丝如我冷。瘦到难描,怕见春鸾镜。倦又不眠眠又醒。恹恹只道三分病。　弹指流光愁暗省。拈取心香,偷祝花长命。帘底小魂飘不定。峭风吹过红无影。

——蒋敦复《蝶恋花》

咸丰三年(1853),蒋敦复由王韬推荐给英国人慕维廉,受雇于墨海书馆,以翻译为生。

咸丰四年(1854),蒋敦复任英国人艾约瑟西席,识英国人威妥玛、法国汉学家儒莲。

这一年,其长子同寅出生。

咸丰六年(1856),蒋敦复与慕维廉合译之《英国志》初稿成。他并不识英文,这番合译,与后来之林纾相同。

咸丰九年(1859),冬,蒋敦复到杭州,富阳县令瞿维本聘其修邑志,留其幕以从事。

咸丰十年(1860),他再度赴杭,时太平军与官军交战于富阳县城,乃避兵入山,住在友人胡坚家中。暇辄游山,与樵牧问答,五月,溯江而上,抵桐庐,登严子陵钓台,寻谢皋羽哭文丞相遗址。

松风一榻响潇潇。倚天涯、霜鬓愁凋。夜雨宿青原,可怜瘦尽琴腰。伤心事、莫话南朝。江山付秋螯,红羊劫换,白雁声高。念君恩重处,难把壮怀销。　寥寥。余音寄徽外,天水碧、落日寒潮。回首望、中原烽火,万里萧条。旧君弦、谁续鸾胶。断魂招。惟有桐心不死,桐尾先焦。剩凄凉玉带,残墨泪痕飘。

——蒋敦复《高山流水·文丞相松风琴拓本》

咸丰十一年(1861),蒋敦复作《拟与英国使臣威妥玛书》,研讨通商与传教事。

同治三年(1864),因王韬所荐,入苏松太道丁日昌幕。隔年,丁日昌升两淮盐运使,应宝时继任。蒋敦复仍为道署幕宾。蒋敦复与应宝时为二十年前诗友,尝同为海上寓公。

同治六年(1865),蒋敦复去世。去世前,遗书应宝时,请托刊印其著作。

丽农山人,余二十年前诗友也。初与胡鼻山人同遇于海上,琴尊跌宕,意气纵横,致足乐也。比余宦游此邦,尚得与山人订宫谱,搜异志,说鬼谈天,以抒发其胸中不平之蕴。迨山人客余幕中,虽亦就访时政,每助余诘强邻之难,剔巨魁之奸,然必数日甫得一面,相见又不过数语,欲如往昔之送抱推襟流连光景,不可得矣。不一年而先生殁。殁之前,尚以书贻余,曰:"老病颠连,仅属气息,恐遂奄忽化为异物,愧负知己,无以报德。虽知己必不责报于我,然天下滔滔,斯人谁与有心,同志能有几人,徒使鲁仲连、陈同甫一流人长埋泉壤,岂不痛哉。一生勤苦,只剩得好名二字,然亦望后世知我心耳。文集八卷,望为先刻;诗词诸稿,能次第开雕,大妙,大妙。"又自题其函为"鸣鸟遗音"。山人临终,其本性不迷如是。余诺之。因检所著《啸古堂文稿》寄俞荫甫同年樾为之编次,分八卷,复邀齐玉溪文学裴为之校刊,踰一年始成。以板授其长男梦虎藏诸家,时梦虎年十五,已崭然见头角,能读父书。其诗词诸稿他日梦虎必有以传之者。遂书此以志死生契阔之感云。同治七年秋七月永康应宝时跋。

——应宝时《啸古堂文集跋》

应宝时,字敏斋,浙江永康人,道光二十四年(1845 年)举人。比蒋敦复小十三岁。

九

有厚者,厚重也,言之有物也;无间者,浑然也,若盐溶于水,又似羚羊挂角,无迹可求也。有厚入无间,方得词之妙处。

雨翁,雨翁,你道是也不是?

朦朦胧胧中,蒋敦复仿佛回到了那个秋日的午后,琴隐园中,他与汤贻汾絮絮叨叨地说着话,论着词。

常州词派出,周济论词,"无厚入有间",早就为世人所知。无厚者,微意幽旨也,因其无形,故曰"无厚";有间者,人间万象也,因其有形,故曰"有间"。"无厚入有间",寄托也,微意幽旨以人间万象而出之,则一草一木,无不有情,风霜雨雪,俱含其意矣。古今词人,苟无情焉能成词? 苟无寄托,又焉能以之为词?

汤贻汾微笑着,静静地倾听着,没有言语。秋日的阳光照在他的白发上,根根白发,仿佛都闪烁着银光。

蒋敦复便笑,道:雨翁,雨翁,"无厚入有间"终着痕迹矣。孰能落笔之时便想着"有厚""寄托"? 词之意,不应在落笔之前,而在乎落笔之后,方得自自然然。周保绪但道"词非寄托不入,专寄托不出"(周济《宋四家词选目录序论》),谬矣。世之词人若以此为真,则笔须千钧,不得落矣。何以言之? 因其提笔之时,便须想着,我这阕词,当寄托何意? 修平齐家? 悲怨愁苦? 悲怨愁苦又因何? 又为何意? 至于闺阁中人,更不能词矣。若拙荆为词,不过怨我远行,哪有何寄托? 远者若北宋诸家,若小山,又寄托为何? "落花人独立,微雨燕双飞",寂寂如是,却非寄托者,自亦非"无厚入有间"也。然则,小山词千古绝唱,孰能轻之? 便若本朝,满洲纳兰,又何尝有多少寄托来? 不过似李后主那般,情之所至,自然为词耳。古今词人,得其大者,非"无厚入有间",乃"有厚入无间"也。"有厚入无间者,南宋自稼轩、梦窗外,石帚间能之,碧山时有此境,其他即无能为役矣。"(蒋敦复《芬陀利室词话》)古今词人,若于落笔之时,便想着寄托为何,则笔笔拘囿,难以驱遣自由。词须落笔无声,自然而然,成词之后,自有其意。此之谓"有厚入无间"也。譬如秋风落叶,譬如衰草寒柳,又若春日之雨、夏日之风,秋日之月、冬日之雪,人间万象,当都来眼前之时,何等自然,却无人以为其寄托也。

"寄托者,在乎词人,不在乎万象。雨翁,雨翁,你道是也不是?"

汤贻汾依旧含笑,静静地坐着,倾听。

蒋敦复仿佛越说越兴奋的模样,也不待汤贻汾做声,继续絮絮叨叨着:

故古今词人,"不读万卷书,不行万里路,不交万人杰,无胸襟,无眼界,嗫嚅龌龊,絮絮效儿女子语,词安得佳?"(蒋敦复《芬陀利室词话》)词之意,在乎胸襟,在乎眼界,岂欲寄托便得寄托者? 词之"有厚",不在乎词,在乎词人也。倘若词人已得其"厚",填词之时,便举重若轻,恢恢乎"入无间"矣。雨翁,雨翁,你道是也不是?

蒋敦复苍白的脸上,现出淡淡的红晕。

"有厚入无间"。平生得意者。蒋敦复不止一次与人提起,以为得词之秘矣。只可惜，并不是每一个人都能明白他的意思。

唯有雨翁。

唯有雨翁，相当推崇这样的说法，并且为之作填词图。

雨翁……

蒋敦复神情忽然渐渐地黯淡了下来，半晌，低低地道："雨翁，我这一辈子，是不是很失败？"

汤贻汾依旧只是微笑，倾听，不做声。

蒋敦复自嘲似的笑着，双眼微微眯起，喃喃着，道："年轻的时候，以为功名富贵，唾手可得，故而睥睨天下；即使人到中年，一事无成，依旧以为能够手提劲旅横扫中原者非我则谁。呵呵，曾涤生、李少荃、左季高……他们能做到的，我就做不到？只可惜，我没这个机会啊。时也运也，俱是天意，孰能与天争？时无英雄，故使竖子成名。呵呵，岂无英雄？无人用耳。"

蒋敦复满脸的讥消，哀伤，无奈，还有几分愤愤不平。

良久，忽就长叹一声，又是半晌无语。

汤贻汾横竖不作声，只是静静地倾听，脸上是微微的笑意。

那笑意，就似春风一般。

咳咳。蒋敦复咳嗽几声，直咳得脸上的血色更浓。咳罢，不由自主地喘息起来，胸口起伏不定。

"其实，我也知道，我不是英雄。"蒋敦复自嘲地道，"我不是……"

他眯着眼，瞧着窗外。

窗外有月。

这些年来，蒋敦复始终飘零在外，妻子支机则与她寡嫂相依为命。古往今来，有连妻子都养不活的英雄么？

这些年来，蒋敦复何尝不想有所为？问题是，他连乡试都不得过啊。文章诗词又有何用？被传为奇才又有何用？纵使英雄，"英雄无用武之地"，又能奈何？

"老了，老了，"蒋敦复喃喃着，"老了倒也想明白了很多事，只是，这好名之心终在啊。雨翁，雨翁，你可知我？人死如灯灭，英雄又如何？英雄无用武之地又如何？唯这诗词文章当传诸后世，后世终有知我者也。这一生，一事无成，唯好名二字终在，雨翁，雨翁，这是不是很好笑？"

蒋敦复忽然就爽朗地大笑起来。笑罢，猛然抬头，却哪里有静静倾听他诉说的汤贻汾？他这才恍然想起，汤贻汾已经去世多年了。

这正是：

断肠人远，伤心事多。钟隐云，日来以泪洗面。聊填数阕，亦短歌不能长也。

楼外雨潇潇。灯影愁飘。秋心都付与芭蕉。又是一枝梧叶下，特地销魂。　　前事忆红桥。声咽琼箫。画中人送镜中潮。肠断去年江北泪，流到今宵。

梦里楚山孤。烟水模糊。天涯还怕有愁无。昨夜星辰今夜雨，后夜江湖。　　薄倖怨狂夫。信也稀疏。画廊鹦鹉一声呼。红豆有情应化泪，莫化蘼芜。

孤尽好年华。好事终赊。玉人前度葬桃花。何苦五更风又雨，逼近窗纱。　　江上冷琵琶。芳草天涯。画楼惆怅绿阴遮。燕子背人何处去，一样无家。

落叶满江浔。玉宇萧森。秋声都在古墙阴。但是无情谁解听，人自伤心。　　心事托瑶琴。短调长吟。人间何处觅知音。判取此生愁里活，不道而今。

——蒋敦复《浪淘沙令》

Sidebar text:

恋他芳草不多时

道咸词人的寥落穷愁

周济

年光终是好时多

太常引　周止庵

尊前英气教谁知。风雨立多时。燕子总来迟，恰衹是，楼高未依。

沈檀虔爇，凉蟾遥挂，香瓣四家词。恒起玉参差，问法乳，灯传几枝。

李旭东

道光十二年(1832),南京。春水园。

年轻的苏穆正提着笔,站在书案前,慢慢地书写着。淡淡的阳光照在她的鼻翼上,使得她鼻翼上那一层细细的汗珠都似乎发出晶莹的光来。

苏穆身量不高,与高大魁梧的周济站在一起的时候,显得尤其小巧。然而,也正因如此,使人不由自主地怜惜,不由自主地产生一种"我见犹怜"的感觉。至少,此刻的汤贻汾便有这样的感觉。

五十六岁的汤贻汾手捋白须,微笑着,与妻子董琬贞站在一旁,静静地瞧着苏穆一字一字地慢慢写下去。站在苏穆身边的周济,眼中满是柔情。

其实,周济早已年过半百了。

唤春魂。倩罗浮枝上,翠羽下仙云。陶谷苍虬,古香曾识,寻常不数江村。傍清沼、亭亭袅袅,三两枝、留与客温存。竹外篱边,松风桧雨,旧梦无尘。　　不道西湖当日,早浓香疏影,立尽黄昏。彩笔闲题,家山重到,况禁雪护柴门。定记得、晓寒楼上,擘鸾笺、芳意蔼朝暾。待到花梢月转,再赋新痕。

——苏穆《一萼红·题雨生都督双湖夫人画梅楼双照》

写罢,苏穆红着脸,小心地看向周济,低着声道:"你先帮我看看……"她的神情怯怯的,就像雨中瘦弱的花儿似的。

周济刚想做声,却听得汤贻汾一拍大腿,大声道:"好!"汤贻汾原是武将出身,身量不高,声音却极是洪亮。这一声叫"好",使得苏穆不由自主地就吓了一跳,怯怯地躲到了周济的身后,然后,牵着周济的胳膊,偷偷地探出头来,瞧向这个精神矍铄的老人。

老人头发花白,可精神头儿,怎么看也不像是个五十六岁的人。

董琬贞见苏穆胆怯的样子,不由嗔怪地瞪了汤贻汾一眼,道:"都要六十岁的人了,一呼一咋的,吓坏了苏姑娘。"说罢,便冲着苏穆道:"别理他,这个老头子,就是一呼一咋的,嗓门儿还特别大。"

苏穆红着脸，小声道："夫子的嗓门儿也很大的。"一边说着，一边便悄悄抬头，瞧向周济。

周济还没开口，汤贻汾又大笑起来，道："嗓门儿大才是大丈夫嘛。再说了，老夫原就是武将，嗓门儿不大又怎么行？总不成上了战场，还像个娘们儿似的，嘤嘤地道，兄弟们，给奴家上啊……"最后几句话，汤贻汾捏着嗓子，装着女子的腔调，柔肠百转的模样。更要命的是，在捏着嗓子的同时，这老汉不仅翘起了兰花指，身子还轻轻扭动着，真的就像舞台上的花旦似的——只可惜，没有穿戏装，也就没有水袖可舞，否则，就更像是一个女儿家了。

汤贻汾原就精于戏曲，写过《剑人缘传奇》，这装腔作势，对于他来说，原就是一件很简单的事；最多也就是声音到底有些粗，不似那些自小学戏的旦角一般。

苏穆忍俊不禁，"噗嗤"一声，笑了出来。笑罢，好像觉着有些不妥，忙就又偷偷地看了周济一眼，见周济浑不在意的模样，方才轻轻地吐了一下舌头，放下心来。不知道为什么，对夫子，她总是有些敬又有些怕。

她想起，当年，刚刚嫁与夫子的时候，是那样的惊恐不安，就像惊弓之鸟一般。

二

苏穆是十六岁那年嫁与周济为侧室的。
那一年，周济四十八岁。

道光元年（1821），孙玉庭授协办大学士，留两江总督，经过扬州的时候，将闻名已久的周济请入舟中，畅谈之下，不由大为惊讶，道："君，将才也，承平无所试，可姑试诸两淮私枭乎？"济曰："诺。"孙玉庭便下令，淮北各营伍及州县听其号令。当时，淮北枭徒千百为群，器械精锐。周济先招募豪士，再招募巡卒，教以击刺，一个多月之后，军已可用。周济便率领他们纵横两淮，屡次大败私枭，淮北敛迹。然而，也正是在这个时候，忽然有一天，周济慨然叹道："醝务不治其本而徒缉私，私不可胜缉也。"

闻得周济辞去差事，淮南盐商竟筹措了数万金，来请周济。周济大笑着，将这笔银子收下，而后，买妖姬，养豪客，酣歌酒楼中。

也许,这不是他要的生活;然而,他真的就这么做了。

直到道光八年(1828),忽然有一日,周济大悟,遣散宾客,离开了扬州,到了南京,寓居在春水园中。

苏穆正是在这一年嫁给了周济,成为他的侧室。

苏穆是扬州人。父母早亡,养母徐氏。她嫁与周济之后,也还能与养母同住。然而,当周济决定离开扬州前往南京的时候,苏穆只好随他而去。

从此,她再也没有见到自己的养母。

直到她死去。

幼失怙恃,依于徐氏,徐母钟爱十有六载,未尝暂离,于归后尚得同居。道光八年,随夫子返春水园,母悲不成语,良久泣曰:"吾年老矣,儿去恐难再见。"又曰:"儿去能安乐,我心亦慰。"训语臻至,心痛拜受。一载之中,音书不绝,至十年正月,忽闻仙逝,呜呼! 疾不能亲待汤药,亡不能抚棺一恸。抚我育我,将欲何为! 忽焉五稔,素秋欲尽,触目伤心,为词以记。

断红衰绿。迷遥望,沉沉千里烟雾。一番秋送几番愁,忍向霜天诉。纵化作、楚鸦飞去。迢迢不是天涯路。料宿草萋萋,封不断、当时望眼,白云深处。　　漫倚浅碧阑干,回廊绕遍,断肠空自凝伫。月痕初上画帘旌,惯促斜阳暮。算只剩、垂杨几缕。临池犹惹风姨妒。便待得、春风转,野径棠梨,奈它烟雨。

——苏穆《霜叶飞》

三

"丫头,"周济爱怜地站在苏穆的身后,道,"又想家了?"

苏穆没有回头。

她的眼,微微地有些湿润。

夫子是老了,胡子也白了,可不知道为什么,从红盖头被掀起的那一刻起,她原本忐忑的心一瞬间就安静了下来。

夫子很是高大,高大得让苏穆相信会是她这一生的依靠。

"要不……将你母亲接到南京来?"周济柔声道。其实,离开扬州的时候,周济也曾想过将徐母一起带来,只是徐母拒绝了。徐母道,年纪大了,不想离开了。当时,说这话的时候,很是感伤。"吾年老矣,儿去恐难再见。""儿去能安乐,我心亦慰。"然而,她又这样对苏穆说道。

周济没有坚持。

叶落归根。周济自是明白，人老了之后，总是不愿意离开故乡，便是死，也想死在故乡的。南京与扬州虽说不是隔得很远，可一来一去的话，也决不是三五天那么简单。更何况，年纪大的人，往往是经受不了这样的车马劳顿的。

苏穆叹了口气，苦笑道："她不会来的。"

周济沉吟一下，便道："那什么时候空下来，我陪你回一趟扬州吧。"

苏穆心中一暖，没有作声，只是身子微微往后，倚靠到丈夫的怀中。

"谢谢你。"苏穆低低地道。

周济一笑，爱怜地摸了摸她的头，道："傻孩子！"

"谢谢你给我一个家。"苏穆在心中默默地、轻轻地道，"谢谢你这样疼我、怜我……"

她想起，临上轿的时候，养母也曾这样说过："男人嘛，老一点，会更疼人。"原来，养母说的都是真的。苏穆这样想着。

可是，不知道为什么，每一次，与丈夫在一起的时候，她的心中，还是有些怯怯的。就像雨中花一般。雨轻轻地落在花上，分明那么柔和，可是，那花儿，总还是不由自主地有些颤抖，仿佛很惊怯的模样。

细雨宵潜湿，青桐叶半凋。临池弱柳万千娇。系惯离情，系不住魂销。　　唤起重帏醉，谁家弄玉箫。秋声怕问广陵潮。吹入秋心，吹不展芭蕉。

——苏穆《南歌子》

苏穆原就认得字，读过一些书。嫁与周济之后，开始跟周济学词。这使得周济大为欢喜，也用心地教她。很快地，周济便从欢喜转为惊喜，道："佩襄，你是天生的词人呢。"

苏穆微笑。

很小的时候，养母就曾这样对她说过，要想得到丈夫的心，首先，就得去做丈夫喜欢的事。

养母的话，一向都很有道理。

四

苏穆坐在门前的台阶上,双手托着下巴,呆呆地瞧着正在聚精会神打拳的周济。周济自幼学武,据说,学的是《易筋经》。不过,苏穆没有问过。对于苏穆来说,周济是不是学《易筋经》,根本就不重要;甚至《易筋经》究竟是什么,修习之后会怎样,她也不会关心。

她所关心的,只是眼前的这个男人。

无论这个男人怎样,她所关心的,都只是他。

旭日之下,周济的一招一式,都如行云流水一般。微风吹过,吹动起他的衣襟,也吹动起他鬓边的丝丝白发。

"老了。"收势之后,周济微微地喘了几口气,心中叹道。年轻的时候,这样打一通拳后,哪里会像现在这样喘气?那时,一通拳后,便是再跑一个半个时辰,都没问题啊。如今,只不过打了一通拳,便感觉到阵阵疲累。

"真的是老了。"周济心中不免又有些怅然。鬓边已有白发,胡子也有了根根白茎。最重要的是,气力已经大不如前。到底已经年过半百了。周济自嘲地想道。故人亦似春末之花,逐渐凋零。

周济知道,当春天过去,所有的花,都会凋零。

人既然有过花一样的岁月,也就必然会像花儿一样凋零。

见千丈、游丝飞袅。拂柳黏花,系春多少。替得春愁,又扶春困惜春老。一声啼鸩,都换却、池塘草。只管背人归,定不管、抛人争好。　　还道。是而今去也,毕竟为伊重到。青梅煮酒,容易盼、绿蓑收钓。作弄出、万种秋声,渐催向、寒天霜晓。但化石枯松,斜倚苍崖一笑。

——周济《长亭怨慢》

苏穆几乎是跳着走到周济的身前,她掏出手帕,替他擦去额头上的汗。周济忙道:"我自己来。"苏穆嘻嘻地笑着,却没有肯将手帕交给周济,而是垫着脚,就像藤缠树一般,几乎要缠到周济的身上。可惜,还是够不着。

周济苦笑一下,微微地往下蹲了蹲。

可任谁都看得出来,此刻,周济的心头是怎样的甜蜜。

这是上苍给他的礼物。有时候,周济也会忍不住这样想道。他又将头微微低下,任得苏穆将他额头、脸上的汗水擦尽。

"佩囊……"

"嗯?"

周济愣了一下,一时间,竟又不知道说些什么才好。他只觉得,满心的柔软,只觉得,每天的这一刻,都是上天的恩赐。

五

"夫子,你真的是济癫大师转世么?"嫁过来没多久,苏穆便听到了关于周济的传说。传说,当年,其父梦癫僧驱虎入室,醒而周济出生,故而名"济"。世人对这样的传说,总是津津乐道。

周济大笑:"你说呢?"

苏穆想了想,莞尔而笑,道:"济癫大师是和尚,你又不是。"

周济又大笑,道:"年轻的时候,酒色财气,为夫我可一样都不缺。"

苏穆忽就又是一笑,悠悠道:"酒肉穿肠过,佛祖心中留。夫子心中有佛呢。"

周济大笑不止。

"夫子,教我填词吧。"忽然有一天,苏穆这样对周济说道。

"为什么?"周济奇道。

苏穆轻轻道:"因为我想学。"

苏穆很认真的模样。

那一回,苏穆替周济整理书房,在书房中,读到他的朋友寄给他的一些词。

小楼帘卷东风细。杨柳烟如醉。陌头不断玉骢嘶。试问莺儿曾否叩芳菲。　　临窗不是忺梳洗。新更添憔悴。梦中只怕被郎知。郎若真来还肯画蛾眉。

——周青《虞美人》

春到未教知,春去偏教见。金勒骢嘶陌上香,人在深深院。

转眼又飞花,心逐东风乱。青草庭深细雨来,莫卷珠帘看。

———周青《卜算子》

西御见虹桥外柳株被伐而吊之,予适反自都中,感而属和,用西御韵。

记风外、月明烟渚。绿皱丝垂,依依如许。桂棹萦回,多情点点绕轻絮。惜春情重,拼付与、新红雨。怎会得青青,便怨绝、长亭吟苦。　　延伫。盼东君不见,况说危栏无主。湖山犹是,忍重问、当年张绪。纵杜宇、唤得春归,只横笛、伤春何处。剩赋就兰成,悽怆江潭前度。

———包世臣《长亭怨慢》

柳丝疏处西风悄。窥影银塘小。碧阑干外玉参差。恰是一钩新月上来时。　　仙城天上花如锦。往事难重省。采莲船去水波寒。只共青娥素女斗婵娟。

———李兆洛《虞美人》

又催动、伤离情绪。逝水年华,暗教轻误。莫忆天涯,长空回首欲飘絮。海棠开早,待不到、斜阳暮。多少落花风,珍重也、相思一缕。　　何据。算凭栏怅望,剩有新愁无主。踏青春晚,更休说、凤鞋归路。千万点、细雨声中,好分付、飞红来去。只落得、绿阴深里,乌啼树树。

———董士锡《长亭怨慢·感逝有作》

这些词,使苏穆心为之动,情为之生。

原来,世间有这样美好的文字。苏穆这样想道。

忽然有一天,苏穆就看见周济坐在书房里,默默地流泪。他身前的书桌上,是一封已经拆开的信。

苏穆慌道:"夫子,你怎么了?"

她从未见过周济流泪。

这样一条高大的汉子,每一天脸上都带着笑意的汉子,现在,就这样,默默地流着泪,无尽哀伤。

"晋卿死了。"周济嘶哑着声音道,"他比我还要小一岁。"

苏穆惊了一下,不过,什么也没说,只是掏出手帕,默默地替周济拭去脸上的泪。

周济道："还有木君。他……他死了已近十年了。死的时候，才三十来岁。"他想起，当年，三十多岁的周青，愁苦怨抑，一相见便会不住叹老。从辈分来说，周青应是族祖；不过，两人一直都相处如兄弟。周青擅词，然而，足不出里，故几无识者，死后，遗词更是散失殆尽。

想到这里，周济更是悲从中来。

固然知道人终会死去，固然知道人越老接触到的死亡也就会越多，然而，这还是使周济一阵阵黯然。

他低头，看着正有些不知所措的苏穆，没由来地心头又是一恸，心道："他年我死，你又当如何？"

苏穆比他要年轻三十二岁啊。

当初，之所以决定娶苏穆，是因为他年近五旬尚未有子。只可惜，进门这么久，苏穆终究未能怀孕。

若他年周济死去，苏穆又不曾生养，还能在周家待下去么？

六

"中了！"

"中了！"

"中了！"

当报喜声声声传进来的时候，周济只是微微一笑，依旧提着笔，在纸上写着什么，仿佛这声声"中了"与他毫不相干似的。

周济自幼文武兼修，好读史，好观古今兵略，习骑射，习击刺，艺绝精。《易筋经》云云，虽说只是传说，却也相差无几。

嘉庆九年（1804），周济举乡魁。而后，与好友李兆洛、陆继辂、周仪暐等人同赴京师，参加会试。

只可惜，这一科的乡试，包世臣名落孙山。

李兆洛瞧瞧周济，嘴唇动了动，神情有些紧张，却到底什么也没有说。

那大叫"中了"的，是店里的伙计。今天发榜，一大早，掌柜的就打发几个伙计去看榜了。要知道，如果有入住的举子金榜题名，对于这家客栈来说，那可有莫大的好处；其他不说，中举的老爷，将来对这家客栈多少也会关照一点儿不是？

客栈掌柜的可从来都不敢也不会得罪来入住的举子。朝为田舍郎,暮登天子堂。这些年,这样的故事,早不知发生了多少,掌柜的也早不知看到多少。那些以为掌柜的会"狗眼看人低",看见穷举子就会欺负的人,差不多都是扯淡。

"中了!"大堂里,几乎是奔回来的一个伙计气喘吁吁地道。

掌柜的笑道:"是哪位老爷中了? 报喜也要报个清楚嘛。"

那伙计笑嘻嘻地道:"是阳湖的李兆洛李老爷……"

掌柜的哈哈一笑,便高声叫了起来:"阳湖的李兆洛李老爷,金榜题名……"他声音洪亮,几乎响彻云霄。至于中了哪一榜、第几名,那伙计没说,掌柜的也就没有问。因为对于掌柜的来说,中了,就是进士,将来就是官老爷,哪一榜又有什么关系? 哪一榜都是他要巴结的,都是他得罪不起的。

那伙计笑道:"他们几个还在看榜呢,说不定,还有住在我们店里的哪一位中了呢。"

掌柜的哈哈笑着,早就上楼,去寻李兆洛了。

李兆洛早就听到自己的名字,一愣之后,压抑住心头的欢喜,转头去看周济;周济放下笔,微微一笑,道:"恭喜申耆兄。"李兆洛比周济要大十二岁,今年三十七岁了。

李兆洛嘿嘿地笑着,道:"保绪,你不紧张?"

周济奇道:"紧张什么?"

李兆洛开玩笑道:"万一这一科你不得中呢?"

周济哂然一笑,丝毫没有将李兆洛的话放在心上。

两人正打趣间,便又听得大堂里有个洪亮的声音道:"荆溪周济周老爷高中了……"

周济与李兆洛相视一笑。

只可惜,这一科,陆继辂与周仪暐都名落孙山。

发榜之后,自然便要开始准备殿试。殿试的前一天,李兆洛沉吟良久,还是对周济说道:"保绪,有句话,我思忖再三,还是想和你说。"他自嘲地笑了一下,道:"我年纪总算是痴长几岁,保绪啊,听哥哥一句话。"

周济奇怪地看了李兆洛一眼,道:"申耆兄,你我相交这么多年,有什么话只管说就是。"

李兆洛正色道:"明日殿试,保绪,切勿有过激语,求个'稳'字即可。"说着,双目炯炯,紧盯着周济。会试之后,无论名次,都在三甲,铁定是进士出身,殿试一般来说,也就是走个过场;对于这些新科进士来说,不求有功但求无过,才是最紧要的。李兆洛与周济相交已久,自然明白周济的秉性,唯恐他在殿试的时候发狂言,有什么惊人之语。

周济沉吟一下,道:"始进,敢欺君乎?"

于是,"廷对纵言天下事,字数逾格,以三甲归班,铨选知县,改就淮安府学教授"。

这是多少年前的事了。

那时,多年轻。

七

祭典终于结束了。

王毂漫不经心地踱出大殿,一躬身,就要上车,回衙门去。老实说,从天还没亮到现在,王毂真的很累了。然而,作为淮安知府的王毂,又决然无法避开这样的祭孔大典;不仅无法避开,还要参与整个过程,一刻都不能歇息。

此刻,王毂只想早些回到衙门,好生地睡上一觉。

"大人,大人……"王毂刚抬起一条腿,还没上车呢,忽就听周济大声嚷嚷道。

王毂微一皱眉,将已经抬起的腿又收了回来。腿很酸麻,脚也因长时间捂在靴子里很难受。

"大人!"周济已赶到身前,"大人是要回衙门去么?"

"唔。"王毂淡淡地说道。他真的已经很累了,累得不想多说一句话。

周济迟疑一下,轻轻地道:"大人,在这里上车的话,不合礼法啊。"

王毂脸色微变:"嗯?"

周济肯定地点头,道:"大人,不可以在这里上车。"

王毂哼了一声,道:"本官今天有些累了。"说着,转过身去,就想抬脚上车,心道:这人如此不懂人情,着实可恨。作为淮安知府的王毂,在淮安这么多年,谁敢这样对他说话?更何况,祭典之后,王毂真的是很累了,纵然是在大殿外上车不合礼法,却也绝对是情有可原。再说了，这在大殿外上车，也着实是一件很小的事。所谓"不合礼法"，要么是太迂腐，要么是存心与他作对。王毂相信，换任何一个人来做府学教授，都不会像周济这样，居然来阻止他在殿门外上车。

府学教授，进士出身，清流。这些在王毂看来，可一钱不值，要收拾的话，轻而易举。在抬脚的刹那，王毂已经想着，找一个合适的机会，将这个不知天高地厚之人赶出淮安去。

在淮安，王毂决不会容忍一个想与他作对的人。嗯，作对？配么？王毂这样想着，在心里不觉一声冷笑。是苍蝇。嗡嗡嗡地，在眼前飞，作对是不配的，可也着实使人讨厌。

王毂都懒得跟这人多说话了。

"大人！"周济心里一急，一伸手，一把将王毂抓住。

王毂脸色大变，低声喝道："放手！"一边说着，一边便想挣脱开来。却哪曾料周济自幼习武，何等气力，他不过是一介书生，又怎么可能挣得脱？

"大人！"周济轻轻地却极是坚定地道，"这不合礼法！"

王毂怒道："本官叫你放手！"

周济只是轻轻摇头，右手似铁钳一般，紧抓在王毂的肩头上。王毂脸色涨得通红。这时，几个同僚早见状赶来，一时间，却又不知该如何劝说。从礼法上讲，的确是知府大人的错；可周济这样一把抓住知府大人不让他上车，也是怎么说都说不过去啊。

山阳县王伸汉冷笑一声，道："周保绪，你好大胆！"说着，便伸手想将周济拉开。可王伸汉与王毂一样，都只是一介书生，纵不说手无缚鸡之力，却也是决然不可能拉开周济的。

周济淡淡地道："不是下官大胆，而是知府大人这样做不合礼法，下官没看见倒也罢了，下官既然看见了，就不能不管。"

王毂见人越聚越多，脸色也就涨得越来越红，心下恼怒非常。"好，好，好，"王毂低低地连叫三声，"周保绪，本官就从了你。"说着，将已经踏上车子踏板的脚收回，站定之后，冷冷道："还不放手么？"

"大人恕罪。"周济松开手，深深一礼。

王毂嘿嘿一笑，一转身，拂袖而去。王伸汉仰天大笑几声，瞧着周济，森然道："周保绪，你好自为之。"说着，也扬长而去。

"唉。"有与周济要好的，叹息一声，道，"保绪啊保绪，我该说你什么好呢？'破家的知县，灭门的知府'，保绪，这不是玩笑啊。"

周济淡淡地道："我知道。"

周济当然知道。

而且，他很快就明白，得罪了知府大人的府学教授，在淮安，几乎寸步难行。甚至用不着知府大人吩咐，各种刁难，便纷至沓来，使周济应付不暇。

"保绪啊，"朋友忧心忡忡，道，"这官，还是辞了吧，否则……"他轻轻摇头。整个淮安官场，任谁都能看得到，知府大人现在正针对周济，只待时机，便好收拾了他。

周济叹息一声，便称病辞官。

这是嘉庆十三年（1808）的事。

这一年的秋天，秋水大涨，黄河决口，一夕之间，淮、泗成为泽国。嘉庆帝发下谕旨，调拨钱粮，赈济百姓，同时，又下诏给两江总督铁保，要他派人巡视灾情，查证赈济情况。三十七岁的新科进士李毓昌受命查赈山阳县。

很快，李毓昌就发现，朝廷拨给山阳县的赈银共九万两，其中竟有两万五千两为知县王伸汉所贪贿。李毓昌义愤填膺，已自准备上报总督衙门，却不知他的三个仆役李祥、顾祥、马连升为王伸汉所收买，很快就将他出卖。王伸汉托人许以万两白银，只求两下里相安无事。王伸汉所没有想到的是，李毓昌竟毫不犹豫地拒绝了。这使得王伸汉大为惊恐，与心腹包祥商议，包祥便给他出了个主意，指使李祥等三人毒死了李毓昌。李毓昌死后，王伸汉得到查赈清册与相关呈文，算是松了口气。然而，李毓昌的死终究不是一件小事，要想掩盖下来，还得有赖于淮安知府王毂。见了王毂之后，王伸汉没有丝毫隐瞒，将必杀李毓昌的缘由与杀害李毓昌的经过和盘托出，求他帮助遮掩；同时，许以二千两白银。王毂一口答应了下来，喝令分明已经做出正确推论的仵作在验尸单上填作"自缢而死"。

本来呢，事情也就这样过去了。一个新科进士，说起来是进士，在官场上终究是无根无底的，谁也不会为这件已经有了结论的事情多说些什么，即使是两江总督铁保，也没有提出任何疑问，只是批复，叫山阳县好生处理后事，如此而已。

一切都顺顺利利的，王伸汉大喜，将二千两白银如数送给王毂,那三个恶奴呢,每人除了一份厚赏之外,李祥还做了长洲通判的随从,马连升做了宝应知县的跟差——唯有顾祥自愿回家,买田买屋、娶妻生子去了。

本来呢,事情真的就这样过去了——如果不是李太清因王伸汉过于殷勤而起了疑心的话。

嘉庆十四年(1809)春,李毓昌族叔李太清赶到山阳县,迎柩归葬。王伸汉表现热情,并以白银一百五十两相赠。李太清问及李毓昌的仆役随从,王伸汉表示,各已安置。再加上在收拾入殓李毓昌遗体的时候,发现李毓昌写下的"山阳知县冒赈,以利陷毓昌,毓昌不敢受"这样的字句,李太清自然便起了疑心。不过,他倒也不动声色,先将李毓昌的遗体运回族中。回去之后,族人商议一番,决定开棺,很容易就发现,李毓昌是死于砒霜。于是,李太清代表族人赴京告状。起初,只是告到都察院,却不料都察院见诉状复杂、事关人命,不敢自主,便上报了朝廷,直到落到嘉庆帝手中。嘉庆帝便下了谕旨,责令根究,以期水落石出。

谕旨到了江苏之后,从铁保往下,竟都认为事情已经过去,无从查究,也不必查究,竟一拖再拖,直拖到盛夏。

李太清再次闯入都察院,击鼓鸣冤。

嘉庆帝勃然大怒,因李毓昌是山东人,便直接给山东巡抚吉伦下旨,命他查办。吉伦不敢怠慢,将李毓昌遗体运到省城,再次开馆,确定了死者死因:很明显,李毓昌是中毒而死。将结论上报朝廷之后,嘉庆帝便下诏逮捕了王伸汉、包祥、李祥、顾祥、马连升等人,并将所有有牵连的人员全部拘押至京。

事情很快就搞清楚了,李毓昌沉冤得雪。到秋天,嘉庆帝亲自主持结案,追赏李毓昌知府之衔,又作《悯忠诗三十韵》以彰其德。李太清侠肝义胆,嘉庆帝便赏了他一个武举的身份。

王伸汉诏令斩首,家产抄没充公,儿子被罚为军奴,发配伊犁。

恶奴包祥与王伸汉一起斩首。

淮安知府王毂"知情受贿,同恶相济",罪在不赦,处以绞刑。

李祥等三人,凌迟处死。

铁保"昏聩糊涂至极",被摘去顶戴花翎,发配乌鲁木齐效力赎罪。

江苏巡抚汪日章"于所属有此等巨案,全无察觉,如同聋聩,实属年老无能",革去官职,降为庶民。

淮安其余大小官吏都因此案而受到牵连,各有惩处。唯周济因已辞官,竟能得免。

老子说,"祸兮福之所倚,福兮祸之所伏",真的是人世间的事,谁也说不清了。

八

辞官之后,周济应田钧之请,前往宝山,与之商议海防之事。

田钧,巨野人,时任宝山县令。

"保绪,保绪啊,"当周济到达县衙门口的时候,田钧几乎是想都没想,就冲了出去,一把抓住他的双手,道,"我现在就像是大旱之盼云霓,可将你等来了。"说着,开心地大笑起来,以至于跟在他身后的师爷、班头现出奇怪的神情来。

自从海贼蔡牵出现,知县大老爷的脸上就几乎不曾有过笑容。蔡牵来去如风,虽说还没有劫掠宝山,可天知道他什么时候就会出现。

周济悠悠道:"田兄,我说你可不够厚道,这是将我诓过来做打手呢。"

田钧哈哈地笑着,道:"不管,反正我不管,宝山的这海防之事,便交予保绪你了。"

周济身子微微后倾,睥睨道:"信得过我?"

"信得过,信得过,"田钧笑道,"兄的本事,别人不明白,我还不明白么?"

田钧只觉胸口的那块大石头,在周济到来的刹那,便放了下来,人一下子就轻松得像是踩在棉花上,恨不得立刻就倒下来,快活地打滚儿。

周济呵呵一笑,便留在了宝山。老实说,对自己的本事,周济自己也很相信,只不过一直都没有机会在人前显露而已。只可惜,在宝山客居了几年,那海贼蔡牵也没有在宝山出现过,这使得周济似乎有些失落。

嘉庆十八年(1813)的春天如期来临。这一年,周济已经三十三岁了。这一天,他跟往常一样,起身以后,一通拳打过,出了一身淋漓的大汗,而后,便信步到衙门里去。几年来,即使没有什么事发生,周济却也不敢怠慢。他熟读古今战事,自然明白,看似平静的水面,下面往往会有着汹涌的激流。

人刚刚进入衙门,忽就听得衙门里有人在号啕大哭。这使得周济一愣,心道:谁敢在衙门里这样哭?哭得如此之放肆?那声音……

周济脸色一变。

他自然很快就听出,那是田钧的哭声。

周济走路一向都很快,别人走一步的时间,他能走出三四步去。可这哭声,使他不由自主地将脚步放慢了下来,心道:田钧为什么哭?不会是海贼出现了吧?转念却又想道:这不可能。若海贼出现,知县大老爷这样痛哭,传出去的话还不被人骂死?

正沉吟间,师爷走了出来,一眼瞧见周济,稍一迟疑,便迎了上来:"保绪兄。"衙门里,其他人对周济其实都有些不理不睬的,只觉周济就是个吃闲饭的,在宝山这么多年,什么事都没做过;即使海贼没有出现,衙门里就没其他事可做了? 只不过知县大老爷都不说什么,其他人自然也就不多说什么了。

只有师爷。

师爷对周济一向都是客客气气的。

"怎么回事?"周济悄声问道。

师爷苦笑道:"老太太去了。"

周济一惊。

师爷道:"昨儿才收到的家书,说,老太太前些日子去了。"

周济点头。他明白,田钧必须丁忧去职了。

去职之后,周济与田钧一路北行,哪知道到苏州的时候,田钧哀伤过度,一病不起。而此时,白莲教起事于曹州。

曹州正与巨野相邻。

田钧面有忧色,一方面伤心老母去世,另一方面也担忧家人安危。

周济沉吟一下,道:"仲衡,要不然我替你走一趟吧。"

田钧一愣,挣扎着想坐起,道:"这些日子,已经很麻烦你了……"在苏州生病的这些日子,一直都是周济在左右照顾着。

周济好像没有遇到麻烦的样子,相反,竟还显得有些兴奋的模样。

"不麻烦,不麻烦。"周济笑着说道。吩咐下人将田钧照看好之后,周济便去找了他的一个朋友——四川武举子任子田,相约一起北上。那武举子闻得山东白莲匪乱，竟也是一脸的兴奋。

两人戎装北上，七昼夜疾驰二千余里，到巨野，知田钧家人无恙，便都松了一口气。将老太太安葬之后，二人没有直接回去，而是往来曹州、济州之间，视察贼情与官军战守之术。乾嘉年间，一向太平，这样的匪乱，真的很难遇到。如果遇到，对于这两个武痴来说，无疑就似饕餮遇到大餐一般。

任子田说："保绪兄，你应该考武举，中武进士才是。"

周济大笑。或许，对于周济来说，这才是平生所愿。

有一回，两人车行路上，突遇数百曹州贼。周济转头瞧着任子田，笑道："如何？"

任子田便也笑。

这两人竟然丝毫不惧，下车之后，各持一枪，挺枪直刺，便将冲在最前面的两人刺死，而后，呼喝着冲入贼群，如虎探狼群一般，瞬息间，已刺倒几十人。贼众大惊，转身便逃。

周济与任子田相视而笑。

他们知道，这白莲教匪说到底就是普通的百姓，哪里会什么武艺？更重要的是，他们是乌合之众，所以，才会见势不妙就逃之夭夭。

倘若数百人不要命地往前直冲，他们两个纵然武艺高强，只怕也会很麻烦。

山东的白莲匪乱很快被平定。盐运使刘清与周济相谈甚欢，想将他留在麾下。周济笑道："匪乱已平，留之何益？"

回到苏州，田钧病是好了差不多，可那位宝山新任知县不断发文追索官帑，使得他依旧愁眉不展。

虽然说，这也怪不得新任知县。

四千多两的亏空，谁愿意背？

田钧苦笑道："我可没有这样追索过我的前任。"

国朝开国以来，官帑亏空，原就是很寻常的事，只要不是塞进自己的腰包，一般说来，继任者都会将前任的亏空吃下来；有的便塞进了腰包，继任者也只好吃下这个哑巴亏的。

谁都知道，事情如果闹大，会涉及很多人，其中必然有小小知县绝对惹不起的一个存在。

周济知道自己的朋友没有将这些银子塞进腰包，如今，这样追索，他又哪里拿得出来？可要是不将这笔官帑还清，从道理上来讲,也实在说不过去。毕竟,约定俗成是一回事,实际情况又是另一回事。新任知县不肯约定俗成,只愿公事公办。

周济道:"我来吧。"

他便写信给那位新任知县,表示可以将自己的十几间屋子与五十亩地来抵销那四千多两的官帑。

那位新任知县总算答应了。

那一年,周济不过三十多岁。

那时,是那么年轻。

仗义疏财、侠肝义胆,年轻的周济名动江湖。

九

一眨眼便是二十年,到如今,人已老矣。当人老去的时候,才会明白,人老得很快,很快。就像门前的花儿,分明才见艳丽地开放着,不知不觉间,已在风雨中憔悴与飘零。

或许,只有苏穆在身边的时候,他才会恍然想起,原来,自己也曾年轻过。

年轻的日子,终须是一去不复返。

缺月临清晓。便向花丛绕。一夜和衣睡、醒来早。细看池面,减却香多少。刚待伊来到。待得伊来,为伊添恨添恼。 寻常百种,落去还颠倒。况是香胜色来云表。乍开时节,玉露金风了。那见春光好。教见春光,不辞人共花老。

——周济《满路花》

不知不觉间,真的老了。有时,周济就不无感慨地这样叹息道。每当这时,苏穆都会抿嘴笑道:"妾身又没嫌你老。"

那如花的容颜在笑着的时候,就像春光一样灿烂。

周济忽然觉得,眼前这个年轻而聪慧的女子,真的是上天赐予他的最好的礼物。当初,娶她的时候,是因为年近半百而无子,所谓"不孝有三,无后为大",周济不能不考虑自己的身后事。

只可惜,这些年来,苏穆始终都没能怀上。

苏穆曾柔声道:"老爷,要不再纳一房妾室吧。"

周济笑道:"命中有时终须有,命中无时莫强求。"

苏穆叹道:"是妾身不争气,对不起周家。"

周济大笑道:"不关你事。"这样说着,心中满是柔情。人生,总不能太完美的。就像好花易折、明月长缺一样。

十

神仙卷属来时,轻装只带湖山气。研匣才安,琴囊未解,雪飞如此。旧日园林,新邀吟赏,松腾桂喜。便芭蕉绿老,墙阴凝立,也消得,王维意。　　休问虎头猿臂。但崎崟、壮游堪记。朔漠呼鹰,罗浮骑蝶,卅年身世。又访寒虫,寻常便到,水边石底。把幽衷付与,朱弦彩笔,唤闲鸥起。

——周济《水龙吟·雨生移赓春水园,小雪赋赠》

汤贻汾夫妇的到来,使得周济大为高兴。

周济十六岁开始学词,二十四岁与董士锡相识,"遂受法晋卿","已而造诣日以异,论说亦互相短长"。董士锡是张惠言、张琦兄弟的外甥,是张惠言的嫡系传人,更是张惠言之婿,可谓得常州法乳。张琦的妻子汤瑶卿则是汤贻汾的族叔伯汤修业之女。周济与汤贻汾相识相知,也正因有这一层关系在。只不过,要仔细论起来,周济与董士锡半师半友之间,而汤贻汾可要比董士锡长上一辈。

有时,汤贻汾也会拿此玩笑,道:"保绪,你该唤我爷爷才是。来,叫一个,叫汤爷爷。"说着,便是放肆地大笑。这个时候,董琬贞往往会笑着啐道:"老了老了,你越老越不要脸了。"

汤贻汾便一本正经地道:"即使不唤爷爷,至少也得唤声叔叔不是?"他掰着指头,又道,"瑶卿是晋卿的姊子不是? 即使不算他是皋文的女婿,那也是张家的外甥不是? 那也得唤瑶卿一声舅母不是? 也得唤老夫一声舅舅不是?"

他这边一本正经地说着,其他人早就听得头昏脑涨,浑不知这其间的错综复杂了。

事实上,汤贻汾与董士锡也是平辈论交,并没有拿出个长辈的模样来。

"好,好,好词,"汤贻汾大声道,"保绪啊,这阕《一萼红》,可比你那个什么《水龙吟》要好,好得多。"其实,他头刚刚低下,哪里来得及将这阕长调读完。

周济也不以为意,微微一笑,道:"佩襄的词,一向就很好。"

汤贻汾瞪着眼,道:"你不生气?"

周济笑道:"我为什么要生气?"

"我夸她你不生气?"

"为什么要生气?"

董琬贞笑啐道:"你个老不羞的,没事儿做甚这般抬杠?"

汤贻汾嘿嘿一笑,道:"这个,嘿嘿,苏姑娘既然已经填词一首,保绪,你看着吧。"

周济哈哈一笑,便也提起笔来,文不加点地写道:

侧侧轻寒不碍春。碧琉璃外验春痕。暗香双护玉楼人。

各拟松筠标格品,对渲烟月貌丰神。旁人刚道是梅魂。

——周济《浣溪沙·雨生都督暨其配双湖夫人俱擅丹青,

有画梅楼双照,索题赋此》

当写到"暗香双护玉楼人"的时候,忍不住便回头看了一眼苏穆。苏穆眼光如水,也正柔柔地瞧着他。

周济不由得心中一荡,轻轻地摇头,暗道:老了,老了,还是这么容易心动。遇到苏穆之前,他以为这一辈子也不会再心动的。

一阕《浣溪沙》写罢,汤贻汾方才满意地点点头,待墨汁干了,小心地将画轴卷起,与周济先前画的那幅《双笠图》一起,交给了董琬贞,道:"夫人,这两幅画,就当作我们汤家的传世之宝,后世子孙,不管什么状况,都不许变卖。"他收敛起适才的调笑,神色很是庄重。

董琬贞笑着点头,道:"我会吩咐他们。"

周济苦笑道:"雨生,你这是想丢我的人呢。"与汤贻汾不同。汤贻汾书画宗董其昌,于道光年间,卓然名家。周济虽说也能书画,终非大家。

汤贻汾道:"我喜欢。"说着,忽地叹了口气,道:"就像喜欢晋卿的词一样。"说到此处,两人对望一眼,俱有些黯然。

董士锡已于去年去世了。

去年去世的,还有汤瑶卿。

董士锡去世的前一年,也就是道光十年(1830),其子董毅辑《续词选》二卷刊印于世。也是在这一年,张琦重刻《词选》。想来,对于董士锡来说,这是莫大的安慰吧。

因为常州词派凭这两部书而渐渐为世人所瞩目,而张氏兄弟、董氏父子,也必将因此而影响后世词人。

将两幅画收起,汤贻汾便说起《宋四家词选》来。这是周济今年刚刚编定的词选,自以为是学词之不二法门。汤贻汾叹道:"晋卿活着的时候,便时常与我说起这个问题。"周济点头,道:"当年若不是遇到晋卿,我大约也不会登堂,遑论入室。"周济从十六岁学词,至今已经差不多四十年了。古来学词者也多矣,然而,能够真正称之为大词人的又能有几?便是两宋,亦不过寥寥数家而已。周济选出四家,编成一集,以便世人学词。

……夫词,非寄托不入,专寄托不出,一物一事,引而伸之,触类多通,驱心若游丝之胃飞英,含毫如郢斤之斫蝇翼,以无厚入有间,既习已,意感偶生,假类毕达,阅载千百,馨欬弗达,斯入矣。赋情独深,逐境必寤,酝酿日久,冥发妄中,虽铺叙平淡,摹绩浅近,而万感横集,五中无主,读其篇者,临渊窥鱼,意为鲂鲤,中宵惊电,罔识东西,赤子随母笑啼,乡人缘剧喜怒,抑可谓能出矣。问涂碧山,历梦窗、稼轩以还清真之浑化。余所望于世之为词人者,盖如此。

——周济《宋四家词选序》

汤贻汾正色道:"保绪此举,功德无量啊。"说着,便又有些痛心地道:"词若无寄托,纯乎玩物矣。"他们都是熟读历代词之人,自然明白,国朝以来,很多词人,甚至包括浙派领袖朱彝尊,都曾写过什么咏美人乳之类。这着实是入了魔道。两人谈得投机,浑不管董琬贞与苏穆在一旁好生无趣的模样。

董琬贞轻声道:"这老家伙,入魔了。"

苏穆抿嘴一乐。

她想起,那一年,他娶了她之后,忽然有一日,就遣尽门下豪客,然后,带着她,从扬州来到南京,建春水园而居。

梦断江声里。拥重衾、一灯寒焰,欲眠还起。 搔首推篷看落月，衰柳荒芦如荠。渐四野、鸡鸣不已。酿雪云生星沉彩，料明朝、风力还相拟。应冻合，玉楼矣。　　归途不是论千里。奈年来、酒怀诗兴，消磨余几。刚问南朝栖隐处，又恐鶄鹕难比。浑不辨、枝头叶底。如此江山谁拼得，剩莼丝、长共鲈鱼美。只少个，季鹰耳。

——周济《贺新郎》

从此便是词人。

就像华丽的转身。

从前，是侠肝义胆的英雄；从此，是影响深远的词人。

就是周济。

十一

当周济决定替苏穆印行词集的时候，苏穆吓了一跳。

"这……"苏穆涨红了脸，道，"我……我的词，能见人？"虽说丈夫与丈夫的朋友都说她词不错，可她心中到底还是有些忐忑。苏穆虽说年纪不大，却也知道，有些话是当不得真的。比如汤贻汾赞她的词其实要胜过丈夫……

不过，这话，她好像爱听，心中也曾暗自欢喜。

周济笑眯眯地道："有什么不能见人的？莫非你写过什么不能见人的？"

苏穆急道："当然不是了。你，你……"她急得一下子说不出话来。她自然明白丈夫的意思。那一年，丈夫与汤贻汾论词，说到那些什么咏美人乳、美人足、美人指甲、美人浴之类的，都是一脸的鄙夷，道："这样的词，又怎么能见人呢？唉！"

他们叹息着。

因为写这样的词的，不无名家、大家。

董琬贞还好，都是近六十岁的人了，听着这些，只是笑骂道："汤雨生你个老不正经的……"

汤贻汾则是一本正经地道："为夫正是因为正经，所以才不写这样的词啊！"

苏穆年纪小，脸皮薄，站在一旁，直听得面红耳赤，轻声道："这些人，怎么这么不要脸！"

周济悠悠道："古来很多名士，都是这样。"顿了顿，又道，"其实,从前为夫也曾这样。"说着,便爽朗大笑。当年,归隐扬州的时候,周济一掷数万金,买美姬,养豪客,名满江湖。只不过到如今,年纪大了以后,才蓦然发现,当年的自己实在是太荒唐。又或者,人在年轻的时候,总会荒唐吧。否则,人生一直都这样一本正经,又还有什么意义?

> 隐约兰胸,菽发初匀,脂凝暗香。似罗罗翠叶,新垂桐子;盈盈紫茚,乍擘莲房。窦小含泉,花翻露蒂,两两巫峰最断肠。添惆怅,有纤褂一抹,即是红墙。　　偷将碧玉形相。怪瓜字初分蓄意藏。把朱栏倚处,横分半截;琼箫吹彻,界住中央。量取刀圭,调成药裹,宁断娇儿不断郎。风流句,让屯田柳七,曾赋酥娘。《汉杂事》:胸乳椒发。

——朱彝尊《沁园春·乳》

周济将《茶烟阁体物集》找来,翻到这一阕咏美人乳的《沁园春》给苏穆看,苏穆再一次面红耳赤,啐道:"词怎么可以这样写?"

周济叹道:"所以,张皋文兄弟才编定《词选》,提倡意内言外。"

苏穆嫣然一笑,道:"所以,老爷才编定《宋四家词选》,以为词贵有寄托。"

从张皋文兄弟、董士锡到周济,常州词派逐渐形成。苏穆相信,常州词派对于当今与后世的影响,必将超过阳羡派与浙派。

周济道:"佩囊,印行你的词集,我不是一时兴起,而是想过很多的。"周济收敛起调笑,很认真的样子。

老爷……

周济道:"你是我教出来的,印行你的词集,就是要让世人看看,词应该怎么写,让世人看看,词只有这样写,那才算是词。"

"老爷……"

苏穆又叫了一声,脸便有些红。虽说成亲已久,也算是老夫老妻了,可周济这样褒赞,苏穆还是觉着有些害羞。

周济悠悠道:"本朝妇人填词者也多矣,我只是想让世人知道,我家苏穆,不亚于人。"

惜秋来,萧萧瑟瑟花残。剩有篱菊丛丛,还耐碧天寒。待诉落

123

红离绪,奈蕉心难展,竹泪空弹。谩伤秋老去,窗前有月,且自吟看。　　楼头夜永,西风又送,青女骖鸾。盼到回春,彩笔共、蘘洲片玉,分样裁笺。怜它燕子,写楼香、旧梦刚圆。掩绣阁,对琉璃研匣、绿云红雨,都付遥天。

——苏穆《湘春夜月·春水园填词图》

道光十三年(1833)六月,周仪暐为《储素楼词》作序。

周仪暐,字伯恬,阳湖人。乾隆四十二年(1777)生人,序《储素楼词》时,已六十七岁。他在序中写道:

……家介存进士,业暨骨董,体兼管葛,知言以为养,善隐而用文。道光庚辰之岁,侨居白下春水园。著论之余,究心词学,自谓得其奥窔,可以冠冕宋人。……簏室苏氏佩襄,居鸾凰之列,凤乃为公;分桃李之春,兰斯独秀。时依缣素,遂习宫商,促拍慢声,都娴轨则。晨夕咏讽,成《储素楼词》一卷。花模月范,瑶理琼辉,嫱、施难比色於常仪,蛮、素可乱真於长庆。园中饶台榭竹木之胜,风廊水约,萤扇鱼缗,托物吟成,抒毫赋就。一篇乍出,三雅横飞。鹤唳摩空,金声掷地。低徊对影,慷慨沾巾。亦足柔英气於中年,付雄心於逝水,娟娟默默,心写神移。长此高卧羲皇,相忘耕凿,倡予和汝,谁曰非宜。……

——周仪暐《储素楼词序》

"风廊水约,萤扇鱼缗,托物吟成,抒毫赋就。"正是常州一脉。苏穆,亦可谓得常州法乳矣。

只可惜,这本词集终还是没能印行出来。

因为周济很快就离开南京,往赴淮安,再次成为淮安府学教授。

十二

趿跋黄尘下。记当年、轻衫窄袖,居然游冶。笑向氍毹飞觥玉,红烛冰瞳相射。任一斛、骊珠倾泻。忽听鸡鸣投杯起,正霜稜蝐磔鸳鸯瓦。还缚绔,再加钯。　　急装拼得真长讶。问何如、车中闲置,绿軬红姹。射虎封侯寻常事,醉尉逢时遭骂。渐英气、都消磨也。一剑犹存坚难拔,料龟文绣损千金价。且傍我,素琴挂。

——周济《金缕曲》

重来淮安,依然为教授,只不过已经相隔近三十年了。当年,第一次任职淮安府学教授的时候,还是轻衫窄袖,绿鬓红颜,到如今,已是花白满头,两鬓苍苍。

昔年种柳,依依汉南。今看摇落,凄怆江潭。树犹如此,人何以堪?

道光十七年(1837),淮安府春秋释奠,周济主其事,观礼者逾千人。

"保绪兄,"淮安府知府周焘微微含笑,瞧着这个两鬓斑白却神采奕奕的老人,道,"是不是前度刘郎今又来的感觉啊?"

周济也笑。笑罢,不由得一番感慨,站在大成殿前,道:"当日,也是年轻气盛,见王毂不合规矩,我血冲脑门,想都没想,就一把将他扯住,不让他走。嘿嘿,是说什么也不让他走。我不让他走,他可走不了。"说着,又是嘿嘿一笑。

周焘悠悠道:"所以啊,这一回,本官可是规规矩矩的,不敢丝毫逾礼。"

说着,两人相视一笑。周焘也是文武兼修,论身手的话,与周济在伯仲之间。两人到淮安任职以来,一个知府,一个教授,说来都是文官,却似武将一般,交手多次之后,惺惺相惜,就此定交。所以,周焘明白周济的意思。以周济的身手,一把抓住王毂的话,王毂还真走不了。只不过这样冒犯上官的话,周济这官,也须是当到头了。

周济叹道:"那一年,我辞官之后,冒赈事败,王毂与王伸汉触犯王法,便都被嘉庆爷给杀了。唉。算下来,已是三十多年前的事了。"周济记得,当初,听得王毂与王伸汉的死讯时,他还曾仰天大笑过,以为天网恢恢报应不爽;如今重新想来,却只剩下不尽感慨。当年,王毂气量狭小,抱负心重,可仅仅为了二千两白银,就送了一条命,也委实是不值得。"三年清知府,十万雪花银。"这话虽说未免有些夸张,可周济很清楚,本朝如是,前朝如是,古来都如是——所谓清官,实在是寥若晨星。王毂之错,在于他不明白,什么钱可以拿,什么钱决不能拿。

周焘点点头,道:"这件事,我也查过衙门里的档案。"说着,冷笑一声:"这样伤天害理的银子王毂都敢拿,也活该他死。"

周济又叹息一声。从前,他真的恨过王毂。因为周济的官场之路几乎就是断送在王毂手上。只不过一眨眼三十年过去,他真的只剩下不尽感慨。

三十年,多少故人死去。

纵然三十年前不死,到如今,恐怕也只剩下黄土一抔。

周焘瞧着周济,忽地笑了起来,道:"保绪兄,你刚才说你当年年轻气盛?"

周济有些奇怪地瞧着周焘,有些不明白的样子。

周焘嘿嘿一笑,道:"我可听说,前些日子,你打了一个胥吏一烟斗啊。"

周济稍稍一愣,大笑起来。

三十年前,年轻气盛;三十年后,仿佛已经收敛了很多。可事实上,所谓江山易改,本性难移,一个人的脾气,又哪里是那么容易改变的?

山阳县有个胥吏,奸猾异常,当地士绅都折节与之相交。这些士绅都很清楚,所谓铁打的营盘流水的兵,来做官的,三五年之后,或升迁,或调职,或去官,总会离开,就是那流水的兵;而这些滑吏豪胥,却是铁打的营盘,要是有意针对的话,还真是一件很麻烦的事。这位胥吏眼见着士绅都在折节相交,自然也就眼高于顶,除了大老爷,谁也不会放在他眼里。这里面自然也就包括周济。在这位胥吏看来,周济不过是个府学教授,固然能管到整个淮安府的读书人,却哪里管得到他的头上来?一来二去,见到周济的时候,也就唱个喏而已,丝毫不见吏见官的恭敬。官吏官吏,官就是官,吏就是吏,从规矩上来说,吏见到官,就应该规规矩矩、恭恭敬敬的。只不过这位胥吏不将周济当回事儿,见面施礼也就敷衍了事了。

周济是何等脾气?要不是他那种暴烈的脾气,当年,也不会一把扯住王毂不让他走了。不过,如今的周济,到底是年纪大了,五十多将近六十岁了。他不动声色,有一回,在府署前散步的时候,刚好见到那位胥吏经过,周济便叫他过来。那位胥吏虽说不情愿,可毕竟是在府署前,也不敢过分,只好走到周济身前,唱个喏,也不做声,一副桀骜不驯的模样。周济依旧不动声色,举起所吸烟筒铜斗在那胥吏头上敲击了几下,呵斥道:"去吧。"那胥吏回到家之后,头就开始剧烈疼痛,很快就肿大如斗,直呼欲死。那位胥吏的妻子失色,问清缘由之后,忙跑过来找周济,跪在阶前,垂泪央求,替丈夫赔罪。周济便道:"将他送来吧。"那胥吏被抬来之后,周济依旧是使用铜斗,在那胥吏头上敲了几下,嘿,那胥吏居然立刻就不痛了。

自此,淮安府胥吏,谁都知道府学教授周济有功夫,可不是一般的手无缚鸡之力的文人,再见时,无不恭敬,哪里还敢得罪这位看着人畜无害的老人?

十三

周天爵,字敬修,山东东阿人,比周济要大六岁。嘉庆十六年(1811)进士,比周济要晚了六年——周济是嘉庆十年(1805)的进士。

道光十七年(1837),周天爵任漕运总督,驻节淮安。

周天爵、周焘、周济,三人并以勇力闻,很快,就传出"淮有三洲"的话来。洲周同音,这"淮有三洲",指的自然便是周天爵、周焘、周济三人。

三周甚是相得,却不料城守营某参将闻得三周之名之后,大为不服,道:"一个府学教授也敢与总督大人齐名?"那参将曾经参与围剿川、陕剿匪,立过战功,向来对自己的武力很是自得。周济笑道:"那咱们就比一比?"那位参将冷笑着答应了下来。

第二天,大成殿前,两人赌跃大成殿。只见周济飞鸟一般,跃上大成殿的飞檐,十上十下,面不改色;那位参将费尽气力,也才六上六下,心中不服,却也无奈,一个不小心,从飞檐上坠落了下来,摔折了右脚。

周济微笑,心道:年轻时的好胜心,以为随着老去,应该已经没了;却不料,终还在啊!

人的脾性,又哪是那么容易改变的?

"渐英气、都消磨也。"

这英气,终存乎心。

寻常春去秋来,冷吟闲醉堪愁绝。不成多事,要教管领,人间词笔。紫逻眉低,红牙挽脆,玉箫声咽。便消他艳福,也难禁受,乌啼晓,鹃啼月。　　何况幽篁深处,锼重楼、萧萧瑟瑟。孤衾倦拥,起弹长铗,霜华暗涩。漫赋闲情,未归陶令,鬓丝先雪。待甚时才遣,大江东去,洗英雄血。

——周济《水龙吟·题沈铁龙〈风雨填词图〉》

十四

　　周天爵来的时候,穿着便服,只带了两个从人,闲庭信步一般。这使得周济微微地吃了一惊。作为槽督的周天爵,官居二品,可谓位高权重,哪一次出门不是前呼后拥、浩浩荡荡? 周济记得,周天爵初来淮安的时候,到府学的队伍,便不下百人。那一回,两人谈文说武,倒也相得;只不过周济明白,他始终都显得很是被动,虽不好说刻意奉承,却也"时时小心,处处在意",就像《红楼梦》中的林黛玉似的。

　　无论如何,周济再也不想再像年轻的时候那样,被迫辞官,灰溜溜地离开淮安。

　　年轻的时候,他输得起,现在,他输不起;年轻的时候还有梦,还有满腔的豪气,现在,豪气或许还有些,梦,却早就没了。

　　有人说,年轻的时候,没有梦是可悲的;年老以后,还有梦,那更是可悲。这话,实在是很有道理的。

　　周济不敢怠慢,忙迎了上去,笑着道:"总督大人,今儿什么风将您吹到我这儿来了? 我是穷人,我这儿可没什么好招待您老的。"半真半假,既显得熟络,又显得不卑不亢。年轻时的那种狂傲,到如今,真的已经收敛起很多。

　　周天爵笑道:"错了,保绪,你错了。"

　　周济一愣,道:"什么错了?"

　　周天爵悠悠道:"如今,老夫可不是什么漕运总督了。"

　　周济失声道:"什么?"

　　周天爵道:"老夫被罢官了。"嘴里说着"罢官",脸上却依旧带着笑,一点也不似被罢了官的模样。

　　周济心中疑惑,却又不好多问,瞧着周天爵便有些发愣。周天爵故作生气地道:"怎么,保绪? 闻得老夫罢了官,连请老夫进去坐一坐也不肯?"

　　周济忙笑着说道:"怎么会? 请,请,往日里总督大人忙,可没多少工夫到小处来,今儿应该没什么问题了吧? 不过,话还是要说在前头,我这儿山珍海味可没有,酒也只是村酿,大人要是不嫌弃的话,我们就共谋一醉。"

两人正说着话,便见得远处有人叫道:"淮有三洲,淮有三洲,你们二位可不地道,喝酒也不叫我?"

却是淮安知府周焘,施施然,着便服而来。这位知府大人更好,身边也就跟着个师爷,其他人一个都没带。

周天爵与周济相视一笑,想:淮有三洲,这三洲,虽说都在淮安城中,可真要聚在一起,还真不容易呢。

三人坐定,周济忙吩咐苏穆去准备晚饭,苏穆答应一声,便下去了。周天爵笑道:"保绪,你这位夫人,老夫可听说是个才女啊。"周焘也笑道:"有《储素楼词》,我曾派人在保绪兄府上抄过一册。"顿了顿,道:"真真是才女,堪比宋朝的李易安,本朝的徐湘萍。"周济大笑道:"我的知府大人,你这也太夸奖了吧? 我家佩襄可不敢当。"周焘白了他一眼,道:"你家佩襄? 知道是你家佩襄,本官又不会做出那种抢人美妾的事,你这么着急做甚?"这一回,轮到周天爵大笑,道:"保绪啊,不如就……"说着,越发大笑起来。周济瞪眼道:"这样的玩笑可开不得,要不,连朋友都没得做!"

"急了,急了,"周焘伸手,用手指点着周济,道,"这厮,还真的急了。"说着,叹了口气,道:"说真的,保绪兄,读着那册《储素楼词》,我还真的有些羡慕你呢。嗯,是哪一年? 那一年,保绪,你是在袁浦吧?"

"袁浦?"周济笑道,"是道光十四年(1834)的事了,那一年,我在袁浦。不过,也就待了一年吧,道光十五年(1835),我不就来了淮安?"说起来,也三四年了。三四年的时间,也就那么一瞬,恍如昨日。

周天爵奇道:"等等,等等,怎么忽然说起保绪在袁浦来?"

周焘笑道:"佩襄夫人有一首词,便是寄给身在袁浦的保绪兄呢。那首词,回肠荡气,看得我恨不得以身代之啊。"说着,似笑非笑地瞧着周济。周济瞪着眼,低低地道:"你敢!"他那着急的模样,使得周焘越发要发笑。

周天爵则是越发奇怪,道:"什么词会使得我们的知府大人回肠荡气?"周天爵到底也是进士出身,听周焘说得如此煞有其事,自然便勾起了好奇心。

周焘道:"那首词我倒还是记得,每天啊,都要念叨几遍,才浑身舒坦……"

周济瞪眼道:"你……"

他们三人在这边调笑着,周焘带来的师爷早就准备好纸笔,在桌子上放好。周焘提起笔来,唰唰地写道:

对闲庭、翠深春老,纱窗轻报寒暖。天涯总有多情月,怎照个侬幽怨。云一片。又耐听、潇潇细雨传更箭。画罗团扇。且谩扑流萤,休寻舞蝶,只恐晚晴变。 消疑处,谁把珠帘半卷。愁痕惟许蕉见。东风不解春无主,犹向碧荷零乱。人自远。写尺素、遥遥那倩南来雁。银河隔岸。问万里姮娥,可曾留影,照彻寸肠断。

——苏穆《摸鱼儿·夫子久客袁浦,赋此寄之》

读罢,周天爵点头道:"保绪,佩襄夫人对你真的是一往情深呢。"

周济老脸微红,道:"都老夫老妻了……"

周焘瞪眼道:"什么老夫老妻? 分明是老夫少妻好吧?"说着,与周天爵两人忍不住又是大笑,浑不管周济那还有些尴尬的模样。

待他们笑罢,周济正色道:"说真的,得佩襄为妻,也是我今生的福分。虽说我无法给她一个妻子的名分,但我也从未以妾室视之。"当初,钱谦益也是如此,能以妻礼迎娶柳如是,却终究无法给她一个妻子的名分。

周焘笑道:"我可听说,当年,在扬州的时候,保绪,你的身边可有过很多美人呢。"

当年,在扬州的时候,周济身边多的是豪客、妖姬,每当醉时,便舞矛如风,仿佛是在缴贼的战场;又或者纵笔绘画,而且,还是巨幅之画,每一次,还能一口气画个十几幅,端的是酣畅淋漓,好不过瘾。不过,忽然有一日,周济就遣散豪客妖姬,从扬州到了南京。

也许,别人会觉得很突然;又或者,会钦敬地以为他是"顿悟",就似禅宗所说的那样,然后,开始疯狂著述——《说文字系》《韵原》等书,便是写于那个时期。文章千古事。要名垂后世,终须是要靠文章、靠著述,而不是所谓武功。

但周济知道,他忽然之间仿佛"顿悟"一般,是因为遇到了苏穆。

从此，他的身边只有苏穆。

那是十年前的事了，那一年，苏穆十六岁。

他四十八岁。

听得周焘说起十年前的扬州，不知道为什么，都已经年近花甲的周济，蓦然之间，脸上居然飞出一丝晕红来。

他没有接周焘的话。

"在袁浦的时候，我曾填过一首词……"说着，周济抓过周焘放下的笔，在纸上写道：

杨花过无影，影也凄其。红日澹画帘低。生生秾艳向人尽，匆匆开到荼蘼。飘零算伊似我，要凭将风力，卷恨南飞。珍丛静绕，有人人、袖弹鬖鼓。　为报新来憔悴，为满眼花光，满耳莺啼。那更满庭明月，满身香雾，满把金卮。江湖梦短，唤仙山、海鹤同骑。问漫空雪絮，可容尘土，点上铢衣。

——周济《夜飞鹊》

写罢，周济久久不语，忽地低叹一声，满脸的无奈。当年，遣散豪客妖姬，从扬州到南京，居于春水园，虽不好说散尽家财，却也差不了多少了；然后，一眨眼五六年过去，早就是坐吃山空，要是再不出来寻些银两的话，又如何才能维持生活？年轻的时候一掷千金，不懂得钱财的重要；到老了，他知道了。

老了，他更忽然之间明白，古往今来，谁又愿离别？不得已而已。

就像不得已离开南京，到了袁浦；又不得已，来到淮安，复任府学教授。

人之一生，不得已的事情，实在是太多。

十五

一阵闲话说过，周焘恭恭敬敬地站起，冲周天爵施了个大礼，道："下官恭祝老大人高就湖广总督。"

这一回，周天爵手捋额下须髯，没有制止，只待周焘将礼施过，方才道："周大人这消息倒也灵通啊。"说着，瞧着周焘，似笑非笑。

周焘老脸微红，干笑道："下官在吏部有个同年，前一阵的书函中曾经说到,朝廷有意调大人去接湖广总督,林则徐林大人受命钦差大臣,要往赴广州禁烟。"说到这里,忽就见周天爵猛拍书案,站了起来。

"大人?"周焘与周济俱不觉吓了一跳。

周天爵恨恨道:"洋鬼子在中国日益横行,到处贩卖鸦片,搞得我大清兵无斗志,民不聊生,长此以往,只怕,只怕……"说着,又猛地一拍书案。

周焘与周济面面相觑,俱是无语。洋人贩卖鸦片牟利,他们自然是知道的;可是,对鸦片,他们真没怎么往心里去。相反,鸦片,也就是罂粟,也就是阿芙蓉,那花儿,真的很美,很美。赵起曾有一首词这样写道:

芳畦删却草离离。八月露华滋。佳人晓起浓妆出,挽红袖,伫立多时。米撒仙粮,几回私祝,归影故迟迟。　　来年和汝斗芳姿。莫要比侬娆。何因误作迷阳草,怨春风,满目都非。欲语东皇,暗将花骨,偷换九华芝。

——赵起《一丛花·罂粟》

赵起,字于刚,常州人。赵翼之孙。比周济小十三岁。

周天爵见周焘与周济俱有些疑惑的样子,愣了一下,不由得长叹一声,道:"你们不懂,你们不懂,你们不懂的……"说着,颓然坐下。

周焘与周济再次面面相觑。不过,眼见着周天爵如此表情,再想起林则徐已经准备前往广州禁烟,却也明白,这件事,大约很严重。

周天爵又瞧了他们一眼,苦笑道:"老夫不是玩笑话,若再不禁烟的话,国中真无可御敌之兵,也无可充饷之银了。"

周焘失声道:"这么严重?"

周天爵点头道:"正是。否则,皇上又哪会派林大人前往广州禁烟? 也唯有林大人能担此任啊。"这样说着,周天爵的两眼便又紧盯向周济。周济直被他如刀如剑的两眼盯得浑身不自在。

"我的总督大人,"周济苦笑道,"这鸦片是洋鬼子贩运过来的,可不干我事,你这样紧盯着我做甚?"

周天爵嘿嘿笑道:"保绪,老夫此来,你可知道来意?"

周济心中一动，却是白了他一眼，道："我已年近花甲了。"说着，指指自己的头，道："头发都白了。"

周天爵微微一笑，道："老夫年近七旬，都没说老，你都说老了？"

周济轻轻摇头，道："精力大不如前了。"

周天爵又是嘿嘿一笑，道："这可不像老夫认识的周济周保绪啊。老夫认识的周保绪，是持矛杀贼、意气风发的周保绪，可不是现在这样，还不到六旬，就念念说老的周保绪。"

周济苦笑一下，道："行了，我的总督大人，有什么话就直说吧。"

周天爵收敛起笑意，正色道："帮我。"

周济默然无语。

周天爵道："鸦片之风，湖广或不如广州严重，可一样不能听之任之。保绪，当年，你将私盐贩子杀得闻风丧胆，如今，老夫希望你能将鸦片贩子也杀得闻风丧胆，好还我朗朗乾坤。"

周济依旧沉吟不语。说他不心动，那是假的；可是现在，真的是觉得老之将至，分外珍惜和平、安宁的日子。人老了之后，珍惜的东西真的很多。比如说，若再不著述的话，平生所学，真的怕要带进棺材里去了。还有苏穆。这一生，又还有多少日子，能够与苏穆平平静静地在一起？这日子，真的是过一日少一日啊。

周天爵忽地一挥手，道："放心，你的著述，老夫出资帮你刊刻了。"

周济眼前一亮。这些年来，著述极多，诗词文稿之外，还有《味隽斋史义》《晋略》《词辨》《宋四家词选》等。周济自然明白，这些著述若不能及时刊刻，随着人的死去，很快就会消失殆尽。

尤其是，他没有儿子——苏穆终究没能替他生下一个儿子来。老了之后，重为冯妇，复任淮安府学教授，又何尝没有替苏穆打算的意思在？自己百年之后，总要留些银子给苏穆啊。至于亲族，在他百年之后，又有谁能说得清呢？

苏穆今年才二十六岁，终还年轻。

周天爵悠悠道："保绪啊，你这府学教授又能有多少俸禄？放心，老夫不会亏待了你。"

周焘笑道："是啊，保绪兄，此去湖广，便是总督大人的亲信，总督大人还会亏待了你？更何况，咱们是'淮有三洲'，三洲，三洲，这一洲,还会亏待了那一洲?"

周济苦笑道:"这样说,我这不去还不行呢。"

周天爵瞪眼道:"老夫便是绑也要将你绑到湖广去!"

周济也瞪眼道:"你敢!"

说着,两人相视而笑。

正说话间,苏穆已准备好酒菜,进来不觉奇道:"老爷,你们笑什么呢?"

三人更是大笑。

周济知道,他是必须去湖广了。

蓦然间,胸中豪气渐生,心想:不过是些鸦片贩子,还能比得上当年的那些私枭?

十六

汉江之上,细雨霏微,鹦鹉洲在细雨之中,露出一抹绿色,仿佛在告诉人听,现在,还是春天。

燕子在眼前飞过,马在身后嘶鸣,杨花飘飘荡荡,在风沙之中浮沉,不知道会坠入何处。

家,在何方?

周济到底想起家、想起苏穆来。

这是他这一生中似乎从未有过的感觉。

苏穆已经回南京春水园了。临行前,苏穆也曾想过一起来湖广。周济道:"等我安定了下来,再派人来接。"苏穆依依不舍地答应了。那似水的眼神始终都在周济的心头荡漾。

浅碧栏杆,拂垂杨、几点朝来疏雨。春痕乍染,不是向时深处。笼烟低袅,倩谁替、个侬凄楚。有画阁、双燕呢喃,似诉隔年离绪。 楼头漫垂帘幕。怕婵娟、静夜归来无主。琼台试暖,镜里待添眉妩。天涯怅远,空回首、断霞千缕。人瘦也、休报春归,预愁春去。

——苏穆《一枝春》

周济叹息一声,轻轻摇头。

周天爵上任不久,事务繁忙,再加上鸦片之事在湖广还不是很严重,周济一时间也没什么事情可做。《晋略》八十卷已经完成,一时间真的是闲了下来。

飒杳浑如万马过。谁家壁上去龙梭。枕函残梦不堪讹。
雨罢湖心明白屋，风停池面正青荷。年光终是好时多。

——周济《浣溪沙》

"年光终是好时多。"
上天给他苏穆。
上天使他能够完成著述。
上天使他的词学思想逐步形成。
这一生，复何求？
只是孤身在汉上，到底还是想起家、想起苏穆来。
尤其是苏穆寄来这一阕《一枝春》以后。
原来，她也在想着我。周济满心温暖地想道。

雨霏霏。燕飞飞。帘内佳人帘外伊。芳心一样迷。　　玉骢
嘶。短长堤。四面情莎都衬啼。踏来何处泥。

正风沙。又杨花。鹦鹉洲头春剩些。楼高可是家。　　掩窗
纱。护兰芽。那得分明说向他。余红海上霞。

——周济《长相思》

十七

夏天的时候，周济病了。
苏穆还没有来。
家书寄到了没有？
六月十九日那一天，周济忽然想起那一年的梅花来。
那一年，梅花飘落，周济与苏穆各自写道：

点地无声，随波写影，十分春瘦。到画帘、燕子来时，绛腊夜
深，只照睡香酣透。寂寞空山消残雪，问谁向、溪边垂素手。苍茫
极、是斜日暮烟，孤吟时候。　　清明雨僝风僽。尽红付夭桃青付

柳。甚黏枝一点,酸心偏得,黛眉双皱。倦听江城人吹笛,算妆额、年年还自有。菱花掩,愿留取、凝脂依旧。

——周济《大圣乐·落梅》

　　瘦骨亭亭,偏宜妆淡,共春争色。袅数枝、帘外湘云,一片清波,谁惜天涯倾国。最恨扫红东风劲,送零乱、幽香随翠陌。无言处、谩凝立画阑,犹见遗迹。　　多情忍教抛掷。料双燕、归来难自识。算春光情钟,桃李那管,离愁狼藉。嫩柳搓黄含烟露,更呜咽长堤悲倦客。斜阳晚,怅空写、生绡盈尺。

——苏穆《大圣乐·落梅》

原来,梅花终须飘落,不管人惆怅。

　　红绽果辞枝。叶也纷披。炎天谁解问冰姿。我识琼葩刚暗孕,入骨相思。　　秋到不多时。且伴东篱。秾华渐澹渐相宜。青鸟宵来明月下,说与归期。

　　说与夏虫难。玉骨珊珊。若非能暑那能寒。好把蕴隆行赤日,当朔风看。　　几树影檀栾。相对空山。月斜应忆我江关。病后心情无一可,只盼平安。

——周济《浪淘沙·六月十九日忆梅》

道光十九年(1839)七月十三日,周济病逝于武昌行馆。

十八

　　周济去世之后,苏穆不复填词。有人问之,曰:"词缘情生,今情已尽,将复何词?"周济去世之后,苏穆生遗腹子周燮堂。
　　二十四年后,苏穆死于太平军之乱。时年五十一岁。

邓廷桢

凝望处。道不是春归、也是春归路

定风波　邓嶰筠

过眼云烟唤不回，几人能挽大江颓。
十二阑干风露冷，须省，人间万事
亦能灰。

千骑笳吹昏晓傍，飞上，胡天月色
照深杯。好向松涛沈一慨，犹在，
金貂双砚两徘徊。

——李旭东——

如此长江，叹滚滚、几曾休歇。猛记我、孤舟千里，晚行时节。帆影半连云影暗，雁声刚过潮声接。竟归来、安坐看风波，真奇绝。

疏林外，飞枯叶。荒草里，埋残碣。问六朝楼阁，都归澌灭。天子惜多才子气，美人同受女人劫。算犹余、何物到而今，山头月。

——汪钧《满江红·清凉山晚眺》

邓廷桢一口南京官话，悠悠扬扬，将这阕《满江红》吟诵得无限慷慨，忍不住便悲从中来，清泪欲下。他很是清瘦，颔下胡须早已斑白，只是他的两眼纵然微微低垂，也使人不敢逼视。或许，这是因为他久居高位的缘故吧。

邓廷桢道光六年（1826）已是安徽巡抚，十五年（1835），升任两广总督，从一品。可谓位高权重。

有歌姬在一旁弹着琴，琴声喑哑，好似被扼住喉咙的啼莺。

良久，林则徐叹道："好词！是前辈所作？"林则徐是福建侯官人，虽然说的是官话，这福建口音，却还是很重，要是不仔细听，还真不大容易听得明白。

邓廷桢神情有些黯然，道："是汪平甫所作。"

"汪平甫？"林则徐愣了一下，道，"前辈任安徽巡抚时幕下的汪钧汪平甫？"

这一回，邓廷桢不觉愣了一下，道："少穆你认得平甫？"印象中，也没听汪钧说过他与林则徐相识啊。虽然说，邓廷桢任安徽巡抚期间，林则徐先后任陕西按察使、江宁布政使、湖北布政使、河南布政使、江苏巡抚等，公文来往，汪钧必然知道有个封疆大吏唤作林则徐，林则徐却不大可能知道安徽巡抚幕下有个幕僚唤作汪钧汪平甫的。要知道，幕僚通常都是隐在幕后的。

林则徐微微一笑，道："前辈在安徽时，幕下人才济济，上元梅曾亮伯言、管同异之、汪钧平甫、马沅湘帆，桐城方东树植之，阳湖陆继辂祁孙，长洲宋翔风于庭，无不是一时俊彦，则徐又焉能不知？"

邓廷桢又愣了一下，点指大笑道："少穆、少穆、少穆，哈哈！哈哈……"他蓦然之间便已明白，林则徐受命钦差大臣前来广州，又焉能不对他这个两广总督做足功课?不过,邓廷桢任职安徽期间,幕下也的确是人才济济,无不是一时俊彦。

邓廷桢是姚鼐弟子,桐城传人,而桐城岂非正在安徽?

笑罢,邓廷桢忽地叹息一声,道:"只可惜,不过区区十数年,故人已自逐渐凋零。"说着,又是叹息一声。

汪钧已在道光十一年(1831)去世。

管同死于同一年。

陆继辂则在道光十四年(1834)去世。

人终会死去,就像花儿终会飘落一样。然而,当春归去,看见花随水逝的时候,依旧不免使人伤感。很多事,明明知道必然会发生,却还是会心为之动、情为之牵。或许,人生原就如是吧。

邓廷桢沉吟道:"平甫逝后三年,其孤宝震曾邮寄过来他的一张遗照,叫我题词……"说着,两眼竟有些湿润,脸色凄然。

"前辈……"林则徐不觉动容。他怎么也没有想到,邓廷桢竟如此重情重义地看待故人。要知道,做官到他们这地位,差不多都已是铁石心肠,哪里还会有谁提起十年前的故人犹自泫然欲涕?

邓廷桢几乎是蹒跚着走到书箧前,翻了一会儿,翻出几张纸来,递给林则徐。

纸是特制的,上有"双砚斋"三字。

平甫委化三年矣。甲午之冬,其孤宝震邮寄遗照属题,展卷凄然,为成此解,并质石生。

一屏夜色,生绡里、当年玉貌曾识。水沉罢袅,缃函半蠹,画廊凄寂。疏灯暗壁。料巾屦、归来认得。黯秋坟、酸吟怆恻,草草过寒食。　　堪叹生存事,伫苦停辛,唾壶空击。剑歌已矣,渺关山、梦痕难觅。蝶瘦萤枯,尽分付、哀筝怨笛。君病中得句云:三径草荒萤有路,九秋花落蝶无家。遂成诗谶。怕周郎、拍了逗起,泪渍臆。时孀孤将赴京师依其外家周石生给谏。

——邓廷桢《凄凉犯》

展蕉阴、文窗半露,幽闲独念之子。画眉自爱春山淡,那管梳妆时事。针漫刺。止绣出莲花不绣鸳鸯翅。丁香门闭。有藓竹宜烟,青萝裛月,翠袖暮寒倚。　　红兰外,别有桃根姊妹。临风调笑花里。背人羞度红牙曲,乍学偷声减字。轻唤起。倩锦瑟低弹替洗筝琶耳。纤纤小试。果拍合哀蝉，弦行大蟹，灵气动湘芷。

——邓廷桢《迈陂塘·赠管异之》

　　幽香袭。何从觅。有时觅得还无迹。试重寻。碧岑阴。隔帘消息有态似无心。自怜缥碧生绡蒨。芳意悄悄几人见。月才低。露才晞。悄向西风一点透灵犀。　　巴陵曲。君山麓。前身料饮湘江渌。记曾开。有谁来。几回误了蜂蝶互疑猜。骚人搴尽芳洲若。青眼惺惺无处著。得相看。镇相看。合与卿卿绾结过春残。

——邓廷桢《小梅花·咏素心兰柬祈孙》

　　林则徐读得很慢。

　　他的脸色很平静，嘴角依旧带着微微的笑意。

　　对邓廷桢，他始终都表示出应有的尊重，虽说他是钦差大臣，且比邓廷桢也小不了多少。

　　虽然说，在官场上，年纪真的不是问题。

　　官场上，看的是官职，看的是履历。

　　甚至是人脉。

　　这年纪，真的不成问题的。

　　良久，林则徐方才抬起头来，沉吟一下，道："道光十六年的时候，许太常奏请弛禁鸦片……"

　　许太常，便是许乃济，时任太常寺少卿。道光十六年（1836）四月二十七日，许乃济上《鸦片例禁愈严流弊愈大亟请变通办理折》，提出弛禁论的主张。许乃济认为，严禁鸦片的话，会越禁越多，不如"仍用旧例，准令夷商将鸦片照药材纳税，入关交行后，只准以货易货，不得用银购买"，这样的话，倒可以防止白银外流。在奏折中，许乃济进一步提出，文武员弁、士子、兵丁等"不得沾染恶习"，而"其民间贩卖吸食者，一概勿论"。因为在他看来，吸食鸦片"不尽促人寿命"，而且"今海内生齿日众，断无减耗户口之虞"。同时在附片中他进一步提出，除听任民间吸食外，应让"内地得随处种植"，理由是"内地之种日多，夷人之利日减，迨至无利可牟，外洋之来者不禁而绝"。这样的弛禁论，自然遭到林则徐、黄爵滋等人的激烈反对。但是道光帝收到奏折后，就特批给两广总督邓廷桢、广东巡抚祁贡、粤海关监督文祥等人复议，他们在道光十六年（1836）九月初二日联合上奏，表示赞同许乃济的弛禁论，认为

"胪陈时弊,均属实在情形","如蒙俞允,弛禁通行,实于国计民生,均有裨益",并提出了弛禁的具体办法九条。邓廷桢等人的弛禁章程,把许乃济弛禁论加以发展和具体化,并准备付诸实施,使鸦片入口、运输、种植完全合法化,当时在广州广为传布,"贩食之人,无不欢欣鼓舞,明目张胆"。

毫无疑问,邓廷桢等人的主张在朝廷引起了轩然大波,遭到朱嶟、许球、袁玉麟等人的激烈反对。邓廷桢及时检讨,又目睹鸦片祸害日益严重,从道光十七年(1837)春开始,即从弛禁转为严禁,咨会水师提督关天培,"无分雨夜,加劲巡查","奋勇兜擒,尽法惩办"。

应该说,这几年来,邓廷桢对鸦片的态度还是很明确的。所以,听得林则徐忽然说起当年的事来,不由得脸色微变,心下便有些不悦。

林则徐微微一笑,仿佛没看见邓廷桢脸色有些变化似的,续道:"但是前辈人在广东,应该明白,这弛禁之策,正是洋鬼子所乐意见到的,我大清,依旧将是无可御敌之兵,无可充饷之银……"

邓廷桢默然良久,长叹一声。当初,他们这些广东官员,不明朝廷之意,自然是抱着多一事不如少一事的态度,迎合朝廷而已;但是很快地,他们就发现,这弛禁之策,根本就解决不了问题。尤其是作为两广总督的邓廷桢,眼见着大量白花花的银子水一般地流出中国,眼见着手下兵丁染上毒瘾哈欠连声、毫无斗志,又焉能无动于衷?也正因如此,他才会与关天培一起,加紧巡查。

道光十七年(1837),在英国商务监督义律的支持下,武装鸦片走私船再次窜进黄埔港,私售鸦片。邓廷桢发文,要求义律交出并驱逐查顿、颠地、马地臣等九名鸦片贩子出境。然而,义律又哪里肯妥协?双方便僵持不下,直到义律不得不退出广州。这一年,东印度防区舰队司令马他伦率兵舰窝拉疑号等五百余名士兵及随军家属到达澳门,声称以商务监督身份来稽查贸易。邓廷桢下令各水、陆师严格把守要塞隘口,并严加巡防,又声明马他伦进广州不合中国法令,坚决把他赶走。与此同时,敦促关天培设提督署驻守沙角,密切监视与控制中路海口,并与关天培设计了虎门三道防线,做好了与洋鬼子开战的准备;又封闭了数百个内地窑口,捕获走私船只,禁阻内地走私船与那些鸦片趸船接近,使英国人无法出售鸦片。

道光十八年（1838），闰四月，鸿胪寺卿奏《请严塞漏卮以培国本折》，道光帝决心禁烟，任命时任湖广总督的林则徐为钦差大臣，赴广东查办鸦片，命令邓廷桢与广东巡抚怡良等协同办理。邓廷桢写信给林则徐，表示愿"合力同心，除中国大患之源"。

道光十九年（1839）正月二十五日，林则徐抵达广州。

林则徐默默地瞧着邓廷桢，良久没有做声。虽然说，朝廷谕令邓廷桢协助，邓廷桢也表示要"合力同心"，但林则徐也深深明白，广东上上下下那么多人，鸦片又涉及那么多人的利益，真的要查禁，又哪里是那么容易的事？即使是邓廷桢，也决不可能无条件地全面支持。也正因如此，到广州没多久，他就前来拜访邓廷桢，口称"前辈"，始终都表示出应有的尊重。

他必须准确掌握邓廷桢的态度。

在广州，没有邓廷桢的鼎力相助，禁烟就会变得非常艰难。

然而，当两人相见，居然都没有说公事，而是说起诗、谈起词来。直到邓廷桢将与故人有关的几首词拿来给林则徐看，林则徐才依稀有些明白邓廷桢的意思。

当道光帝决定派林则徐前往广州的时候，八天之内，八次接见，林则徐都不敢应诺；他深切知道，禁烟，实在太难。更不用说，道光帝还有一个很难做到的要求：鸦片务须断绝，边衅决不可开。

既要禁烟，又不能惹怒洋鬼子而导致两国开战，这样的艰难，林则徐深深明白。也许，正因如此，当林则徐受命前往广州，龚自珍表示想一起南下的时候，他委婉地拒绝了。作为朋友，他明白龚自珍的意思。龚自珍一生不得志，官场蹉跎。对于龚自珍来说，进入林则徐幕下，一起南下禁烟，是一个很好的机会；可林则徐真的明白，此去广州，或许会身败名裂，甚至会有生死之虞。

他明白，此去广州，无论是洋鬼子，还是广东官场，甚至还包括朝廷，都会有明枪暗箭射来。

好在作为两广总督的邓廷桢深明大义，从一开始就表明了态度。

这个国家，终有肯为国家着想的人。林则徐这样想道。

此来与邓廷桢相见，便是想商议，该拿哪个开刀……

作为钦差大臣，下车伊始，整顿官场，或者说"杀鸡儆猴"，原就是很正常的事。否则，只恐怕他就是钦差大臣，两广总督也鼎力相助,令不得行,大约也不会是一件很奇怪的事。说到底,在广东,他林则徐毫无根基啊。

问题就在于,作为两广总督的邓廷桢,已经表示愿意"合力同心"的邓廷桢,到底是什么意思呢?

"所以,"又过了很久,林则徐将手中的词笺放下,缓缓地,但又是很坚决地道,"前辈,这禁烟,势在必行。"

邓廷桢没有看林则徐。

邓廷桢将林则徐放下的那几张词笺重新收了起来,叹道:"老夫已经老了,一个老了的人啊,总是会念旧些……少穆啊,你可别笑话老夫。"说着,又是叹息一声,苦笑道:"老夫也有老夫的难处啊。"这话,便好像有些没来由了。不过,林则徐明白。

林则徐明白,身在官场,无论是谁,总会有他的难处的;不要说大臣,便是皇上,也是如此。否则,所谓禁烟,还不是皇上下一道谕旨的事? 又何须争论到现在? 又何须特意将他这个湖广总督送到广州来?

是人,就会有他的难处。

林则徐明白。

林则徐更明白,他不是前朝的那位海瑞海青天。

做青天容易。

问题在于,做了青天,是不是能做事,是不是能够将已经出现的问题解决。

林则徐轻轻点头,道:"则徐知道该怎么做。"

邓廷桢深深地瞧着这位比他年轻九岁的钦差大臣,道:"老夫也是一个想做事的官。"

林则徐心中的石头,一下子就放了下来。

道光十九年(1839),林则徐抵达广州。

韩肇庆被革职查办,赶回老家。

此前,作为广州水师副将的韩肇庆曾因缉私之功被保举为广州水师总兵,正二品,并赏戴孔雀花翎。

林则徐在查办韩肇庆之前,曾与两广总督邓廷桢密议许久。

有人说,是邓廷桢保下了韩肇庆,"不能尽正其罪"。

其实,那一天,他们只是谈诗说词而已,即使到最后,也只是说,他们将鼎力合作,查禁鸦片……

广东水师提督关天培,是韩肇庆的顶头上司。

不过,那一天,关天培并没有与林则徐相见。

林则徐静静地站立在书桌旁,提笔写道:

海纳百川,有容乃大;

壁立千仞,无欲则刚。

写罢,他吩咐人挂上墙。

他的神色,很是平静。

二

道光十九年(1839),二月初四,林则徐召集十三行行商,命令他们敦促洋人上缴全部鸦片,限三天之内交齐,否则,后果自负。十三行行商商总伍崇曜等人与鸦片商商议,建议上缴千箱以蒙混过关,并且保证事情过去之后,十三行行商照价赔偿。三天后,伍崇曜将一千零三十七箱鸦片送到官府。在伍崇曜他们看来,这已足以使林则徐林大人满意了。却不料林则徐非但没有满意,反而大怒,在二月初九那天,将伍崇曜革去职衔,逮捕入狱。只可惜,林则徐很快就发现,离了伍崇曜,这事情还真不好办。

唉!林则徐叹息着,想起皇帝的再三叮嘱:鸦片务须断绝,边衅决不可开。他蓦然之间便明白了邓廷桢的难处。

无奈,林则徐只好又将伍崇曜释放,令他敦促洋人上缴全部鸦片。

伍崇曜,原名元薇,字良辅,号紫垣,商名绍荣。乾隆四十二年(1777),伍家先祖已在广州经商。乾隆四十九年(1784),其祖父伍国莹被粤海关监督委任行商,开设怡和洋行。嘉庆年间,其父伍秉鉴接手经营。嘉庆十八年(1813),成首席商行。道光十三年(1833),伍崇曜接替其兄元华任怡和行商和十三行公行总商。次年,怡和行财物总额超过二千六百万两白银,而大清国全年的财政收入也不过四千多万两白银。

伍崇曜苦笑着对林则徐说道:"大人啊,不是小的不出力,实在是洋人他不会听小的啊!"

在伍崇曜,这自然是真话。虽说伍家数代与洋人打交道,合法的、不合法的财产,积累到如今已富可敌国,但他也深深知道,在鸦片问题上,洋人不可能听他的。倘若只是上缴那么一千箱,走走过场——十三行还要保证赔偿——洋人还能听他的,现在,要洋人交出全部鸦片,这怎么可能?

伍崇曜心中直是苦笑,心道,这位钦差林大人,真的是不知道洋人的厉害啊。

林则徐冷笑一声,森然道:"那本官就将你斩首示众。"

"啊?"这使得伍崇曜的心直往下一沉,半晌,方才嗫嚅道:"万一,万一洋人他还是敷衍呢……"

说着话,伍崇曜只觉背心一阵阵冷汗。

林则徐嘿嘿冷笑,道:"那本官还是会将你斩首。"

伍崇曜颓然坐倒,哭丧着脸,瞧着林则徐。其实,他倒也不是真的相信林则徐会将他斩首,可他深深明白,自古以来,都是"民不与官斗"啊,所谓"破家的知县、灭门的知府",那是真的,更不用说林则徐是钦差大臣了。前明的时候,沈万三如此富足,结果呢? 明太祖轻而易举就将他充军到了云南……

"大人,"伍崇曜一咬牙,道,"小的愿意将伍家全部财产献给朝廷。"在广州,谁都知道,伍家富可敌国,林则徐不可能不知道。

伍崇曜不知道的是,与他同时代的,美国最富的人,财产也只折合白银九百万两。用句后世的话来说,此时的伍家乃世界首富:如果单纯以白银折算,大约相当于后世的人民币六七亿;如果以国家财政收入来对比折算的话,伍家的财产,超过当时大清财政年入的一半……

林则徐"呵呵呵"地笑了起来,笑得很是阴冷,直笑得伍崇曜冷汗涔涔。说起来,伍崇曜也是见过大世面的人,接过伍家的生意之后,不知与多少大清官员打过交道,而且,他本人也极是聪明、大胆,否则,前些天也不会与洋人商议,计划将钦差大人糊弄过去了。可是现在,在这笑声中,他真的感觉到了恐惧。

"大人……"伍崇曜有些哀切地叫了一声。来之前,父亲已经嘱咐过,实在不行,就说献家产,花钱买平安;事实上,他也这么说了。可钦差大人怎么还是不满意的样子?

无论是伍崇曜,还是伍秉鉴,又或者是伍家的其他人,都明白,银子只是蛋,而鸦片是那只生蛋的鸡。钱没了,可以再赚;要是生蛋的鸡都没了,伍家真的就要开始败落了。伍家有钱是不错,可有谁知道,伍家花钱的地方更多啊!

"本官要你伍家的财产何用?"林则徐森森道,"本官要的是鸦片,是全部的鸦片!"林则徐要的是中国从此不再受鸦片荼毒,而不是什么伍家的全部财产。林则徐明白,禁烟关系到的是国家的未来,而这伍家财产,呵呵,伍家财产再多,与大清的未来相比,孰轻孰重?

伍崇曜哀叹一声,垂头丧气地道:"大人,小的再去找洋人试试看。"心道:洋人要是好惹的话,我们伍家又哪里会想着献出财产?我伍家,到底也是中国人啊。可是,洋人,真的不好惹啊。

走出衙门,伍崇曜又是一声长叹,低低地道:"只怕这广州要遭劫了。"洋人船坚炮利,惹怒了洋人,这要是打过来,伍崇曜相信,凭大清,想守得住也难。他只觉心头一阵悲哀。

林大人,林大人啊!伍崇曜叹息着。虽说林则徐对他丝毫不留情面,他倒也没有什么痛恨,他也明白,林则徐这是针对洋人的。他只为林则徐感觉到一阵悲哀。因为他知道,一旦激怒洋人,洋人打过来,大清肯定是打不过的;那时,只怕林则徐会无端获罪了。

自古以来,都是如是啊。伍崇曜轻轻摇着头。

伍家可不仅仅是单纯的商人。这些年来,伍家不知刊刻了多少古今典籍。伍家的人,虽只经商,又哪个不是熟读古今?

唉!伍崇曜又叹息一声,远远地去了。

没有回头。

有些事,分明是对的,但是一做却往往就是错;有些事,分明是错的,却往往必须去做。人世间的事,或许,原本就是如此无奈吧。至于忠奸、是非,谁又能说得清呢? 或者说,又哪里是一两句话所能说得清的呢?

道光二十一年(1841),接替林则徐的两广总督琦善协同伍家父子与义律谈判,签订《穿鼻条约》,赔款银币 600 万元;其后,奕山与英军一战而败,向英方签了缴交赎城费 600 万元的停战协议,即《广州停战协定》,此 600 万元当时议定由行商先交 200 万,其余由广东官库垫支,再由行商分 4 年摊赔归补。道光二十三年(1843),清政府勒令旧行商偿还《南京条约》规定的外商债务 300 万元,伍家一家承担 100 万元,还被勒逼偿还烟价余款。道光二十九年(1849),英军要强入广州城,两广总督徐广缙命伍崇曜从中斡旋,向英国新任驻香港总督文翰及英商解释,伍崇曜表示暂时停止与英商贸易,请英军放弃入城要求。英军被迫妥协。咸丰四年(1854),天地会起事,围攻广州,伍崇曜带头捐助军饷,并招募壮丁协助守城。咸丰七年(1857),英法联军攻占广州,广东巡抚柏贵令番禺知县李星衢请伍崇曜与联军议和。同治二年(1863),伍崇曜在广州病逝,死时,广州市民"金以死一大汉奸为幸"。

伍崇曜手持林则徐发放的《谕各国夷人呈交烟土稿》,与十三行的行商们再次向洋人的商馆进发。在谕令中,林则徐明确表示:"若鸦片一日未绝,本大臣一日不回,誓与此事相始终,断无中止之理。"洋人们商议着:是不是可以跟以往一样,去贿赂一下这位新来的钦差大人?他们凑了30万两白银,想去送给林则徐。

伍崇曜苦笑道:"林大人连我们伍家的全部家产2600万两银子都不要,又哪里会要这区区30万两?"

洋人们便冷笑道,那我们就是不缴,又如何?

伍崇曜道,那林大人就会杀我的头。他一边说着,一边右手抬起,以掌为刀,在自己的脖子上抹了抹。

大清朝的杀头,这些洋人们自然是毫不陌生,所以,见伍崇曜做杀头状,俱不觉吓了一跳。

"伍先生何罪?林大人要杀伍先生的头。"洋人们疑惑地瞧着伍崇曜,总觉难以置信。洋人们虽然知道大清朝廷要杀人其实不需要什么理由,可伍崇曜是十三行行商商总,富可敌国,也能够说杀就杀?在洋人们想来,这实在是不可思议的事。

伍崇曜只是苦笑着点头。他想,他的罪,大约就在于与洋人做生意,尤其是做鸦片生意。问题在于,朝廷原本没有说不许做鸦片生意啊。或许,身为大清子民却与洋人做生意,这就是罪吧。伍崇曜想起,多少粤民直接呼其为"汉奸";想起,那些无限仇视的目光,阴冷、森然,似乎又有些嫉妒与羡慕……

想到这里,伍崇曜长叹一声,正色道:"颠地先生,这一回,如果还不交出鸦片的话,林大人真的会开杀戒的。至于罪名,呵呵,我大清想要杀一个人,那罪名有的是。"

洋人们商议着,投票表决,结果自然是不缴。不过,他们也没有直接说不缴,而是派人跟林则徐说道:"待我们再商议商议。"

"呵呵,"林则徐冷笑道,"那本官就先将伍浩官与卢茂官正法。"

伍浩官便是伍崇曜。卢茂官本名卢继光,十三行行商之一,与潘启官(潘振承、潘有度)、伍浩官、叶仁官(叶上林)合称四大行商。十三行代表官府主持外贸事物,半官半商,所以被统称为"官商",封一个"官"字称号。

林则徐命令番禺县县令与南海县县令设下鸿门宴,宴请洋人,想在宴席上拿下洋人,从而逼迫其交出鸦片。不料,当颠地出门赴宴的时候,被其他洋人拦住。有个洋人道:"颠地先生,万一中国人扣留你怎么办?"颠地奇道:"中国人不是说两国相争不斩来使么?"那洋人道:"中国人还说兵不厌诈……"

洋人们想来想去,还是不敢让颠地等人赴宴,于是,就写信给林则徐,道:"林大人要保证24小时之内放颠地先生回商馆……"

林则徐知道,颠地等洋人是难以诱捕了。不过,他没有气馁,而是一声令下,将伍崇曜等十三行所有行商都抓了起来,五花大绑,押到洋人商馆门前,喝令:"若天黑之前颠地先生还不来赴宴,就将这些行商全部斩首示众。"

这使得洋人们惊慌失措,躲在商馆里商议来商议去,到最后,商议着另派四个洋人去见林则徐,不敢让颠地出商馆。林则徐冷笑几声,根本就不肯去见那四个洋人。林则徐自然知道"射人先射马"的道理,若不能抓获颠地,抓其他洋人又有什么用处?

几次三番,林则徐也曾想着去攻破洋人商馆,直接抓人,只是皇帝的再三叮嘱始终都在他的耳边,使他到底不敢妄动。其实,在林则徐看来,这洋人根本就不足为惧,其他的不说,那膝盖都软不起来,连下跪都不能,在战场上还怎么作战?

十三行行商们的脑袋到底还是没有掉下来,不过,第二天,林则徐忍无可忍,派兵将洋人商馆团团围住,随时准备抓人。无奈,英国人大门紧闭,道,今日是星期天,不上班,洋人们都在休息……

双方竟这样僵持住。

道光十九年(1839),英国商务监督义律从澳门返回广州,进入洋人商馆。商馆里的洋人们立刻欢呼起来。或许,在他们看来,义律的到来,能够使中国人妥协退兵。毕竟,义律所代表的是大英帝国,而这些贩卖鸦片的洋人们到底只是商人而已。义律进入商馆以后的第一件事,就是升起了英国国旗。然后,又带领洋人冲进清兵围困着的颠地办公室,成功地将颠地救出……

三

鸦度冥冥,花飞片片,春城何处轻烟。膏腻铜盘,枉猜绣榻闲
眠。九微夜燕星星火,误瑶窗、多少华年。更那堪、一道银潢,长贷
天钱。　　星槎恰到牵牛渚,叹十三楼上,暝色凄然。望断红墙,
青鸾消息谁边?珊瑚网结千丝密,乍收来、万斛珠圆。指沧波、细
雨归帆,明月空舷。

——邓廷桢《高阳台》

当义律派人将一封措辞激烈的信送到总督府的时候,邓廷桢
正一笔一笔地写下这阕新词。写罢,邓廷桢捋髯微笑,心道,自古
以来咏物者也多矣,然则,如鸦片者,谁能咏之? 罂粟花与鸦片,到
底不是一回事。

"前辈好词。"林则徐赞道。

邓廷桢呵呵地笑着,蓦地回头,正见一个戈什哈站在门口探头
探脑。

"什么事?"邓廷桢问道。邓廷桢明白,若没有什么事,府里的
戈什哈是不会来打扰他与林则徐谈诗论词的。这些日子以来,勒
令洋人缴交鸦片的事有些僵持,林则徐到总督府来的次数明显增
多;只不过,他们在一起的时候,竟是谈诗论词的时候多,说公事的
时候少。

邓廷桢也曾有些忧虑地问:"少穆不会是真的想杀人吧?"十
三行半官半商,与整个广东官场有着千丝万缕的关系,要是真的将
这些行商斩首,不说是塌天之祸,至少,也几乎是得罪了整个广东
的官场。邓廷桢想,林少穆怎么也不会如此鲁莽吧?

作为两广总督的邓廷桢,与十三行的行商自然也有着紧密的
联系。事实上,当林则徐抓人的时候,便有人找到了总督府。邓廷
桢淡淡地道:"林钦差自有分寸。"一则是他并不相信林则徐会杀
人;二则呢,在这一个时刻,无论如何,他也要与林则徐站在一起,
也就是与朝廷站在一起。

否则,禁烟将功亏一篑。

这自然也是邓廷桢不愿意看到的。

有些事,做之前,大可迟疑不决、不断思忖,可一旦决定,就必

须义无反顾、坚持到底。首鼠两端,是人生之忌,也是官场之忌。邓廷桢明白这样的道理。

林则徐微微地笑着,没有言语。

邓廷桢呵呵一笑,便也没有追问下去。昨日,林则徐说,天黑之前颠地不出来的话,就杀人。可事实上,那十三行行商的脑袋到现在也还保留着。

还有围着商馆的清兵,也没有攻进去拿人。

引而不发。邓廷桢心中暗自佩服。引而不发,方能逼迫洋鬼子屈服,交出鸦片来。

"大人,"那戈什哈看了一眼林则徐,迟疑一下,道,"洋鬼子派人送了一封信来。"

"信?"邓廷桢放下笔,道,"拿来我看。"

"是,大人。"那戈什哈紧步上前,将信交到了邓廷桢的手上。

林则徐不动声色。到广州以后,林则徐始终都有如履薄冰的感觉。只不过,既然已经来了,他也早已将生死置之度外。进广州之前,也曾有人向他举报,并且附上邓廷桢、关天培等人与洋鬼子勾结的证据,他看都没看,一把火就给烧了。

水至清则无鱼。

要在广州禁烟,必须获得邓廷桢、关天培的配合。

更重要的是,他相信,在大是大非的问题上,邓廷桢、关天培绝不会错。

看一个人很难,但总也要去看,或者,是跟自己打一个赌吧。

邓廷桢一目十行,很快就将义律的信看完。"呵呵呵,"邓廷桢爽朗地笑了起来,"洋鬼子急了……"说着,便将义律的信递给了林则徐。

"总督大人莫非是想我与大清帝国开战么?"

义律的信,归根结底就是这句话。不过,在邓廷桢看来,这应是威胁;而这样的威胁,自是气急败坏、无计可施的表现。

林则徐看罢,也笑了起来。他抬头看向邓廷桢。邓廷桢笑着解释道:"这位义律先生从前与老夫打过几次交道,看着倒也像是个讲理的样子,却不料这一回,呵呵呵……"说着,轻轻摇头,道:"想来也是被那些鸦片贩子逼急了。"

林则徐与邓廷桢稍作商议之后,便下令停止一切对外贸易,并且全面封锁洋人的商馆。这个全面,已不止是派兵包围,还包括封锁商馆四周所有通道,在商馆外面砌起高墙,添加铁链,再下令断水,取消一切日常供应,所有的中国籍翻译、买办、奴仆,立即撤出商馆,附近的中国老百姓不准接济与兜售食品给洋人,但有发现,即以汉奸罪斩首示众。

十三行行商虽说没被斩首,却都戴着铁镣,被赶到了商馆的门前,他们的身后,是手持钢刀的清兵,刀已出鞘,明晃晃的,悬在他们的头上,仿佛随时都会落下的样子。

事实上,林则徐是这样恶狠狠地说的:"若有洋人逃出,本官就砍你们的脑袋。"

没有人怀疑林则徐是在说笑。

因为进入广州以来,林则徐已经砍下了一些鸦片贩子的脑袋。

行商们相信,在林则徐的眼里,他们这些富可敌国的行商,与那些鸦片贩子,其实并没有多少分别。

或者说,他们也是鸦片贩子,是大鸦片贩子。

到了晚上,林则徐又下令召集艺人,在商馆外敲锣打鼓,声震云霄。

想睡觉? 林则徐嘿嘿冷笑着。

义律被那惊天动地的锣鼓声惊醒。

广东音乐也曾使义律觉得,这样野蛮的地方原来也有音乐。

有时候,义律甚至觉得,这是最美妙的音乐。

然而,这是在半夜啊,正是万籁俱寂的时候,正是熟睡的时候……

这惊天动地的声音,掀空而来,使得商馆里的洋鬼子都被震起,披着衣服,面面相觑、目瞪口呆。

商馆外,那些艺人们正卖力地敲着锣,打着鼓。

还有唢呐。

"义律先生,"有洋鬼子嚷道,"你要拿个主意啊,这样可不行。再这样下去的话,我们就回不了大英帝国了。"

"是啊,义律先生,"又有洋鬼子道,"这连觉都睡不了,可怎么办?"

商馆虽说被封锁,商馆里面吃的、喝的,多少也还能维持几天;可要是连觉都睡不了的话,那真是忍受不了啊!

义律又是愤怒又是无奈,心道,莫非大清真的想与我大英帝国开战?

想到开战,义律只觉头疼。他自然知道,开战哪是那么容易的事。国会的那些家伙,会愿意为一班远在远东的商人们与大清开战?可要是不开战的话,大英帝国真的就屈服?交出鸦片?还有,交出鸦片之后,难道就真的停止与中国的鸦片贸易?

义律很清楚,正是鸦片贸易,才使得中国的白银哗哗地流向大英帝国。要是停止鸦片贸易,只怕眼前的这群鸦片商人就会造起反来。

他们迟迟不肯交出鸦片,岂非也正是这个原因?

鸦片,几乎使他们中的每一个人都成为巨商啊!

野蛮人,真是野蛮人。义律恨恨地想道。

大约在义律想来,欧洲之外,无论美洲还是澳洲,无论非洲还是印度,那里的土著都是野蛮人。

因为,他们没有法律——即使有,也不会放在心上。

就像现在,一国商馆竟被重重围困。

无奈,义律再次写信给邓廷桢——中国的总督大人,道:贵国要抓的是鸦片商人,商馆中,可不全是鸦片商人,贵国这样封锁商馆,对那些正经商人可不公平。

商馆之中,有三百五十多个洋商,自然不可能全部是鸦片商人。林则徐的这次行动,对他们来说,实在是无妄之灾。

然后,美国商人、荷兰商人,都纷纷向林则徐求情,表示自己是无辜的。林则徐道:"本官也知道你们无辜,但是你们首先要劝说那些鸦片贩子将鸦片交出来。"

邓廷桢接到信之后,笑道,洋人要内讧了。

这自然是他所乐意看到的。

林则徐则趁机再次发布一道谕令,劝诫那些洋人尽快上缴鸦片。

贩卖鸦片,伤天害理,天道循环,报应不爽,君不见律劳卑忧惧而死,马礼逊也死于同年?"论天理应速缴也"。

我大清自有大清国法,吸食鸦片触犯国法,当斩,你们洋人在我大清国土上,自也要遵守我大清之国法,又焉能例外?"论国法应速缴也"。

你们洋人来我大清多年,从事贸易多年,早已赚得盆满钵满,怎么还不满足？再说了，若因鸦片问题而失去贸易机会，岂非得不偿失？"论人情应速缴也"。

现在我大清禁烟势在必行，鸦片必须上缴，只要上缴，就恢复贸易，否则，一日不上缴，本大臣一日不回，到最后，吃亏的还是你们洋人，"论事势应速缴也"。

这几乎最后通牒的谕令使得义律明白，中国人这一次是决意禁烟，不肯妥协的了。若中国人决不肯妥协的话，对于义律来说，还真是一件很头疼的事。虽说澳门驻有英军，可区区一千英军，义律实不相信，能够逼迫中国人让步；即使英军真的从澳门赶来，并且能够打败中国人，可商馆里的洋人呢？义律相信，一旦开战，商馆里的三百五十多洋商，只怕凶多吉少。中国人有句话，叫作"留得青山在，不怕没柴烧"……

一夜无眠。义律终于下定决心，以驻华商务总督的身份向全体英国商人发布通知，劝诫他们上缴鸦片："谨以不列颠女王陛下政府的名义并代表政府，责令在广州的所有女王陛下的臣民，为了效忠女王政府，将他们各自掌握的鸦片自行缴出。……为了不列颠女王陛下政府并代表政府……转交中国政府。……英商财产的证明以及照本通知乐于缴出的一切英国人的鸦片的价值，将由女王陛下政府随后规定原则及办法，予以规定。"并表示，商人们的损失，将由英国政府予以赔偿。

道光十九年（1839）二月十四日，义律向林则徐呈送《义律遵谕呈单缴烟 20283 箱禀》，表示愿意上缴鸦片。这些鸦片中，有怡和洋行（隶属英国头号鸦片贩子查顿）的 7000 箱，宝顺洋行（隶属英国第二大鸦片贩子颠地）1700 箱，以及美国洋行的 1540 箱。这个数字，占到 1838 年至 1839 年外国鸦片贩子运到中国的鸦片总数的百分之六十左右。

从林则徐抵达广州，到义律被迫同意缴出鸦片，前后总计十八天。

林则徐、邓廷桢及广东海关监督豫坤乘船抵达虎门，会同广东水师提督关天培验收洋人上缴的鸦片，并在路易莎号签发收据。美国及荷兰商人承诺永不再贩鸦片，义律以各种理由拖延上缴时间，林则徐毫不退让，也延长封锁商馆时间。义律无奈，只好如数上缴。四月，颠地等英国鸦片贩子被驱逐出境，义律也将十三行中的英国人撤往澳门。

道光十九年(1839)四月二十二日,虎门销烟正式开始。从四月二十二日至五月十日,共销毁二百三十七万六千二百五十四斤鸦片,其中少数鸦片运送京师作样本,然后销毁。

玉粟收余,金丝种后,蕃航别有蛮烟。双管横陈,何人对拥无眠?不知呼吸成滋味,爱挑灯、夜永如年。最堪怜、是一丸泥,捐万缗钱。　　春雷欻破零丁穴,笑蜃楼气尽,无复灰然。沙角台高,乱帆收向天边。浮槎漫许陪霓节,看澄波、似镜长圆。更应传、绝岛重洋,取次回舷。

——林则徐《高阳台·和嶰筠前辈韵》

林则徐兴致勃勃地将这阕新词写罢,递给邓廷桢,笑道:"我向来不擅填词,还请前辈指教。"

邓廷桢接过,慢慢读罢,不由得也笑了起来,赞道:"少穆啊少穆,你这叫老夫说什么才好呢?"从词的角度来说,林则徐的这首《高阳台》,或许说不上有多出色;然而,词中所表达的快意、自得,岂非正是本色?

只不过不知道为什么,邓廷桢的心中,总还是有那么一丝忧虑。

因为他不相信洋人会就此罢休。

四

道光十九年(1839)的中秋,邓廷桢是与林则徐、关天培一起度过的。那一天,他们从虎门乘船到沙角检阅水师,当晚,同登沙角炮台绝顶眺月。

月色清明,朗照中天。

半个多月前,义律率兵船路易莎号及武装双桅桨船闯进九龙湾,向大清水师开炮,是之为九龙之战。九龙之战以后,林则徐、邓廷桢、关天培将战况具奏道光帝,道光帝朱批曰:"既有此番举动,若再示以柔弱,则大不可。朕不念卿等孟浪,但诚卿等不可畏葸,先威后德,控制之良法也。相机悉筹度。勉之慎之。"过了几天,又发上谕道:"著林则徐等悉心商酌,趁此警动之机,力除弊窦,所有该国大小船只游迹洋迹有可疑者,均著驱逐出境。俟该夷等悔罪畏服,领赏回国,并将凶犯交出,彼时该大臣等再行酌量办理。威德兼施,或可一劳永逸。"

中秋月夜,偕少穆、滋圃登沙角炮台绝顶晾楼,西风泠然,玉轮涌上,海天一色,极其大观,辄成此解。

岛列千螺,舟横万鹢,碧天朗照无际。不到珠瀛,那识玉盘如此。划秋涛、长剑催寒;倚峭壁,短箫吹醉。前事。似元规啸咏,那时情思。　却料通明殿里。怕下界云迷,蜃楼成市。诉与瑶闉,今夕月华烟细。泛深杯、待喝蟾停;鸣画角,恐惊蛟睡。秋霁。记三人对影,不曾千里。

——邓廷桢《月华清》

和邓嶰筠尚书沙角眺月原韵。

穴底龙眠,沙头鸥静,镜奁开出云际。万里晴同,独喜素娥来此。认前身、金粟飘香;拚今夕、羽衣扶醉。无事。更凭栏想望,谁家秋思。　忆逐承明队里。正烛撤玉堂,月明珠市。鞚掌星驰,争比软尘风细。问烟楼、撞破何时;怪灯影、照他无睡。宵霁。念高寒玉宇,在长安里。

——林则徐《月华清》

这是中秋后的一天,接到道光帝的上谕之后,邓廷桢与林则徐正说话间,忽地笑道:"今年中秋还不曾有词。中秋焉能无词?"从东坡"明月几时有"之后,后世词人,似乎每逢中秋都要赋词。

林则徐笑道:"前辈赋词的话,则徐当再次韵效颦也。"

邓廷桢呵呵地笑着,落笔成词,林则徐读罢,略作沉吟,便将和词写出。

"果然捷才,"邓廷桢赞道,"老杜说,敏捷诗千首,说的便是少穆啊!"

"敏捷诗千首,飘零酒一杯。"林则徐悠悠道,"只怕'敏捷诗千首'之后,便是'飘零酒一杯'啊。"

邓廷桢心往下一沉,不过,脸上却还是带着笑。"少穆多虑了。少穆立此大功,皇上也有褒奖,又怎会'飘零酒一杯'?"

他的笑,有些勉强。

九龙之战,清军固然赶走了洋鬼子,可邓廷桢深深知道,假若洋鬼子卷土重来,只怕胜负未可知。在广东多年,他深知洋鬼子的厉害,深知洋枪洋炮决非清军的长矛大刀所可抵挡者。

不过,洋鬼子未必敢动刀兵吧? 邓廷桢又这样想道。毕竟,洋鬼子在万里之外,又隔着茫茫大海,这要是动刀兵的话,仅仅是后勤就未必跟得上。

林则徐依旧是悠悠道:"前辈,我们这一次的销烟,未必是每一个人都希望看到的……"

邓廷桢道:"皇上是明君。"

林则徐呵呵地笑着,没有言语。不错,皇上是明君。可是,很多时候,皇上也无奈啊。

道光十九年(1839)岁末,道光帝发布谕令,命令林则徐"酌量情形,即将英吉利国贸易停止,所有该国船只,尽行驱逐出口,不必取具甘结,其殴毙华民凶犯,亦不值令其交出……并著出示晓谕各国,列其罪状,宣布各夷,俾知英夷自绝天朝"。

在道光帝想来,林则徐终未能"一劳永逸",鸦片难绝,边衅渐开,是之为无能。

虎门销烟之后,鸦片走私依旧,且价格持续飙升;九龙之战以后,英军不断挑衅,战争仿佛一触即发。这一切,终使道光帝对林则徐失望。

僻东小轩十笏,修篁一丛,夏雨摇风,娟好可念,瀹茗相对,修然有故园之思矣。

风细筠初脱,云轻月惯捎。小楼何处唤吹箫。恰似青娥翠袖,扶醉舞招腰。　　邀笛前时步,垂杨旧日桥。万竿烟雨故山遥。一样含漪,一样弄鸣梢。一样昏黄月下,如雪鹭双翘。
　　　　　　　　　　　　　　　　　　——邓廷桢《喝火令》

院静风帘卷,篁疏月影捎。闲拈新拍按琼箫。惹得隔墙眠柳,齐衮小蛮腰。　　自避清凉界,斜通宛转桥。家山休怅秣陵遥。剪取吴绡,写取旧烟梢。唤取幽禽入画,相对舞云翘。
　　　　　　　　　　　　　　　　——林则徐《喝火令·和嶰筠》

但无论是邓廷桢还是林则徐都很清楚地知道,所谓"故园之思",对于他们来说,都只是一个遥远的梦。

人在官场，身不由己。

更重要的是，他们放不下。

人之一生，总有一些东西，是怎么也放不下的。

即使他们无能为力。

五

道光十九年（1840）十二月，邓廷桢调任云贵总督，旋改调两江总督。

林则徐接任两广总督。

少穆留镇两粤，而余承乏三江，临行赋此。

梅岭烟宵。正南枝意懒，北蕊香饶。甚因催燕睇，底事趁鸿遥。头番消息恰春朝。蓼汀杏梁，青云换巢。离亭柳，漫绾线、系人兰棹。　　思悄。波渺渺。箫鼓月明，何处长安道？洗手谙姑，画眉询婿，三日情怀应恼。新妇无端置车帷，故山还许寻芳草。珠瀛清者，襟期两地都晓。

——邓廷桢《换巢鸾凤》

一阕新词写罢，邓廷桢向林则徐深施一礼，道："广东的事，便拜托了。"说罢，转过身来，便上了车。车行辚辚，渐行渐远，直到没入天际。

初春的风轻轻吹过，很是温暖。

岭南，一向温暖。

然而，林则徐的心头却总觉有一种寒凉。

数十日后，林则徐又接到邓廷桢的一阕新词：

百五佳期过也未？但筇吹、催千骑。看珠海盈盈分两地。君住也，缘何意？侬去也，缘何意？　　召缓徵和医并至。眼下病、肩头事。怕愁重如春担不起。侬去也，心应碎。君住也，心应碎。

——邓廷桢《酷相思·寄怀少穆》

这是邓廷桢抵达南京的时候所作。抵达南京，尚未到任，又因陕西道监察御史杜彦士奏报福建禁烟和海防需加紧查办，邓廷桢再次改调,任闽浙总督。并特派吏部右侍郎祁隽藻、刑部左侍郎黄爵滋查办,"并筹图防守事"。

禁烟容易。

难的是那些洋鬼子决不肯罢休,随时都会发兵打来。可是,以中国之国力,又如何能与洋鬼子接战?

不禁烟,鸦片荼毒中国,白银不断外流,染上毒瘾的兵士绝无一战之力;可禁烟呢? 禁烟,便会使洋鬼子发兵前来。

邓廷桢忧心忡忡,只觉前程茫茫,整个国家都在风雨飘摇之中。

"侬去也,心应碎。君住也,心应碎。"林则徐双手无力地垂下,一颗心异样沉重,双眼不由自主地就有些湿润。良久,他长叹一声,低低地道:"苟利国家生死已,岂因祸福避趋之。前辈,我林则徐何尝不知,这禁烟,无论成败……"说话又长叹一声。当初,皇上让他到广东来,他始终都犹豫不决,不肯答应。因为他知道,这禁烟,无论成败,对于他来说,都将是祸。败,固然不用说,辜负皇恩,自是有罪;成,将要面对的是咄咄逼人的洋鬼子。想到这里,林则徐不觉又是长叹,只不过他的神情始终坚毅。

所谓英雄,不是不怕,而是分明害怕,也要竭尽全力去做,哪怕粉身碎骨,也在所不辞。毫无疑问,林则徐就是这样的英雄。

好在,他并不孤独。

六

道光二十年(1840)六月,英军舰队封锁珠江口,进攻广州。林则徐严密布防,使英军进攻未能得逞。于是,英军沿海岸北上,于七月五日,攻占定海。八月九日,抵达天津大沽口,威胁北京。

道光帝大惊,急令直隶总督琦善前去议和,又令两江总督伊里布查清英军攻占定海的原因,究竟是由于"绝其贸易"还是"烧其鸦片"。

道光二十年(1840)九月,道光帝下旨,将林则徐革职,"交部严加议处,来京听候部议"。不久,林则徐又收到吏部公文,命令他留在广州,等待新任钦差大臣琦善的审问与发落。与此同时,邓廷桢也被革职,命令其前往广东,听候查问。

道光二十一年(1841)四月,邓廷桢充军伊犁。

六月,林则徐充军伊犁。

这一天,如期到来。

暗林塘、迷离柳色,还凝旧日飞絮。痴云万叠无昏晓,尽日何曾成雨。天欲暮。早迤逦炊烟、遥逗横山雾。平沙浅浦。只豆叶微黄,荞花淡白,依约认前度。　　心头事,一样去年秋宇。销魂今岁如许。疑寒疑暝浑无著,中酒六时情绪。凝望处。道不是春归、也是春归路。疏钟几杵。拼短昼惝惝,长宵脉脉,付与暗蛩语。

——邓廷桢《买陂塘·秋阴》

邓廷桢先期抵达伊犁,闻得林则徐也将前来,不由得哈哈大笑,早早地便在城门处等候着。

"少穆,少穆。"当林则徐从车子上下来的时候,邓廷桢紧走十数步,迎了上去。他只是喊着林则徐的名字,其他的,什么都没有说。

林则徐苦笑道:"前辈,这一回,或许是我连累你了。"林则徐自然明白,若邓廷桢不是一力支持他禁烟,而是跟其他广东官员一样,尸位素餐,也就不会有今天。邓廷桢已经年近七旬,如今被充军伊犁,林则徐委实有些过意不去。

邓廷桢身子微微后仰,道:"少穆,你这等说话,老夫却要生气了。"顿了顿,又笑道:"你在西安写的那两首诗,却早于你来到伊犁啊。"

"前辈说的是……"林则徐微微一怔。

邓廷桢缓缓道:"'苟利国家生死以,岂因祸福避趋之。'少穆,你能做到,老夫就不能做到?"

这是林则徐在西安与妻子告别的时候所写下的诗句。事实上,这两句诗,他心中早有,只不过直到赴戍登程之时,方才写下。

出门一笑莫心哀,浩荡襟怀到处开。时事难从无过立,达官非自有生来。风涛回首空三岛,尘壤从头数九垓。休信儿童轻薄语,嗤他赵老送灯台。

力微任重久神疲,再竭衰庸定不支。苟利国家生死以,岂因祸福避趋之?谪居正是君恩厚,养拙刚于戍卒宜。戏与山妻谈故事,试吟断送老头皮。

——林则徐《赴戌登程口占示家人》

林则徐深深一揖,道:"则徐不曾后悔。"直起身来,双目炯炯地瞧着邓廷桢。邓廷桢握住他的手。两个人,四只手,紧紧地握着。"彼此彼此。"邓廷桢笑道。

两人对望着,只觉莫逆于心,又何须多说?半晌,同时发声大笑,笑声在雪地里回荡。

这是道光二十一年(1841)的岁末,新疆伊犁,正是雪飞满天,天气阴冷。然而,两个老人的心头,却似有火在燃烧。

春去也,春去又如何?邓廷桢忽觉昔时的阴霾在林则徐到来的刹那,烟消云散。

年年最恼春宵梦。乱压春衾重。今年翻喜梦来频。夜夜凭伊半晌作归人。 梦回惊听乌啼树。芳草迷归路。休言芳草竟无情。也学江南浅放烧痕青。

——邓廷桢《虞美人》

道光二十三年(1843),邓廷桢奉旨回京,以三品顶戴授甘肃布政使。此后,先后任陕西巡抚、陕甘总督。道光二十六年(1846),以七十二岁高龄去世。

林则徐则在道光二十五年(1845)被重新启用,先后任陕甘总督、陕西巡抚、云贵总督等。道光二十九年(1849),已因病重奏请开缺回乡调治的林则徐又被任命为钦差大臣,前往广西,平定拜上帝会。

拜上帝会的首领是洪秀全。

道光三十年(1850)十月十九日,林则徐病逝于普宁行馆。逝前指天三呼"星斗南"。终年六十六岁。死后,清廷晋赠其太子太傅,照总督例赐恤,历任一切处分悉行开复,谥文忠。

没人知道"星斗南"到底是什么意思。或猜测是广东要地"新豆栏"的误听;或以为"太西称地球五大洲,以吾华为亚西亚洲,佛经称四大部洲,以吾华为南瞻洲,吾华居星斗之南,故北辰常在北";甚而至于以为是福州话"巴豆泻",意思有人以巴豆来谋害林则徐——这"有人",自然便是十三行的那些行商了。

世间再无林则徐。这"星斗南"到底是什么意思,大约永无人知道。

七

道光二十三年(1843)三月十八日,同在伊犁的林则徐、邓廷桢应绥定城总兵福珠洪阿之邀,同往绥园看花。

怕说春明媚。掩闲门、枝横瘦绿,苔生荒翠。忽漫招携联骑去,为访柳疏花腻。把细径、春痕穿碎。一角牙旗风外展,敞银屏浅酌蒲桃醉。催羯鼓,蔗竿戏。　俊游却话当时事。黯飘零、幺弦十八,虹桥廿四。未必尊前愁暂袪,转教花销英气。枉自拟、山阴修禊。雁柱华年真一梦,问啼鹃可解离人意。春渐老,劝归未。

——邓廷桢《金缕曲·偕少穆同游绥园》

绝塞春犹媚。看芳郊、清漪漾碧,新芜铺翠。一骑穿尘鞭瘦影,夹道绿杨烟腻。听陌上、黄鹂声碎。杏雨梨云纷满树,更频婆新染朝霞醉。联袂去,漫游戏。　谪居权作探花使。忍轻抛、韶光九十,番风廿四。寒玉未消冰岭雪,毳幕偏闻香气。算修了、边城春禊。怨绿愁红成底事?任花开花谢皆天意。休问讯,春归未。

——林则徐《金缕曲·暮春和嶰筠绥定城看花》

林则徐到底比邓廷桢要达观多了。

有些事,做了便做了,纵使因此遭受厄运,也一样含笑面对。

这,就是林则徐。

也正因如此,在一首词的注解之中,邓廷桢才有"公才胜我"之叹。

然而,承认己不如人,这又哪里是一般人所能做到的?

宋翔凤

任春人、许多幽恨，芳草空自飞舞

—— 凤衔杯　宋于庭 ——

留他不住奈他飞，是经年，飘泊无依。况有花阴数寸许相栖。犹对此，蝶阑时。

功名事，酒中词。恰人间，金屋成痴。最是天涯望到日迟迟。沾一缕，鬓边丝。

—— 李旭东 ——

一

任春人、许多幽恨,芳草空自飞舞。人间只弄伤心色,又是几番风雨。春欲去。就写遍、红情绿意成虚语。羁怀最苦。任慢引清尊,徐翻怨曲,愁结总千缕。 青青草,却满河湄江浦。销凝何处平楚。繁英落尽浓阴远,还向斜阳延伫。须看取。春去后、美人香草俱尘土。悲今吊古。要收拾残魂,商量旧梦,泽畔咏兰杜。

——宋翔凤《摸鱼儿》

道光元年(1821),四十五岁的宋翔凤编定好《浮溪精舍词》,忽然想到,自己这一生,还能活多久,将会有怎样的经历,会遇到怎样的朋友……

"当我死去,那些朋友,会给我写怎样的悼诗或悼词?"宋翔凤忍不住这样想道。

此刻的宋翔凤绝不会想到,他这一生,将活得很久、很久,他将看到他的朋友们一个接一个地离去,直到最后,剩下他孤孤单单的,在这个世界上寂寞地思念从前,思念他的那些朋友们已经渐渐模糊的笑脸。

有时候,人活得太久,未必就是一种幸福啊。

《浮溪精舍词》的卷首是一组《摸鱼儿》,而这一首"任春人、许多幽恨",更是开篇第一首。

因为从二十四岁中举之后,宋翔凤连续参加九次会试,结果是九次不中。

这一生,他还将参加四次会试……

那四次,依然不会中。

仿佛早已注定一般,这一生,无论怎样努力,无论参加多少次会试,都将没有结果。

人之一生,很多事,真的不是努力了就会有收获的。

哪怕他天才横溢,他的著作将流传后世。

二

嘉庆三年(1798),宋翔凤的祖父宋经邦去世,年六十二。祖母陆氏,四川保宁知府陆锦之女孙,山西永宁知州陆灏之女,赠孺人,先祖父四年而卒。

嘉庆五年(1800),宋翔凤的母亲庄氏去世。庄氏,赠孺人,毗陵庄培因之女。庄培因,乾隆十九年(1755)甲戌科状元,卒于乾隆二十四年(1759),年三十七。庄培因之妻彭氏,卒于嘉庆十七年(1812),享寿九十一,例封恭人。

嘉庆七年(1802),三妹徽仪去世。年十九。

嘉庆十一年(1806),二妹静仪去世,年二十七。静仪著有《绿窗吟草》,遗一子,亦早夭。

嘉庆十八年(1813),五妹慎仪因难产去世。

嘉庆二十五年(1820),四妹婉仪去世,年三十五。

至此,五个妹妹,只剩下六妹硕仪还活着。

……

宋翔凤只觉自己这一生已见到太多的死亡。他也知道,死亡是无法避免的,然而,为什么还是感觉到一阵阵的痛?

三

嘉庆五年(1800),二十四岁的宋翔凤离开长洲,前往京师,准备参加转年的会试。宋翔凤初试即中举,意气风发,只觉前程一片光明。

嘉庆四年(1799),张惠言第七次会试,中二甲进士,改庶吉士,充实录馆纂修官。这一年,张惠言三十九岁。

当宋翔凤第一眼看见张惠言的时候,只觉这个人很瘦,瘦得仿佛风一吹就会倒下去似的。

"宋于庭?"打开门,张惠言便这样问道。

宋翔凤愣了一下,道:"先生见过我?"他清楚地记得,自己好像不曾与张惠言见过面。此次前来拜访,他自然知道主人是谁,可主人似乎不应该知道他这个客人是谁才对。

张惠言笑了起来,道:"数日前,便接到葆琛兄的来信,估摸着,这两天你也应该来了。"庄述祖,字葆琛,武进人,与张惠言既是同乡,也是朋友。更重要的是,庄述祖还是宋翔凤的舅父。去年,宋母归宁,宋翔凤跟着母亲来到常州,遵母命问学舅父,居庄氏观是楼,乃得闻庄氏今文经学。等宋翔凤决定赴京赶考,庄述祖便嘱咐他到北京之后,不妨拜张惠言为师,并道:"张皋文之经学,尤其是《易》与《仪礼》,当在我之上;此外,他之古文、词学,亦独步当代。"

张惠言受桐城派影响极大,后与同里恽敬共治唐宋古文,欲合骈、散文之长以自鸣,开创阳湖派。嘉庆二年(1797),张惠言所编《词选》行世,在序言中提出了"比兴寄托"的主张,强调"意内而言外","意在笔先","缘情造端,兴于微言,以相感动","低回要眇,以喻其致";同于"诗之比兴变风之义,骚人之歌","不徒雕琢曼词而已"。

庄述祖将《词选》与张惠言本人所作之《茗柯词》交与宋翔凤,宋翔凤一读便大为倾倒,心道:纵然舅舅不吩咐,到得北京,也当前去拜访。

宋翔凤忙再次见礼,道:"舅舅嘱咐我到得北京,就来向先生问学。"

张惠言笑着将他让进屋内,坐下,方才问道:"那么,你自己的意思呢?"

宋翔凤恭恭敬敬地道:"我也想拜先生为师。"

张惠言不动声色,道:"为什么?"

宋翔凤怔了怔,一时间,竟也不知该如何回答。他在心中暗自思忖,想,为什么呢? 是啊,为什么要拜张惠言为师呢? 要知道,师徒如父子,一旦拜入张惠言门下,便当敬之如父,终身传承其学术。

张惠言沉吟一下,道:"你是想学经、古文还是词?"

"词。"宋翔凤脱口而出,竟没有丝毫的犹豫。只是,这一个字刚刚吐出,他的脸忍不住就是一红,将头微微低下。词终是小道,在士大夫看来,词是远不能与古文相比的,更不用说经学了。

张惠言微微一笑,道:"为什么?"

宋翔凤沉吟一下,道:"我读过先生的《词选》,也读过先生的《茗柯词》……"

"嗯。"张惠言点点头,却没有多说什么,而是以一种柔和的眼神瞧着宋翔凤,仿佛鼓励他继续说下去一样。

宋翔凤忽地脸色又是一红。他想起他少年时所填写的几首词来。

碾取香尘,销来金缕,先愁素丝。记风前一捻,浅描蛱蝶;花阴拊寸,小印胭脂。江月初弦,湘波欲皱,已试得才人绝妙词。姗姗影,倚画屏久立,窄索微知。　　　衬将罗袜行迟。怕等过霜浓径滑时。是丛头样好,不须添绣;合欢名在,要惜沾泥。倪是飞筋,借他量酒,百罚尊前总不辞。情无赖,向裙边枕角,尽费寻思。

——宋翔凤《沁园春·绣鞋》

络索双垂,轻容全护,收来暗香。忆才松宝扣,领边依约;偶除瑶钏,袖里端相。塞上酥凝,峰头玉小,恨浅抹横拖一道冈。深深掩,掩几分衷曲,还待猜详。　　　几经刀尺评量。与细腻肌肤要恰当。为当胸阑束,期他婉软;一心偎帖,不间温凉。若化蚕丝,缝成尺幅,那数陶家十愿偿。偏纤手,在风前扇底,更自周防。

——宋翔凤《沁园春·抹胸》

无疑,这样的词,受到浙派的很大影响。宋翔凤记得,当时吟咏出来之后,也自沾沾自喜,想,咏物若此,不亦乐乎?不可咏者亦能咏之,这也实在是能使人悠然自得的事。然而,读罢《词选》之后,宋翔凤忽然觉得,自己从前好像是错了——这样的咏物,到底有何意义?宋人可曾有过?不要说东坡、清真、易安、稼轩、白石、草窗、梦窗、玉田,便是柳三变也不曾这样写过。当日,柳三变之词,已为东坡所笑;欧阳公偶作小词,一样为东坡所笑。

词,终究不过是游戏文字。

宋翔凤这样想着,不觉冷汗涔涔。

张惠言依旧不动声色,只是瞧着宋翔凤,等他开口。他人很是瘦削,两颊也微微凹陷着,可那眼神,却似发着光、发着电一般,使人不由自主地就有些心慌。

宋翔凤将头低了下来,半晌方道:"实迷途其未远,觉今是而昨非。"

张惠言呵呵地笑了起来。

"先生?"

"学词当从经史起,"张惠言淡淡地道,"你果真要学词的话,当先学经,学古文,知'意内言外'之意,而后方可知词。词虽小道,非大聪明、大毅力者,不可为之。古来文章家、诗人亦多矣,而能够称之为词人的,视之两宋,亦不过十数家而已,而且,便是可称之为词人之两宋大家,平生所作,可读者,少者一两首,多者亦不过数十首。这也是为什么我编《词选》,从唐至宋,亦只得百余首的原因。无他,可读者寥寥罢了。便是我自己,平生所作,差足可传者,亦不过数十首而已。本朝朱陈可谓大词人,然则,可传者又能有几?汝果学词,须记住,词贵在精,而不在多。汝舅父的信中,也附了汝的一些词,在我看来,竟无一可传者,若作刊印,赠诸师友,流传后世,吾恐为人所笑也。"

宋翔凤静静地听着,若有所思。虽说他早就知晓张惠言的词学主张,并且也很赞同,可还是没有想到,作为经学大师的张惠言,竟如此看重词学,仿佛填词也是一种大事业一般。

张惠言忽地叹息一声,道:"年来但觉身体大不如前,昔人所谓'曾不知老之将至也',……会试之前,汝但有空闲,便到我这边来吧。"

宋翔凤愣了愣,惊道:"先生何出此言?"他自是知道,张惠言今年还不到四十岁。

张惠言站起身来,从书橱中取出纸笔,示意宋翔凤帮他磨墨,而后写道:

> 年年负却花期。过春时。只合安排愁绪送春归。 梅花雪。梨花月。总相思。自是春来不觉去偏知。
>
> ——张惠言《相见欢》

"这是我从前写的一首小词,便送你做个纪念吧。"张惠言淡淡地道。

许多年以后,每当宋翔凤读起这首小词,都会忍不住悲从中来,泫然泪下。

那时,张惠言已经逝去多年了。

嘉庆七年(1802)六月,张惠言去世,年仅四十二岁。

四

宋翔凤没能参加嘉庆六年(1801)的会试。因为嘉庆五年(1800)十一月,他的母亲庄孺人病逝。宋翔凤出京南归,不料途中下雪,道路难行,到家已届除夕。

在京师的时候,因着张惠言的缘故,与丁履恒、金式玉相识。丁履恒是武进人,张惠言的朋友;金式玉是安徽歙县人,受学于张惠言。

张惠言《词选》编定，序言中明确了词学主张之后，他的朋友、弟子，都是竭力赞成，以为词虽小道，但终须有寄托，"意内言外"，方能大成。

真珠一桁帘旌。坐调笙。梦里不知芳草一池生。　　蛮弦语。红儿舞。总关情。无奈枝头啼鸟唤花醒。

暗萤点向深苔。去还来。都是星星流影惹帘开。　　芙蓉面。轻罗扇。扑盈怀。不道一天清露湿香阶。

微云度尽窗绡。夜迢迢。又恐秋声无赖上芭蕉。　　玉绳转。金波暗。可怜宵。只剩栖香蝴蝶抱空条。

　　　　　　　　　　　　　　　——金式玉《相见欢》

千里莺啼春欲暮。无计酬春，且为留春住。堤上曲尘深几许。落红飞向堤边路。　　杨柳垂风搓作絮。流水无情，把絮流将去。流到夕阳无觅处。添他几阵廉纤雨。

　　　　　　　　　　　　　　——丁履恒《蝶恋花·暮春》

宋翔凤记得，当他们举出自己的词作，以为正是"意内言外"、都有寄托的时候，他便笑道："有何寄托？"

是啊，有何寄托？

然而，南下的路上，金式玉的那种孤寂和无奈，丁履恒的那种恬淡和随遇而安，却始终都在宋翔凤的心头缭绕。"只剩栖香蝴蝶抱空条。"不知道为什么，金式玉的词句更使他不安。

三年丁忧，嘉庆九年（1804）冬，宋翔凤再次赴京，准备参加明年的会试，忽就听得金式玉的死讯。

嘉庆七年（1802），金式玉考中进士，改庶吉士。当年六月三日去世，年仅二十八岁。

张惠言与他死于同一个月。

嘉庆二年（1797），张惠言、张琦兄弟正在歙县金榜家设馆授徒。乾隆四十九年（1784），金云槐任常州知府，对张惠言十分赏识。金云槐之兄，便是金榜。金榜，字蕊中，又字辅之，乾隆三十七

169

年(1772)状元,从江永学经,与戴震、程瑶田同学;从刘大櫆学古文,著有《礼笺》十卷,朱珪为之序。金云槐是乾隆二十六年(1761)的进士。金云槐、金榜兄弟的父亲金长溥是乾隆十三年(1748)的进士。所以,金家被人称为"一门三进士"。

金英瑊、金应珪、金式玉都是张惠言在金家设馆时的弟子。他还有一个弟子,叫郑抡元,也是这一时期从他学词的。

金式玉是金榜族侄,其父金杲,乃国子监学生。

《词选》刊印以后,郑抡元曾问张惠言,"词学衰且数百年,今世作者,宁有其人耶?"张惠言"为言其友七人者,曰恽子居、丁若士、钱黄山、左仲甫、李申耆、陆祁生、黄仲则"。"各诵其词数章,曰此几于古矣。……益以张子之词为九家。金子彦郎甫者,学于张子,为词有师法,又次录焉。"(郑善长《词选附录序》)

金式玉,字朗甫。

郑抡元,字善长。

丁履恒于道光十二年(1832)去世,年六十三。

那一年,宋翔凤五十六岁。

五

嘉庆十年(1805),宋翔凤依旧会试不第。不过,无论是他自己,还是其舅父庄述祖,都深信以他的才学必能高中。宋翔凤寄居在朱珪的相国府邸。

朱珪,字石君。乃嘉庆帝师,曾入阁为学士,此时,早已年过古稀。

朱珪曾受知于庄存与、庄培因兄弟。庄培因,正是宋翔凤外祖。这样算下来,朱珪与宋翔凤也可说是"三代世交",宋翔凤进京,庄述祖便将他托付给了朱珪。

朱珪曾为庄存与《春秋正辞》作序,在序中,朱珪写道:"前辈少宗伯庄方耕先生,学贯六艺,才超九能,始入翰林,即以经学受主知,群经各有论著,斐然述作。"推崇备至。

这一年,宋翔凤虽然依旧落第,却结识了一些朋友。他们大多也是来赶考的,只不过有的考中,有的如宋翔凤一样,榜上无名。

李兆洛,字申耆,阳湖人,考中,选庶吉士,充武英殿协修。时年三十七岁。

陆继辂,字祈孙,一字祈生,武进人,嘉庆五年(1800)举人。会试不中。时年三十四岁。

周济,字保绪,荆溪人,考中。时年二十五岁。

周仪暐,字伯恬,阳湖人,嘉庆九年(1804)举人。会试不中。时年二十八岁。

还有吴育,字山子,吴江人。吴兆骞曾孙,李兆洛岳丈。书法名世。

在朱珪相府,宋翔凤又结识了陈预与姚文田。

姚文田是嘉庆四年(1799)的状元,授翰林院修撰。

陈预,字立凡,一字笠帆,乾隆五十五年(1790)进士,选庶吉士,散馆授刑部主事,历任郎中。

七年后的嘉庆十七年(1812)春,一贫如洗的宋翔凤为了生计,曾应陈预之邀,至豫章,入幕府;次年春,陈预转督长沙,宋翔凤随之赴任,直到那一年的秋天(1813)要北上赴次年的甲戌会试,方才离开陈预幕中。

人生际遇原就如此,你永不会知道将来的自己是如何境况。

就像此刻的宋翔凤也决不会想到,许多年以后,将常州词派发扬光大的竟是周济。周济以后,常州词派与浙西词派并称,影响了无数后人。甚至从某种意义上来说,周济以后,天下词人大半入常州。

光绪中期,缪荃孙编纂《国朝常州词录》,得四百九十八家,词三千一百一十阕。这收的还只是常州词人,其他地方入常州藩篱的,都还没算进去。像庄械,丹徒人;谭献,仁和人;王鹏运,临桂人;陈廷焯,丹徒人;郑文焯,铁岭人;朱孝臧,归安人;况周颐,临桂人……

乍暖帘拢,轻寒庭院,游丝系住春魂。一捻纤腰,恰谁付与愁痕。年时此地看花处,到花时、一例伤神。怎消他、几度帘垂,几度香温。　　斜阳回首江南梦,只浮云似雪,流月如银,一晌怜侬,不教飘逐芳尘。天涯处处吹香絮,便相逢、谁伴黄昏。更禁他、容易飞花,容易残春。

——金式玉《高阳台·蝴蝶》

宋翔凤默然良久,心头只是惆怅。许多年后,他填写了一阕《金缕曲》。

凤蜡明珠箔。任西风、一花飘坠,一花幽独。总是琼楼高寒甚,冷到人间金屋。是处觅、当年车毂。积有征衣千行泪,和遥峰万叠哀猿曲。天际远,断还续。　　心灰耳冷从拘束。别瑶尊、闲情不赋,闲愁偏触。却谢官梅通香信,离思同缄十斛。被勒住、红趺绛鄂。不许春前容易放,剩芳枝更自矜高躅。相见也,共寥落。

——宋翔凤《金缕曲》

那时,宋翔凤连续十三次落第,已经明白了人世间的很多事。

虽然说,人的孤寂、寥落,与是否中第真的无关。

六

嘉庆十二年(1807)冬,宋翔凤赴京赶考,次年会试,不中。

嘉庆十四年(1809),恩科不中。

嘉庆十六年(1811),依旧不中。

嘉庆十九年(1814),又一次赴会试,又一次落第。

嘉庆二十二年(1817),依然落第不售。

嘉庆二十四年(1819),恩科,宋翔凤赶赴京师,结果还是不中。

也许,对宋翔凤来说,这已经成了习惯。

江南一片青山色。笑人憔悴留江北。江北已三年。江南更可怜。　　可怜浑不语。孤负心相许。相许早相思。相思应几时。

——宋翔凤《菩萨蛮》

这一年,龚自珍赴京,第一次参加会试,不中。

这一年,龚自珍二十八岁。宋翔凤已经四十三岁了。

宋翔凤怏怏不乐地来找刘逢禄。

刘逢禄,字申受,号申甫,武进人。嘉庆十九年(1814)进士。改翰林院庶吉士,散馆,授礼部主事。刘逢禄外祖庄存与,与宋翔凤外祖庄培因正是兄弟。庄述祖是庄培因之子。

刘逢禄比宋翔凤年长三岁。

当宋翔凤进门的时候,却见刘逢禄呵呵地笑着,笑得几乎嘴都合不拢的样子。这使宋翔凤很是奇怪,道:"老兄,什么事这么开心? 不会是嫂子又替我生了个侄儿吧?"刘逢禄笑骂道:"又开我玩笑,就不怕你嫂子不让你进门儿?"宋翔凤早已进门,自己倒了杯水,喝将起来。

兄弟俩都是庄氏外甥,自然也都继承了庄氏的今文经学。不过,两人要是一见面就讨论经学,那也未免太无趣了一些。

"说吧,"宋翔凤一口气将水喝完,伸手擦了擦嘴,道,"今儿什么事这么开心,说了也让我开心开心……"

两人兄弟多年,宋翔凤还真的极少见刘逢禄这么开心过。以往,他所看见的刘逢禄,都是一本正经的样子,按照宋翔凤的话来说,叫作"道貌岸然"。

刘逢禄瞧了宋翔凤一眼,终于忍不住又笑了起来,道:"收了两个弟子。"

宋翔凤愣了一下,道:"什么弟子让你这么开心?"

刘逢禄又瞧了他一眼,悠悠道:"一个叫龚自珍,段玉裁先生的外孙;一个叫魏源,湖南人。"说着,嘴角忍不住又浮出一丝笑意来。看得出,这两个弟子使他很满意,很开心。说着话,便将龚自珍的一首诗找了出来,给宋翔凤看:

昨日相逢刘礼部,高言大句快无加。从君烧尽虫鱼学,甘作东京卖饼家。

——龚自珍《杂诗,己卯自春徂夏,在京师作,得十有四首》(之一)

读罢,宋翔凤奇道:"这诗也寻常,怎得兄如此看重?"

刘逢禄一瞪眼,道:"龚璱人跟我是学公羊春秋,关诗什么事? 再说了,璱人诗词俱佳,名满东南,于庭,你没读过?"

宋翔凤想了想,道:"还真没有。"苦笑一下,又道:"这些年,就忙着会试了。"神情便有些黯然。虽然说他诗词与经学都没有放下,可说到底,绝大部分精力,还是花在了会试上。

刘逢禄笑道:"没关系,我让璱人将他的词抄录了一册给我,我想,你会喜欢。"顿了顿,道:"璱人天才横溢,为词与张皋文决不相同。"刘逢禄是经学家,对词学原非当行,但他也看得出,龚自珍的词,在常州词派之外,自成一家。他相信,假以时日,龚自珍的词当更佳。

数日后,宋翔凤与龚自珍在刘逢禄家相见,竟一见如故,结为好友。刘逢禄笑道:"我想起舅舅的话来了。"宋翔凤笑了起来。唯有龚自珍很是奇怪,问:"葆琛先生什么话?"刘逢禄悠悠道:"吾诸甥中,若刘甥可师,若宋甥可友也。"说罢,三人俱是大笑。

嘉庆二十四年(1819),闰四月初六日,宋翔凤怅然出都,其后,与龚自珍同游扬州。

嘉庆二十五年(1820)正月初三,宋翔凤于大雪之中抵达京师,寓居南柳巷,准备参加礼部试。然而,很不幸,他的妹婿缪玉铭分校礼部试,宋翔凤不得不回避,怅然离都。

缪玉铭,字薇初,顺天宛平人,嘉庆十四年(1809)进士,嘉庆十六年(1811)娶宋翔凤的五妹慎仪。只可惜,嘉庆十八年(1813),慎仪因难产去世。

这一年,龚自珍第二次进京赴考。当宋翔凤怅然离都的时候,龚自珍戏作《紫云回三叠》相送。宋翔凤答词一首。

宋于庭妹之夫曰缪中翰,分校礼部试,于庭以回避不预试。予按乐府有《紫云回》之曲,其词不传,戏补之,送于庭出都。

安香舞罢杜兰催,水瑟冰璈各费才。别有伤心听不得,珠帘一曲紫云回。

神仙眷属几生修,小妹承恩阿姊愁。宫扇已遮帘已下,痴心还伫殿东头。

上清丹篆姓名讹,好梦留仙夜夜多。争似芳魂惊觉早,天鸡不曙渡银河。

——龚自珍《紫云回三叠》

余庚辰应礼部试,以回避先出都门,龚定庵赋紫云回三绝相送,䌷绎已久,因度此词以答之。

断肠只有春明路。尽年年、水瑟云璈空赋。不尽玉阶情,又一番风露。但见卢沟桥上月,肯照取、寒驴归去。难去。为引梦千丝,伤心几树。　　帘底任我徘徊,渐啼乌悄悄,清宵难曙。欲待问青天,怕总无凭据。都道杏花消息早,怎不把、花魂留住。谁住。

分楼殿茫茫,江湖处处。

——宋翔凤《珍珠帘》

三月,龚自珍参加会试,落第。

两人可谓是难兄难弟。

许多年以后,当龚自珍暴死于丹阳,宋翔凤只是兀坐无声,仿佛想起很多,又仿佛什么都不在想。

他知道,是人,终会老去,终会死去,然而,他还是不断回想起他们的初相见,回想起这一生他们的交往,他们的惺惺相惜。

即使,他真的有些不敢去想。

他的眼中,早已无泪。

道光二年(1822),龚自珍曾经写过一首绝句:

游山五岳东道主,拥书百城南面王。万人丛中一握手,使我衣袖三年香。

——龚自珍《投宋于庭翔凤》

要知道,龚自珍天才横溢,便是他的父亲、叔父,也是被他评作"半通""不通"的。

宋翔凤取过故人的词集,慢慢地读了起来。仿佛那字里行间,有着那个人的一生。

相逢能几,尽相思、频过花开时节。料理平生惟有恨,却羡词人能说。琼宇层层,琼楼曲曲,护尔成冰雪。言愁偏我,回肠今夜空热。　　谁计岁月都深,新来瘦损、那是前番别。拍遍新声疑梦里,看尽残缸明灭。风雨长宵,天涯多感,一片心魂结。不须频问,暮笳何事凄绝。

——宋翔凤《百字令·岁暮舟中读龚定庵词》

香销酒冷,是年来情绪。触动凄凉得君语。为春蚕早夜,抛了缫车,不定安排何许。　　元知无倚著,堕向情天,剩有情丝理还吐。莫去问琵琶,搓作哀弦,已负尽、词人辛苦。为镇夕、长吟寄空江,道几尺潮添,未关寒雨。

——宋翔凤《洞仙歌·再题定庵词》

龚自珍暴死于道光二十一年(1841)。终年五十岁。

此前,道光九年(1829),刘逢禄已经去世。终年五十三岁。

道光十二年(1832),丁履恒去世。终年五十二岁。

道光十四年(1834),陆继辂去世。终年六十二岁。

道光十九年(1839),周济去世。终年五十八岁。

龚自珍去世的同一年,也就是道光二十一年(1841),李兆洛去世。七十二岁。

他少年时结识的朋友,周仪暐还活着,却也垂垂老矣。

宋翔凤又将故人的词从书箧中翻出,慢慢地看着,看着,默然无语。

他也已经老了。

人一旦老去,又还有什么话可说?

细雨丝丝吹又断,那堪还近黄昏。犀垂帘押兽香温。遥山几点,减尽旧眉痕。　架上舞衣闲画色,多时冷落芳尊。黄花瘦影可能存。切休望远,秋色已如尘。

——李兆洛《临江仙》

披图漫省。讶幽香谁折,吹上娇鬟。可是东风,解识春慵,唤醒梨涡微晕。玉纤遮莫巡逡见,总怕数、频番芳信。拚为伊、重贴雅黄,又待倦欹鸳枕。　况是啼莺渐老,只修竹、瘦损堪倚清冷。尔许沉吟,索放帘波,遮却一身花影。无端暗惹柔肠转,恐此去、春痕难认。倩何人、挹取冰辉,添写舞鸾明镜。

——陆继辂《绿意·宋于庭簪花仕女卷子》

七

道光元年(1820),父亲宋简去世。宋翔凤服阙,扶柩归里,次年,卸任泰州学正归里。

道光四年(1824),宋翔凤至广东拜谒阮元,欲入阮元幕府而不得,十月归里,次年抵家。

道光六年(1826),宋翔凤会试不第之后,于这一年的冬天携子景宜、侄景濂同往旌德赴任训导一职。道光九年(1929),宋翔凤刻《洞箫词》,重过泰州,泰州诸生皆请主讲书院,然则刺史已另请他人。

瞬息十年,宋翔凤为生计所迫,忧闷异常。正是在这时,陆继辂向邓廷桢推荐了他。

道光十年(1830),邓廷桢巡抚安徽,奉敕续修《安徽通志》,时陆继辂在邓廷桢幕府中。

其实,早在嘉庆二十一年(1817),宋翔凤馆于北京韩崶宅邸的时候,已与邓廷桢相识。邓廷桢比宋翔凤年长三岁。韩崶,苏州人。官至刑部尚书,曾任湖南布政使、广州巡抚。道光十四年(1834)去世。

"来来来,于庭,给你介绍介绍……"宋翔凤到达之后,刚刚安定下来,邓廷桢便介绍他与幕府之中的其他幕僚相见。

陆继辂笑道:"嶰翁,我与于庭已是几十年的朋友了,可用不着您老来介绍。"

邓廷桢瞪眼道:"还有其他人呢?"

众人俱笑:"虽不曾相见,却也早已闻名。"

邓廷桢哈哈大笑。邓廷桢平生所结交者,俱是一时俊彦,其幕下自是人才济济,无不名动当下。陆继辂之外,还有梅曾亮、管同、汪钧、方东树等。

梅曾亮、管同与邓廷桢俱是南京人,而且都是姚鼐的弟子。方东树自也是姚鼐的弟子,桐城人。汪钧是南京人。只陆继辂是阳湖人。不过,陆继辂曾为合肥训导多年。如今,又来了宋翔凤,经学大师,常州庄家传人。

宋翔凤虽说屡试不中,可他在经学上的造诣早为学界所重。

众人相见之后,便是一阵寒暄,说着"早就闻名,今日相见,三生之幸"的话。

众人俱已不再年轻,便是最年轻的梅曾亮其时也已四十五六岁了,方东树与陆继辂最为年长,同年,俱是五十八岁。宋翔凤比管同年长一岁,时年五十一岁。

寒暄之后,邓廷桢便取出一首词来,笑道:"老夫前几天读过异之之词,一时所感,便填了这阕《迈陂塘》,诸位看看。"说着,便将这阕《迈陂塘·赠管异之》递给众人来看,众人作为幕僚自然有作为幕僚的自觉,认真读过之后,俱是啧啧称赞。(词见本书邓自然，也有人笑道："异之这句'背人羞度红牙曲，乍学偷声减字'，端的形象也。"众人便更是大笑，道，异之这女儿家之态，便是老夫也动心也。

管同也笑。

管同脸色发黄，像涂了一层蜡似的。他的眼珠子，也有些发黄，整个人更是瘦如枯竹，站在那儿，比衣架子上套着衣服还要难看。

宋翔凤的心微微往下一沉，心道，管异之命不久矣。他已见过太多的死亡，对这样的死气，总是不经意之间就能感觉到。

邓廷桢捋须含笑道："诸位，不知道老夫的这块砖，是不是能引来诸位的玉呢？"

方东树笑道："嶰翁，这填词，我可不是当行。祁生吧……"说着，便看向陆继辂。陆继辂是张惠言推许的当今词人，只要读过郑抡元编定的《词选附录》便知。

汪钧、梅曾亮也道："不错，陆翁之词，当是一绝。"

陆继辂一瞪眼，道："你们只道老夫填词，却不知老夫之词，大不如于庭也。"

"什么？"众人便有些惊讶。宋翔凤传庄氏公羊学，这是众所周知的，可宋翔凤之词，知道的人却不是很多。虽然说，宋翔凤早就编定、刊印了他的词集，并且在序言中言明源流。

宋翔凤服膺张惠言，可谓是常州一脉，然而，他的词，始终也有浙西词派的影响在，所谓"空中传恨"，大约与他连连不第有关。

邓廷桢依旧含笑，也看向宋翔凤。他与宋翔凤十多年前已经相识，自然明白宋翔凤擅词。

宋翔凤沉吟一下，也不客气，道："好，我来。"说着话，邓廷桢早吩咐人准备好纸笔，磨好了墨。宋翔凤踱着步，心道：总不能让人笑话了去……这样想着，不觉就有些好笑，都已经年过五十了，却原来依然好胜心强。

这是自然的。

否则，也不会连考这么多年了。

细看来、已无尘土，眼中那见余子。琉璃砚匣珊瑚笔，散作奇文惊世。花有刺。莫触起花间蝴蝶翩翩翅。重门好闭。自料理奚囊,摩挲长剑,犹可暮天倚。　　青溪侧,曾吊年时小妹。清魂消向烟里。无端又觉长干远,待写相思两字。行更起。对万顷沧波且住为佳耳。离怀欲试。可许一商量,残膏剩馥,乞我佩兰芷。

——宋翔凤《摸鱼儿·题管异之词次邓嶰翁韵》

写罢,意犹未尽,略作沉吟,竟又写道:

系垂杨、万丝千缕,江湖空叹游子。风欺雨湿浑无准,分是飘零身世。怀里刺。就踯躅天街枉羡排风翅。闲门久闭。问旧日攀条,赤阑桥畔,可趁夕阳倚。　　青骢曲,难约红闺姊妹。模糊都付影里。东君欲惜花开暮,肯说桃根名字。人未起。正夜色朦胧尚有鸦啼耳。清弦乍试。又此境迢迢,波涛极目,无数隔沅芷。

——宋翔凤《摸鱼儿·次前韵呈嶰翁》

“献丑,献丑。”宋翔凤将笔放下,拱手说道。

众人却是大惊。这在座的,即使不工词,那也是文章大家,哪会不知邓廷桢的原词之中,有几个韵,是极难的。像“刺”字、“翅”字、“妹”字,便是次一点的,像“字”字、“芷”字,也端的不好组词使用。如果只是原唱,倒也罢了,可这次韵,还要妥帖,还要避免与原唱的雷同,这难度,已不是大了一点两点。其实,在宋翔凤落笔的时候,众人也在各自沉吟,只是这几个韵字,实在是将他们难倒了。

他们自也明白,邓廷桢这几个韵字,或许就是故意这样安排的,好难为他们这些老才子一下。文人嘛,偶尔为难人,也是一种乐趣。

邓廷桢读罢,半晌,悠悠道:“昔日,东坡和章质夫杨花词,晁叔用以为东坡如王嫱、西施,净洗脚面,与天下妇人斗好,质夫岂可比哉。从前,老夫读《诗人玉屑》读到这一段,还有些不以为然,如今,老夫算是明白了。”

宋翔凤惊道:“嶰翁过奖了,过奖了,翔凤愧不敢当,不敢当。”

众人笑道:“当得,当得,嶰翁虽不是宰相,却大有宰相之量,莫非于庭以为嶰翁要做宋之问之事?”传说,刘希夷作《代悲白头翁》,中有“年年岁岁花相似,岁岁年年人不同”之句,其舅宋之问极喜,便要刘希夷将这首诗让与他,不肯,于是便动了杀机,命令家奴用土袋将刘希夷活活压死。自然,这只是传说,当不得真的。这

179

样的传说,还发生在隋炀帝与薛道衡身上。传说,隋炀帝就是因为嫉妒薛道衡,而最终找了个由头,逼他自尽。

听得众人说起"宋之问",宋翔凤不觉也笑了起来,道:"诸位,宋之问说不定是我宋家祖先呢,这样诋毁,可好?"

众人更是大笑起来。

宋翔凤正式进入邓廷桢幕府。不过,《安徽通志》成书之后,宋翔凤便立即离开,直到道光十四年(1834)正月,复至皖上,方才算是正式进入邓廷桢幕府。

这时,汪钧、管同俱已在三年前去世,陆继辂也病倒,估计再怎么撑也撑不过今年。

人的死去,真的是一件很容易的事。

八

道光十五年(1835),邓廷桢由安徽巡抚升任两广总督,宋翔凤没有随他上任,而是由邓廷桢安排,分发至湖南为官,担任诸地小令。至此,经历了十三次会试不售的宋翔凤,终于放弃了科举,开始了在湖南为官的生涯。宋翔凤从京师路过苏州,与妻子话别,想着待在湖南安定之后,便举家南迁,好一家团聚。这些年,宋翔凤南来北往,实是聚少离多。然而,谁也没料到,这一生见惯了死亡的宋翔凤,那死亡,也早已习惯了与他亲密相见。

道光十五年(1835)八月,宋翔凤的长女裳孙去世,年仅二十八岁。

十月,其次子景宜赴京师应试,死于京师。

七日后,其子妇徐氏殁于家。

……孺人(顾氏)哀伤哭泣,家无余粮,连有丧事。破屋数椽,惟积书数万卷。以老病之体,携五岁之幼孙。补苴支绌,苦不堪言。

——宋翔凤《亡妻顾孺人行实》

道光十六年(1836),宋翔凤任兴宁令。

道光十八年(1838),宋翔凤转任耒阳县县令。这一年的十一月二十三日,其妻顾氏去世。

道光二十一年(1841),宋翔凤奔赴新宁,任新宁县官。次年,主持癸卯(1842)乡试,触景伤情,颇为自伤。

道光二十四年(1844)六月,宋翔凤到任永兴署。

道光二十六年(1846),宋翔凤仍返耒阳县。这一年的三月,闻邓廷桢死讯,大恸,而作《祭邓嶰筠尚书文》。五年后,也就是咸丰元年(1851),邓廷桢《双砚斋词钞》刊行,宋翔凤作序,在序言的最后,他恭恭敬敬地写道:"受业宋翔凤谨记。"

宋翔凤知道,在他最困难的时候,是邓廷桢伸出了援手;即使是在邓廷桢升任两广总督之时,也没有将他忘记,而是将他安排到了广东为官。

邓廷桢实在是一个对故人情重的人。

然而,现在,邓廷桢也死了。

死前,曾因禁烟之事,与林则徐一起被发配到了伊犁充军。

宋翔凤忽然明白,何以邓廷桢前往广东的时候,没有像昔日的陈预一样,让他随之上任;因为邓廷桢明白,这一去广东,或许,随时都会获罪。

这样想着,宋翔凤更是心痛如裂。

这一年,宋翔凤已经七十岁了。

检点词稿,宋翔凤发现,这些年来,自己与邓廷桢的唱和比比皆是,或者说,满目都是嶰筠先生……

江城风雪浑无限,何能便催寒去。已算初春,行过小岁,谁辨羁人情绪。休吟恨赋。任天市沈来,井芒生处。不住飘零,几时飞起是泥絮。　　清霜先上鬓影,镇常年落魄,还忘辛苦。病怯熏炉,愁陈酒盌,幸有重帘深护。身惭健弩。渐难向圆沙,更惊鸥鹭。渺渺天涯,冷弦犹未谱。

——宋翔凤《齐天乐·岁暮书怀次嶰筠先生韵》

九

道光二十八年(1848),七十二岁的宋翔凤依旧漂泊在外,然而,与唯一还活着的幼妹硕仪的一次通信,使他动了思乡之情。

至此,平生师友凋零殆尽,妻子、一子、一女,都已去世,至亲之人,除了幼妹之外,就只有一个孙子和一个孙女了。

咸丰元年(1851),宋翔凤以老乞归,四月抵家,从此不复飘零。

咸丰七年(1857),戴望师事宋翔凤,从其学今文经学。

咸丰十年(1860),宋翔凤病逝于吴门,年八十四岁。

宋翔凤一生飘零,屡试不第,又眼见身边的亲人、师友一个接一个地离去,这是怎样一种哀伤啊!

然而,人只要活着,总要面对这样的哀伤,活得越久,就越是必须面对这样的哀伤。

早在道光九年(1829),宋翔凤屡试不第之后,在去依附邓廷桢之前,曾写过一组《生查子》:

尘吹广陌多,情恋余春促。隔却一层楼,遥倚人如玉。
月底事模糊,花想疑重续。背面昔生怜,见面相思酷。

整衣入座来,添酒回灯夜。多恐月朦胧,光色从渠借。
生小弄奇香,襟袖留兰麝。一任忌聪明,却与愁声价。

相逢又几时,衣带嫌宽绰。微露雪肌肤,独坐调弦索。
一阕怨初生,四顾情何托。白玉愿为堂,翠羽宜开幕。

飘零芍药花,冷涩玫瑰柱。下得画屏风,来话天涯雨。
旧约怕重寻,新恨教偿取。从此费缠绵,删了闲情绪。

众香经雨生,万绿当风乱。肯作护花人,日暮寻芳援。
几度向沉吟,罢酒成长叹。为忆好春时,却盼流年换。

细葛已含风,况弄生绡扇。认是谪仙人,忽堕吹笙院。
铺得水纹轻,恰称冰肌倦。香梦待沉酣,银漏看移箭。

些些纰缦时,略略参差语。胆小正惺忪,教去还凝伫。
总是藕丝牵,尝到莲心苦。我早悔从头,明日卿来否。

陕西巷口寻,白马门前系。滑滑暗中泥,月没教星替。

拖取缕金鞋,步下苍苔砌。两意本分明,欲说还含睇。

夜珠不易来,刻意怜明月。月自有圆时,圆过愁当阙。
那肯说归期,道是归心歇。屋瓦薄霜凝,庭树西风发。

瘦词人未明,杂事谁能祕。举手赠洪厓,不是文游戏。
江南魂最销,塞北心如醉。四面问春山,可比眉间翠。

——宋翔凤《生查子》

一组写罢,他忍不住又写道:

余枯树怜身,浮萍比迹,未精顾曲,聊借摅愁。小史十三,回头曾识,舞童二八,垂手重逢。月满花明,风飘雨坠,跨驴避路,赋鹤冲天。已误浮名,共悲薄命。忽焉寒暑,邈矣分携,绛云在空,清霜戒路,夜中不寐,坐起微吟,话少情多,韵长节短,牵怀异地,莫托邮筒,相见他年。为开箧衍,己丑九月。沧州舟次记。

此时的宋翔凤或许已经明白,自己在科举上已经耽误了太多太多。然而,此时明白是不是已经太晚? 更重要的是,他依旧飘零在外,从道光九年(1829)一直到咸丰元年(1851),瞬息二十余年。

很多时候,很多事,人是会明白,可为什么,却还是那么去做?

就像宋翔凤,分明已经明白,"已误浮名,共悲薄命",却还是飘零在外,从五十岁到六十岁,再到七十岁……

或许,他是在等待一个永不到来的机会吧。直到孤孤单单,身边再也没有一个熟识的人。

顾翰

如此画梁栖便得，何忍轻抛

苏幕遮　顾蒹塘

纫青箱，弹粉泪。匝地西风，吹卷
春光未。幽梦凄凉烟雨里。一派溪
山，辗转寒鸦背。

那时心，今古事。剩锦零丝，旧恨
经谁记。举目浮天真易醉。绿去红
来，燕子空憔悴。

—— 李旭东 ——

夏日的风暖暖地吹过,吹得人懒洋洋的,就像河岸的柳,天边的月,还有荡漾在太湖湖波之上的船。蝉的鸣声,蛙的叫声,也都没精打采,仿佛想起时,才会随意叫那么几声。

这是无锡的夏日。

这里是江南。

在无锡顾家的院子里,荷池边,三个半大的孩子正躺在草地上,眼睛一眨不眨地瞧着天空。天边有月,还有稀疏的星,就像喂鸡时胡乱撒出的米粒似的。

良久,最小的顾翙终于忍不住低声道:"夔生哥,我,我怎么找不到啊?"

杨夔生不耐烦地道:"你笨呗,笨蛋当然找不到了。"

顾翰点点头,道:"对,笨蛋当然找不到。"

顾翙不服气地道:"翰哥哥,你找到了么?"

顾翰迟疑一下,用劲地点头,道:"我一定会找到的。"他当然也没找到那传说中的牵牛织女星,要是直接说找不到呢,那太丢人了;可要是说找到了呢,他又分明没找到,不能说谎。无锡顾家的家教极好,无论遇到什么情况,都决不能说谎。顾翰虽说只有九岁,可这一点,已牢牢记住。

好的家教,是能够深入到一个人的骨髓里去的。

杨夔生瞥了他一眼,道:"银烛秋光冷画屏,轻罗小扇扑流萤。天阶夜色凉如水,卧看牵牛织女星。只要躺着,就一定能找到。"说着话,现出洋洋得意的模样。杨夔生今年已经十一岁了,早不知读过多少古诗。他的父亲,便是杨芳灿,诗名满江南。虽然也有人将杨芳灿与顾翰的父亲顾敏恒并称,说他们竞秀梁溪,"以颜谢拟之,杨则镂金错彩,顾乃初日芙蓉也"(毕秋帆)。但认真说来,顾敏恒是实不如杨芳灿的。只不过顾杨两家世代姻亲,杨芳灿与顾敏恒又是嫡亲的姑表兄弟,对这些,大家自然不会计较。

顾翙到底还小,才七岁,一脸崇拜地瞧着杨夔生。对于顾翙来说,能够背诗的,都会崇拜。因为这背诗,对这孩子来说,实在是太难了。顾翙是顾翰的堂弟,顾敬恂之子。顾翰祖父顾奎光,叔祖顾斗光。顾奎光有四子,长子顾敏恒,次子顾敦愉,叔子顾敬恂,季子顾敦宪，被人称为"双溪四子"。只可惜，双溪四子，如今只剩下顾敏恒一个人，又缠绵在病榻之上。顾家的人都知道，顾敏恒也命不久矣。

顾敦愉病逝的时候，二十六岁。

顾敬恂，也就是顾翮之父，选贡生，赴京赶考，结果还没来得及朝考，就病逝于北京，时年三十二岁。

顾惕宪病逝的时候二十五岁。

顾奎光、顾斗光兄弟，也早就去世了。

顾奎光、顾斗光兄弟有一妹，嫁与杨鸿观，生杨芳灿、杨揆、杨英灿昆仲。而杨芳灿的祖母、杨鸿观的母亲，则是顾奎光、顾斗光兄弟的姑母。

偌大的顾家，如今，成年男丁就只剩下顾敏恒一个。如果顾敏恒再去世的话，这顾家，真的就只剩下孤儿寡母了。

只是这几个孩子，还没有意识到，还是那么无忧无虑，在这一个夏日，寻找着天上的牵牛织女星。

顾翰再一次使劲儿地点头，再一次仰躺在草地上，两只眼睛使劲儿地盯着天空，想，到底哪颗星是牵牛星，哪颗星是织女星呢？

牛郎织女的故事，九岁的顾翰自然早就听祖母讲过了，可是现在，他再怎么躺着，再怎么使劲地去看、去找，也不知道到底哪一颗才是啊。

杨夔生仰躺着，双手放在头下，悠悠地说道："顾翰，表伯父说你很聪明呢。"

"是啊。"顾翰点着头。其实，他已经记不得了。只是父亲、母亲都这样说着，说他周岁的时候，父亲翻出家中所藏旧画卷，是为仇实甫所绘之李太白金莲宝炬图卷，让他认字，他便认出"金莲"二字，后来，生怕他是蒙到的，便又试了几次，结果，每一次都认了出来，一次都没有出错。这使得父亲大为欢喜，说："此子有夙慧，或者能吟哦。"顾翰很聪明的话，便这样传了出来。这自然使杨夔生很不服气。因为杨夔生觉得自己也很聪明，已经能够背很多古诗——可他背了那么多的古诗，父亲杨芳灿总还是不满意，说："会背诗有什么用？要会作诗！"

问题是，表伯父说顾翰聪明，说顾翰或能作诗，一直到现在，顾翰也没能作出诗来啊。

杨夔生一撇嘴，道："那你还没找到牵牛织女星？"

"呵,呵,呵呵,"顾翰像大人似的大笑几声,表示着自己的不屑,然后,忽道:"那你找到没有?"

杨夔生自然也没找到。杨家与顾家一样,家教极严,打死他也不敢说谎,可要是承认没找到,那岂非太丢人? 顾翰怕丢人,他杨夔生自然更怕丢人。眼珠子乌溜溜一转,杨夔生倏地就坐了起来,道:"顾翰,长大了你想做什么呢?"

顾翰也坐了起来,嘴巴动了动,却道:"你先说。"

杨夔生眨眨眼,道:"顾翃,你呢?"

顾翃歪着脑袋,像个小大人似的,半晌,道:"奶奶说,我要像我爹一样,要进京赶考,然后做官,做很大的官,就像……就像老祖宗顾野王那样……"无锡梁溪顾氏的始祖便是顾野王。不过,顾翃可不知道,顾野王工诗文,擅书法、丹青,这才是顾家的传家之本;至于做官,梁武帝的时候,顾野王也不过做到黄门侍郎、光禄大夫,这官不算小,却也实在不算太大。魏晋以后,光禄大夫皆为加官及褒赠之官,一直到唐朝,方为二品大员,到本朝,却升为正一品了。想来,顾翃是将本朝的正一品光禄大夫与老祖宗顾野王时期的光禄大夫等同起来了。

杨夔生点点头,道:"我也要做官,做很大的官……嗯,我还要像我爹一样,写诗,写好多好多诗……"说着,左右瞻顾了一下,仿佛杨芳灿就在他身边一样。从很小的时候开始,杨芳灿就让他读诗,教他写诗,常说:"我杨氏诗书传家,杨家的后人,哪能不会写诗?"杨夔生实在是被父亲给逼怕了。

好在他也真的背了很多诗,写诗的话,现在年纪还小,将来肯定会的,肯定会像父亲那样,写出很多诗来,并且像父亲一样出名。这一点,杨夔生很有自信。

顾翃一如既往地用崇拜的眼神瞧着杨夔生,心中满是惊叹,只觉得表哥很厉害,就像表叔一样。

"现在轮到你了,顾翰。"杨夔生颐指气使一般,用命令的语气对顾翰说道。

顾翰搔着脑袋,欲语还休的模样。

"你倒是说啊,顾翰。"杨夔生不耐烦地道。"是啊,你倒是说啊,顾翰。"顾翃就像个跟屁虫似的,重复着杨夔生的话。

顾翰的小脸忽就红了,轻轻地道:"我就想像现在这样……"

"现在这样?"杨夔生皱着眉,小大人似的问道,"什么意思啊？"

顾翰再次挠头，仿佛很不好意思似的，道："就是……就是什么都不做，不读书，不写字，也不去写什么诗，就是什么都不做啦，然后呢，就是吃了睡，睡了吃，还有就是玩儿，嘻嘻，我最喜欢的就是玩儿了……"

杨夑生与顾翃这小兄弟俩直听得目瞪口呆。顾、杨两家，俱是诗书传家，俱是无锡名门，可顾翰说这话的意思，是想做纨绔子弟啊。

顾杨这样的名门，最容不得的，就是纨绔。

顾翰当然不会成为纨绔子弟。然而，这样轻轻松松的、吃了睡睡了吃还有就是玩儿的生活，真的就是他所喜欢的。人，要追求什么呢？写诗啦，做官啦，到最后，还不是回家？那当初，又何必离开这个家去追求那些未必能使人开心的事呢？

帘外玉钩敲。帘底无聊。怪他燕子不归巢。如此画梁栖便得，何忍轻抛。　　薄命是夭桃。昨日今朝。护花幡子不多高。却被秋千红索引，胃上香梢。

——顾翰《卖花声》

这三个孩子正叽叽喳喳、对未来无限憧憬的时候，忽就听得有人在堂屋的屋檐下大声地喊着："顾翰，顾翰……"

杨夑生道："顾翰，你姐叫你呢。"

顾翰苦着脸，道："什么'你姐'，她也是你姐好吧。"

杨夑生嘻嘻笑道："是我表姐，是你亲姐呢。"

顾翰眼珠子滴溜溜一转，道："要不，你娶她做老婆好不好？"

杨夑生怒道："才不呢。"顾、杨两家世代姻亲，顾家的女儿嫁到杨家，亲上加亲，原就是很寻常的事。"不，打死我也不。"一想起顾翃，杨夑生是满心的阴影。因为杨夑生打不过她，实在是被她欺负狠了。

不过，表姐欺负表弟，原不就是很寻常的事么？

"顾翰，顾翰……"顾翃的声音里带着些许的哭腔。虽说有星有月，可到底也是夜里，顾家的院子又大，站在屋檐下要找一个人的话，还真不容易。

"快去吧，"杨夔生道，"要不然，你姐要生气了。"

顾翰当然知道要是再不答应的话，姐姐真的要生气了。他答应了一声，不情不愿地站起，向姐姐走去。

老实说，姐姐生气的时候，他真的是很害怕的。

二

顾翎没有生气。

顾翎比顾翰大五岁，已经十四岁了。

年前的时候，顾翎已经订亲，许给了杨家，不过，可不是杨夔生。如果没有什么意外的话，再过几年，顾翎就要嫁到杨家去了。可是，这一个家，她又怎么放心得下？

十四岁的顾翎，已经很懂事了。

"顾翰。"顾翎牵住弟弟的手，生怕他又要跑掉似的。

顾翰撇着嘴道："什么事啊，我又没出去玩儿。"话一说完，就有些后悔。往常，他只要说到这个"玩"字，顾翎就会很生气，骂道："玩，玩，你就只知道玩，我们顾家的传承，莫非就要断在你这儿？"这样说着，有时，眼泪就会盈盈滚落。有时呢，顾翰也会反驳，道："我们顾家不是有你么？姐姐读书、写诗、填词，样样都比我强，而且，姐姐也姓顾不是？"每到这时，顾翎往往就会落下泪来，哽咽着道："姐姐到底还是要嫁人的……"

顾翎也想过不嫁人了，就守在顾家，守着老去的祖母，守着孱弱的母亲，守着病倒在床上的父亲，守着幼小的顾翰，还有顾翃……

可她也知道，如果自己真的不嫁，那顾家的声名，大约会受到影响。对于顾家来说，不管发生什么事，声名决不能丢，换句话说，就是决不能丢祖宗的脸。

顾翎没有像往常那样生气，而是狠狠地在顾翰的手背上掐了一下，几乎是拽着，将他拖进了里屋。

父亲，正睡在里屋的榻上。

昏暗的油灯下，是顾敏恒蜡黄的脸。祖母坐在床头，神情暗淡；母亲牵着四岁的弟弟顾蕙生，一脸的哀伤。

"翰儿，你过来。"祖母见顾翎、顾翰姐弟俩进来，便招着手说道。

顾翰苦着脸，慢慢地挪动着脚步，走到床边，走到祖母的身前。祖母轻轻抓住他的小手，将他的小手放在父亲的手中。

祖母的手，冰凉。

父亲的手，更是冰凉。

祖母道："翰儿，告诉你父亲，我们顾家的传家之本是什么。"

父亲侧着头，嘴角是吃力的笑，混浊的双眼强睁着，发出一丝渴望的光。灯焰摇曳，使得父亲蜡黄的脸颊又显出一些惨白之色。

"梁溪顾氏，一门风雅，诗书传家……"顾翰吞吞吐吐道。

祖母点点头，道："继续说。"

顾翰挠着头，一边慢慢地想着，一边慢慢地说道："祖父顾奎光公，著有……著有《双溪诗集》《双溪词》，叔祖顾斗光著有《翠苕轩诗钞》《翠苕轩词》，二叔顾教愉著有《霭云草》，三叔顾敬恒著有《筠溪诗草》，四叔顾敩宪著有《幽兰草》，还有……还有我爹顾敏恒著有《笠舫诗稿》《绿荫轩稿》，我爹还与表伯父杨芳灿一起被人称为'颜谢'……"这些话，想来早不知说过多少遍了，所以，慢慢儿地想着，也能说得出来。

祖母一边听着，一边点头，道："继续。"

"还要啊？"顾翰小声地问道。

祖母道："还有老祖宗呢，老祖宗又留下了些什么？"

顾翰只好苦着脸，继续说道："六代祖叫顾宸，著有《杜诗注》《宋文选》，还有《辟疆园文集》，五代祖叫顾珍，著有《粤游草》《石香词》，五代叔祖叫顾彩，著有《鹤边词》，还写过《小忽雷》《南桃花扇》《后琵琶行》，还有个五代叔祖叫顾彬，著有《笑拈集诗文》，曾伯祖叫顾忠，著有《往深斋附稿》《秋圃诗钞》……"心中忽就有些疑惑，想，那曾祖写过什么呢？奶奶怎么没有教我去记？

顾氏诗书传家，曾祖顾郚，应该也有诗文留下来的。

这些像书橱一样的知识，自然都是祖母强逼着他记下的，每一次，祖母这样强逼着他记下之后，都会落泪。有时候，母亲在身边的话，就会捎着他，小声问："记住了没？记住奶奶的话了没？"

梁溪顾氏，诗书传家，世代风雅。这是祖母很觉自豪的事。然而，到了现在，整个顾家的成年男丁，就只剩下父亲顾敏恒一个，而且缠绵病榻，生命垂危，不知什么时候就会走了，到那时，顾家的希望就在顾翰身上了。两个弟弟——顾翊和顾蕙生，到底还小，一个六岁，一个才四岁；姐姐顾翎倒是显出诗词上的天赋，可姐姐到底是要嫁人的,早晚要离开顾家。

模模糊糊的,顾翰知道,无论是祖母还是母亲,都将家族的希望寄托在他的身上,希望他能够像父亲、像叔叔们、像顾家的列祖列宗一样,诗文传世,成为一代名家。可是,顾翰真的只想玩儿,只想吃了睡、睡了吃啊,什么读书、写诗、填词,这些对于顾翰来说,实在是太遥远,也太累了。

"那好,"祖母将顾翰与顾敏恒的手放在一起,又紧紧抓住,道,"翰儿,你现在就对你父亲说,你要好好读书,将来,要写文,写诗,总持风雅,不堕我顾家名声。"

祖母再一次重复着这不知道已经重复了多少遍的话。可不知道为什么,顾翰只觉得,祖母这一次比往常的任何一次都要庄重——祖母这样庄重的神色,只有在祭祖的时候才会表现出来。

这就使得顾翰有些紧张,这一紧张,自然也就说不出话来。

母亲急道:"翰儿,你倒是说啊。"

顾翎也是一脸的焦急。只有顾蕙生咬着手指,看看这个,看看那个,不知道家里到底发生了什么。"娘,娘,"顾蕙生小声说,"我要睡觉……"顾蕙生不明白,何以今晚娘与姐姐怎么都不让他睡觉。

没人理睬他。

屋子里的每一个人,都目不转睛地瞧着顾翰。

父亲的手依旧冰凉。

父亲没有说话。

他的眼神,是那么殷切,又是那么不甘。

"我……"顾翰吐出一个字,竟就不知道该如何往下说。

"你倒是说啊……"母亲急得眼泪就滚落了下来。

"罢了。"父亲低低地长叹一声,道,"这一辈子,他爱干什么就干什么吧。"

"笠舫……"母亲颤着声音。

父亲苦笑道:"我们不该逼他……"父亲的声音越来越低,越来越低。

顾翎忽就伸手,在顾翰的屁股上紧掐了一把,低低地道:"父亲就要死了,顾翰,你要让父亲死不瞑目么?"

顾翰一惊:"姐,你说什么啊?"顾翰就有些懵懂。虽然说,祖父、叔祖、二叔、三叔、四叔都已经去世,可他们去世的时候,顾翰还小,甚至还没出生,对于死亡,顾翰实在觉得离他还很遥远;便是父亲,这些年虽说一直都在病榻上,可也一直都活得好好儿的不是?

眼泪顺着两颊滚落,顾翎哽咽着,说不出话来。

乾隆五十七年(1792),无锡,梁溪顾氏,顾敏恒去世,时年四十四岁。

顾敏恒去世之后,顾家只剩下一门孤儿寡妇。

顾翎,十四岁。

顾翰,九岁。

顾翅,七岁。

顾蕙生,四岁。

顾氏诗书传家,一门风雅,这小兄弟几个,能将顾家支撑起来么?

紫玉钗斜,红绵粉冷,倩魂依约谁招。酹伊铅泪,檀晕沁鲛绡。愿挽韶光留住,向东风杯酒空浇。胭脂雨,帘纹轻漾,花落梦无聊。

烟痕微染处,蘼芜春影,绿上窗寮。想幽兰憔悴,最惜今朝。一片梨云堕白,唱秋坟谱入银箫。伤心事,杜鹃凝血,鸳瓦碎青瑶。

——顾翎《满庭芳》

三

去家才咫尺,山径自君开。筑室奇峰外,寻泉古麓隈。兴高松鹤下,坐久洞云来。我亦登临者,培风直上台。

——顾宸《游江汉石紫薇山馆》

三尺侏儒佩一钩,胸藏猛气胆凌秋。青峰乍向舟中跃,碧血俄看水上浮。花落墓门飞蛱蝶,日斜吴市叫鸺鹠。几回欲采蘋蘩蔫,长恐英雄泪不收。

——顾珍《要离墓》

秋风吹到江村。正黄昏。寂寞梧桐夜雨不开门。　一叶落。数声角。断羁魂,明日试看衣袖有啼痕。

——顾彩《相见欢》

三万六千顷,豁然空两眸。天穿将浪补,山动为云浮。士女尽行蚁,艋艟亦野鸥。范公灵爽在,吾欲放扁舟。

——顾彬《登绝顶望太湖》

碧落茫茫路本宽,稻粱虽好岂怀安。逡巡池馆梳翎意,浩荡云霄侧眼看。警露无声常阒寂,附书有约肯盘桓。怪他斥鴳枪枋上,翻笑飞鸣九万抟。

——顾忠《赠鹤》

寒食东风吹柳丝,隔江微雨燕归迟。天涯芳草青无极,正是阑干倚遍时。

——顾郢《寒食有怀》

朝来春色浓于酒。微倦初停绣。斜拖翠袖背秋千。孤负风和日丽艳阳天。　啼莺语燕都归也。暮色阴阴下。侍儿贪戏上灯迟。暗对银屏弹泪有谁知。

——顾奎光《虞美人》

枯坐萧然浑似醉,夜深犹剔孤檠。卷帘时见渡河星。绿杨风少力,红藕露含情。　窗外玎琤敲响竹,草间萤火纵横。蝶飞不到梦难成。寺钟愁断续,邻笛听分明。

——顾斗光《临江仙》

长日东风院宇。又变轻轻欲雨。倦倚小阑干,满地落花飞絮。飞絮。飞絮。正是艳阳时序。

——顾敏恒《如梦令》

闲云三两岫,深处是山家。幽径无来客,轻风扫落花。溪光空翠合,树影夕阳斜。回指旧游处,苍苍横暮霞。

——顾敦愉《惠麓晚归》

冷落江干夕照斜,低回燕子贴平沙。临风阅尽兴亡恨,不愿营巢王谢家。

后庭玉树教歌初,一曲春风恨有余。南内彩笺衔不得,分明尺幅受降书。

——顾敬恂《燕子矶》

余花数片入帘帏,庭院惝惝履迹稀。竹桁昼闲鸣翡翠,暖风晴日浣春衣。

——顾敔宪《初夏偶成》

顾翰只觉自己要疯了。

父亲去世之后,顾家的堂屋里,书房里,卧室里,甚至在走廊里,到处都挂上了祖辈留下的手迹,这里是一首诗,那里是一阕词,仿佛时时刻刻都在提醒着他,我顾家诗书传家,世世代代,都会写诗,在无锡,在江南,只要提到顾家,人们首先想到的便是顾家满门风雅。

没多久之后,姐姐顾翎也将她的词挂了出来。姐姐天分极高,这是顾翰所知道的。可是,姐姐到底要比他大五岁啊,姐姐已经学会了写诗、填词,他这个做弟弟的,就一定也要学会?

还有表姐杨芸。

也不知是谁的主意,有一回,在堂屋的一侧,竟挂上了杨芸的一阕词:

东风何事多轻薄。梨花又逐桃花落。小步下兰阶。红沾金缕鞋。 雨丝吹袖湿。窗外春云黑。莫劝饯春杯。荼蘼尚未开。

——杨芸《菩萨蛮·春闺》

杨芸是杨芳灿的女儿,杨夔生的姐姐,与顾翎同年。

"好词。"顾翎拎着顾翰的耳朵,让他来读杨芸的这阕词。

"姐,姐,疼啊……"顾翰一连声地嚷道。

顾翎仿佛没听见一样,只是让他去读这阕词,恨铁不成钢地道:"顾翰,芸表姐都能填词了,你就不会争口气?"

顾翰嘟囔道:"你都说是芸表姐了。"

顾翎又是一瞪眼:"芸表姐怎么了?"

顾翰从姐姐的魔爪下挣扎了出来,站直了身子,瞧着姐姐,语重心长地道:"姐,芸表姐比我大五岁呢……"

"大……大五岁又怎么了?"顾翎愣了愣,也觉有些理屈,可又没觉着自己有错,便这样反问道。

顾翰嘻嘻地道:"等我像芸表姐那么大,不也就会写诗填词了么?"

顾翰的话,委实很有道理,以至于顾翎张口结舌,说不出话来。可是,顾家如今孤儿寡母的,顾家是风雅传承,真的就在于顾翰他们这一辈的小兄弟啊。这,又怎么使顾翎不着急?

顾翎瞧着顾翰,想了想,道:"顾翰,唐时的骆宾王……"

"我又不是骆宾王。"顾翰毫不犹豫地截断姐姐的话。

"前明的夏存古……"

"我又不是夏存古。"

"叶小鸾……"

"那是女的!"

"你!"顾翎气急,双目圆睁,瞪着顾翰。

"我还只是个孩子,姐。"顾翰悠悠说道。

顾翎一时怔住,气得说不出话来,半晌,一跺脚道:"我不管了。"转过身就想走。可刚抬起脚,又将脚放下,轻轻地道:"顾翰,你别忘了你姓顾。"

顾翰心道:我当然没忘我姓顾。可是,我只是不喜欢去写什么诗、填什么词,为什么非要逼我呢?

他很是不明白。

再说了,我们顾家还有顾翊与顾蕙生啊,为什么祖母、母亲与姐姐,眼睛就只盯着我呢?

其实,顾翰也不是不喜欢读书,只是不喜欢去读大人们逼着他去读的书而已。不仅读书,很多事,都是这样。甚至同样的一件事,当被逼着去做时,他会感觉到痛苦;而他自己主动去做的时候,那就是快乐。

好在,随着年龄的增长,祖母与母亲也不再逼他,仿佛已经死心的模样。

祖母说,我还有两个好孙儿。顾翊与顾蕙生已经开始学着作诗填词了。在祖母眼中,顾翊与顾蕙生可比顾翰要乖巧得多。

母亲则是叹息着说,罢了,你爱怎样就怎样吧。

顾翎终于出嫁了。嫁给杨家一个叫杨敏勋的人。有一回,顾翎归宁省亲,顾翰便问:"姐,姐夫的诗词给我看看好不好?"顾翎张口结舌，涨红了脸，半晌，方才低声道："他……他不擅诗词……"顾翰便睁大了眼："可杨家是诗书传家啊。"然后，他掰着手指头，道："大表叔、二表叔、三表叔、芸表姐、夔生表哥……"杨家与顾家一样，也是诗书传家，一门风雅，老一辈的杨潮观、杨鸿观兄弟，然后是表叔杨芳灿、杨揆、杨英灿兄弟，再然后是表哥杨夔生、表姐杨芸……

"杨敏勋也是杨家的族人，难道不会写诗填词？"

顾翰的眼中闪动着小小的狡猾。

顾翎瞪着眼，半晌，冷冷道："小子，你这是找姐姐报小时候的仇么？"

顾翰嘻嘻笑道："哪儿会呢？姐，我知道姐对我最好了。"

顾翎又一瞪眼："那你还说……"

顾翰悠悠道："姐，你们不要逼我，等我想写什么诗词的时候，自然会写的，我保证，我不会堕了顾家的声名。……我只是现在不想写而已。我只是想趁年轻的时候过些无忧无虑的日子，等长大了，就不自由了。"顾翰老气横秋的模样，与他的年龄实在是不相仿。

这一生，顾翰没有后悔过他二十岁之前的选择。

因为，二十岁之后，那无忧无虑的日子，永不再来。

又或者，那个时候，顾家虽说只剩下了孤儿寡妇，可祖母还在，母亲还在，还有一个虽说啰嗦却始终疼爱他的姐姐，他真的不知道到底什么叫作愁，他只觉得古人说愁实在是一件很愚蠢的事。

可是，人终须是要长大的，无论他乐不乐意。

轻阴阁住潇潇雨。莫教一霎春归去。花杪小红楼。有人楼上头。　卷帘人不见。放出双飞燕。低首自寻思。微风动鬓丝。

——顾翰《菩萨蛮》

据说，快乐的日子总是容易过去；又据说，年轻的日子总是容易过去……

有一天，顾翰蓦然发现，他已经长大了，就像蓦然发现祖母已经白发苍苍，母亲也已老去一样。

这个家,需要他来撑起。

四

折竹敲风,幽泉浣雪,词仙合住高楼。暝坐围炉,疏香飞过银
钩。冻云一片寒无鹤,只苔阴、古石痕留。傍檐牙、瘦影交横,似到
罗浮。　　图中依约寻诗路,记左芬才调,秒句频搜。花底闲吟,
花边艾蒳忘收。新词谱上银光纸,问何如、缀向钗头。愿年年、绿
萼开时,常侍清游。

——顾翰《高阳台·题羽素女兄绿梅影楼填词图》

一阕《高阳台》写罢,顾翰轻轻地将笔搁在了笔架上,瞧着姐
姐,忽地笑了起来。

顾翎嗔道:"顾翰,你笑什么?"顾翎成亲之后,将所居之处取
名为"绿梅影楼",专注填词,与杨芸等人往来唱和,乐在其中。她
们原是表姐妹,年龄又相仿,顾翎又是嫁入杨家,顾杨两家又都是
诗书传家的名门,闺中无事,唱和以为乐,原就是很寻常的事。

顾翎性爱梅花,又爱填词,便画了这幅《绿梅影楼填词图》,请
人题词。

填词图据说是起源于清朝初年的陈维崧,名僧大汕为之画《迦
陵填词图》。之后,填词图便渐渐出现,如杜诏《花雨填词图》、洪
昇《稗畦填词图》,可也不多。但近几年不知道什么缘故,这填词
图竟忽然之间似雨后春笋一般地兴盛起来。顾翎一时兴起,便也
画了一幅。顾翰刚好前来向姐姐辞行,姐姐自然便抓住他在填词
图上填词一首。

年幼的时候,顾翰只是不喜欢写诗填词而已,可家学渊源,早
就开始学诗学词。有些东西,是深入到骨髓里的,是渗透到血液里
的,想拒绝都难。当顾翰开始写诗词之后,顾翎便恍然明白了这个
弟弟幼时的话——我不是不会,不是不能,只是不想,只是不喜欢
而已。不过,现在不喜欢,并不是说以后也不喜欢不是?

我只是想拥有一个无忧无虑的少年时代而已。

现在,顾翎真的有些明白了当年的顾翰。有些事,一旦失去,
就永不再来;那么,为什么不趁着还拥有的时候好好珍惜呢?

顾翰依旧笑着,笑得有些得意、狡黠。

"还笑！"顾翎佯怒道，"再笑，信不信我打你？"

"就像小时候一样？"顾翰笑着问道。

顾翎瞪眼道："姐小时候打过你？"

"没，没……"顾翰涎着脸，心道，最多也就掐几把。反正也早就被掐惯了。小时候，顾翰经常被母亲和姐姐狠命地掐，掐得他大声叫疼，掐得他直嚷嚷长大了要报仇；等真的长大，母亲老去，姐姐出嫁，他竟然怀念起那一段被掐的日子来。

顾翎又是一瞪眼，道："那你笑什么？"

顾翰笑嘻嘻地道："我在笑，小时候，姐你逼我写诗填词，我怎么也不肯，到后来，姐你不逼我了，我反而写了起来。"

顾翎嗔道："这说明你贱呗。"一边说着，一边就小心地将填词图收了起来。此刻的顾翎、顾翰姐弟俩都还没想到，在以后的日子里，给这幅填词图题词的人很多很多。

阴阴薄冥，悄黄昏时候。几树梅开暗香逗。又疏帘，半卷和月和烟，分不出、花影风筛翠袖。　　小窗灯火里，拥髻微吟，想见伊人正呵手。清极不知寒，坐到宵深，有青人、两眉痕瘦。看一角、楼台似罗浮，算除却词仙，更谁消受。

——吴藻《洞仙歌·奉题梁溪顾羽素夫人绿梅影楼填词图》

看帘波纤横，正高褰寒暑，缟月霄亭。最好钿筝数弄，翠禽无声。楼宛转、烟珑玲。似洛神、风鬟伶俜。纵浅笑妆成、怨蛾自绿，粉字咽凄馨。　　麋丸细，罗帏轻。倩拈花纤手，写出盈盈。可奈水西云北，袖回飞英。闻楚角，哀湘灵。怕泪绡、啼痕分明。问后夜昏黄，纱橱有谁移碧檠。

——杨夔生《寿楼春·题羽素夫人绿梅影楼填词图》

画阁连云，疏帘隔梦，人间无此高寒。石瘦苔荒，一轮冻月团圞。悄然万籁声俱寂，凭烟痕、绿上毫端。对横枝，依约微吟，画损阑干。　　深宵不用银釭照，爱横斜疏影，写向冰纨。仿佛瑶妃，半鬟香雾初乾。披图忍读琴清句，侍慈帏、画卷曾看。听烟梢，翠羽飞来，同话心酸。

——杨琬《高阳台·题顾羽素表姑绿梅影楼填词图》

拂水安弦,邀云卷幔,吹来玉笛无声。攀摘高寒,妆楼一带香横。春风词笔垂垂古,有簪花、格自天成。夜蟾明,不信仙居,不傍瑶京。　　频呵冷蕊愁何许,但清攸韵写,瘦共诗评。倚徧筠枝,回阑直恁心盟。臣才不及应渐左,算闺中、赋茗还能。余妹玉舜颇究词学。记曾经,飞雪江南,梦绕山青。

——张祥河《高阳台·顾羽素女史绿梅影楼填词图羽素为无锡顾蔺塘孝廉之妹》

张祥河,字诗舲,华亭人,嘉庆二十五年(1820)进士,官工部尚书。当他题词的时候,却不知顾翎是顾翰的姐姐,而不是妹妹。

杨琬,杨夔生之女,此刻自然还没出生。

姐弟二人一阵说笑之后,蓦然之间,俱都收敛起笑容,半晌,顾翎道:"你就一定要北上么?"

顾翰只是轻轻地点了点头,没有做声。

顾翎轻声道:"那乡试的时候再回来?"顾翰已经通过院试,现在,算是一个秀才了。只不过对于顾家来说,这秀才的功名,实在是不算什么的。对于顾家来说,虽不说一定要中进士,至少也应考取举人才是。如顾奎光是乾隆十年(1745)的进士;顾敏恒是乾隆五十二年(1767)的进士;顾斗光科举差些,只是个贡生;敦愉、敬恂、敩宪兄弟去世比较早,否则,至少也能再出一个进士。

在顾翎想来,顾翰原本应该是在中举之后再进京的,倘若现在进京,又要再回来乡试,一来一去,旅途劳顿,着实不便。

顾翰道:"我想在顺天乡试了。"

顾翎愣了一下,脱口道:"为什么?"南方人在顺天乡试固无不可,只不过要麻烦一些。

顾翰苦笑道:"姐,你知道我志不在此,这一辈子啊,只想做些自己喜欢做的事。"顿了顿,道:"在顺天乡试的话,应该比在南京要容易一些。"

顾翎又是一愣,忍不住笑骂道:"你个没出息的家伙。"

顾翰笑道:"我从小到大就没什么出息。"

顾翎想了想,又道:"从小到大,你就没有离过家,你这一个人北上,就要自己照顾自己了……你行不行?"这正是顾翎所担心的。

顾翰轻声道:"我已经长大了,姐。"

顾翎笑了起来。是啊，从前那个不懂事的顾翰，如今，已经长大了。鸟儿长大之后，就要振翅飞翔，人，岂非也是一样？否则，一直都在母亲、姐姐的羽翼之下，又怎能学会飞翔？

"还有，也不是一个人，"顾翰道，"跟伯夔一起呢。"

顾翎点头道："也不能太依赖伯夔的。"

顾翰脸色微红，道："我知道。"

顾翎点头："这就好。"

"其实，姐，"顾翰迟疑一下，道，"我也不舍得离开家的……"他叹息一声。这里有祖母、母亲、有姐姐、有两个弟弟，这里有他的朋友，亲人，这里有他所熟悉的童年、少年，还有新婚不久的妻子，他又怎么舍得离开？

可是，有些事，即使不愿意，也必须去做。

就像长大了的鸟儿，再怎么胆怯，也必须飞翔；再怎么不舍得，也必须离开父母的窝。因为只有这样，才是真的长大。

顾翰又抓起笔来，怅然写道：

怅离愁、灯前暗聚，团圞姊弟环语。从来离别寻常事，也值恁般凄苦。行计误。算不抵秋园憔悴相如卧。忍教轻负。想竹阁吟诗，芦帘瀹茗，同听早秋雨。　　分携恨，惆怅萍踪去住。归期更有何据。风尘笑我何曾愤，短剑便抛乡土。归梦阻。恐蓟北莺花不是江南路。关山远度。只驴辔霜高，鸡窗月曙，词好坠鞭谱。

——顾翰《迈陂塘》

顾翎默默无言，也提笔写道：

促行装、征衫憔悴，醴陵赋就幽恨。牵衣诉到艰辛话，剪落小窗灯烬。朝雨冷。况赵北燕南不是阳关近。离怀谁省。只古堠吟蝉，津亭烟树，人远暮愁迥。　　飘零苦，□叹团圞情景。分携况味初省。裁笺擘锦谁曾见，姊弟共联吟咏。行计定、恐渺渺波空，望断春帆影。归期预订。待蟹籪霜肥，鱼庄枫晚，作速理归艇。

——顾翎《迈陂塘·送蘭塘弟之都》

写罢，顾翎忽地笑道："顾翰，姐忽然有些嫉妒你了。"

顾翰愣了一下，奇道："为什么？"

顾翎悠悠道："因为姐忽然觉得,好像姐的词比不上你了。"

顾翰嘿嘿一笑,道:"姐,我才是顾家传人!"

顾翎笑骂道:"说你胖你还真喘上了。"

又一阵说笑,姐弟俩胸中的惆怅,才算是减少了几分。

嘉庆五年(1800)三月,杨夑生归娶德清沈氏。十月,杨芳灿入都任户部广东司员外郎。

嘉庆七年(1802),杨夑生经横塘回到无锡。

杨夑生从当年离开无锡到灵州依随父亲,直到这一年回来,与顾翰不相见已经很多年了。当年分别的时候,他们还都只是孩子。重相见时,都已成亲。

顾翰这一次赴京,便是与杨夑生一起。

顾翎与顾蕙生也曾吵着要一起北上,可他们到底年幼,连威胁带劝说,终究还是留在了梁溪。母亲抹着眼泪,不断地叮嘱着杨夑生,要杨夑生将顾翰照顾好。杨夑生笑道,放心吧,婶子,我会的。又道,我爹与表叔人称颜谢呢,我又哪会不照顾好蔄塘?

顾翰白着眼道:"还不知道谁照顾谁呢!"

杨夑生大笑。

两人结伴,一路北上,游山玩水,倒也快活异常。

五

"姐,你怎么来了?"嘉庆九年(1804)的初春,春节刚过,北京,当顾翰打开门看见姐姐的时候,眼珠子都险些掉下来了。

顾翎瞪眼道:"怎么? 我就不能来么?"

"我……我不是这个意思……"顾翰忙搔着脑袋说道。

顾翎道:"还不让姐进去坐坐?"北京的春天,还很冷,前些天刚刚下了场大雪,一直到现在,积雪也还没有化掉。这积雪化掉一半的北京啊,就像一个被大雨淋掉浓妆的女子似的,总使人觉得不是天姿国色。

屋子里更冷,还有些阴森。书桌旁倒有一个炭盆,不过,盆里的火炭早已熄灭,就像清明以后坟头上的灰烬似的。

"你……你住在这里?"顾翎脸色一沉,很不开心的样子。

顾翰笑道:"'长安居,大不易',姐,住在这里已经很不错了啊!"

顾翎转头瞧着他,仿佛想看清楚他到底是说真话还是假话似的。这样的屋子,在梁溪顾家,是连佣仆、丫鬟都不会住的。虽说随着顾敏恒的去世,顾家家道中落,可也绝没有落魄到这样的地步。

顾翰笑着点头,一点也没有委屈的样子,仿佛在京城能够住上这样的屋子真的已经很不错了似的。屋子其实也不算小,只不过四壁斑驳,石灰随时都会剥落,铺在地上的青砖,也早已开裂;屋顶用纸糊着,有蛛丝轻飐。窗子自然是有的,可四扇窗中至少有三扇是坏的,奄拉着窗棂,像剪了一半的指甲,随时都会掉落。书桌倒是不小,靠着窗,桌上的笔墨纸砚,也都摆放得整整齐齐,可有一条桌腿用草绳捆着,看着就像一个趿拉着草鞋的姑娘,从长街上走过,在身后,留下一长串的惋惜声。床靠在屋子的另一角,不大,床上堆着被子,乱七八糟的,就像打麦场的草垛。灶在另一边,冷冷的,烟囱早已发黑。离灶不远处,有一张饭桌,桌上摆放着几只碗碟,空空的,就像荒郊野外骷髅的眼。

顾翎忍不住眼泪就要滚落,心道,家里再怎么难,顾翰从小到大也没住过这样的屋子啊。

"我……我找表叔去!"顾翎就有些生气,咬着牙,道,"还有伯夔,他们……"她越想越生气。表叔一家现在都在北京,却怎么让顾翰住这样的屋子?

"姐,姐。"顾翰忙拦住了她,不让她出去。

"顾翰!"顾翎瞪着眼。

"姐,"顾翰道,"我在京城,已经麻烦表叔很多了。"

"顾翰!"

"现在在一家书院做教习,也是表叔介绍的。"

"顾翰!"

"姐,"顾翰瞧着姐姐,很认真地道,"我是想靠自己,而不是别人。"

"……"

"如果一直都靠别人的话,我会觉着我是一个没用的人。"顾翰很认真地说。

"顾翰……"

这样说着,顾翰又自嘲似的笑了笑,道:"其实,我也知道我是个没用的人，从小到大，一直都让母亲担心、让姐姐担心。"

顾翎忍不住落泪："傻弟弟……"

"姐……"

"算了，算了，我不去找表叔了，不过，无论遇到什么事，还有娘，还有姐姐不是？"

"姐……"

"如果遇到什么事不来找姐的话，姐会生气的。"

"姐……"

"我们是姐弟啊，顾翰，"顾翎道，"一辈子的姐弟，谁也改变不了，是不是？"顾翎的眼里满是眼泪，嘴角却含着笑。

顾翰的两眼也湿润了起来，半晌，使劲地点头，道："是！"

嘉庆八年（1803）秋，袁枚的嗣子袁通进京。袁通，字达夫，号兰村，原是袁枚之兄袁树的长子，因当时袁枚无子，便过继给他为嗣子。这一年，袁通二十八岁。

杨芳灿曾经受业于袁枚，算是随园弟子，所以，袁通进京以后，自然竭诚招待。

袁通进京不久，便组织了燕市联吟，一时间，名流纷纷赋诗填词。除了袁通、杨芳灿之外，孙星衍、刘大观、钱枚、程同文、吴自求、陈文述、邵广铨、钱廷烺、杨燮生、戴鼎恒、蔡銮扬、杨芸、邓廷桢等人，都参与进来，可谓一时盛事。

顾翎进京，自然也参加了这一次的盛事。

展卷吟怀放。叹斯人、文章歌哭，古今同望。岂止才华倾八斗，应是闲愁无量。休更似、落梅凄怅。鹤背风高仙骨冷，胜人间尘土诗魂葬。星欲堕，月痕荡。　　玉笙寒彻琼筵上。记当时、金徽按拍，狂吟情况。是否嫏嬛曾有约，归去琳宫无恙。听砧度、良宵深巷。静掩鲛纹秋梦瘦，冷西风、雪涴茱萸帐。谁击碎，珊瑚响。

——顾翎《金缕曲·题黄仲则先生词稿后即和集中原韵》

写罢，顾翎眼泪夺眶而出，喃喃道："不会的，不会的，姐决不会让这样的事出现……"

没人知道她在说什么，但几乎每一个人都看见了她两颊的泪水。

嘉庆九年(1804)二月,袁通离京。

六

春去秋来,寒来暑往,转眼之间,好多年就过去了。这些年里,顾翰将妻子从梁溪接到京城,生子、生女,家中人口渐渐地多了起来,在北京的住处,自然也搬到了稍大的地方,可生活也因此变得越发艰难。

随着人口的增加,顾翰做教习的收入已远远不够家中的开销,无奈,只好卖掉一些母亲早年置办的田地,然后,姐姐再接济一点,自己再涎着脸卖文,总算是能勉强度日。不过,姐姐家也不宽裕,往往要靠做针线,才能赚到一些多余的银两来接济这个弟弟。

好在,两个女儿很可爱,使困顿中的顾翰获得很多快乐。

襦袴锦斑斓。左右牵衣不肯闲。小手折花偷照镜,湾湾。菱角教人作两鬟。　听说念家山。笑问家乡可便还。却似婴哥初剪舌,关关。也学参军语带蛮。

　　　　　　　　　　　——顾翰《南乡子·调两幼女》

人近中年的顾翰,渐渐地明白了生计的艰难,这也使他到底有些想念江南了。

偕简塘露坐丛树下,忽黄叶一片,飘落团扇上,各赋一解以写之。
丝丝翠露滴蟾蜍。愁坐奈清癯。罗纨薄受飘零叶,剪园葵、借色堪图。我忆花丛扑蝶,昵他红颊吴姝。　班姬夜泣掩琼梳。生怕近秋疏。舞余莫唱裙垂绿,说黄绦、略解仙书。明日因风飞去,轻于青女烟裾。

　　　　　　　　　　　——杨夔生《风入松》

偕伯夔露坐,有黄叶一片,堕纨扇上。
秋光似水漾阑干。团扇约新寒。亭皋句好浑难画,天涯恨、吹上疏纨。堪爱额黄颜色,可怜不在眉端。　林梢一片下琤然。谁刻小琅玕。分明才著虫丝里,向风前、又误轻蝉。曾记枫江夜

205

泊,萧萧声满吴船。

"伯夔,"顾翰坐在树下,手里拈着飘落的黄叶,道,"还记得小时候么?"

"小时候?"杨夔生愣了一下。

"就是我父亲去世的那一夜。"顾翰淡淡地道。他记得,那一夜,他很是悲伤,哭得很是凄凉。当父亲咽下最后一口气的时候,他便明白,他永远失去父亲了。然而,那一夜,他还不知道,失去父亲之后,他的这一生,将会是怎样的艰难。

现在,他明白了。

父亲是进士出身,曾担任苏州府教授,如果不过早去世的话,或许,能升到一省学政。那时,他这个做儿子的,还会像现在这样艰难么?只可惜,父亲已经去世十多年,以至于他现在连父亲的模样都记不大清楚了。

然而,那一个夜晚,却始终在他的心头。

"怎么?"杨夔生奇怪地问道。

"没什么……"顾翰长叹一声,低低地说道,"我只是想起,那个时候,无忧无虑的,什么都用不着去想、去担心,多好。"

那时,他还是个孩子。

杨夔生点头,笑道:"少年不识愁滋味嘛……不过,荀塘,你也没有为赋新词强说愁。"杨夔生想起,那个时候,他、顾翰、顾翎,是一起读书,一起学诗学词。当时,父亲杨芳灿在外为官,姐姐杨芸刚刚出嫁,他几乎就是吃住在顾家。教他们仨读书写诗词的,便是病榻上的顾敏恒,有时候,顾翅、顾蕙生也会加入进来,只不过他们到底还小,听不了几句,就想出去玩儿了。

还有就是顾翰,人在心不在,使得顾敏恒总是无奈地摇头。

顾敏恒去世之后不久,杨夔生便离开无锡,到父亲杨芳灿那里去了,直到娶亲,方才再次回到无锡。

顾翰苦笑道:"那时,我不懂诗词。"

"现在呢?"杨夔生笑着问道。

顾翰默然良久,道:"也不懂。"

这使得杨夔生有些奇怪,不过,瞧着顾翰,他也没有开口去问,而是想等顾翰自己说出来。

顾翰又沉默一阵,缓缓说道:"人有悲欢,故而为诗为词,可是,人之悲欢,又哪里是这区区文字所能体现出来的? 老子说,大音希声,大象无形。诗词岂非也是一样?"

杨夔生若有所思,道:"继续说。"

顾翰叹道:"真的悲欢,是不欲人知的。"他眯着眼,拈着那片黄叶,忽地又道:"不过,如果不写的话呢,那些得不到宣泄的情绪,会使人发疯。"

杨夔生点头,道:"写诗填词的,就是疯子。"

"疯子?"

"不是么?"

顾翰举起手来,指着杨夔生,半晌,两人忽就齐齐纵声大笑,就像两个疯子一般。

十年奔走长安道,全家但营一饱。骏马骄嘶,蹇驴避立,诸事让他年少。才华正妙。看水利成书,平戎起稿。曳履星辰,功名羡致身早。　青衫多少尘土,更惊沙扑面,头似蓬葆。路鬼揶揄,醉人推骂,无语相看一笑。只九陇诛茅,五湖浮棹。绿树鹃声,不如归去好。

——顾翰《水龙吟·自述》

顾翰终未归去。也许是身不由己,也许是不甘心,他终还是留在了京城,直到嘉庆十五年(1810),回江南秋试,中式第八十名。

他没能在顺天乡试。

也正是在这一年,他刊印了《拜石山房诗钞》,顾翃为之作序。

嘉庆十八年(1813),年过而立的顾翰出任定远知县。

在京城辗转十余年,终于有了第一个实职。对于顾翰来说,这真的不是一件很容易的事。

七

世间一样飘零,无情犹作回风舞。闭门不扫,空阶欲没,潇潇似雨。枫外江寒,芦边霜早,雁归何处。怅疏林易别,故枝难恋,便渺渺,天涯去。　回首荒庵落木,问年来、有谁能住。夕阳染后,三分在水,一分在树。莫怨秋声,那知秋到,无声更苦。待消他几叠,琴丝宛转,写哀蝉谱。

——顾翙《水龙吟·落叶》

孤檠夜短西风劲。约略三更尽。笙歌吹得梦零星。隔院谁家欢宴未曾停。　　年年人为悲秋瘦。况复严寒候。城乌啼下满帘霜。今夜漏声偏比客愁长。

——顾蕙生《虞美人·旅夜》

顾翰轻轻地将顾翙与顾蕙生的家书放下,眯着眼,坐在靠椅上,身子微微地向后倾,仰着头,任淡淡的阳光照在他的脸上。好半响,微微一笑,轻轻自语:"难兄难弟。"昔日,这难兄难弟说的是才德,"元方难为兄,季方难为弟。"如今,这难兄难弟,自然说的是兄弟同处困顿之中。顾翙如今是贡生,顾蕙生是监生,在科举之路上,坎坷难行;兄弟三人当中,顾翰居然是混得最好的。

这使得顾翰有些啼笑皆非,同时,又感觉到一阵悲哀。

顾家,莫非真的到我们这一代就要没落了?不管怎样,祖父、父亲,可都是进士出身啊。

孩子们在院子里玩耍着。定远县的县衙虽说不大,甚至还有些破败,可比在京城时的住处还是要大得多了。

顾翰正沉吟间,忽就听得衙门外一阵鼓声。鼓声很急,仿佛夏日的暴雨似的。

鸣冤鼓?顾翰微一皱眉,心头便有些烦。上任以来,那些来告状的,为的都是些鸡毛蒜皮的事,什么张家丢了一只鸡了,李家小子与王家小子打架了,赵家的屋子挡住钱家的光线了;也许,老百姓过日子就是这样吧,可不管什么事都来求他这个县太爷做主,这县太爷不烦才怪。

这县太爷真不是人干的。有时,顾翰也会忍不住在心中这样发牢骚。自然,他也不会挂冠而去。一大家子人口,要靠他的俸禄过日子呢。"不为五斗米折腰",谈何容易。

"太爷,"黄师爷悄无声息地进来,道,"要不要升堂?"

顾翰苦笑,心道:鸣冤鼓都响了,又哪能不升堂?国朝律法,这鸣冤鼓一响,县令必须立即升堂的。顾翰便吩咐黄师爷去准备升堂,他自己这边将官服整理了一下,又喝了几口水,估摸着三班衙役都已到了堂上,方才踱步进了大堂。

不知道又是什么事。顾翰暗自思忖着，只觉头疼。

黄师爷苦笑一下，瞧向顾翰，心道，这桩案子，虽说不大，可还真是麻烦。黄师爷先进的大堂，三言两语，早明了了案情。问题是，案情虽说很是明了，可在黄师爷想来，这是非还真是难以判断。

堂下，正跪着两个人，都是三四十岁的年纪，身上衣服有几块补丁，却都显得很是干净。其中一人的两手捧着一个硕大的牛头，牛眼紧闭，牛颈处的血已干，只是那殷红的血，依旧叫人看着瘆得慌；另一人是满脸的愤怒，嘴唇一直在蠕动着，想说什么却始终什么都没能说出来。

顾翰在堂上坐定，黄师爷附耳低语几句，将案情简单地说了一下，道："太爷，这案子有些棘手啊。"

案情真的是很简单。堂下捧着牛头的，是原告；那满脸愤怒的，是被告。原告控告被告私自宰牛。按说呢，这私自宰牛，只要没人控告，官府一般也就睁只眼、闭只眼，毕竟他宰的是自家的牛，官府也不会怎么多事；可一旦有人控告，就不能不理了，因为从律法上讲，这是重罪，一旦落实，就是杖打一百，判一年半，流放一千里。老实说，这样的重罪，能叫一户人家家破人亡。

顾翰微微一笑，居然也不多问，而是将惊堂木一拍，喝道："将原告拿下！"

原告大惊，叫道："青天大老爷，我是原告，不是被告，应该拿他啊……"他指着被告，一副激动的模样。

黄师爷也吃了一惊，站在顾翰身旁，小心地道："太爷，这样恐怕不妥吧？"心道，案子虽说难断，却也不能断都不断就直接拿人啊。说起来，黄师爷跟在顾翰身边也近半年了，可从没见过这位年轻的县太爷这样"武断"。

顾翰呵呵地笑着，站起身来，示意衙役将牛头从那原告的手中接过，道："这个牛头已经告诉本官谁是谁非了。"

"牛头？"黄师爷一愣。

"牛头？"原告也是一愣。

他们还真想不明白，一个牛头能说明什么问题。不要说只是牛头，便是那头牛还活着，也说明不了什么问题啊。牛头只是牛头，牛头总不能告诉人这头牛是怎么死的吧？反正牛是死了，就是私自宰掉的，私宰耕牛就是重罪。原告心中暗自冷笑，想：莫非县太爷是在诈我呢？

原告自然也是听过说书的。那些说包公案、海公案的，便经常说到包公或海公拿人之后，这么咋咋呼呼的，疑犯就吓得认罪了。至于包公案中，说到人拿来之后，包公只要定眼观瞧，就能立刻断定这是好人坏人……这自然就更不可信了。

好人，坏人，那是不可能写在脸上的。

顾翰眯着眼，瞧着那原告，"呵呵"地笑着，道："牛非自死者目不闭，这个牛头的牛眼却是紧闭着的，正好告诉本官，此非私宰……"

"什么？"原告脱口道。

那被告原已觉得浑身是嘴也说不清，只是满怀冤屈、不忿，却不料县太爷轻而易举地就断了是非，不由得大喜过望，磕头道："大老爷，青天大老爷啊，小的这头牛是老死的，不是小的私自宰杀啊……这厮，这厮与小的有些过节，见小的家里的牛死了，原说是要买个牛头来吃，小的想，冤家宜解不宜结，再说，这么大一头牛，小的一家子也吃不完啊，就卖了个牛头给他，却不料……却不料他扯着小的就说小的是私自宰杀耕牛，扯着小的来告状，小的……小的有嘴说不清啊……"

被告原以为这场官司肯定输了，却不料县太爷断案如神，问都没问，就将案子断得个一清二楚，心里的那个高兴啊，简直就别提了。

"拿下！"顾翰再次喝道。

衙役早就做好拿人的准备，听得县太爷喝令，再也不敢怠慢，将那原告摁倒在地。原告嚷道："小的不服，不服！"

顾翰呵呵地笑着，道："叫个屠夫来。"

县里自然有屠夫的。很快，屠夫就被从集市上叫来了，那屠夫听得顾翰这样一说，恍然道："太爷不说小的还没在意，太爷这么一说啊，小的才觉得，好像真就那么回事儿呢。"

便有人点头道："牛通人性，牛被宰杀之前，会流泪，所以，要是是被宰杀的话，这牛，会死不瞑目。"

牛被宰杀之前会流泪，这是很多人都知道的事；既然会流泪，那么，被宰杀之后，死不瞑目，岂非是顺理成章？

于是，听审案的百姓们越发佩服起来。

诬告，反坐。顾翰三下五除二，就判了那原告杖打一百，判一年半，流放一千里。那原告垂头丧气，终也只能自认倒霉；至于听审案的百姓,自然是认为他活该。

到了二堂,也未待黄师爷询问,顾翰已自笑道:"本官在前人书中读到的,读到之后,自也难辨真伪,便又找了几个屠夫问过,故而能确知就是这样。"顿了顿,道:"这也可见,前人的一些书籍,可有助于断案也。"

黄师爷赞道:"这却要读多少书啊!"

顾翰含笑不语。

这些书,便是他年轻的时候读的。准确说来,就是他二十岁之前读的。那个时候,他读的就是这些乱七八糟的书。只是没有想到,许多年以后,这些乱七八糟的书居然有助于他断案。

原来,读书杂也有读书杂的好处啊。

八

顾翰不情不愿地开始了他的官宦生涯。只是与其他人相比,举人出身的他可得不到升迁的机会,于是,就从一个县到另一个县,兜兜转转,始终都只能是知县,而且,还往往是那些进士所不愿意去的县,才轮到他这样的举人。

也许,举人就是他的宿命吧。

举人为官,原就比进士要艰难得多。

道光十三年(1833),顾翰转任泾县知县。这一年,顾翰已经五十岁,从初入官场到现在,已经二十年。人生能有多少个二十年?二十年过去,蓦然回首,不过刹那。然而,顾翰也知道,即使不是这样兜兜转转地任县令,这二十年,也会像流水一样地过去。

有人说,要珍惜时间。

前人更是说,寸金难买寸光阴。

或者说,盛年不重来,一日难再晨。

问题在于,这珍惜时间的人而今安在?这惋惜盛年不重来的人而今安在?

其实,人生就是这样,无论你做什么,有意义或者无意义的,或者什么都不做;无论你是珍惜还是挥霍,又或者一生过去恍然觉得自己这一生原来一事无成;无论你快乐或者悲哀,贫穷或者富贵,做了一生自己所愿意做的或者做了一生自己所不愿意做的……到最后,都一样,都一样地老去,都一样地发现,数十年不过一瞬。

父亲已经去世四十年了。

祖母、母亲也早已去世。

姐姐，已经年近花甲——当年那个喜欢拎着他耳朵教训的少女，如今已是头发花白，连背都有些驼了。

表叔杨芳灿、杨揆早已去世。

当年的长辈，而今都已不在；当年的孩子，而今都已年过半百。

有时候，顾翰便会想到，当年，那一个夜晚，即使父亲不死，到如今，他也应该不在了吧？如果还活着的话，今年，父亲应该八十五岁了。古往今来，能够活到八十五岁的，可实在不多；不过，乾隆爷好像活到八十九岁呢。

孩子们也早已长大，娶妻的娶妻，出嫁的出嫁，顾翰的膝下，也因此多出孙辈。

当年，那一个夜晚，躺在地上寻找牛郎织女星的孩子，会想到他有朝一日竟成为祖父么？

人的老去，原来，还真是一件有趣的事，尤其是在他不自觉地陷入回忆的时候。

纹纱不卷秋痕薄。金井鸣姑恶。琴心原在碧梧桐。谱出清商飒飒是西风。　乍回凉梦灯花白。梦也无从觅。屦痕没了翠成堆。又隔一层落叶一层苔。

——顾翰《虞美人》

折花在手。试问花知否。花到迟开方耐久。须与春寒相守。

画帘日日低垂。缘何不展双眉。瘗了绿窗鹦鹉，为伊和泪题碑。

——顾翰《清平乐》

几十年来，顾翰不断与人唱和，亲戚、朋友，相识的、不相识的、从前不相识而后来相识的，仿佛相交满天下的样子。有时，午夜梦醒，顾翰也会感觉到一阵悲哀，想，诗与词，原来只是一种工具，用来与人交往的工具。唱和、题词，什么太守，什么太史，得了一幅画，或者请人画了一幅什么画，便会对顾翰道："喏，来，题首词吧。"

顾翰当然会题词。

因为，那些人他一个也得罪不起。

半亭斜日影，萧萧瑟瑟，一派画苍寒。翠烟遮不断，结个团瓢，合署小檀栾。小檀栾室亦太守斋名。丛书两版，记当年、多少清欢。移短榻、绿阴深处，诗梦得平安。　　无端。尘土京华，忆瘦石幽花，旧时庭院。春泥软、笋鞭行速，知近阑干。拂槛千个青鸾尾，叩园扉、知借谁看。归来好，凭君寄语琅玕。

——顾翰《渡江云·为屠琴坞太守题就竹亭图》

后堂帘幕昼阴阴。惆怅百年心。何人画出西风影，向天涯、梦里追寻。记否宜男私祝，佩囊小缀罗襟。　　尊前鲁酒与重斟。华发不胜簪。世间那有忘忧事，者幽怀、谁是知音。珍重秋花一朵，句描淡墨如金。

——顾翰《风入松·陈石士太史属题墨描萱花小幅》

也许，人生就是这样吧，有些分明不愿去做的事，总还得做。顾翰如此，天下人又谁非如此？

泾县上任以后，当地的所谓士绅、名流，诗人、词人，便纷纷涌到县衙，投诗、赠词。

因为他们知道，他们的这位新任县太爷，诗词极好……

如果县太爷赏识拙诗的话……

他们这样想道。他们自然不会想到，当年，甚至在以后的许多年，他们的这位县太爷也是这样想的。不仅他们的这位县太爷，普天下自以为是诗人、词人的诗人、词人们，大多也这样想的。

余莅泾川阅三载矣。邑之人，知余性好吟咏，争以先集见贻，积之既久，遂盈箱箧，公余之暇，偶一披览，觉琳琅满目，美不胜收……

——顾翰《泾川诗钞序》

道光十七年（1837），顾翰编定《泾川诗钞》。也许，这也是只有他能给泾县的那些诗人们所做的了。因为他深知，一旦离任，不可能将这些集子带走，而下一任县太爷若不喜欢吟咏的话，只怕这一堆诗词集，也就是一堆废纸而已。

顾翰想，二十余年前，我所刊印的《拜石山房诗钞》，在很多人看来，是不是也只是一堆废纸？倘若如此，这一生，又何必吟咏？学诗学词已是错，偏偏这一生，还真的就吟咏不辍，无论最终是什么原因。

是耶？非耶？顾翰心中只觉倘恍迷离。人世间的是非，难道真的就是如此，怎么也说不清？

九

顾翰是在太和县知县的任上被查出了钱粮亏空。对于顾翰来说，这自然是无妄之灾。因为这样的钱粮亏空，大清朝哪一个州县没有？前任留下的亏空，继任者不得已接下，然后，再传给下任。这其间，自然也有想追究前任的；问题在于，若前任是升迁的话，继任者还敢追究么？即便不是升迁，哪怕是被罢职，却又有谁敢说有朝一日他不会东山再起？倘若前任与继任之间没有刻骨的仇恨，一般说来，这继任者，是会将钱粮亏空硬着头皮接下的。

顾翰虽说一直都只是知县，没能升迁，可也在官场上混了三十年，哪能不明白这个道理？可他万万没想到，不知道是得罪了谁，这一回，居然就来人查出了个钱粮亏空。

很快，顾翰就被革职，家产也被查封，用以抵偿。顾翰原就穷困，年轻的时候，田产就已不断变卖，用来艰难度日；为官三十年，也没什么积蓄，这一被查封，索性就是一贫如洗了。太和县的老百姓倒是很爱戴他们这位县太爷，纷纷表示愿意出钱代为偿还，却被顾翰拒绝。顾翰道："吾宁获遣，不忍累吾民也。"

更重要的是，他也明白，即使能够将亏空的钱粮补足，这个官也是不可能继续做下去了。

回去吧。田园将芜，胡不归？顾翰被革职以后，几乎是身无分文地回到了家乡。年轻时，顾翰忽然起意离家北上，以为终须能做出一些什么事情来，或者说是事业。到如今，白发苍苍，孑然归来，才发现，自己这一生，其实，什么也没能做得到。

除了一些诗、一些词。

百无一用。

当早已模糊的家园在眼前出现的时候，顾翰想起从前写的一阕词来：

西园飞盖，东山对弈，往事似抟沙。糁绿兰敧，油红窗坏，燕子已无家。　　儿童来作抛堶戏，拾得凤皇钗。骨瘦细桃，香销绮杏，春在野棠花。

——顾翰《少年游·张氏废园》

那是经过张氏废园时所作的一首词。一个曾经繁华的园子，曾经万紫千红总是春的园子，到头来却是"糁绿兰敧，油红窗坏，燕子已无家"，然而，儿童嬉戏，偶然间，还能拾到当年的凤皇钗，仿佛在诉说着曾经的繁华。

春天来时，废园之中，野棠花照样盛开，摇曳着这一片荒芜与沧桑。

——这，居然也是一种风景。

"哥，"顾翃道，"还记得那一年的芙蓉湖么？"

"芙蓉湖？"顾翰眯着眼，想，这已是多少年前的事了？那时，好像兄弟仨都还年轻。

顾翃以为他记不清了，便又提醒道："那一回，我们兄弟仨在芙蓉湖上……"

顾翰笑了起来，道："前些年，编订《拜石山房词钞》，请蔡小石太史作序，他还问起，令弟兰厓、竹畦曷不将词集编定？这样的话，你们顾家，姐弟四人，可端的是一门风雅了。"顾翃已编好《绿梅影楼词》，并且绘有《绿梅影楼填词图》，请天下名士、名媛题咏；顾翰也在早些年编定好《拜石山房词钞》，请了翰林院庶吉士蔡宗茂作序。到如今，倒也真的只剩下顾翃与顾蕙生还没有将平生吟咏编定。要知道，他们都已经老了，生前若不编定好的话，在死后，只恐怕很快就会丧失殆尽。

顾翃疑惑地道："哥，我是问你记不记得那一年的芙蓉湖呢。"

顾翰悠悠道："那一年，我填了一首《酹江月》，你填了一首《高阳台》，你说我记不记得？"

顾翃笑了起来，道："那一回，就竹畦没有填词。"顿了顿，道："也没有绘画。"兄弟三人当中，顾蕙生精于丹青。

顾蕙生白了他一眼，道："其实，那一回，回去以后，我也填了一首词的，可看了二位兄长的之后，就不敢拿出来了。"

波平岸迥,看秋漪皱玉,鳞鳞吹起。好向水香多处住,柔橹一枝摇曳。柳拂斜丝,萍浮嫩叶,绿骨吴船尾。轻帆分暝,疑从镜里飞递。 晚风吹上凉潮,三篙新涨,小雨生沙觜。惹起闲沤明似玉,点破半湖烟水。一角疏林,几围矮屋,指点鱼虾市。笭箵挂处,夕阳尚映芳沚。

——顾翰《酹江月·芙蓉湖舟中》

柳老丝烟,莲凋粉水,短篷暇日寻幽。月小于眉,斜天挂一分秋。鸳鸯生在秋风里,便双飞、也自工愁。怕催将、雪样芦花,点上人头。 悲秋不在因风雨,在晓寒孤枕,暝色高楼。远梦无凭,坠欢空逐浮沤。故乡犹自嗟摇落,念天涯、多少淹留。太无聊、心事难圆,只似帘钩。

——顾翃《高阳台·同蒹塘兄、竹畦弟芙蓉湖秋泛》

顾翰叹道:"可惜,那一回,伯夔不在。"

兄弟三人不觉一阵唏嘘。这些年来,兄弟们俱是江湖飘零、聚少离多,仕途坎坷、谋生艰难,原不是顾翰一个。杨夔生官至蓟县知县,道光二十一年(1841)已经去世。

转眼间,已经十多年了。

当年那个躺在草地上吟诗,说"你笨所以你看不到牛郎织女星"的孩子,今生今世,再也见不到了。

顾翰的眼眶忽就有些湿润。

"兰厓、竹畦。"他声音有些颤抖地叫道。

"哥?"顾翃便有些奇怪。顾蕙生虽然没有做声,可眼神之中所表现出来的也是一样的疑惑。

"我们都已经老了。"顾翰道。

"是啊,"顾翃道,"都已经老了。"

"既然已经回到无锡,便不再出去奔波了吧?"顾翰道。

"那是自然,"顾翃点头,叹道,"这些年,我也太累了。"

"我也是。"顾蕙生道。

顾翰道:"我是说,我们老兄弟几个,就不再分开了吧? 就像小时候那样?"虽说他早能猜得到答案,可还是眼巴巴地瞧着两个弟弟,等待他们的回答。

顾翃、顾蕙生这才明白了他们大哥的意思,不由得心中一荡,异口同声地道:"好,我们老兄弟几个,再也不分开!"

"不过,话先要说好了,要是我走在你们前面,你们可要多替我写几首挽诗、挽词。"话刚一说完,顾蕙生不再言语,顾翙却忍不住又这样补充道。

"你……你……你……"顾翰指着他,啼笑皆非。

"子曰,未知死,焉知生……"顾翙一本正经地道。

顾蕙生忍不住道:"是'未知生,焉知死'吧?"

"我是你哥,我说了算!"顾翙瞪眼道。

"行,行,你是我哥,你说了算。"顾蕙生笑着,也不和他争辩。顾蕙生不争辩,顾翰自然也懒得争辩,而是很认真地说道:"不管我们谁走在前面,后面的两个,可都要好好儿地写几首挽词——我们这样说定了,到时,可别反悔!"

顾翙、顾蕙生笑着点头,道:"决不反悔。"

三人这样说着话,计划着后事,浑忘了他们都已是六七十岁的老人,正白发盈头,两鬓苍苍,曾经挺直的腰杆儿,早已开始佝偻。

十

虽说做了三十年的知县,可对于丢官去职,顾翰还真没怎么放在心上。或许,这与他自小就有"不如归去"的心性有关吧。

拟傍家山。流水回环。筑得个、茅屋三间。棕皮亭子,杉木阑干。更种些梅,种些竹,种些兰。　　终日身闲,门设常关。与他人、无往无还。弟兄欢聚,儿女团圆。尽把书看,把诗咏,把琴弹。

——顾翰《行香子·写怀》

对于顾翰来说,这就是最好的生活。读喜欢读的书,做喜欢做的事,兄弟欢聚,儿女团圆,这世间还有比这些更快乐的事么?也许,这与他小时候"想玩耍一辈子"的志向有所不同,但其本质到底是一样。

只不过人生总是有着太多的无奈,家族传承的重担终须由他担起来,无论他乐不乐意;一家人的生计要他去解决,无论他乐不乐意。他要去当官,赚取薪水来养活一家大小——除此以外,他还真不知道能够用其他什么办法来解决一家人的温饱问题。家里早年置办的田地已不断在转卖,姐姐、姐夫也时不时地接济,可这些,终究不够啊。

人,终是要生存的。

生存与生活,原来真的不是一回事。

好吧,到如今,总算能够过些理想中的生活了。兄弟团聚,儿女团圞,在无锡的家乡。是的,人已经老了,但只要这样的生活还能拥有,人还活着,那么,似乎便不算迟。不是么? 但凡能拥有理想中的生活,无论什么时候,都不应算迟的。

就像陶潜。

误落尘网中,一去三十年。

终究是"复得返自然"。

顾翰回乡之后没多久,便到东林书院担任了教习。一则是多少能够贴补些家用,二则也是他所喜欢做的事。

或许是顾家的人世世代代都不适合做官而适合教书育人吧。当初,叔祖顾斗光无意功名,留在家里教授四个侄子与一个外甥;父亲顾敏恒即使中了进士,也不愿为官,而是担任了府学教授——自然,如果这也算是官的话,那么,父亲倒也可以说是当官的。

教书,实在是比当什么官快乐啊。顾翰这样快乐地想道。他想,这一生,就像一本书一样,无论前面的情节有多少曲折,只要结局快乐,那么,这一生就是快乐的。

他真的以为他将拥有一个快乐的结局。

——如果长毛不来攻打无锡的话。

十一

咸丰十年(1860)三月,李秀成击破江南大营。

四月,"打破无锡金匮……共杀妖民十九万七千八百余口。"(《记无锡县城失守克复本末》)

顾翰的亲友、儿孙,大多死于这一次战乱。

顾蕙生便死于这一次战乱。

顾翰在战乱中受伤,翌年去世。

顾翃死于这一年。

宋翔凤死于这一年。

赵起死于这一年。

此前,顾翎已在道光二十九年(1849)去世。

就像一个故事,戛然而止,简简单单。
或许,这也是一种结局吧。
只是,当因伤缠绵病榻的顾翰回想起他的兄弟、儿孙、亲友,一个接一个地死于非命,会是怎样的一种心情?
他的理想生活,终究还是肥皂泡一样破灭。
有人说,上天是残忍的,总不肯如你所愿……
这才是真实的人生。

道光七年(1827)寒食,顾翰飘泊在外,曾经不无感伤地写道:

帘外春阴天似墨。人在天涯,十载逢寒食。细雨连朝风恻恻。杏花只是无消息。 欲上高楼无气力。倦倚罗屏,画里看山色。一缕痴情忘不得。梦中飞入乌衣国。

——顾翰《鹊踏枝·丁亥寒食》

那时,他还不知道,他的一生都将是这样。
无法改变。

杨夔生

怪东风、吹送柳花，淡了春光

长相思　杨伯夔

桐花阴，杏花阴，并见梁溪春水深，
芙蓉点点心。

钟声沈，漏声沈，好向烟波去处寻，
斜阳最不禁。

——李旭东——

萧瑟嵯峨，城倚夕阳，边色苍古。谪仙飞去何年，零落遗踪堪遡。秋眸剪绿，濛濛径寸长松，青霞万点明如许。琐细弹丸，问是络藤峰乳。　　轻履。也应散发，远逐麋麚，苍岩深处。剔雪寻妍，空际碧花微唾。山深处积雪凝洹，终古不消，雪中开莲花，色白蕊圆，气极芬郁，洵异卉也。襟期何以，迥然嵩洛间情，幽馨拂拂生眉宇。我欲买柯林，向此中消暑。

——杨蘷生《石州慢·登横城楼望贺兰山》

灵武环城月湖烟景渺瀰可喜，暇日偕数友野步作词以记适。

野庐老树孤云锁。落叶纷铺欣可坐。南湖秋水曲通濠，北里乡亭如伞大。　　芒履草香三径破。昨日豆花棚下过。忽然迎面好风吹，一点流莺烟际堕。

——杨蘷生《木兰花令》

郭楷抬头瞧瞧这个质朴的少年，又低头再将纸上的几首诗词细细地读一遍，忍不住再次问道："你真只有十五岁？"

杨芳灿呵呵笑道："雪庄，雪庄，怎么，瞧着这孩子不像？"杨蘷生只是垂手立在父亲的身边，没有局促，也没有洋洋自得。不局促，是因为他对自己的诗词有信心；不自得，是因为他知道会做几首诗词实在没什么可自得的。陈继儒说："宠辱不惊，看庭前花开花落；去留无意，任天空云卷云舒。"对于杨蘷生来说，虽说这样有少年老成之嫌，然而，岂非原本就应如此？更何况，张狂应是在心中，而不是在脸上。

郭楷，字仲仪，号雪庄，凉州府武威县人，乾隆五十一年（1786）举人，乾隆六十年（1795）进士。出任河南原武县知县，不肯曲意奉承上官，便辞官归里，如今，正任灵州奎文书院山长。郭楷时三十五六岁的年纪，比杨芳灿要小七岁。

杨芳灿时任灵州知州。

"有其父，乃有其子。"郭楷由衷地赞道。他自然明白，不要说是在西北，便是江南，诗词能够写得像杨蘷生这样的少年，绝对不多。诗词是需要积累的，读书、阅历，而这些都需要时间。老杜说，庾信文章老更成，正是这样的道理。老杜自己，也是这样。

杨芳灿却笑道："其实，我闺女，写得可比我儿子要好多了。"

"你闺女？"郭楷瞪大了眼。

杨芳灿呵呵地笑着，便取出长女杨芸的几首词来，献宝似的，递给了郭楷。杨芸，字蕊渊，杨芳灿长女，比杨夔生大三岁。

落花片片红难定。东风偏做销魂景。燕子不知愁。倩人语未休。　　春风留不住。毕竟归何处。庭院李花香。风吹帘影凉。

——杨芸《菩萨蛮·送春》

海棠花发留春住。春也无心去。怪他风雨苦相催。试看乱红万点扑帘来。　　春愁脉脉浑无据。窗外闻莺语。劝侬把卷暂徘徊。过了清明又有牡丹开。

——杨芸《虞美人·春日偶成》

红蓼逐风开，黄叶因风起。燕子无情也解愁，絮语秋生矣。　　漠漠露凝空，寂寂帘垂地。试掩屏山数漏声，领略秋滋味。

——秦承霑《卜算子》

梧桐叶上萧萧雨。絮尽寒蛩语。湘帘不卷篆纹斜。何事秋来瘦影似黄花。　　空庭独坐添惆怅。试向云边望。三三两两雁当楼。今夜边城梦里有归舟。

——秦承霑《虞美人》

"这是……"一叠词稿，郭楷翻到最后，蓦然见"兰台词"，不觉愣了一下，心道：不是说你女儿杨蕊渊么？怎么出来个秦兰台？

杨芳灿洋洋得意，道："我女婿。"秦承霑，字兰台，无锡秦氏，少游后人，可不就是他女婿？几年前，曾来灵州就婚。不过，那个时候，郭楷还没有到灵州，与杨芳灿也未曾相识。

郭楷苦笑一下，道："蓉裳啊蓉裳，今儿你是炫耀呢！"这样说着，杨夔生也不觉莞尔，心道，我父亲还没将两个叔叔的诗词拿出来炫耀呢。二叔杨揆，字同叔，一字荔裳，乾隆四十五年（1780）召试举人，官中书舍人，从征廓尔喀，功擢甘肃藩司。三叔杨英灿，亦擅吟咏。杨家诗书传家，一门风雅，便是姻亲如顾家、秦家，亦如是一般。此刻的杨夔生自然还不会想到，"守其家钵"的，将来还有其女杨琬。

杨芳灿哈哈大笑，道："我就是炫耀呢，郭雪庄。"说着，一挥手，不无得意地道："我杨家一家子，就抵得上一个灵州！"

郭楷苦笑一下，忽地向杨芳灿郑重施一礼，正色道："我灵州文教，还有赖于大人。"

杨芳灿忙侧身让过，道："雪庄兄，适才某也只是玩笑……"虽说杨芳灿是灵州知府，说起来应是郭楷上司，不过，两人相识以来，一直都是以朋友相处，见郭楷施礼，杨芳灿自不复玩笑。

"雪庄，"杨芳灿道，"这灵州文教之事，有赖于雪庄兄你才是啊。"顿了顿，续道："现在想来啊，你这弃官不做，对于灵州来说，倒是好事了。"

两人相视一笑。

"伯夔。"杨芳灿转头对杨夔生道。

"父亲。"杨夔生忙答应道。

"快见过雪庄先生。"杨芳灿吩咐道。

杨夔生忙就向郭楷施礼。

郭楷捋髯微笑。杨芳灿父子的来意，早就与他说过。其实，说起来也没什么，杨夔生诗词再好，也无益于科举，要想在科举之路上走得远些，还是要读书、读经、做八股，杨芳灿作为灵州知府，自然没有多少时间花在指导儿子上，郭楷却是新科的进士，如今，又是奎文书院山长，由他来指导杨夔生，却是正好。此外，郭楷博学工诗，除了指导课文之外，书院还时常分题做诗，这样的话，杨夔生一样能继续学着做诗词。灵州官署西偏书室数楹，杨芳灿上任之前，修葺了一下，种了十几株紫荆，杨揆给书室取名为"荆圃"，因此，这分题做诗，便唤作"荆圃唱和"。

荆圃唱和早在乾隆五十二年（1787）杨芳灿上任后不久就开始了。起初是杨芳灿、杨揆兄弟，乾隆五十四年（1789）十月，杨揆回京，秦承需来灵州就婚，算是告一段落。不过，几个月之后，也就是乾隆五十五年（1790），这唱和重新开始，郭楷、侯士骧、周为汉、陆芝田纷纷加入，与杨芳灿诗词往来、唱和，倒也是一桩盛事。

这即将加入的，自然便是少年杨夔生，在荆圃唱和开始许多年以后。

"荆圃唱和又多了一员大将了。"郭楷微笑着说道。

杨芳灿笑道："诗词固然不废，不过，伯夔，功课还是不能落下，举业才是根本。"

杨夔生道："儿子明白。"此时的杨夔生决不会想到，他这一生的举业，将终止在生员上，乡试始终都不得中。

诗词，实与科考无关。

二

> 纫兰佩玉写潇湘。砚北楚天长。数点乱峰，烟树归鸦，自识山庄。　　桃飞短昼，杏飘斜日，谁拾愁香。怪东风、吹送柳花，淡了春光。
>
> ——杨夔生《朝中措》

杨夔生坐在灵州官署的书斋里，到底还是有些想念江南了。塞外的春天，又怎么能够比得上江南呢？去年的冬天，杨夔生这样写道：

> 岁晚客殊乡，归梦迷南北。疏苇替梅花，乱落青羌笛。　　山楼忽见灯，陇雁初逢雪。万木立寒僵，柝打孤城黑。
>
> ——杨夔生《生查子·灵武寒夜》

这塞外的冬夜啊，总是显得那么凄冷、苍凉。

"伯夔。"杨芳灿轻轻地走进书斋。

"父亲。"杨夔生忙站起身来。

"坐。"杨芳灿笑道，"咱们爷儿俩客气什么？坐。"杨芳灿二子三女，长女德芸（杨芸）、长子承宪（后来才改名夔生）、次女德嫄、次子承惠、三女德华。长女已经出嫁，如今，长子也到了该成亲的年龄。

杨夔生的亲事是早就定下的，德清沈氏，杨芳灿挚友沈朝宗的女儿。沈朝宗，号苇塘，曾为甘肃秦安知县，今任南河山安同知。年前，沈朝宗就写信过来，商议儿女的亲事。

只是对这桩亲事，杨夔生始终都有些抵触。一个陌生的女子，从未见过的女子,只不过因为她的父亲与自己的父亲是挚友,他们这两个做儿女的,就要在一起过一辈子……杨燮生总觉得很是别扭。

姐姐杨芸也曾劝他:"自古以来,不都这样? 像我,和你姐夫,不也很好?"

杨燮生道,秦家是名门!

无锡秦家,秦淮海之后,可不就是名门?

杨芸悠悠道:"德清沈氏,也是名门。"德清沈氏,曾出过沈约,论文化渊源,确不亚于无锡秦氏。

杨燮生一时语塞,半晌,道:"这不同……"

"有什么不同?"杨芸反问。

杨燮生道:"反正就是不同。"

杨芸叹了口气,道:"姐姐也明白你的心思,不过,伯燮啊,江南多名媛能诗者,却不能想着谁家的女儿都能诗的。昔日,谢道韫都道,不意天壤之中乃有王郎。王右军何等风华绝代,王献之亦一代书家,王凝之又怎么可能差? 王氏凝、操、徽、涣之四子书,与子敬书具传,皆得家范而体各不同。凝之得其韵,操之得其体,徽之得其势,涣之得其貌,献之得其源。何以谢道韫不满意?"

杨燮生沉吟不语。他自然明白,姐姐是想说,王凝之其实也没那么差,只不过谢道韫眼界太高了而已。同样,作为沈家的女儿,即使不能如姐姐杨芸、如表姐顾翎那样能诗,却也不会太差的。

杨芸忽地睁大双眼道:"你不会是担心沈家姑娘不漂亮吧?"

杨燮生脸色一红,道:"哪儿会……"

娶妻当娶德。若杨燮生说的确是担心沈家姑娘不漂亮,只怕姐姐又有一番说教了。

一眨眼就是几年过去,姐姐已随姐夫回秦家去了,杨燮生也已十八岁,到了该成亲的年纪了。有些事,是想躲也躲不掉的,当他长大的时候。而人,终会长大。

"伯燮啊。"杨芳灿瞧着儿子,心中有些感慨,想,孩子到底还是长大了。不知道什么时候开始,儿子嘴唇上多了一层细细的绒毛,轻、淡,还似乎有些倔强;儿子的眼神,在塞外的风霜中,也变得有些锋利,就像一支刚刚打磨出来的剑。

"父亲。"杨燮生没有听父亲的话坐下。杨家的规矩虽说不是很多,杨夔生却也知道,天下哪有儿子坐着和父亲说话的道理?

杨芳灿道:"坐吧,咱们爷儿俩说说话。"说着,杨芳灿便先坐了下来。待杨芳灿坐下,杨夔生方敢在一旁也坐下。

杨芳灿沉吟一下,道:"你沈伯伯,是为父平生挚友。"虽然说,这是杨夔生早就知道的,可杨芳灿还是说了一遍。

杨夔生心道:那是你的挚友,又不是我的挚友。自然,这话他是不敢说出的。只是他的眼神,分明就有些不愿的样子。杨芳灿一笑。他自也不会与儿子计较,只不过,这桩亲事,无论儿子乐意不乐意,都不可能改变。他现在所想做的,只是劝说儿子能够接受,要不然,到了沈家,若还是这张不情不愿的脸,沈家只怕会不乐意,而他,也将会对不起挚友。

"伯夔啊,"杨芳灿叹息道,"一个人的一生,能够称得上挚友的,绝不会多。别看平时你的身边好像有很多朋友,可一旦事到临头,只怕这些朋友,就会作鸟兽散。但为父知道,无论为父出了什么事,你沈伯伯都会在为父的身边。也正因如此,当年,为父才与你沈伯伯订下这门亲事。"

"我明白。"杨夔生不卑不亢地道。

杨芳灿点头,又摇摇头,道:"有些事,你现在不会明白的。总之,这门亲事,早已定下,过几天,你就去德清吧。"

"父亲!"杨夔生叫了一声。

杨芳灿道:"等你将来有了真的朋友,就会明白,与朋友结亲,是一件很快乐的事。"说着,杨芳灿忍不住笑了起来,想来是想起年轻的时候与沈朝宗交往的经过。"也许,是为父自私了吧,"杨芳灿道,"那么,就让为父自私这一回吧。"迟疑一下,又道:"娶妻娶德,伯夔,如果你将来实在不满意,就再纳妾吧。"说着,就下意识地摇摇头。因为他也知道,这话,他这个做父亲的,是不该与儿子说的。

"你准备一下吧,过几天就走。"杨芳灿站起身来,背负双手,慢慢地走了。书斋里,只留下内心空空落落的杨夔生。

从前,虽然说也不情不愿,可对杨夔生来说,那亲事毕竟还遥远;现在,这亲事,已近在眼前。那遥远的,终有一日会近到眼前,又何止亲事?人在长大以后,总会去面对很多他原先不愿意去面对的东西。或许,也只有这样,人才会成长,才算是成熟吧。

嘉庆五年(1800)三月,杨夔生南归,就婚德清沈氏。

三

　　森森秋江烟浪。瑟瑟荻芦风响。吹笛酒家楼上。楼下千舟来往。　　日日三三两两。不待潮平潮涨。何处知他归舫。一船独打双桨。

——杨燮生《双鹚鹕》

　　这是嘉庆六年（1801）的秋天，杨燮生独坐在江边的酒楼上，横笛唇边，轻轻吹动，那悠扬的笛声便似水一般地流淌了出来，有些清，有些净，还有些凄凉。

　　也许，是因为秋天到了。秋天，总会使人感觉凄凉。

　　秋风吹过，江面上泛起层层波浪，拍打着江岸，发出阵阵轰响。江边，是成片的芦荻，在风中摇曳，唰唰唰地，应和着浪声。有船，一艘接一艘地，在江上驶过，从远到近，又从近到远，直到没入天际。这些船，从何处来？又将到何处去？船上，又有些什么人？他们现在又是什么样的心情？他们的眼又望向何方？

　　每一个人都有每一个人的世界，每一个人都有每一个人的喜怒哀乐。然而，为什么，每一个人，又总会去羡慕其他人呢？就像现在，杨燮生独坐在酒楼上，竟忽然羡慕起那艘从远处归来的小船来。

　　那是一艘小船。

　　小到船上只有一个人，坐在前舱，摇动着双桨。

　　船桨拍打着江浪，那船上的人儿，忽地唱起渔歌来。只是在这江浪声中，那渔歌听着很不分明，不知道他在唱些什么。

　　杨燮生换了个姿势，依旧吹动着竹笛，让那笛声去应和远处的渔歌。当小船渐近的时候，杨燮生模糊地看见，那唱着渔歌的，仿佛是一个姑娘。可那歌声，仿佛又有些粗哑。

　　是男？是女？杨燮生心中便有些诧异。他没想到，他居然分不清那唱着渔歌的到底是男是女。诧异之余，杨燮生不由得又觉好笑，想：是男是女，又与我有什么相干呢？

　　那小船，从何处来？恍惚忽然之间在波浪中出现，仿佛是来自天边，又仿佛是来自传说中的水晶宫，直向江岸。风又渐渐地大了，吹动着江浪，吹动着芦荻。

船近了,已渐近江岸,那渔歌声,也渐渐清晰。

一剪香风吹柳絮。恼乱寸心如许。尽望断、天涯芳草路。春去也、花无主。花落也、春无主。　　回首池台行乐处。斜照飞红雨。只可惜、流光空掷度。人愁也、莺无语。莺愁也、人无语。

——杨芳灿《酷相思》

居然是父亲的词。这使得杨夔生不由得就有些啼笑皆非。他自然知道,父亲诗名满江南,可还是没想到,这里居然有人唱起父亲的词来。父亲的这首词,并不是渔歌,那摇着船桨的人,竟用渔歌的腔调唱了出来。

船已到岸边。这时,杨夔生才看出,那唱着渔歌的,还真是一个姑娘。那姑娘的脸色黝黑,想来,是风吹日晒的缘故;当她起身站在甲板上的时候,杨夔生又看见,那姑娘的小腿竟是异常的白嫩,好似洗干净了的莲藕一般,白生生的,让人恨不得咬上一口。

可惜,那姑娘真的不漂亮,声音还粗哑。这使得杨夔生未免有些意兴索然,心道:还不如就听听渔歌好了,还能留下一个美好的想象。

这样想着,杨夔生不由得又觉好笑。他将竹笛收起,站起身来,便出了酒楼。

不再回头。

他知道,这个姑娘,或许,他这一生也不会再见。

人生邂逅原就如此,不知有多少见过面的人,就此一面,从此不再相见。有的还能留下一段记忆;有的随着时间的流逝,连记忆也将烟消云散。

人的心太小,原就装不下太多的东西。

杨夔生想:该到京城去了。

也许是逃避吧,也许不是。

杨夔生想:我要到京城去了,与父亲团聚。

那渔歌声使得杨夔生到底想起父亲来。

杨夔生恍然记起,当离开灵州的时候,父亲的两鬓似乎已经斑白。

父亲已经老了。杨夔生的心忽就变得更加不快活。

四

　　嘉庆七年（1802），杨燮生经横塘回到梁溪，与顾翰相见。他们兄弟不见已经很多年了。当年分别的时候，还都只是孩子；如今重相见，各已成亲，都有了属于自己的家。顾翰的妻子是个小巧的江南女儿，身量不高，姿色寻常，可模样显得很是温婉，与杨燮生相见之后，便进后堂去了。

　　记得髫年携手处，红桥画舫蓉湖。别来兰讯未曾疏。新词笺百幅，错落赠明珠。　　竹北花男香伴少，近时标格谁如。清心一片映冰壶。顾家新妇好，得似小姑无。

——杨芸《临江仙·怀羽素兼调蔺塘弟妇》

　　杨燮生忽然想起姐姐的这首词来。姐姐杨芸的这首词是寄给顾翎的，不过，在家书之中，也附录了给杨燮生看，道："伯燮，你要去看看，顾家新妇得似羽素无。"

　　杨燮生明白姐姐的意思，不由得心里就有些温暖。这么多年过去了，原来，姐姐还没有忘记我当年的心结。当年，杨燮生总是将沈家姑娘与姐姐相比，对沈杨两家的亲事，总是有些抵触；那么，顾翰的亲事呢？顾翰的新妇能似顾翎那般么？或者说，顾翰的新妇，能吟咏似顾翎么？

　　杨燮生当然知道，顾翰的新婚妻子，最多也就是能识文断字，读过一些书而已，至于吟咏，至少，他没听说过；就像他的妻子一样。并不是每一个女子都会吟咏的，即使，她们生长在江南，是名门之女。

　　这样想着，杨燮生心中原先的阴霾竟消散掉很多。

　　这样想着，杨燮生蓦然之间又是一愣，苦笑着轻轻摇头，心道，我这是怎么了？幸灾乐祸？觉着蔺塘的新妇与我妻子一样是个普通女子，就幸灾乐祸？

　　"伯燮？"顾翰见杨燮生神情变化不定，不由奇怪地问道。

　　杨燮生呵呵呵地笑了起来，道："你决定跟我去京城？"

　　顾翰点头道："是。"

　　"舍得你的小娇妻？"杨燮生笑嘻嘻地道。

顾翰白了他一眼，道："嫂子不也没跟你一起走？"

杨燮生嘿嘿道："我们是老夫老妻了，跟你不同，你还新婚燕尔呢，岂不正是如胶似漆？"

顾翰忽地叹了口气，很认真地道："二十岁之前，我都是任着性子读书，做事，如今不同了……"苦笑一下，道："如今，要养家了。"成亲之后，顾翰陡然间便觉得肩膀上多了一副担子。从前，家里有母亲，有祖母；如今，已经成亲，人也成年，总不能小两口子一直都靠家里吧？所以，当杨燮生回乡，说很快就要去京城的时候，他便下定了决心，也到京城去闯一闯。

他相信，京城的机会会多些。便是科考，在顺天也比江南要容易很多啊。更何况，表叔杨芳灿还在京城为官。

杨燮生瞪大了眼，道："看不出啊，茵塘，你这是长大了啊。"

顾翰嘿嘿道："要不要比一下个子？好像我比你要高呢。"

两兄弟一阵说笑。过了些天，顾翰便向姐姐辞行，又拜别祖母、母亲，嘱咐妻子，说，待我在京城安定好，便回来接你。顾翰妻子年纪不大，如果不是妇人的打扮，看着，也就十五六的样子。"嗯。"那女子低着头，红着脸，捻弄着衣角，分明依依不舍，却到底没有多说一句话。好男儿志在四方，又哪能困在温柔乡中？

顾翰忽就将他的小娇妻抱在怀中，狠狠地，浑不管母亲、姐姐与杨燮生就在身边，道："等我。"说着，便与杨燮生登上去京城的路。

杨燮生瞧着顾翰与他的小娇妻恩爱的样子，忽地心中好生羡慕。

"也许，是我错了。"他想，"我应该对她好一些的。"沈氏原也想来送送杨燮生的，被他拒绝了。

绍熙辛亥除夕，余别石湖归吴兴，雪后夜过垂虹，尝赋诗云："笠泽茫茫雁影微，玉峰重叠护云衣。长桥寂寞春寒夜，只有诗人一舸归。"后五年冬，复与俞商卿、张平甫、钻朴翁自封禺同载诣梁溪，道经吴淞，山寒天迥，云浪四合，中夕相呼步垂虹，星斗下垂，错杂渔火，朔吹凛凛，厄酒不能支。朴翁以衾自缠，犹相与行吟，因赋此阕，盖过旬涂稿乃定。朴翁咎予无益，然意所耽，不能自已也。平甫、商卿、朴翁皆工于诗，所出奇诡，予亦强追逐之。此行既归，各得五十余解。

双桨莼波，一蓑松雨，暮愁渐满空阔。呼我盟鸥，翩翩欲下，背人还过木末。那回归去，荡云雪、孤舟夜发。伤心重见，依约眉山，黛痕低压。　　采香径里春寒，老子婆娑，自歌谁答？垂虹西望，飘然引去，此兴平生难遏。酒醒波远，正凝想、明珰素袜。如今安在，惟有阑干，伴人一霎。

——姜夔《庆春宫》

　　"前面就是垂虹桥了。"船过吴淞，船家一边摇着橹，一边便笑着说道。

　　顾翰道："便是'小红低唱我吹箫'的垂虹桥吧？"

　　船家笑道："是呢。"

　　杨夔生奇道："你这船家也知道'小红低唱我吹箫'？"

　　船家笑嘻嘻地道："小的在这水上讨生活也久了，每当有读书相公坐我的船经过垂虹桥啊，都会说'小红低唱我吹箫'呢。"

　　杨夔生恍然一笑，道："原来如此。"心道，这须是桥以人传了。这一座垂虹桥，只因当年的姜夔姜白石携带小红经过，竟名垂千古。

　　"自作新词韵最娇，小红低唱我吹箫。曲终过尽松陵路，回首烟波十四桥。"顾翰喃喃地念起姜夔的这首诗来，脸上无限憧憬的模样。事实上，这"小红低唱我吹箫"，岂非也正是自古文人的心中梦想？这样的梦想，那么柔软，那么有韵致，就像垂虹桥下的清波，轻轻荡漾着，在人的心头，使人难以自已。

　　杨夔生转头瞧向顾翰，似笑非笑，道："蒹塘，你这才成亲呢，就想着'小红'了？"他将"小红"二字咬得很重、很清晰。

　　顾翰嘿嘿道："怎么，伯夔，你就不想要个会'低唱'的'小红'？"

　　杨夔生也嘿嘿嘿地笑了起来。

　　吴淞垂虹桥，宋绍熙间白石道人同俞商卿、铦朴翁自封禺归梁溪，道经于此相与倡和，尝赋是调亦千载一时之乐也。壬戌七月既望，予自梁溪游吴兴，月夜著越练单衣，舣舟桥侧，苍枫萧森，萤点乱绿，凉风皱波，柳影画袂，卮酒小饮，薄醉清梦，遂解膝囊取白石词于野绿疏处，扣舷高歌，慨念陈迹，凄然久之，亦倚此词即次原韵凭虚以吊。

　　断碧分山，疏青画树，兰舟夜舣空阔。雨过湖天，凉蟾破暝，素鸥梦稳萍末。澄潭照影，听击雪、棹讴声发。当年高躅，剩有危桥，苍烟低压。　　翠消菱镜凉初，两桨来时，赋愁谁答？望极云波，酒醒梦远，岸帻高歌难遏。满襟幽意，还想像、纻衫罗袜。拿音遥去,穿入溪烟,晓光一霎。

——杨夒生《庆春宫》

写罢,杨夒生便将这首新词递给顾翰。顾翰看罢,又是嘿嘿笑道:"不见'小红'。"

杨夒生道:"要不,你写个有'小红'的?"

"不写。"

"怕弟妹生气?"

"反正不写。"

"你就不想有个'小红'?"

"'小红'是谁?"

……

悄悄地,船已驶过垂虹桥。

五

到了北京的杨夒生如鱼得水,仿佛回到了少年时代。那时,还在灵州,杨夒生参与了荆圃唱和,一首首新诗、新词,使人赞叹不已,而杨夒生也因此获得了极大的满足。

有时候,人要满足真的很简单,只不过就几句赞叹而已。

"来,伯夒,"这是在北京的芙蓉山馆,杨芳灿一见儿子回来,便招手道,"见过袁世叔。"

"世叔?"杨夒生愣了一下。

正与父亲说话的,是个不到三十岁的年轻人,身量不高,嘴唇上有一抹向两边翘起的胡子,头上戴着瓜皮帽,一根长长的辫子垂在脑后,锃亮,仿佛用油焗过似的。嘴角含着笑,使人一见便有一种亲近感。

"你是伯夒吧?"那人含笑道,"我是袁通。"

"袁通?"杨夒生惊讶地道,"你就是袁通? 你不是在南京的么?"

杨芳灿皱眉道:"什么袁通? 伯夒,你应该叫世叔。"袁通,字达夫,号兰村,袁树长子,袁枚嗣子,而杨芳灿曾拜入袁枚门下,算是随园弟子。从辈分上来说,杨夒生还真应唤袁通做"世叔";自

233

然，叫"师叔"也可以。

袁通忙笑道："蓉裳兄，咱们各交各的——你是我父亲的门下，伯夔可不是。"

杨夔生脸色一红，有心唤声"世叔"，可这两个字，硬是不能出口。也许是因为初次见面比较陌生的缘故，又或者是两人年龄相差无几的原因。

"唤我兰村吧。"仿佛看出杨夔生的为难似的，袁通含笑说道。

"兰……兰村……"杨夔生迟疑一下，道。

袁通笑道："这样正好。"袁通说话便似春风一般，丝毫不将杨夔生不肯唤他"世叔"的事放在心上。

杨芳灿狠狠地瞪了儿子一眼，道："兰村这一回到京师，想组织一次燕市联吟，伯夔，你看如何？"

杨夔生眼前一亮，道："好啊！"

杨芳灿哼了一声，道："什么时候你将用在诗词上的功夫用到科举上就好了。"

杨夔生讪讪地，道："做八股好生无趣……"

杨芳灿又哼了一声。不过，很显然，他也并不是很生气的样子。杨家虽说是风雅之家，诗书传家，可要说到科举，还真无足称道者。杨芳灿祖父杨孝元，终老诸生；父亲杨鸿观，曾应江宁乡试，荐而未售；叔父杨潮观，举人出身，官至县令；从兄杨抡，杨潮观之子，倒是进士出身，知浙江太平县；从兄杨揩，杨抡之弟，监生；二弟杨揆，召试举人，官中书舍人，从征廓尔喀，因功才能升官，如今任甘肃布政使；三弟杨英灿，官至四川松潘厅同知。总之，杨家的人，科举总不是很如意。

杨芳灿自己则是乾隆丁酉拔贡，朝考一等三名，不过，终只能做知县或教职录用。若不是回民田五之乱时守城有功，只怕也不会获得提拔，从而任灵州知州。

袁通的到来，使得京城热闹了起来，杨夔生与袁通大约是年龄相近的缘故，谈得很是投机，就此定交。

癸亥七月既望，夜景冥郁，略无尘秒，同袁兰村通登江亭。

趁夕阳、筇笠果幽寻，莫负好旗亭。引平泉花竹，生香不断，著处秋痕。罨画半舲凉暝，鱼梦聚芦根。旧日题红地，活水流云。　　　人与西风是客,载荷筒酒苦,重款青尊。渐苎衣疏索,霜黯拾蓬萤。怅韦郎、清愁似织,换秋肩,新绿与山分。沉吟久,一星窥塔,红树斜门。

——杨夒生《八声甘州》

送兰村之官扬州。

怅客里、离筋乍引。凉笛双声,不堪重听。最是愁人,去程无数夕阳岭。禁寒柳困。争萧瑟、尚悬苍暝。玉塞花迟,便啼鴂、难传春信。　　疏俊。羡社郎去也,都把京尘浣尽。一襟波影,向红药、桥边移艇。有轻盈、珮约飞花,更蝶恋、暖香诗鬓。嘱银字题成,频寄十番新锦。

——杨夒生《长亭怨慢》

兰村自癸亥来游都门,昕夕过从,唱和甚乐,寻复别去。逾岁余至白下,相见欣然,遂招饮于随园,琐花旋竹,众绿吹楚,感念旧欢,即席赋此。

记玉关、横笛暮寒初,雁起雪欢芜。争送君归后,词笺萧瑟,灯暗琴孤。几度屋梁残月,鹤病北山书。片叶无题处,断梦云疏。　　那分江皋重遇,且竹深过酒,波浅寻芦。问湾头春水,曾约小怜无。想修蛾、也添新绿,傍垂杨、倩仿丽人图。还相许、星河后夜,兰桨明湖。

——杨夒生《八声甘州》

杨夒生到南京是去参加秋试的。

嘉庆八年(1803),杨夒生终究还是拜入陈鹤门下,受举子业;空闲的时候,则跟在陶樑身边,学习作词。

陈鹤,字鹤龄,号稽亭,元和人。嘉庆元年进士,以主事分工部。

陶樑,字宁求,号荣堂,长洲人。其时,游学京师,准备会试。五年后,也就是嘉庆十三年(1808),进士及第。

多年后,陶樑回想起当日在南京的乡试,不由得感慨万分。

余两次省试白门,放情烟水,每瞻秋柳,触绪萦怀,谱此以志旧游。

万缕千丝拂短篷。白门烟月正迷蒙。恼人情绪又秋风。

十载青衫人似旧,六朝金粉画偏工。销魂都在夕阳中。

——陶樑《浣溪沙》

那时,杨夔生已经连续两次乡试(嘉庆十年、嘉庆十三年)不售,而顾翰已在嘉庆十五年(1810)中举,中式江南榜第八十名。

嫩寒似水清溪渡。是谁种、垂杨树。早絮影、花痕无觅处。离恨写、旗亭路。心事画、炉边句。 谢家帘幕无重数。总一样、伤迟暮。看棹入、红桥愁万缕。恰隐隐、闻歌住。又悄悄、牵舟去。

——杨夔生《酷相思》

此时的杨夔生,已有二子一女,分别名杨应韶、杨应融和杨琬。此时的杨夔生自然也不会想到,他的女儿,也将会以词名世。

小雨初收,野波清浅明如镜。荻花千顷。细响穿幽径。
半杵晨钟,欲被风吹冷。听来近。寺藏松顶。玉塔玲珑影。

——杨琬《点绛唇》

六

“好东西啊,”顾翰一进门,瞧见堆在桌子上的荔枝,忍不住便叫了一声,道,“好、好,伯夔,够兄弟。哈哈。哈哈哈。”

顾翃却不似他那么大笑,不过,很显然的,也是眼前一亮。

“我说,伯夔,你从哪儿弄来的荔枝?”顾翰人还没坐下,忍不住又问道。

杨夔生一瞪眼,道:“你吃不吃?问这么多做什么?”

“吃,吃,”顾翰笑道,“小弟不问了就是嘛。”说着话,已在桌子边坐下,顺手便拈起了一颗荔枝,剥将起来。

“伯夔啊,”顾翰一边剥着荔枝,一边忍不住又说道,“听说你想纳妾,是不是啊?看中了谁家的姑娘啊?”

杨夔生吓了一跳,道:“你听谁说的?”

顾翰嘿嘿道:“这你就不用管了,你只说有没有这回事儿吧。”

顾翃迟疑一下,道:“我也听说了。”顿了顿,道:“好多人都在说。”

杨夔生怔怔的,脸色一下子就变了:“我……”

“嫂子……”顾翰、顾翃忽地站了起来,招呼道。杨夔生蓦然回头,正见妻子沈氏抱着孩子,站在门口,脸色发白,瞧着他们。

"我……"杨燮生也不知道妻子有没有听见他们说话，可到底心里发虚，便张口结舌起来，"夫人，这……"

沈氏勉强笑了一下，道："我……我来瞧瞧你们，想问一下，中午要不要准备午饭的。我……"她低着头，忽地叹息一声，两眼盈盈，抱着孩子，转过身，静静地走了，什么也不再说。她的背影显得很是凄凉，没由来地使杨燮生陡然间心中一恸。

成亲十一年，杨燮生从未有过这样的感觉。对沈氏，他始终有些厌烦，或者说，无奈。即使沈氏也算是识文断字，可怎么也比不上杨芸、顾翙。杨燮生所不知道的是，在以后的日子里，沈氏将把极大的精力花在女儿身上，使女儿娴于吟咏，不坠家声。

待沈氏走远，顾翰瞧着杨燮生，不怀好意地道："伯燮，不会嫂子还不知道吧？"

"不……不知道什么？"杨燮生装着听不懂他的话似的。

顾翰嘿嘿笑道："你就不怕小妾娶回来又被嫂子给卖掉？"

顾翙道："我看嫂子不像这样的人。"

顾翰白了他一眼，道："小孩子家家，你懂什么？"算下来，顾翙也已二十五六岁，早已成亲了。只不过是从小到大，顾翰习惯了与他吵嘴罢了。

不知道为什么，杨燮生的心蓦然之间又有些慌乱起来。

"你们还吃不吃荔枝？"杨燮生大声问道。

"吃！吃！"顾翰一边将一颗剥好的荔枝塞入嘴中，一边用同样的大声回答道。

杨燮生狠狠地瞪了他一眼，道："那还塞不住你的嘴！"

顾翰嘿嘿地笑道："我嘴大，塞不住。我说表哥，说说，是哪家的姑娘？咱们也好先去见见小嫂子不是？"

杨燮生瞪着他，恶狠狠地道："吃你的荔枝！"

顾翰依旧是嘿嘿地笑着。

"写词！"杨燮生又恶狠狠地道。

"什么？"顾翰愣了一下。

"我的荔枝，不是白吃的，"杨燮生依旧恶狠狠地道，"吃完就写词！"

顾翙笑道："没我的事儿吧？"

杨燮生道："嗯，你是好孩子，可以不写。"

顾翰大叫道："这可不公平！"

"吃了我的荔枝还要公平?"杨夔生冷笑道。

顾翰瞪眼道:"你先写! 你写我就写!"

杨夔生也瞪着他,两人大眼瞪小眼,半晌,杨夔生道:"行。"说着,便取过纸笔来,一边吃着荔枝,一边沉吟起来。

海山风雨楼头至,余馨暗生花笼。螺甲金迷,蝶绡香润,消得红尘飞鞚。闽娘眠梦。乍一颗孤悬,翠钗烟重。珠唾谁寻,输伊调舌绿含凤。　　西窗晚凉犹凝,龙盐乘醉碾,俊侣堪共。月额泥云,镜心拈玉,莫似湘波微冻。精帘斜控。记乍啮甘唇,夜深潜送。无计园塍,新晴和露种。

——杨夔生《齐天乐·邀蕑塘兰厓昆季食鲜荔枝》

顾翰嘿嘿地笑着,将剥得一桌子的荔枝壳用手扫到地上,抓过纸笔,置放于身前,道:"看我的。"

问何来、闽南珍品,今朝得伴尊俎。瘴云蜑雨三千里,几日边城飞度。晶盘贮。看圆比鲛胎应与珠同母。枫亭遗谱。真膜似绡轻,肤疑玉润,香气胜蒲葡。　　休频道,此是侧生嘉树。深闺恐有人妒。榴房酸子知多少,无限绯衣醋醋。时伯夔谋置侧室,故戏及之。风味足。便齿病添些为尔拼凄楚。海山风露。想蛮女银钗,烟林摘取,翠笼盛无数。

——顾翰《迈陂塘》

写罢,顾翰大笑,两眼睥睨,分明就是不怀好意。

杨夔生却忽地心中又是一恸,想:她会吃醋? 会么? 十年来的点点滴滴,蓦然间涌上心头。

十一年来,聚少离多,每次远行,她都会送到院门口;每次归来,她都会在院门口接。起初,杨夔生以为只是偶然,后来才知道,每一次,她都是一大早就到了院门口,翘首以望;因为她算得出丈夫归来的日子,却算不准丈夫归来的时间。她只想在丈夫归来的那一天,第一眼看见他,即使丈夫会对她一脸的厌倦。

她的家书很淡,跟其他人一样,都是些家长里短的事;但只要丈夫在外,她的家书就决不会断,即使丈夫极少回信。然而,当丈夫偶尔想起,回了那么一封信,她在下一次的家书中,就会显得异常的开心,甚至还有些调皮,就像初春时节怯生生开出的第一朵桃花似的。

在家的时候,饭桌上永远都是杨夔生喜欢吃的菜;虽然杨夔生也知道,湖州德清菜与无锡金匮菜的口味,真的有些不同。

有了孩子之后,只要杨夔生在家,沈氏就不会让孩子来烦他。

她也不会。

但是无论杨夔生在不在家,书房都收拾得整整齐齐;每一次杨夔生远行归来,书房里必是纤尘不染。

是的,她不会写诗,也不会填词。

她所做的,跟其他人家的妻子也没什么不同,跟普天下的妻子都没什么不同。

她所做的,真的很是寻常。

杨夔生也从来都觉得妻子所做的这一切都理所当然。

可是,在这瞬间,他的心,蓦然间只觉好痛。

没有理由。

嘉庆十八年(1813),杨夔生第三次乡试失败。时秦承需为涿州牧,杨夔生到官署与姐姐相聚,此时,他不见杨芸已经八年。

七

荞麦孤城,是那角、丽谯吹彻。风叶填渠,寒苔篆井,切切虫娘荒织。空题遍多丽香词,正灯漏、澹红帘隙。夜长一片秋声,怪被桐飔偷接。 相思万里顿隔。问临妆翠钗,几回蓦地轻掷。泪浥罗巾,尘抛玉局,忆我天涯游历。想前度、鹭老晴湖,更此际、鸦骄烟驿。可怜独对黄花,应是不胜凄绝。

——杨夔生《澹红帘·无射宫自度腔寄内子》

嘉庆十九年(1814),杨夔生取道河南、陕西到四川,遍游天下。

他似乎已经放弃了科考。

临行前,他自度了这首《澹红帘》寄给妻子。

成亲这么多年,这是他第一次写词寄给妻子,也是第一次出门在外有些想念在家的妻子。

"我想好好想一下。"临行前,杨夔生这样对姐姐说道,"有很多事,想好好地想一下。"

人生总有很多事,使人犹豫不决,进退两难。虽然,当断不断,必受其乱;可事实是,下一个决断,是何等之艰难。

杨夒生历经渑池、秦川、咸阳、煎茶坪、大散关、五丁峡、凤岭、留侯祠、画眉关、紫关岭、仙人关、七盘关、宁羌州、漾水、朝天峡、剑门、郎当驿等地,直到成都。

此时,父亲杨芳灿已经病重。

嘉庆九年(1804),二叔杨揆去世。这就意味着,在朝廷任职的杨芳灿就少了一大臂助。好在杨芳灿原就志不在当官,从嘉庆十三年(1808)开始,就离开京城,先后主讲衢州正宜书院、杭州诂经精舍、西安关中书院、成都锦江书院。主讲关中书院的时候,诸生肄业者二百余人,庚午秋试,中式二十二人。

"想通了没?"病床上的杨芳灿淡淡地问道。

杨夒生迟疑着,没有回答。

"人这一辈子啊,"杨芳灿的声音依旧淡淡的,"往往就是不知道自己想要什么,所以,渊明才会说出'误落尘网中'的话来。"

杨夒生默然良久,叹息一声。是啊,这一辈子,他到底想要什么?举业?做官?学词?一个能够唱和的妻子?一个满门风雅的家?还是走遍天下?还是交天下可交之友?昔日云,相交满天下,知音无一人。仔细想想,自己又何尝不是这样?有愿意与他结为儿女亲家的朋友么?有舍得将儿女交托给他的朋友么?杨夒生忽然之间就有些明白了父亲当日的心境。

"你的妻子,"大约是话说得有些久的缘故,杨芳灿的声音便有些吃力,"有对不起你的地方没有?"

"⋯⋯没有。"

"有什么做得不对的地方没有?"

"⋯⋯没有。"

"那么,你还有什么不满足的?"

杨夒生长叹一声。是的,成亲这么多年,妻子没有任何对不起他的地方,也没有做错一件事,每当想起从前的点点滴滴,他也会心痛。

可是,他就是不喜欢啊。

他会觉得对不起她,他会心痛,可就是不喜欢啊!

这又有什么办法?

一年多来,走遍天下,他也曾强迫自己去想妻子,去想妻子的好,去想妻子的含辛茹苦;他也曾不断地告诉自己,这个女子,原先也是家里的娇女,是她父亲所疼爱的女儿,嫁到杨家之后,为杨家生儿育女,操劳内外,杨夑生,你还有什么理由不对她好?

可是,他就是不喜欢啊……

人世间最大的悲哀,不是不知道自己想要什么,而是知道了也得不到。

嘉庆二十年(1815)十二月二十一日亥时,杨芳灿忽然在病床上坐起,呼道:去矣,去矣。重新躺下之后,不久便溘然长逝。

杨夑生终究没有纳妾。

八

嘉庆二十四年(1819),已经年近四旬的杨夑生,终于获得了一个县丞的职务。从此,跟顾翰一样,开始了他的官宦生涯。

不久,杨夑生调任雄县县丞。

道光九年(1829),年近五旬的杨夑生终于出任望都知县。这一年,袁通去世。

道光十三年(1833),杨夑生任固安知县。

道光十五年(1835),杨夑生任蓟县知县。

日子兜兜转转,就这么过去了,人也渐渐老去,平生所交,也似暮春的花儿,渐渐凋零。

孩子们都已长大,杨夑生的女儿许配给了杨芸之子秦恩普为妻,算是亲上加亲。后来,秦恩普官至江西同知,可惜,不能诗词。这使得杨夑生很是好笑。原来,才女未必就能配才子的。杨夑生又想起,表姐顾翎,其词必能传世,可表姐夫似乎也不能吟咏的。

快乐的,不快乐的;遗憾的,不遗憾的,一切都已过去。

沈氏的两鬓也早已被霜染成。

不知不觉间,当年的那一个少女,也已老去。

这一日从衙门提前回来,还未到后院,忽就听得从后院里传来一阵咯咯咯的笑声。这笑声使得杨夑生一愣。杨夑生只觉得这笑声很是熟悉,就像是在耳边听了几十年似的;可是,他又分明从来没听过这样的笑声。

虽然杨家规矩也不是很大,可也绝无在后院这样放肆大笑的人。

这笑声,肆意、欢快,恰似春天的风、夏天的雨、秋天的落叶、冬天的飞雪。

这笑声,毫不压抑。

这笑声,好像雨后初晴,又好像大雪初霁。

这笑声,如诗,如词,如大江奔流,如高山飞瀑。

这笑声,仿佛是从心底流淌出来的。

然而,这笑声,怎么显得有些苍老?

杨夑生因为公事而变得烦闷的心情,竟因这笑声而变得轻松起来。世事烦忧,若还有笑,便会觉得,这世界原来还是那么美好。

杨夑生忽然想起,自己这一生少作情词,似乎是辜负了什么。

燕来雁去无消息。浓春盼到清秋节。不信竟无书。除非问鲤鱼。　含愁复含怨。心似芭蕉卷。蕉叶有时开。侬心逐渐灰。

——杨夑生《菩萨蛮》

也许,是因为这一生都不那么快活吧?成亲以后,家里更是没什么笑声。

杨夑生忽然又想起小的时候,与顾翎、顾翰姐弟一起读书的时候,那时似乎还有些快活。可是,后来啊,那快活的事,似乎就存在于记忆中了。

然后便是唱和。

荆圃唱和。

燕市联吟。

与许多朋友唱和。

顾翎、顾翰、郭麐、陶樑、袁通、赵函、秵文炜、蔡銮扬、陈文述、高恺、吴令馨、华瑞潢、罗聘、戴延介、曹三选、彭兆荪、严元照、刘嗣绾、周箊云、李云章、潘国诏、钱枚……

仿佛真的是相交满天下。

然而,那又如何?

一样的不快活啊。

也许,只有老了。才会觉得,人的一生,最重要的,是快活。

杨夑生这样想着,人已进了后院,睁眼瞧时,不觉又吓了一大跳。

院子里，白发沈氏竟在踢毽子。

一边踢，一边还在笑着，笑得肆无忌惮。

她的脸上满是汗水，一滴滴地，直往下淌，脸色因流汗而变得异常红润。

"好多年好多年没这么踢了。"沈氏一边踢，一边又这样咕哝着，"踢不动了。踢不动了。年轻那会儿啊，我会踢很多花样呢……一个毽儿，踢两半儿，打花鼓，绕花线儿，里踢外拐，八仙过海，九十九，一百……老爷？"

沈氏蓦然看见站在后院门口的杨夑生，不由老脸一红，愣住。她没想到杨夑生今天会提前从衙门回来。

"老爷。"

"老爷。"

站在一旁帮着沈氏数数的丫鬟们也赶紧见过杨夑生。

沈氏手里拈着毽子，瞧着杨夑生，有些不知所措。数十年夫妻，沈氏一向都显得很是稳重。

"你……会踢毽子？"杨夑生有些惊奇地问。

沈氏嗫嚅着，有些尴尬："还是在娘家的时候……"

杨夑生点点头，道："这么多年就没见你踢过毽子……你还会什么？"

沈氏忽地就笑了起来，微微地仰着头，略有些得意地道："我那会儿啊，还会蹴鞠、会下棋，象棋、围棋都会，我们娘家啊，没谁下得过我，对了，我还会泅水呢……"沈氏满脸的得意，仿佛回到了少女时代。

杨夑生万分惊奇，道："我怎么从来都不知道？从来不知道你会这些？"

沈氏笑道："嫁人了嘛，就要像个做人妻子的样子，总不好做人妻子了还像在娘家时那样疯吧？再说了，老爷你不喜欢玩耍呢。"

"我……"杨夑生张口结舌。杨夑生恍然想起，自从长大之后，自己真的就从不玩耍了——即便是小时候，好像也没怎么玩耍。小时候，与顾翎、顾翰一起，很早就学诗学词了。顾翰还好，喜欢玩耍，连读书都是读他自己喜欢读的；可自己，好像难得地会清闲一下。即便是这难得的清闲，也不过是顾翰、顾翎兄弟逗趣罢了。

杨夑生忽地觉得，自己好像从小到大都不是一个有趣的人。

"因为我不喜欢，所以，夫人你后来就不再……不再踢毽子，不再玩耍?"杨夔生有些吃力地问道。

沈氏咯咯地笑道:"出嫁前啊,我娘就说,嫁了人就要贤淑一点,不能再像在家里那样疯了,要不然啊,丈夫会嫌弃的。"说到这里,沈氏的神情忽就有些黯然;不过,那黯然倒也是一闪而过。成亲之后,丈夫始终都对她冷冷淡淡的样子,她岂会不知?别人说是"相敬如宾",可这样"相敬如宾"的夫妻,还像夫妻么?便是块冰,这么多年,也该化了啊!有时候,沈氏也会这样想到。但沈氏也知道,丈夫最终也没有对不起她,说是想纳妾,到底也没有;在外的时候呢,也开始有家书寄回,有一回,还寄了一首词回来,对了,就是那首《澹红帘》——那首词沈氏几乎倒背如流。

可能是年纪大了的缘故吧,沈氏想。尤其是儿婚女嫁之后,丈夫好像也不再像从前那样冷淡;做官以后呢,丈夫也不怎么再外出,夫妻两人几乎日日有相对的时候——对于沈氏来说,这十几年,反而是她最快活的日子。

也许,跟从前比,杨夔生对她虽说好了些,也好不了多少,可沈氏已经很满足了。这一生,喜欢的人,能够日日相伴,这已足够。人啊,总是不能奢求太多的,既然上天已经注定他们是夫妻,今生今世,又还有什么理由不满足?

杨夔生呆呆地瞧着妻子,几十年了,仿佛第一次认识一般。他的目光,使得沈氏忽然不好意思起来,嗔道:"你这样瞧着我做什么?"

杨夔生老脸微红,借着笑来掩饰,道:"几十年了,我都不知道夫人你会踢毽子,怎么……"他依旧瞧着沈氏,只是眼神中多出几分疑惑。

沈氏笑道:"今儿见这几个丫头踢毽子玩耍,我啊,忽然就想起年轻的时候,还在娘家的那会儿,也是这样玩耍。这一下子啊,就像是被勾了魂似的,就踢了几下……不过呢,到底不是年轻的时候了,年轻的时候,我一口气能踢一两千个呢。刚才踢了一百个,就踢不动了。老了……要是老爷不喜欢的话,我以后就不踢了。嗯,不踢了,都老太婆了,给人瞧了去,会笑话。"沈氏仿佛这才想起她已老去,年过半百的人了,还像年轻人那样踢毽子,给人瞧了去,还不真就笑话?连带着丈夫大约都要被人笑话。只不过刚才那会儿,她真的是好像回到了少女时代一般。那花儿一样的年纪,是那么的快乐;那样的快乐,真的就像花儿一样,恣肆开放。成亲以后,那样的快乐,就像是天边的云一般,分明看得见,却再也触摸不到了。

"不,不,不……"杨夔生忙道,"不,不……"

"老爷?"

杨夔生缓过神来,笑道:"夫人喜欢踢毽子的话,踢便是了。"迟疑一下,又道:"只不过夫人年纪也大了,踢的时候要注意一些,不要伤了。"

"老爷?"

杨夔生呵呵笑道:"我平生喜欢吟咏,要是不能吟咏的话,便像丢了魂似的……"说到这里,蓦然间心中大恸,瞧着妻子,怔怔地道:"夫人?"原来,成亲以后,妻子所喜欢做的,因为自己不喜欢,竟不再做。而自己,这几十年,竟然还不知道妻子喜欢什么——喜欢做什么,喜欢吃什么。他什么都不知道。

儿女已经长大,各已成家,自己又时常在衙门,连午饭都是在衙门里用,只有晚上才会回来;偶有空闲,还会出门游山玩水,访朋问友。妻子独自在家,即使有丫鬟,有下人,可那样的寂寞,又怎么可能驱遣?或许,也正因如此,今儿见到丫鬟们踢毽子,她才忍不住也踢了几下。

杨夔生一念及此,眼泪夺眶而出,使得沈氏吓了一大跳:"老爷,你……"

"没什么,"杨夔生勉强笑道,"眼里进了沙子……"

沈氏将信将疑,不过,她的心里竟忽然之间有些温暖。

"我想起一首词来。"杨夔生沉吟一下,道。

"什么词?"沈氏奇道。

杨夔生微微一笑,道:"陈髯的一首咏毽子的词,待会儿我写给你看。"说着,杨夔生便进了屋子,找出纸笔,将这首词写将出来。

娇困腾腾,深院清清,百无一为。向花冠尾畔,翦他翠羽;养娘箧底,检出朱提。裹用绡轻,制同球转,簸尽墙阴一线儿。盈盈态,讶妙逾蹴鞠,巧甚弹棋。　　鞋帮只一些些。况滑腻纤松不自持。为频夸狷捷,立依金井,惯矜波悄,碍怕花枝。忽忆春郊,回头昨日,扶上栏杆剔鬓丝。垂杨外,有儿郎此伎,真惹人思。

——陈维崧《沁园春·戏咏闺人踢毽子者》

写罢,杨夔生不觉就有些发呆,恍惚看见一个活泼泼的少女正在欢快地踢毽子。那里是湖州,是湖州的德清,那水一样的江南女儿,那水一样清澈的双眼,那白生生的足,白生生的手,白生生的脸,那汪洋恣肆的笑,那人世间最大的快乐……

只因为嫁给了他,成为他的妻,从此不再;只因为他不喜欢,所以,她所喜欢的,从此不再;而他,因为他所喜欢的,她不喜欢,而这一生都感觉不快乐。

杨夑生只觉胸口压抑异常,眼睛再次湿润,眼泪顺着眼角就滚落。

原来,这一生,他有着这样的辜负;可是,等明白的时候,人已老去。

为什么人明白的时候,总是太迟?

还是只有当人老去,才会明白?

杨夑生长叹一声。

水盼兰情小梦过。懒拈香粒教鹦哥。三分愁有两眉拖。

怕听莺啼临苑柳,春声毕竟别家多。留春无计怨春么?

——杨夑生《浣溪沙》

九

道光二十一年(1841),杨夑生去世。

临终前,他喃喃自语着,好像是唱,好像是吟。

没人听清他在唱些什么,吟些什么。

他的脸色很是平静。

只是他的眼角,忽地就有了混浊的泪,慢慢地滚落,顺着脸颊,滴落在枕头上。

"一个毽儿,踢两半儿,打花鼓,绕花线儿,里踢外拐,八仙过海,九十九,一百……"

赵起

恋他芳草不多时。　阿侬心下知

蝴蝶儿　赵起

蝴蝶儿，斗芳菲，几家庭院冷斜晖，
西风缭乱吹。

细雨池边柳，落花枰上棋。可怜空
到夜阑时，红桥月似眉。

—— 李旭东 ——

蝴蝶儿。晚风吹。恋他芳草不多时。阿侬心下知。　　才见轻轻别,还来故故飞。怜侬尚未卜归期。几回停舞衣。

——赵起《蝴蝶儿》

城外炮声隐隐,城里也是乱成一片,大街上,小巷里,到处都是惊慌失措的人群,就像没头的苍蝇似的,东走西撞,怎么也寻不到出路。人生就是这样,很多时候,就是这样,走投无路。

约园的景色依旧明媚,在淡淡的阳光下。那城外的炮声、城里的慌乱,仿佛都与这座名园无关。约园原为中丞谢旻的别业,称为谢园。后来,赵起买下此园,修葺之后,称为约园。那是道光年间的事了。那时,老母谢太夫人还活着。妻子叶氏还活着。大兄忠弼还活着。长子达保还活着。六女、八女都还活着。诸女孙也都还活着。

活着,多好。

在约园。

老母、妻子、大兄、儿子、女儿、诸女孙……

虽然也知道人终将死去,就像蝴蝶终会陨落一样,可心中依旧会留恋啊。

"恋他芳草不多时。阿侬心下知。"

"怜侬尚未卜归期。几回停舞衣。"

内子叶孺人卜葬婴墩。

向平原、踏残芒屩,一抔为觅黄土。卅年明镜如流电,仓猝已成千古。多少事。记执手、临歧欲语浑无语。杳然遂去。听断雁惊秋,几声嘹唳,凄绝未成句。　　支离叟,也是风前残絮。浮云瞥眼皆误。频年哀感情何限,地下烦冤谁诉。卿记取。南郭外、小桥西去斜阳路。沙回水聚。见翠柏森森,新阴十尺,是我并棲处。

——赵起《摸鱼儿》

五月达儿客亡,八月老母见背,十一月大兄又病殁,半年之间,三遭骨肉之变,长歌当哭,以写哀悰。

人世是何世,着此一衰翁。正是兰摧玉折,双泪断西风。忽痛乌私永隔,又怅鸰原遽失,凄绝半年中。铁石作心性,只恐也销镕。　　眼前事,惊沸鼎,叹飘蓬。强支病骨,数交阳九几时终。先世清芬旧德,不忍遽归零替,宛转教儿童。今世是何世,尚听下帷攻。

　　萧屑破窗纸,凄楚不成眠。已是风狂雨横,雪压又霜添。百事更番摧挫,九曲回肠宛转,搔首问苍天。天亦为凄楚,寒月锁眉尖。　　鸡喔喔,推枕起,思如烟。几回握粟,欲向詹尹卜流年。似此支离剩叟,经得风狂雨横,霜雪又联翩。纸帐共谁语,顾影剧堪怜。

　　万事本空幻,况值乱离秋。庸知朝露非福,安恋此浮沤。争奈柔肠寸割,每觉凄惶欲绝,涕泗不知由。俯仰失所倚,于世复何求。　　凝眸望,寒云冻,碧波流。性天大损,女娲炼石恐难修。浩劫扬灰未已,我更遭兹奇惨,尘网苦淹留。嘹唳云中雁,飞过也回头。

——赵起《水调歌头》

　　婴墩北,为诵娟六女墓,东北行里许,为八女、诸女孙墓,偶经其地,凄然久之。
　　罗列尽烟峦。闲步郊南。坟前宿草已毵毵。姊妹花开余几朵,强半催残。　　阿母在前山。挈伴相还。我来应亦不多年。一坞松风萝月下,常近亲颜。

——赵起《浪淘沙》

赵起忽然就明白了当日祖父的悲哀。

二

那是嘉庆二年(1797)的事了。
嘉庆二年(1797)七月十六日,赵起的父亲赵廷伟去世,年仅三十岁。祖父赵翼便是如此大恸。

二十年无一哭声,此生应免起哀情。谁知时命无终泰,临老西河欲丧明。

　　时到弥留倍可伤,不呼妻子只爹娘。五更纩息微将绝,忍死催移到我床。

　　两孙丱角尚儿嬉,他未知悲我更悲。七十衰翁头白尽,岂能抚到长成时。

——赵翼《哭伟儿》(十一首选三)

　　那一年,大哥赵忠弼八岁,赵起三岁,他们哪里知道失去父亲的悲哀。

　　嘉庆十二年(1807),祖母程恭人去世。年迈的祖父,八十一岁的祖父,情何以堪? 那一年,赵起已经很懂事了。那一年,祖父一整年的不快活,心绪恶劣。
　　嘉庆十七年(1812),十八岁的赵起与叶氏成亲。

　　四十年过去,赵起蓦然发现,当年,在祖父身上发生的一切,同样发生在他的身上。
　　祖父晚年丧妻,赵起也是。
　　祖父晚年丧子,赵起也是。
　　所不同的是,赵起晚年丧兄,祖父晚年丧弟——乾隆五十一年(1786),叔祖赵汝霖去世。
　　也是在这一年,老母谢氏嫁入赵家。父亲去世之后,母子三人相依为命六十年,至于今,半年之内,老母与大兄相继亡故。
　　唉,咸丰六年(1856),头白赵起,明知亲人的逝去不可避免,九十多岁的老母亦可谓喜丧,然而,依旧悲痛莫名。
　　更不用说,妻子、女儿,相继亡故,女孙相继夭亡。

　　赵起叹息着。
　　其实,他所想要的,只是安安乐乐的生活,奉养老母,抚养儿女,在约园,平静度日而已。然而,这样的平静,终如镜花水月。

三

缄恨除非花解语，语意锁眉头。是处难留且去休。听著水东流。　　扶病哝哝言别苦，怎系木兰舟。妾也风前不系舟。任去住、总堪愁。

才放眉头开口笑，又是在心头。九转回肠未少休。日夜似江流。　　欢聚匆匆今且去，风好便开舟。两岸行舟与泊舟。独我载、许多愁。

——赵起《武陵春·次李易安韵赠别》

赵起方才写罢，赵申嘉便忍不住笑了起来，指着赵起道："你……你……你啊……"赵申嘉是三叔赵廷俊之子，与赵起同一年出生，只不过要大些天而已。

赵起翻了翻眼，很无辜地道："我？我怎么了？"

赵申嘉道："祖父要是还活着的话，你这样为绮语，祖父必会呵斥于你。"

赵起嘿嘿一乐，道："不会。"

"不会？"赵申嘉瞧着这个从弟，微微有些发愣，道，"祖父他老人家可不做绮语。"

赵起又是嘿嘿一乐，悠悠道："因为祖父不作词。倘若他老人家也作词的话，岂不就是绮语？"

赵申嘉歪着脑袋，瞧着赵起，道："作词就要绮语？"

这一回，赵起没有立刻回答，而是沉吟了很久，方才轻轻摇头，笑道："哥啊，你知道我的性子，估摸着是不可能豪放似稼轩了。要不，你填几个不绮语的？"赵起这话还真不是玩笑。赵起这一生，没什么大志向，连功名也不想去取；他只想守着家人，奉养老母，还有妻子、孩子，然后呢，就是画几幅画，填几首词，在江南的山水园林中，走走停停，风雅几番。这样的悠闲，是他所最想的；就此悠闲一生，便是他平生所愿。

人生要多大的志向做甚？做些自己喜欢做的，这人间，便是天堂。

此刻的赵起，自然不会想到，家事、国事，都将不如他所愿。或许，这就是人世间的无奈与苦难吧。

赵申嘉沉吟着，半晌，点头笑道："吾家还真没有填词的，如今，你算一个，不过，多绮语；那么，吾也算一个吧，那就填不那么绮语的。"

赵起瞪大了双眼："你说真的？"

赵申嘉悠悠道："也让你瞧瞧，词是怎样作的。"说着，呵呵大笑，瞧着赵起，一脸的得意，仿佛他将要作出来的词必然会使赵起心服口服似的。

送魏曾容之官滇南。曾容名裏，一字赞卿。

一醉苍茫，乱山重叠，埋我何处。荡地秋来，夜寒风紧，独客添凄楚。高城哀角，吹残凉月，又送塞鸿南去。镇无聊、江关庾信，年来萧瑟谁诉。　　生涯草草，叹浮花踪迹，等是金河遥戍。容易伤心，可堪眼底，迸入离愁苦。葡萄江上，兼天波浪，拥著吟魂飞渡。还相慰、壮游万里，为君起舞。

——赵申嘉《永遇乐》

宝帘落日，见树锁寒烟，山沉深雾。朔风卷怒。更昏鸦点墨，惊飞难住。太息年光，底事凄凉尔许。耿愁苦。待细诉岭梅，梅又无语。　　携桹银汉去。恰琼楼十二，渺无寻处。素娥来否。为清霄、恋久怕沾尘土。料得梁园，倦客停杯待赋。漫延伫。唤醒他、玉龙飞舞。

——赵申嘉《扫花径·雪意》

多年以后，赵起在给赵申嘉的词集作序的时候，这样写道："芸酉兄天资卓厉，出语迥轶时辈，性豪放，不屑屑于绳墨间，然暇辄披吟，夜分不辍，故所诣为独至。年二十三举于乡，屡困公车，家事渐落，遂客游粤东、楚北、燕豫间，一时名公钜卿虚席以待，无不相得，益欢其间。或数岁一归省，相与评量古今，感叹时事，往往发之于诗文，然脱稿即随手散佚，不自矜惜。"

咸丰元年（1851），赵申嘉已经去世。

四

赵申嘉是嘉庆二十一年的举人（1815），而赵起，一直到道光二十年(1840)才中举。赵起原就志不在此,去考个举人回来,一则是让老母高兴高兴,二呢,也算是不坠家声。

赵起中举之后,便买下了约园,奉养老母之余,填词、画画,自得其乐。

这原本就是他的志向。

然而,也正是从这一年起,发生了很多事,逐渐地改变了他的后半生。

道光十八年(1838),林则徐虎门销烟。

道光二十年(1840)一月,林则徐根据道光帝旨意,宣布正式封港,永远断绝与英国贸易。

四月,英国国会对此进行激烈辩论,在维多利亚女王的影响下,最终以271票对262票通过军事行动,英政府始终未正式宣战,认为军事行动只是一种报复,而非战争。

六月,懿律率领的英国舰船四十余艘及士兵四千人从印度出发到达中国海面,标志着第一次鸦片战争正式开始。英军统帅兼全权代表义律领兵到达广州海面,并根据英国外相巴麦尊的指示,远征军封锁广州、厦门等处的海口,截断中国的海外贸易,并于七月攻占浙江定海。

八月,抵达天津大沽口。道光帝迫于英夷兵势,批答英国书,令琦善转告英夷,允许通商和惩办林则徐,以此求得英军撤至广州,并派琦善南下广州谈判;同时,英方也借口疾疫流行,秋冬将临,同意南下广东进行谈判。

十月,琦善署理两广总督。林则徐、邓廷桢被革职。

道光二十一年(1841)一月,英军发起虎门之战。道光帝闻讯下令对英宣战,派侍卫内大臣奕山为靖逆将军,并从各地调兵万余人赴粤。

五月,英军总攻广州,攻占城东北各炮台,并炮击广州。奕山求和,接受英方条件,签订《广州条约》。

八月,璞鼎查率舰船三十七艘、陆军二千五百人离香港北上,攻破厦门,占据鼓浪屿。

十月一日,英军攻陷定海。十日,攻陷镇海。十三日,占据宁波。

道光二十二年(1842)五月,英军放弃宁波,一路向北。十八日,攻陷平湖乍浦镇。

六月十六日,英军发起吴淞之战,陈化成战死。

七月二十一日,英军发起镇江之战,攻陷镇江。

八月四日,英军进逼南京下关江面,扬言要进攻南京。

八月二十九日,钦差大臣耆英与璞鼎查签订《南京条约》。

……

"英夷进攻上海?"当在常州的赵起听闻这个消息的时候,不觉吓了一跳。常州离上海可不远,也就三四百里路而已。

曹禾是个医士,字畸庵,又字青岩,原是安徽含山人,如今正在武进。曹禾平生除了医术之外,好读书,喜谈兵法,能纵跃击刺,往日极喜约园风光,与赵起又相交甚欢,故而时常约园为客。曹禾因是医士,而且,还可称之为名医,相识之人,自然要比赵起多得多,所获得的讯息,自然也就比赵起要多而且快。

赵起住在约园中,差不多已是足不出户,直可称之为隐士了——只不过这隐士,是在常州城中而已。然而,古人不是有句话么?"小隐隐于野,大隐隐于市"……

这一日,曹禾进了约园,与赵起相谈几句,便带来了这个消息。这个消息,使得赵起真的吓了一大跳。上海与常州实在相距不远,英夷既然能够进攻上海,说不准什么时候也就能打到常州。这自然是赵起所绝不愿见到的。即使承平日久,赵起也明白,倘若真的有了兵乱,还是英夷,对于老百姓来说,只怕便是一场浩劫。

兵乱如洪水。洪水所过之处,片瓦不留。

曹禾苦笑道:"去年,英夷攻陷定海、镇海、宁波,之后就留在了宁波,还以为他们不再北上。却不料到了今年……"说着,忍不住轻轻摇头。

赵起突然拍案而起,怒道:"朝堂之上,这衮衮诸公,就由得英夷如此一路攻伐?"

曹禾又苦笑一下,道:"这倒也不至于。"迟疑一下,道:"便是皇上,前年不就向英夷宣战? 奈何技不如人,器不如人,哪里阻挡得住英夷的船坚炮利?"说到这里,曹禾不觉有些黯然。

曹禾医术之外,原就精于击刺。往日,对自己的这身功夫也颇为得意。以自己的身手,不要说一对一了,便是来个七八条大汉,都未必近得了他的身。在常州,他也曾听闻周保绪有一身好功夫,据说,曾经与另一条好汉,两个人,两支长矛,杀退百余强贼。当这样的传闻传到常州的时候,即使周保绪就是常州荆溪人,也有很多人表示不信;但曹禾信了。他笑道,曹某也能。曹禾文文弱弱,怎么看也不像是个会功夫的人。于是,那几个人便不信——他们不信周保绪,自然也就不会信曹禾。然而,等到一交手,他们立刻就信了。

因为不过眨眼间的功夫,七八条大汉,个个都比曹禾高大、粗壮,竟被曹禾三五下就打倒在地。他们相信,倘若是在战场,只怕他们这七八个人,至少也要死一半,还有一半,也会重伤。

原来,曹医士的功夫如此了得。常州人信服了。

对自己的功夫,曹禾真的颇为得意——直到他见识到洋枪洋炮。

一枪,就一枪,相隔那么远的一条大汉,就被打倒在地,气绝身亡。

当时,曹禾几乎就呆住了。事后,他也曾不断问自己,以自己的身手,能不能躲过? 想了再想,最终也只能沮丧地认为,躲不过。即使再退一步说,能躲过第一枪,还能躲过第二枪么? 能躲过一支枪,能躲过一排枪么?

这还没说洋炮。

再好的功夫,也敌不过洋枪一支。

所以,曹禾倒是真的相信,朝廷并非不想将英夷赶出国门,问题是,手持长矛大刀的官军根本就不可能敌得过手持洋枪的英夷啊,更不用说还有洋炮。

说要将英夷赶出去很容易,可实际做到,委实是太难。可是如此的话,难道就任得英夷在中国横行?

听得曹禾说"不至于",赵起冷笑道:"倘若林少穆、邓嶰筠还在广东,英夷还能北上么?"

曹禾愣了一下,迟疑道:"这个可不好说。"老实说,曹禾见识过洋人的洋枪洋炮,可真的不认为林则徐、邓廷桢就能将英夷击退,即使林、邓二位竭力主战。诚然如先前所认为的那样,朝廷不是不想打,而是实在打不过。

赵起又是冷笑一声,道:"有什么不好说的? 朝堂之上,都是朽木为官、禽兽食禄,不要说是林少穆、邓嶰筠了,便是岳武穆、韩良臣重生,又能奈何? 就这帮酒囊饭袋,又如何能击退英夷? 我大清……我大清……"说着说着,赵起又想起从兄赵申嘉每次还乡都会发的牢骚来。那时,听着赵申嘉发牢骚,感叹时事,他还只是笑笑,不以为然;可这两年,连续不断地听到英夷长驱直入的消息,早就心生愤懑,到如今,又闻得英夷进攻上海,更是气愤难当。

"呜呼!楚虽三户能亡秦,岂有堂堂中国空无人!"赵起话哽在咽喉,实在说不下去,半晌,长叹一声。

曹禾告辞之后,赵起兀坐良久,还是心中不平,恨不得立刻就提刀冲向上海,将英夷杀个干干净净。

到这时,赵起才蓦然发现,原来,自己还真不是那能看得开一切、能万事不关心的人。从前看得开、万事不关心,是因为没有值得他关心的事而已。

> 惊飚欻起,溟渤肆长鲸。寰宇辑,沧波静,久承平。莫知兵。仓猝谁为使,乘轩鹤,蒙皮虎,灿毛羽,张牙爪,了无能。大纛临风旷野,脂膏尽,意尚纵横。拥貔貅十万,卧甲不曾醒。海上逡巡,黯愁魂。　好修战舰,造楼橹,堪决荡,殄妖氛。畏奔涛,如畏蜀,谁敢论?怅黎民,乌鼠还同穴,洗兵雨,几时零。空遣戍,糜转饷,万黄金。苦念深宫篁目,听频颁、翠羽华缨。遂批猖若此,谋国竟何人。有泪浇浇。
>
> ——赵起《六州歌头·上海夷氛尚炽》

写罢,赵起意犹未尽,忍不住又提笔写道:

> 嫁晚人初别,天寒夜已深。剪刀难剪是离心。苦把征衣裁罢,梦里再相寻。　草草凝妆出,妆成泪满襟。更无人语恨难禁。一夜风凄,一夜漏沉沉。一夜梦魂惊断,都是子规音。
>
> ——赵起《喝火令·次山谷韵征衣》

英夷终没有打到常州,天下终究太平。随着《南京条约》的签订,鸦片战争也暂告一段落。虽然说鸦片战争之后,美夷、法夷接踵而来,甚至连比利时、瑞典这样的蕞尔小国也要来分一杯羹,可这一切,都已经与赵起无关。

赵起只是想躲在常州约园,平平静静地过日子而已。

只要没人来打扰,万事不相关。

至于赋"征衣"……谁都有个发脾气的时候不是?发完脾气,

该干嘛还干嘛。

人生不就是这样么？

如果长毛不是在这时兴起的话。

五

自古以来，很多人都以为，这天下事，与他毫不相干。

比如，这长毛在广西兴起，离常州十万八千里，又与常州人有什么相干？

所以，当广西闹长毛的消息传到常州时，常州人都是丝毫不以为意，道："蕞尔小贼，朝廷派一彪人马，就能轻易平定。"

朝廷官军打不过洋人，还能打不过那群烧炭的？

他们还不明白后世的一位洋人提出的"蝴蝶效应"。

他们还不知道，广西山区的一个落第秀才、一个烧炭工人纠集了一群"乌合之众"，将偌大的大清帝国打得个七零八落，而他们的命运，在这一刹那，也为之改变。

咸丰三年（1853），长毛攻陷南京，词人汤贻汾死难。紧接着，长毛又以摧枯拉朽之势，先后攻克镇江、扬州。这使得常州约园中的赵起大惊失色。

虎踞龙蟠，台榭圮、年年水啮。原早识、坚冰将至，冷霜先结。别馆笙歌春未歇，楼船樯橹风吹折。怅满城只见乱鸦飞，鹃啼血。　　城上角，空凄切。江上贼，来仓猝。叹衣冠文物，尽归尘劫。黄口涂膏泥尽滑，绿鬓填壑波难涉。看一行翠羽共华缨，皆应裂。

——赵起《满江红·吊金陵》

江上孤城，今尚是、屯蜂聚蚁。锋镝外、荆关茅屋，荡焉如洗。旱久青苗行地赤，照来碧血斜阳紫。念苍黎草莽或余生，无异死。　　夷氛炽，危城圮。楚氛入，空城弃。叹连遭兵燹，十年而已。长发披头如野鬼，短衣赤脚呼蛮子。贼呼我兵为妖，我兵呼贼为蛮子。待何时剥极发蒙泉，饶生意。

——赵起《满江红·吊润城》

淮水江潮，潆回处、芜城翁合。从古有、居商行贾，十分豪侠。狂蝶痴蜂春意闹，缓歌漫舞酣风杂。最堪怜一睡正蓬腾，红羊劫。　　前春乱，犹余烈。今春贼，还重入。较当年十日，更增凄切。新鬼烦冤故鬼哭，啾啾啼遍红桥月。更何人为吊玉钩斜，柔肠裂。

——赵起《满江红·吊维扬》

南京城破，难民相继涌入常州，城中已不下万人。这使得赵起再也坐不住了。

"叔，曹医士来了。"赵禄保匆匆进来，对正满心烦乱的赵起说道。话音未落，曹禾已自快走几步，来到赵禄保的前面，对赵起说道："于冈，我……""我"字方一出口，便又有些犹豫，竟没能一口气说下去。

赵起奇怪地瞧着曹禾，不知他到底想说什么。

曹禾道："我先喝口水吧。"顿了一下，道："走得急。"

赵起点头，便吩咐正在一旁的六子曾寅去倒水。等水倒来，曹禾一口气喝完，又沉吟一会儿，方才说道："前年，长毛刚兴起那会儿，朝廷便下诏，让各地自办团练……"

赵起点头，道："这个我知道。"说着，忍不住叹息一声。因为就是在那一年，赵申嘉去世。

曹禾苦笑一下，道："那个时候，长毛还在两广，我们江南可没谁想着去办什么团练。"话说到此处，立刻就是一转："可是现在不同了，于刚，长毛已攻陷南京、镇江、扬州，眼看着，就会打到苏州、常州来了……"

赵起心中一动，道："畸庵兄是说，我们常州也要办团练？"

曹禾还未做声，赵禄保已自点头，道："是的，叔，府台大人说了，我们常州也要办团练。"

赵起沉吟道："办团练也好……官军靠不住，只有靠我们自己了。"形势发展到现在，再愚钝的人也知道，朝廷官军已决然扑不灭长毛烧起来的这把大火了。这把大火，不过短短两三年功夫，已烧遍了大半个中国，随着南京的陷落，形势更加危急，这把火只怕会烧得更烈。

而苏州、常州，便首当其冲，尤其是在镇江、扬州相继陷落之后。

只有靠自己保卫桑梓了。赵起这样想道。他心中苦涩,知道自己平静的生活已经被彻底打破。倘若长毛攻陷常州,不要说平静的生活了,便是身家性命只怕也难保。至于说降贼……焉有探花公的后人降贼的道理? 那么,逃离常州? 这也是无法想象的。家在常州,约园在常州,全家数十口都在常州,怎么跑? 又能跑到哪儿去? 长毛兵锋所指,是整个江南啊!

赵家,已无处可逃。那么,组织团练,真的是不得已的选择。组织团练,人不是问题,常州本地的,外地来逃难的,都可做兵源;问题在于粮饷。赵起可不会以为组织团练不需要粮饷支持。那么,曹禾来找自己,莫非是为了粮饷? 赵家虽说不是很富足,可支付一部分粮饷,还是没问题的。

曹禾与府台大人走得也很近,府台大人让他来赵家筹集粮饷,倒也是顺理成章的事。

赵起心中一动,瞧着曹禾,心中计算着家里能拿出多少粮饷来。覆巢之下,焉有完卵? 这样的道理,赵起自然不会不明白。

曹禾瞧着赵起,点点头,道:"府台大人正是这个意思,要抵御长毛,还是要乡绅自办团练,所以……"

赵起笑道:"所以,府台大人筹办粮饷就跑到我这儿来了?"赵起这话虽说有些揶揄,不过,还真不是拒绝。他心中已自想着,竭尽所能出这笔粮饷,助府台大人办好这个团练。

"不是。"曹禾摇头道。

"不是?"赵起一愣,心道,既然不是筹办粮饷,到我这儿来做甚?

赵禄保道:"叔,府台大人的意思是让叔来办这个团练呢。"

曹禾道:"是啊,于冈,蛇无头不行,咱们常州要办团练,总要有个领头的不是? 这领头的,府台大人以为非于冈你不行。"

赵起怎么也没想到,曹禾上门,是因为府台大人要他出面来办这个团练,不由得沉吟不语。明白了曹禾的来意,他也立刻就明白了府台大人的意思。赵起是探花公的后人,本人又是举人,有朝廷功名,出面来办团练的话,还真是一个很不错的选择。曹禾只是医士,本人会武,可到底没有功名,不好出这个头;至于府台大人,那也不可能,因为随时都可能调走,而且,朝廷的诏书,原就是下给各地乡绅,号召各地自保;至于其他人,好像在常州,还真没有比赵起更合适的。常州进士固然很多,可都在外地为官,弃官回乡办团练,且不说可不可能,便是时间上也来不及。

长毛虎视眈眈,各地办团练已是迫在眉睫的事。

"可是……"赵起迟疑着。

"于冈?"见赵起迟疑,曹禾忍不住便叫了一声。

赵起轻轻摇头,道:"老母在堂。"赵起母亲谢老夫人已经九十多岁了。"昔日,李密有《陈情表》云:'臣无祖母,无以至今日,祖母无臣,无以终余年,祖孙二人,更相为命,是以区区不能废远……'"赵起轻轻念诵起《陈情表》里的句子。他相信,曹禾应该能够明白他的意思,府台大人也能明白。出面来办团练,就必然要与长毛作战,那么,陪伴老母、奉养老母的时间就会少很多,这是赵起所不愿意的。十多年前,中举之后,赵起便退隐约园,目的就是能够奉养老母,让她老人家颐养天年。人生苦短,即使百岁,也有尽时,不在她生前陪伴,待她去世,悔之晚矣。

就像父亲。

当年父亲去世的时候,赵起才三岁,什么都不记得。

这一生,他想奉养父亲都不可能,又怎能不陪伴老母度过她的余年?

曹禾苦笑,仿佛早就明白赵起会这样推脱似的,道:"府台大人说了,这个团练,非于冈你出面不可。否则,他就向朝廷请旨。"顿了顿,道:"府台大人说,如果那样的话,只怕大家的脸面都不好看,连带着探花公也会蒙羞。"

赵起怔怔,失声道:"府台大人这不是逼迫我么?"

曹禾点头,道:"正是此意。"

赵起脸色就变得很是难看。他想了又想,蓦然发现,对府台大人的这一招,他还真没办法。府台大人若真的请朝廷下诏,于他,于祖父,还真是失脸面的事。祖父名满天下,可谓是"天下谁人不识君",他这个做孙子的,倘若要朝廷出面才肯出来办团练,只怕真会有"不忠不孝"之嫌。

"我想想,我想想……"赵起喃喃着。

咸丰三年(1853),常州知府乔松年逼迫之下,赵起、其侄赵禄保、医士曹禾等在常州新坊桥等地组训团练,以抵抗长毛,保卫家园。

轻弹粉泪无言。晚凉天。已分黄花篱落老秋烟。　　残月
夜。疏窗下。镇愁眠。试问谁移红烛到花前。

——赵起《相见欢·秋海棠》

可这才是赵起所想要的生活啊！

六

"父亲，周大人来了。"赵起正一笔一笔写下前些年所做的这
首《蝴蝶儿》时，赵曾寅从外面进来，轻声说道。

这已是咸丰十年（1860），赵起已经年近七旬，早是满头白发，
一根辫子雪似的，垂在身后。不仅赵起，不知道什么时候开始，赵
曾寅的两鬓，也有了白丝。

赵起只觉自己真的老了，骨肉至亲，已渐渐离他而去；而这些
年组训团练，更是使他心力交瘁。

赵曾寅说的"周大人"，名唤周赞襄，字润之，今年年初，刚从
知府任上回到常州。周家与赵家住在同一条巷子里，倒也是旧相
识了。周赞襄有个鼎鼎大名的后人，名字唤做周有光。自然，这是
题外话了。

"请他进来。"赵起写完最后一个字，揉了揉眼，直起身来。老
了。眼睛都已经花了，背也不行了，腰也不行了，这才多会儿，就腰
酸背疼。赵起苦笑一下。

城外，依旧炮声隐隐，厮杀声、呐喊声，夹杂其间。"偷得浮生
半日闲啊。"赵起轻轻摇头，忍不住又自嘲似的笑了一声。

"于冈，"周赞襄风风火火地闯了进来，瞧着赵起刚刚写完字
的样子，不由得愣了一下，道，"事情都到火烧眉毛了，你还有心思
写什么字？"

"坐，润之兄。"赵起笑着招呼道。然后，便吩咐曾寅去倒杯
茶来。

"不喝，"周赞襄丝毫不客气地说道，"老夫来找你，是想告诉
你，何桂清那鸟人跑了！"

何桂清，字丛山，号根云，道光十五年（1835 年）进士，两江总
督，加太子太保，驻守在常州。

赵起淡淡地道："哦？"他仿佛一点都没有惊讶的样子。

周赞襄白了他一眼，道："那鸟人走的时候，还打死了人。"说到此处，周赞襄一脸的愤愤不平。

赵起神情依旧淡淡的，道："谁让你们去拦他了？"

周赞襄怒道："他是朝廷官员，是两江总督，守土有责！"

"呵呵。"赵起不冷不淡地笑着，"润之兄，这些年来，你算算，从洋人北犯，到闹长毛，有多少食朝廷俸禄的不是闻贼而逃？呵呵。守土有责，守土有责……"赵起连冷笑也不愿意，只是这么淡淡地说道。

周赞襄一时语塞，半晌，叹道："从江南大营被长毛攻破，这鸟人就想逃了……"说到江南大营，周赞襄一时间也是忧心忡忡。他自然明白江南大营被攻破意味着什么——意味着，长毛将席卷江南，而朝廷再无抵抗之力，至少是短时间内不再有抵抗之力。或许，也正因如此，何桂清才匆匆逃出常州、往上海去了吧。

对何桂清来说，常州已是死地，长毛已到城外，炮声已经隐隐，攻城是眨眼间的事，城破已是必然。何桂清可不会以为凭借常州的团练能够守城多久，更不用说能否守得住城。

从咸丰三年（1853）以来，江南大营已经被攻破三次了。长毛的战力，到现在，谁也不敢小瞧。有时候想想，若不是长毛内讧，只怕整个江南，甚至大清，都早已是长毛的了。

赵起点点头，道："知道就好，知道就好，呵呵。"

周赞襄沉吟一下，道："那于冈你现在有什么打算？"

"我？"赵起似笑非笑。

"嗯。"

"润之兄，你是想问老夫走不走吧？"赵起依旧似笑非笑。

周赞襄老脸一红，却没有做声。他回到常州没多久，却也知道，如今，唯一能够守城、能够抵抗长毛的，只有团练，这团练，便是赵起为首办起来的；赵禄保就不用说了，原就是赵家的人，赵起的侄子，曹禾也一样是会听赵起的。如果赵起也要走的话，这常州，大约就会成为一座空城了。

赵起叹了口气，道："这里是老夫的家啊。"说到这里，赵起的神情终是有些黯然，他的双眼之中，也渐渐地多了几分留恋。生于斯，长于斯，老于斯，这里是他的家啊！便是约园，他也苦心经营了那么多年，又哪里舍得就此放弃？他也知道，他只是乡绅，虽说组训团练，可到底不是朝廷官员，便是逃离常州，朝廷事后也不会拿他怎样;再说了,即使朝廷想拿他怎样,大不了全家躲进上海的洋人租界就是,朝廷怎么也不敢得罪洋人进租界抓人的。可是,这里是他的家啊,他的祖先葬在这里,老母、大兄、妻子、长子、早殇的四子、六女、八女及几个女孙,都葬在这里;活着的,将来死后,也会葬在这里。他怎么逃? 又能逃到哪里去? 到上海? 去寻求洋人的庇护?

洋人可实在不是什么好东西。

周赞襄沉默半晌,也叹了口气,道:“这里也是老夫的家啊。”

两人对望一眼,俱不觉黯然。他们自然明白,凭团练,守不了几天城,城破也就是这几天的事。至于援军,即使有,也是鞭长莫及,更不用说,江南大营被攻破,溃败的官军到处都是,能来救常州的,只怕找不到。

赵起沉吟一会儿,站起身来,走到门外,指着门前的池子道:“此吾全家葬身之所也。”

“于冈!”周赞襄惊道。他原本还想着,他们老的倒也罢了,可孩子们,还是应该送走几个啊。这一次来约园,一是告诉何桂清等朝廷官吏逃跑的事,二便是商议送走后人之事。舐犊之心,人之常情,孰能免之?

赵起惨笑一声,指了指周赞襄,又指了指自己,低低地道:“你我这样的人家,又能逃到哪儿去? 这兵荒马乱的,又能逃到哪儿去? 这些年来,组训团练,一旦城破,长毛能放过我们? 能放过孩子们? 老夫听说,长毛好点天灯,一旦被长毛抓获,只怕连完尸都难。”说着老泪涔涔,忍了多久,终于还是没能忍住。探花公的后人,组训团练,决无降贼的道理,长毛一旦破城,也决无放过他的道理。兵荒马乱,整个江南都是长毛的,孩子们往哪儿逃? 即便能逃到上海,寻求洋人的庇护,可这也是赵起所不愿意的。更何况,这些年来,家里的资产差不多都拿出来办团练了,这偌大的约园,无限风光的约园,仓猝之间,也不可能变成金银,更不用说还是在长毛即将攻城的时候。身无分文,孩子们即使逃出去,只怕也是死路一条。

赵家,已经无路可走。

常州,也是一样。

“唉。”周赞襄长叹一声,道,“罢了,于冈,你既有此心,老夫相随就是。至于孩子们,看他们的造化吧。”

他们都是熟读史书之人,自然明白,如果他们不逃走,像他们这样的人家,一旦城破,只怕就是全家死难。或许,运气好,能有几个子孙逃过劫难——那真要看他们的造化了。

叹无端烽火已连年,又阑入江南。有廉颇旧将,凄然洒泪,计斩楼兰。不谓棘门儿戏,一夕驶归帆。卷甲如秋叶,星逼枪橡。　　谁议婴城固守,纵龙蟠虎踞,众志难坚。听掀髯投笔,吟罢赴清涟。继忠贞、一门三世,怅围城覆卵可能全。倚修竹、学王孙藁葬,香到黄泉。

——《八声甘州·吊汤雨生将军》

当日,吊汤贻汾;今日,且自吊吧。

咸丰十年(1860)四月,太平军攻破常州。周赞襄率民团巷战,退守赵家花园,投水身亡。不过,与赵起不同,在从约园出来之后,周赞襄便安排家人逃亡。在周赞襄想来,逃出去,或许还能有一条活路;留下,只怕是唯死而已。

在常州,周家开布厂、布店、当铺,比赵起要富足多了。常州组训团练之后,尤其是周赞襄回到常州之后,几乎将钱都拿了出来,作为军费、赏银,以图能够鼓舞士气,保卫家园。只可惜,不过短短六日,常州就被攻破。

曹禾倒是逃过这一劫,到第二年才去世。

常州,尸横遍地,堵塞道路,自尽者更是数不胜数,哀鸿遍野。

<h1 align="center">七</h1>

这里是约园。

这一天,是咸丰十年(1860)四月初六,天色昏惨。

赵起静静地坐着,脸色淡然,不见一丝悲伤。

约园的池子中,满是尸骸。

赵家三十余口,已经投水自尽。

赵起的身后,还有五子曾祖、六子曾寅,还有谢老夫人的一个亲戚,到约园来避难的,却不料太平军终究还是打到了常州。

侄子赵禄保不知所踪,想来在城破之后,也是凶多吉少。

曾祖面色苍白,两腿有些发软,眼中充满了惊恐;曾寅则满眼的仇恨,握着一把刀,嘴中不时嘀嘀咕咕着什么。

赵起只是这么坐着,任由惨淡的风吹过,吹起他的白发,根根飏起,宛若旗帜。

直到太平军冲入园内。

赵起缓缓站起,拂了拂衣襟,仿佛那衣襟上有什么灰尘似的。

"创议守城者,我也,杀我,毋多伤人。"赵起淡淡地说道。

太平军满眼仇恨地瞪着赵起。他们自然明白,这几日的守城,使他们伤了多少弟兄。一人大吼一声,手持钢刀,就向赵起砍了过来。赵起一笑,撩起衣袍,便撞向一旁的假山,气绝身亡。

"父亲!"曾寅血灌瞳仁,想都没想,持刀就冲向太平军,连砍数人,被太平军乱刀砍死。

曾祉大哭。那个站在他身后的谢某也大哭。

太平军面面相觑,虽说有杀心,一时竟也没有人上前。

那满池的尸骸,实在使这些早就见惯了死亡的太平军战士也有些心惊。

他们很不明白,杀入常州之后,这些读书人,怎么动辄全家自尽。不仅常州,在镇江、在扬州,以及许多年前在南京,都是这样。他们所不知道的是,过些日子,在苏州、在无锡,在其他地方,也都这样,不知有多少人,宁全家自尽,也不肯投降。

天王率领大伙儿,建立的是天国啊。

太平天国。

这些读书人,怎么就这么迂腐不化呢?

曾祉与谢某大哭着,相互搀扶着,走到池边,跃入水中。

人,不是不怕死,而是很多时候,分明怕,也要去做。心中的恐惧,也不能使人做出他所不愿做的事来。

太平军们手中的刀枪渐渐放下,各自叹息一声。

他们知道,这一战,结束了。

这一座江南名园,将属于他们。

有心思灵活的,便想道:不知道忠王会不会喜欢?

这时,蓦然传来一阵孩子的哭声,那哭声洪亮而苍凉。

这个孩子叫赵承炳,赵起三子赵曾凯之子。太平军没有杀这个孩子,而是将他交给了一个老妇,让那老妇领去。

多年以后,赵承炳在海南为官,有一年的十月初五,与同僚谈天,同僚说到家有八十老母,自己"恋此一官,不能归养",说着说着,就伤心落泪;没料到,这番话却将赵承炳也说哭了。赵承炳道:"仆生不辰,咸丰十年,全家殉难,祖慈尽义,每念及此,百身莫赎,不孝通天。"两人相对无言,唯有热泪成行。

陆继辂

欲倩呢喃燕子祝斜曛。容伊活一生

蝶恋花　陆祁孙

醉是庄生醒是蝶。是醉还醒，过了春时节。帘底花梢愁一叠，楼头依旧阑珊月。窗外西风应莫怯。收拾残妆，且自寻鸣鴂。更向苔廊听响屧，几回立到人痴绝。

—— 李旭东 ——

"娘,我会死么?"

"娘,蝴蝶会死么?"

"娘,蝴蝶好漂亮。"

"娘,那只蝴蝶飞不动了,是不是死了?"

"娘,蝴蝶为什么会死呢?"

"娘,人为什么会死呢?"

"娘,我会死么?"

陆继辂静静地坐在屋子前的台阶上,轻柔的阳光照在他的脸上,显出一抹病态的红。他的两眼,紧盯着飞舞的蝴蝶。那翩翩蝴蝶,轻若纸屑,无声无息,忽高忽低,忽左忽右,忽前忽后,这一刻不知道下一刻会飞到哪儿去。

那蝴蝶好美。

可陆继辂知道,春天已经过去,花儿开始渐渐凋落。每一年,当花儿凋落的时候,就会开始蝴蝶的葬礼,没有悲伤,没有凄凉,没有绚烂,有的,只是无边的寂静。

蝴蝶寂静地飞过春天。

没人知道她们在想些什么,没人听到她们的声音。

她们就这样,在春天,飞过,然后,在春天消逝的时候,死去。

有时伴着风,有时伴着雨,有时在明月下,有时在夕阳底。

死,是她们的宿命。

无论她们曾是怎样的美丽。

陆继辂心底淡淡地忧伤着。

他不知道自己什么时候会死。

可他总觉得自己就像蝴蝶一样,当春天过去的时候,他就会死去。

他心里很恐惧,即使是在娘怀里的时候。

耀遹追着蝴蝶,在院子里,风一样地跑着,水一样的欢快。

陆继辂羡慕耀遹的欢快。

因为他知道,那是他所没有的。

耀遄比他大一岁。

耀遄四岁的时候,他的父亲、陆继辂的四哥就已经死了。

陆继辂已经记不清四哥的模样。

耀遄也记不清。

但他们都知道,他已经死了。

有时候,陆继辂也会想,如果四哥还活着,现在会是什么模样?

就像蝴蝶一样么?

我也会死的。陆继辂忍不住忧伤地想道。就像四哥一样。

还有四姐。

在陆继辂出生之前,四姐就死了。

他不知道四姐是什么模样,不知道四姐是不是像蝴蝶一样。娘说,那一年,四姐已经缝好了嫁衣,准备出嫁了。娘还说,四姐很喜欢笑,笑的时候啊,会露出小虎牙,就像春天来临的时候,在春雨中探头探脑的花芽似的。

那一年的春天,充满了四姐的笑。

当春天过去的时候,四姐死了,就像飞过春天的蝴蝶。

娘在说起那一年春天的时候,声音是淡淡的,脸色也是淡淡的,忧伤也是淡淡的,淡得就像雨后的天空。

但陆继辂知道,娘是想四姐了。

每当娘想起四姐的时候,都会说起那一年的春天,那一年春天的笑,那一年春天的无奈与忧伤。

娘没有说起四哥。

娘从来都没有说起过四哥。

因为娘生怕勾起四嫂心中的痛。

但陆继辂知道,娘一直都想着四哥。否则,娘又怎么会时常抱着耀遄或耀远发呆?

娘已经老了。

娘嫁到陆家已经有二十多年。

"蝴蝶不会死的。"娘说,"春天过去,蝴蝶只是藏了起来,藏到人找不到的地方,到来年的春天啊,再轻轻飞过。"

"就像人。"娘轻轻地说道,"从前生,到今生,还有来生。"

"你四姐,还有四哥,"娘欢快地说道,"现在不知道在谁家快活呢。可能啊,是哪个大户人家的小姐、公子呢。"

娘就显出很悠然神往的样子,仿佛看见四姐、四哥在来年的春天里像蝴蝶一样飞似的。

可是,为什么在娘的眼神里,陆继辂还是看到那一抹抹不去的忧伤?那忧伤,淡淡的,却怎么抹也抹不去。

就像春天以后,蝴蝶的凋落。

陆继辂与耀遹第一次打架是因为蝴蝶。

那一天,耀遹扑到了一只蝴蝶,然后,找四嫂要了一根红线,绑在了蝴蝶的身上,让蝴蝶飞。

"叔,"耀遹欢快地嚷嚷着,"你瞧,它还活着呢。"

被红线牵着的蝴蝶,挣扎着在这个春天飞。然而,每当它飞起,只要耀遹轻轻牵动红线,便会花儿似的坠落。

它怎么努力也没用。

怎么奋力也没用。

那一根红线,在耀遹的手中。

只要那一根红线还在耀遹的手中,就飞不过这一个春天。

陆继辂心情就变得恶劣起来。

他什么都没说,便与耀遹打了一架。

被红线牵住的蝴蝶,花儿一样地凋落了。

陆继辂捧着那只蝴蝶,哭了。

他解开红线,想让那只蝴蝶飞起。

那只蝴蝶的双翼软软的,在他的掌心,死去。

死去的蝴蝶,依旧美丽。

那一年的春天,陆继辂哭了很久。

没人知道他为什么哭。

也没人关心。

因为他只是个孩子。

双双粉翼出芳丛。趁残红。忽地分飞无奈晚来风。栖香谁与同。　天涯何许绊萍踪。恨匆匆。遮莫花房晓雾湿冥蒙。千回曲折通。

帘前刚被扇儿惊。恁无情。一捻腰肢谁解惜轻盈。回身避乳莺。　　春归拼与殉残英。可怜生。薄命难将彩笔更描卿。都疑剪纸成。

游丝不系可怜身。竟谁邻。早又飞花和雨委芳尘。将魂付与春。　　罗浮仙侣怨轻分。怕黄昏。待得清光一院月如银。无由更觅君。

一庭红雨落难收。湿春眸。记取双飞切莫傍帘钩。有人帘内愁。　　归期预订又还休。暂勾留。此去知他能否更经秋。年华似水流。

轻躯瘦损不胜春。宿花城。一晌相逢双影未分明。梦儿真不真。　　蜜官树底漫纷纷。怎同群。欲倩呢喃燕子祝斜曛。容伊活一生。

——陆继辂《鬲溪梅令·咏蝶》

二

又是一年的春天。

这一年的春天，陆继辂依旧喜欢呆坐在屋子前的台阶上，看蝴蝶翩翩飞。

从眼前飞过的这一只，还是去年的那一只么？陆继辂呆呆地想道。

"我娘说，人死了就化作魂灵，"耀遹神神秘秘地说道，"叔，你说，那魂灵，会不会变作蝴蝶呢？"

耀遹总有些奇思异想。

"叔，你说这只蝴蝶的前生，会是一个什么样的人呢？"耀遹双手托着腮帮子，若有所思的样子。

"还是蝴蝶的前生，依旧只是蝴蝶？"耀遹说。

"要是一梦醒来，真的发现自己只是一只蝴蝶，多好玩啊。"耀遹又这样说道。

陆继辂与耀遹都已经开始读书了。在家塾中，先生教他们读《孝经》与《论语》，可耀遹说，他喜欢《南华经》。

陆继辂也喜欢。

因为蝴蝶。

陆继辂忽然觉得，耀遹好像也不是那么可恶。

因为耀遹已经开始跟他一样，去想象蝴蝶的前生、今世，去想象是蝴蝶梦见了人、还是人梦见了蝴蝶。

不是死。陆继辂一厢情愿地、执拗地想道。蝴蝶又怎么会死？这样美丽的春天的精灵，又怎么会死？她们只是在春天过去的时候，藏了起来，等待下一个春天的来临。

甚至当他看见满地的落花一样绚烂的蝴蝶的尸骸，也会执拗地认为，那不是死，只是一个梦，在春天过去的时候，醒了。

这一年的春天过后，父亲去世了。

父亲已经七十五岁。

父亲去世的时候，陆继辂没有哭。

他只是呆呆地，看着一动不动的父亲，就像看着在春天翩翩飞舞的蝴蝶一样。

"娘，爹是变成蝴蝶呢。"陆继辂轻轻地说道。

娘没有听见。

娘已经晕厥了过去。

那一年的春天过后，雨下得特别急，特别多，特别悲凉。

　　惆怅东风，飘花荡絮，纷纷搅乱春晴。结队游蜂，驼香也趁帘旌。谁知一片苔痕润，到晚来、云护疏星尽长宵，叶上心头，滴尽声声。　　醉中且任春归去，奈愁浓酒淡，和梦都醒。愿作蛛丝，黏来已是残英。更堪柳线长如许，倚斜阳、只解藏莺。晒朝晖、约住荼蘼，不遣纵横。

——陆继辂《高阳台·听雨》

三

春天已经过去。

每一年的春天，总是来得那么慢，去得那么急。

就像花儿，在春天里挣扎着开放，而到春天过去的时候，一夕风雨，满地狼藉。

就像人的死亡。

那么缓慢地长大,那么急切地死去。

"投胎呢!"每当看到巷子里有行人急匆匆地走过的时候,耀遢都会大声地喊道。

耀遢会很多市井俗语。四嫂为这个不知道打了他多少次,可他还是喜欢这样的市井俗语,最多就是不让四嫂听见。

"投胎呢!"耀遢笑嘻嘻地说道。

每当这时,陆继辂就会想:爹会不会已经投胎?

还有那个从没见过的女孩?

春天已经过去。

剪剪轻寒,阴阴新绿,曲槛闲倚萧晨。玉杯清酒,和泪滴芳尘。争奈青青满径,无情草、没了春痕。东风急,鹧鸪啼遍,直是不曾闻。　　伤神。知甚日、新英旧蒂,重见幽芬。算浮萍飞絮,犹记前身。待倩枝头凤子,浓烟里、细觅离魂。恹恹坐、湘帘不卷,寂寞度斜曛。

——陆继辂《满庭芳》

如果那一个女孩还活着的话,等长大,将会嫁入陆家,成为陆继辂的妻。

然而,在那一年,她死了。

就像春天过后的蝴蝶。

她的母亲,很是悲伤。

陆继辂没有见过那个女孩,没有见过那个原本应该是他的妻子的女孩。

可是,陆继辂一样很是悲伤。

就像看见蝴蝶死去一样的悲伤。

有一天,我也会像蝴蝶一样死去么?陆继辂想。还是这真的只是一个梦?蝴蝶的梦?

如果是梦,为什么还是悲伤?

陆继辂没有见过那个女孩。

但陆继辂相信,那个女孩,一定是像蝴蝶一样美丽。

否则,为什么活着的人会那么悲伤?

四

新婚的那一夜,当掀起红盖头的时候,陆继辂忽然就哭了。

新娘是阳湖钱家的姑娘,美丽而端庄。

新娘很奇怪地瞧着她的新郎,不知道他为什么哭。

哭,总是要理由的,哪怕只是伤春、悲秋。

但是端庄的新娘什么也没有说。

她默默地站起身来,掏出手帕,替陆继辂拭泪。

"我有病。"陆继辂说。

新娘没有做声,只是默默地,在红烛的光下,将陆继辂的眼泪轻轻拭净。

"我不知道什么时候就会死。"陆继辂黯然道,"就像我四哥一样。"

四哥死的时候,才二十出头。

那一年,耀通四岁。

耀远两岁。

新娘默默地瞧着他,轻声说道:"人都会死的。"

"我知道。"陆继辂说,"可我还是难过。"

新娘不知道该怎么安慰他,只好默默地瞧着这个陌生的男子;这个陌生的男子,从今夜起,将是她的丈夫。

今夜,是他们的新婚夜。

可是,在这样一个美丽的夜晚,这个男人想到了死。

新娘不知道该怎么说,该怎么安慰。

陆继辂叹息着,道:"我怕死。从小就怕。四哥死了,四姐死了,爹也死了,我再也见不到他们。哪怕他们真的转世,有了今生,我也不知道他们在哪里,再也见不到。如果……"

"如果什么?"新娘忍不住问道。

"如果我死了,就再也见不到娘了,再也……再也见不到你了。"陆继辂黯然道。

那一晚,陆继辂说了很多,很多很多,说了蝴蝶,说了他的病,说了他随时会死去。

他的新娘,他的美丽新娘,就这样听着,听着……

忽然也哭了。

陆继辂叹道："我好想活着，就像现在。"

"嗯。"新娘低着头，应允道。

"只有活着，才不会失去。"陆继辂的眼前忽然便出现了蝴蝶。

如果蝴蝶活着，是不是就一直都会拥有春天？是因为春天过去蝴蝶才会死、还是蝴蝶死了春天才会过去？没了蝴蝶的春天，就不再是春天；没了春天的蝴蝶，还会活着么？

陆继辂握住他的新娘的手，道："答应我，不要离开我。"

他怕。

因为他知道，无论是他死去，还是新娘死去，他都将再也见不到她了。

新娘哭着点了点头。

新娘真的不知道自己为什么哭，甚至不知道她的新郎在这个新婚之夜何以说的都是不吉利的话。

可她真的哭了。

有些悲伤。

有时候，悲伤真的就像夏日的风，忽然就来了。

南归北去总魂消。是今朝。是明朝。郎若行时携妾上云霄。郎若归时侬也去，侬自会，荡轻桡。　　屏风曲处路迢迢。道前宵。又今宵。试问菱花双鬓为谁娇。愿化春丝红一缕，郎去也，系郎腰。

——陆继辂《江城子》

亭亭出渌水，灼灼倚新妆。筠帘耀初日，朱栏凭晓凉。花娇人易见，心苦共谁尝。寄言采莲者，并蒂莫轻伤。

——钱惠尊《咏莲》

五

嘉庆五年(1800)的雨来得特别急、多，而且悲凉。

就跟父亲去世的那一年一样。

陆继辂瞧着那满天的大雨，潇潇声响，不知道为什么，心头是一阵阵的惊悸。

大雨过后，秋天就要来了。

没有蝴蝶。

春天的蝴蝶早已陆续死去。

这里是扬州。

这里是两淮盐运使曾燠的官署。

陆继辂静静地坐在黄昏的窗前，窗外，雨越下越大，一声声，就像锤子击打在铁砧上。

他身前的书桌上，是一封刚送到的家书。

还没有拆开。

家书的封皮上，是妻子熟悉的字迹。

陆继辂熟悉妻子的字迹，就像熟悉他自己的一样。

往日，客居在外，每当收到妻子家书的时候，他会快乐上一整天，甚至会快乐到妻子下一封家书来到。

家书中，有妻子的诗，有良胜的字，有采胜的画。

还有她们的聒噪与思念。

对于陆继辂来说，这些，便是他的快乐，他的生命。

活着，真好。每当这时，陆继辂都会这样想道。

陆继辂一直都多病，就像春天过后风雨之中的蝴蝶。

可他一直都没死。

娘说，春天过后，蝴蝶不是死了，而是藏了起来。

陆继辂想，他可能就是那只藏了起来的蝴蝶，不让阎罗王找到。

活着，真好。

活着，有思念，有快乐，有悲伤。

死了，就什么都没有了。

一片虚无。

陆继辂静静地听雨，仿佛眼前的那封家书不存在似的。

他不敢拆开。

不仅是因为心头蓦然惊悸，更重要的是，信封上熟悉的字，充满了哀伤。

字，会说话的。

他知道。

他早就知道。

字，会说话，跟诗，跟词，一样。

秋风何意，向闲庭、吹放小桃鬟。记得一支飘堕，春泪洒斑斑。遮莫苔深草长，试低头、认取旧弓弯。有亭亭修竹，双双翠袖，于此倚娇寒。　　不信而今重见，尽浓愁尽日压眉端。拟借年时蝶粉，描影上齐纨。怎奈枫林霜叶，倚斜阳、红杀曲阑干。算刘郎老矣，且教都作雾中看。

——陆继辂《南浦》

嘉庆五年（1800）六月，长子耀连殇。年仅三岁。

儿足未能履，何因梦里回。伤心窗外月，曾照小坟来。

——钱惠尊《梦亡儿》

也是在这一年，陆继辂乡试中举。

然而，中举的快乐，怎能抵消失去耀连的悲伤？

原来，不是每一只蝴蝶都能飞过春天。

原来，有的蝴蝶，在春天刚开始的时候，就会死去。

六

钱惠尊抱着闰贞，紧紧地，就像春天抱着蝴蝶一样。

她的眼低垂着，一眨不眨地瞧着在她怀中的闰贞，仿佛怎么看也看不够似的。

因为她知道，她将再也看不到她的闰贞了。

那一年的新婚，丈夫说，死了，就再也看不到了。

我怕死。

我不知道什么时候就会死。

就像春天的蝴蝶，不知道什么时候，就会像花儿一样凋落。

有的，飞不过春天；有的，在春天过去的时候；有的，甚至能飞到秋天。

然而,死,是蝴蝶的宿命。

谁都会死的。钱惠尊记得,那一个晚上,她这样对丈夫说道。

可是,为什么死的是闰贞?

她才三岁啊!

七年前,上天已经夺走耀连,今天,为什么还要夺走闰贞?

如果说人就像蝴蝶,可它们,才刚刚飞进春天啊!

钱惠尊只是这么抱着闰贞,紧紧地。

闰贞脸色润白,如玉。

"诜宜。"陆继辂叹息着,想将女儿从妻子的手中接过。

"不。"

"她……已经去了……"陆继辂哀伤地道。

"不!"妻子只是这样执拗。

陆继辂瞧着紧抱着闰贞的妻子,瞧着,就这么瞧着。

"她已经死了!"陆继辂忽然大声喊道。这样喊着,眼泪早就滚落。

"不!不!"妻子喃喃着,"她又没病,怎么会死了? 她……她只是晕过去了……没事,我抱一会儿,抱一会儿就会醒了。会醒的。将来,她还要嫁人呢,还要嫁人呢……"

闰贞在她的怀中,小手软软地垂着。

像死去的蝴蝶的翅。

嘉庆十二年(1807),正月,陆继辂五女闰贞殇。

年仅三岁。

原来,不是每一只蝴蝶都能飞过春天。

人在悲伤之后,上天会再给你悲伤。

人在不幸之后,上天会再给你不幸。

上天,总是这样,决不肯善良。

这一年的春天过去的时候,陆继辂黯然神伤:

东风一昔飘香絮。春色濛濛去。不恨春来留不住。晓来人病,晚来听雨,几见春来处。　　匆匆春饯思前度。已分春游阻。多事青禽传信误。一番相送,两番离绪,此恨无人诉。

——陆继辂《青玉案》

空庭月影寒,夜色清如许。一片玉玲珑,独伴花铃语。

——钱惠尊《夜坐》

七

江南总是多雨。

每当下雨的时候,陆继辂就会莫名哀伤。

嘉庆十三年(1808)初秋,陆继辂北上,第四次应礼部试。

从中举后,陆继辂已经三次应礼部试,三次落第。

这一次,原本因频年家贫,无力远行,已自准备放弃。结果,朋友们闻讯之后,给他凑足了路费。

"阿耶,"七岁的季贞抱着陆继辂,道,"你什么时候回来?"

林太孺人笑道:"中了就回来。"

季贞很认真地道:"阿耶这一次一定会中的。"

采胜也抿嘴笑道:"阿耶当然会中的。"

良胜年长、兑贞文静,只是瞧着陆继辂,没有做声。不过,她们的脸上,也都满是期望。

陆继辂将季贞抱起,道:"好,阿耶答应你,考中就回来!"

等将孩子们打发走,老太太道:"别记挂家里。家里有我呢。"

"还有我呢。"循应终于逮住机会,大声说道。循应已经十八岁了,是耀遹的长子,最讨老太太欢心。

耀遹客居西安。

老太太笑道:"是,是,家里还有循应呢。"

陆继辂也笑。

他知道,老太太是想说,如果这一次还不中的话,就留在京师读书,不要急着回来。

陆继辂笑着,心头终究有些苦涩,想:莫非,这一次真的又不得中?

陆继辂背着行李,向老太太磕了几个头,又叮嘱妻子几句,转身便上了船。

风轻轻,雨淡淡。

陆继辂撑起了油纸伞,站在船头,望着岸上的老母、妻子、良胜、采胜、兑贞、季贞。

那是他的全部。

嗯。还有循应。

如果耀连还活着的话……不知道为什么,陆继辂忽然就想起耀连来。如果还活着的话,那孩子快要十二岁了。不知道现在他在什么样的人家?

"阿耶……"淡淡的雨中,季贞大声叫道,"早些回来……"

陆继辂微微一笑,轻轻地向女儿招手。

船渐渐远去,女儿的身影越来越小,直到不见。

"阿耶……"

"阿耶……"

"阿耶……"

女儿的呼声,却一直都在他的身边回响。

他不知道,这是他最后一次听到季贞唤他"阿耶"。

如果知道,这一年,他就不会去北京应什么礼部试了;如果知道,他就会一直留在家里,陪着季贞,陪着她,直到来年的春天。

或许,季贞就不会死了。

直到老去,每当想起这一年初秋的离别,陆继辂都会老泪纵横。

如果眼泪能够换回季贞,陆继辂想,他宁愿流一生的眼泪。

那一年江南的天空,飘的不是雨。

是泪。

嘉庆十三年(1808)十二月,四女季贞殇。年仅七岁。

那一年秋天来临的时候,季贞就病了,病了一百多天。

"为我谢阿耶,为女不终。"季贞对她的姐姐们说道。

遂暝。

季贞死的时候,陆继辂正在北京。

季贞没能等到来年的春天。

八

嘉庆十四年(1809),陆继辂还在贡院里的时候就心神不定。

匆匆交卷之后,未待发榜,陆继辂就启程回家。

陆继辂这已是第五次参加礼部试。不过,对于此刻的陆继辂来说,中与不中,好像都已无所谓。

他只想回家。

老太太躺在病床上。

当老太太看见风尘仆仆回到家的陆继辂的时候,神色很是平静。

"娘。"不知道为什么,只叫了一声"娘",陆继辂就有一种想哭的感觉。

老太太笑道:"见过你小女儿了吧?"顿了顿,道:"上天要了季贞去,便把同喜还了你。祈孙,去见一见你女儿吧。"

同喜去年五月出生。

出生的时候,陆继辂还在北京。

陆继辂心头蓦然间便多了几分柔情。

自从耀连殇亡,妻子有意无意地,便与他说过几次纳妾的事。

陆继辂笑道:"我喜欢女儿,再说,陆家有后,用不着我传宗接代。"

"真的,我喜欢女儿。"陆继辂重复着。

他真的喜欢女儿。

无论是良胜、采胜、兑贞,还是死去的季贞、闰贞。

还有出世到现在还没有见到的同喜。

对于陆继辂来说,每一个女儿都是他的快乐与忧伤。

同喜已经周岁了。

同喜周岁的时候,陆继辂正在北京。

然后,当陆继辂抱起同喜的时候,还是忍不住举头四顾。

良胜、采胜、兑贞都在他的身旁。

妻子也在他的身旁。

他还在寻找什么?

他知道,那失去了的再也找不到、再也看不到了。

"娘可能不行了。"钱惠尊小心翼翼地道。

陆继辂心中一紧。

虽然说他早就料到有这一天,在北京的时候,也始终都心神不定,可现在听妻子这样说出,还是心中一紧。

良久,声音有些嘶哑地道:"刚才见娘,不是好好的么?"

钱惠尊迟疑道:"大夫说,本来,娘早就走了……她老人家撑到现在,是在等你回来,还有耀遹。"她叹了口气。她知道,耀遹是赶不回来了。

陆继辂的心就是一恸,半晌,道:"我……我不孝……"他知道,老母已经年迈,他应该承欢膝前尽孝的,不该常年在外,或应试、或入人幕下。可是,陆家常年积贫,若一直留在家中的话,坐吃山空,到最后,只怕连吃饭都难。

"我……我没用……"陆继辂黯然道。他当然知道,如果能够考中进士,家中一切都能好转。可是,他没能。

耀遹也没能。

这些年,耀遹与他一样,常年奔波在外。

可是,无论学问怎样,无论有怎样的自信,考不中,就是考不中,又能如何?

家书中,妻子曾经附录了一首诗:

窗前有老柏,岁久干生瘿。风怒千尺涛,月媚一庭影。嗟彼梁栋才,值此寂寞境。萧然共岁暮,人树两凄冷。

——钱惠尊《咏庭柏》

他知道,妻子是用这首诗安慰他,是为他鸣不平;可是,当时,他还是看得哭了。

也许,这就是命吧。

人,又怎能跟命斗?

"小时候啊,"老太太倚靠在床头,笑呵呵的样子,"你们阿耶三天两头就问我,娘,我会死么? 我会死么? ……这不,多少年过去了?"

"娘,儿子今年三十八了。"陆继辂忙应声道。

"是啊,是啊,三十多年了,娘的轳儿已经三十八了。"老太太笑着,说道,"那个时候啊,娘的轳儿三天两头就生病,这一病啊,就问娘,娘,娘,我会死么……"

老太太笑着。

"这一眨眼啊,就三十多年了,娘的轳儿,不活得好好的么?"老太太开心地道,"祈孙啊,不要怕,有娘呢,不怕,活得好好的。"

"娘,儿子不怕。"陆继轳的心忽就有些酸。

"娘小时候啊,有个算命先生,给娘算了一命,说娘啊,活不过三十岁。"老太太笑呵呵地,继续说道,"可是你瞧瞧,娘今年都七十五了,到你们陆家,已经六十年了,还活着呢! 那算命先生的话啊,不准,不准。"

"算命先生的话自然是不准的,"陆继轳陪笑道,"娘要活一百岁呢,长命百岁。"

老太太笑道:"娘今年七十五了,你阿耶呢,也活了七十五,娘哪敢活过你阿耶啊……听娘说,别打岔,这一打岔啊,娘可能就忘了……刚才说到哪儿了? 对了,说到啊,你阿耶啊,也就活到七十五。昨儿晚上啊,娘梦见你阿耶派了三个下人,嗐,就是你阿耶的三个下人,来告诉娘,他就要派轿子来接娘了……"

"娘!"陆继轳眼泪夺眶而出,只觉真的就要失去了娘了。

孩子们也哭了起来。

"别哭,别哭,哭什么啊?"老太太话说得久了,好像有些吃力,"娘这是去见你阿耶呢,有什么好哭的? 娘走的时候啊,都不许哭,也好让娘走得安心些。轳儿啊……"

"娘!"

"记住了没有? 不许哭!"老太太倚靠在床头,歇息了会儿,道,"娘这是去见你阿耶呢,还有你四姐、四嫂,还有娘的乖孙,耀连、闰贞、季贞……娘这是要见着他们呢,高兴都来不及,你们哭什么啊?"

陆继轳强笑道:"儿子不哭,儿子这是高兴呢。"这样说着,眼泪却止不住地滚落下来。

娘,真的会见到父亲他们么?

嘉庆十四年(1809)六月二十二日,林太孺人去世。

八天后,同喜殇亡。

283

死，是蝴蝶的宿命。

无论这蝴蝶有没有飞过春天。

无论这蝴蝶飞得多久。

都会像花儿一样凋零。

陆继辂想，当年，娘刚刚嫁入陆家的时候，才十五岁。

那时，娘该是怎样的年轻与美丽啊！

就像春天刚刚变温、花儿刚刚开放时的蝴蝶一样。

九

嘉庆十七年（1812）的冬天特别寒冷。

这个寒冷的冬天，没有蝴蝶。

陆继辂提起笔来，几次想写些什么，却几次都写不下去。

他的手颤抖着，就像风中的蛛丝，那么弱，那么憔悴，那么凄凉。

钱惠尊茫然地坐在椅子上，一声不吭，眼中，只有无边无际的空洞。

"祈孙，"董士锡叹了口气，道，"我来写吧。"钱惠尊是董士锡祖母的从侄孙女，所以，安葬采胜的时候，董士锡就匆匆赶来，想看一看，有没有什么需要他帮忙的。

即使不算亲戚这一层关系，他也是陆继辂的朋友。

陆继辂长叹一声。

他想写些什么，他想为十八岁的采胜写些什么。

可是，当他提起笔时，却发现，一句也写不出。

他的心中，只有泪。

哭不出的泪。

"君素很乖的，"陆继辂喃喃道，"她很乖的……"

他不知道该说什么才好。

余友陆祁生第二女采胜，字君素，其母钱，先大母之从侄孙女也。……艳质慧心，父母特钟爱之，能读父诗二千首，皆熟，亦能诗及画，所遗诗五十余首，画古仕女图十数帧，书千文一通，皆工。祁生曰："吾夫妻岁时赐女财物，女悉周邻姬之贫者。吾妻之从父某，词人也，贫甚，衣敝穿，人多慢之，女敬之不衰，闻吾誉其所著，益礼重之。其为人能如此。吾有三女，无男，女尝戏谓其姊：'为女子身事父母，终不若男，吾欲即死更投为阿母男。'将卒，谓母曰：'母毋悲，儿当乞地下主者，来作男子耳。'"

——董士锡《表甥女陆氏圹铭》

明年，当春天来临的时候，陆继辂知道，在采胜的坟头，将会有蝴蝶翩翩飞过。

那蝴蝶，会不会是采胜的灵魂所化？

十

寒风吹送断肠笺，似有幽魂绕膝前。此夜沧江难稳卧，柝声如雨角如烟。

——陆继辂《枞阳舟次得子辨书时距君淑之亡九月矣》

儿女青红痛易忘，天涯老泪独沾裳。修文未必徵眉史，遗恨惟应事梵王。诗谶早成陶靖节，儿名良胜，取陶诗弱女非男意。今余尚未有子，殆成谶矣。禅机悔授叶琼章。儿好诵叶小鸾受戒语。伤心杯酒无浇处，蔓草平原一断肠。

——陆继辂《君淑亡日》

陆继辂收到良胜死讯的时候，正在邓廷桢幕下。

这些年来，东奔西走，屡试不第，只能为人幕僚，也算得是能够谋一份稻粱。从两淮盐运使的曾燠，到苏松太道的李廷敬；从洛阳县令魏襄，到如今的安徽巡抚邓廷桢，总是寄人篱下。或许，这便是屡试不中的结局吧。

编书，修志，诗词投赠，对于陆继辂来说，这些便是他这些年来所做的。单调，重复，眨眼间，已经五十六岁了。

这使得陆继辂很是惊奇。

因为他自小多病,从记事起,就一直在吃药、治病,连书斋都取名为"崇百药斋"。或许,正因有这"崇百药",才能活到现在?

不仅如此,陆继辂一直到现在还是满头黑发。

这也是令陆继辂很惊奇的事。

有时候,他也会想,这是不是上天给他的补偿? 如果是,那么,他不要,真的不想要。因为这样的补偿,已使他付出太多的悲伤。

道光五年(1825),良胜去世。年三十三岁。

道光八年(1828),陆继辂填写了一阕《台城路》:

一春花事都成恨,匆匆看伊飞去。薜荔墙低,蘼芜路远,去也何曾回顾。风凄月苦。正多病房栊,惊秋情绪。似此天涯,经年真在梦中住。　　偏是花房无恙,记频窥傅粉,亲系金缕。试更凭栏,分明听得,扇底喁喁私语。莺招燕妒。怕蛛网牵丝,栖香还误。待归来、趁仙裙未故。

——陆继辂《台城路·忆蝶》

没人知道,陆继辂填写这首《台城路》的时候在想些什么。

但那回忆中的蝴蝶,总使人淡淡感伤。

十一

在邓廷桢幕府中,陆继辂不断地与人唱和。

与邓廷桢、与管同、与宋翔凤、与祝百五……

与很多很多朋友。

还有聪应。

陆继辂无子,聪应继嗣耀连,如今,也已长大,能词,不坠家声。

江天小阁又新凉。月过廊。露横江。瑟瑟风吹秔稻满陂香。半晌茅亭闲瀹茗,斜照外,柳丝长。　　谯楼画角换清商。忆欢场。惜年光。多少寒松翠柏怯轻霜。邻笛一声人去也,淮水落,吊山阳。

——邓廷桢《江城子》

286

最难禁受是初凉。倚空廊。望沧江。几叶枯荷萧飒胜花香。记得相逢春似海,浑未觉,午阴长。 虫儿唧唧燕儿商。盼秋光。怨秋霜。细数欢筵三万六千场。独有年时寒女线,犹待与,系斜阳。

——陆继辂《江城子·和嶰筠中丞》

空庭雨过乍生凉。步危廊。听秋江。那得荀郎三日坐来香。一桁湘帘慵未放,人不寐,夜初长。 盈盈一水即参商。盼荣光。鬓成霜。为问年来何处是欢场。闷倚薰篝思往事,憔悴损,沈东阳。

——祝百五《江城子》

偶来水阁迓新凉。绕虚廊。眺横塘。拟借扁舟七尺布帆张。一任西风吹去也,鸿宿处,是江乡。 萧寥秋士那能狂。转回肠。惜年光。待得双螯初满酒初香。败苇残荷都去尽,篱菊放,展重阳。

——陆聪应《江城子》

陆继辂不断地唱和着,不断地写着诗,填着词。

然而,这又怎样?

那抹不去的忧伤,依旧缠绕心头,就像死亡缠绕着蝴蝶一样。

十二

《安徽通志》修成之后,陆继辂以功选江西贵溪县知县。

三年后,以疾乞休。

老了。他想。

也病了。

一生多病。

这一次的病,会死么?

移阴只觉忙来速,佳节刚从病里知。几片闲云半规月,年年凉夜倚阑时。

——陆继辂《病起值七夕》

“上天终待我不薄。”陆继辂倚靠在病床上,瞧着绕在他床边的妻子、女儿,聪应,还有濯姬。

晚年的陆继辂终还是娶了妾侍濯姬。

"我自小多病,怕死,以为随时都会死了。"陆继辂微闭着双眼,慢慢地说道,"可我没有,我一直活到现在,比我的儿女们都活得长。"他叹息着,"有时候,我也会想,是不是上天把他们的阳寿都折算了给我啊? 让我活着,看着他们一个一个死去。"

兑贞哭道:"阿耶,女儿愿意的,愿意的……"

"傻孩子。"陆继辂吃力地伸手,抓住女儿的手,喃喃道,"上天终待我不薄啊,还给我留了一个女儿。"

他痴痴地瞧着这唯一剩下来的女儿,仿佛怎么也看不够。

"只是苦了你娘了。"陆继辂又瞧向妻子。

妻子也老了。

钱惠尊低叹一声,道:"这就是我们的命。"

陆继辂苦笑一下,微微地闭上眼,半晌,道:"不知道娘见到我父亲、四哥、四姐他们没有? 我、我真想他们啊……"

一辈子著述,写诗,填词,但终不能抵消对死去亲人的思念。

"前一阵子,我梦见娘了。"陆继辂喃喃着,道,"也该去找他们了……"

　

回想颇无可愧事,生平仅有必传诗。今宵一撒悬崖手,正是春蚕出茧时。

——陆继辂《六月二十二日夕枕上口占》

　

道光十四年(1834),陆继辂去世。

这一天,他已等了一生。

十三

"娘,我会死么?"

"娘,人为什么会死呢?"

"娘,人死后,会变成什么呢?"

……

　

欲倩呢喃燕子祝斜曛。容伊活一生。

董士锡

怅夜夜霜花，空林开遍，也只侬知

—— 霜天晓角　董晋卿 ——

人生若此，不尽沧波里。看取绿蘋红蓼，斜帆挂，长风底。蔚蓝山一队，棹分光易碎。何物更堪怜惜，且换作，词中味。

—— 李旭东 ——

这一生,董士锡始终都记得与江承之的第一次相见。

那一年,董士锡十六岁,江承之十五岁。

那一年,那一天,董士锡在金家的大门前徘徊了很久、很久。

金家的大门很大,大到董士锡几次鼓足勇气都没敢去敲门。他只用眼睛盯着那扇大门,渴望那扇大门忽然打开,然后,从门里,走出他熟悉的人来。

董士锡胆子其实已经很大了。从常州到歙县,他一个人走来。可是,在这金家的大门前,他还是胆怯了。

一门三进士的金家。

出过状元的金家。

金榜题名。

金家获得状元的,正是叫金榜。

在歙县,没人不知道金家。

在歙县,或许还有人不知道皇上是谁,不知道这大清朝已经换了皇上,可不会有人不知道金家,不知道金状元。

金状元是歙县人的骄傲。

金家,是歙县人的骄傲。

可是,这一切,又与董士锡有什么相干?

董士锡是常州人,又不是歙县人。

可是,在金家的门前,董士锡还是胆怯了。

他到底还只是个十六岁的孩子。

"先生,请问,你有什么事么?"江承之问道。

江承之,字安甫,比董士锡小一岁,乃张惠言之弟子。

乾隆四十九年(1784),金云槐任常州知府,对张惠言极是赏识,便邀请他到歙县教授自家子弟。张惠言一则是对金云槐很是尊敬,二则仰慕金榜之学,便来到歙县,一边授徒,一边向金榜请教学业。

乾隆五十二年(1787),张惠言赴礼部会试,中中正榜。中正榜始自乾隆二十六年(1761),是从会试落第者中挑选合乎要求者,任命为内阁中书和国子监学正等。由于"特奏通榜,皆报罢",不得已,张惠言又考取景山宫官学教习,教授内务府佐领以下官员子弟。入京第一年,与恽敬相识。乾隆五十九年(1794),母亲去世,居家守丧。两年后,应恽敬之邀,到浙江富阳县编修县志,当时,恽敬任富阳县令。不料,未待县志修成,恽敬调任贵州江山县为官。于是,张惠言再次来到歙县。正是在这一时期,收十四岁的江承之为弟子。

董士锡到歙县之后,张惠言曾笑道:"晋卿,可别看安甫比你还要小一岁,论成就的话,将来可未必输与你。"

这使得董士锡很是吃惊,同时,心中也多了几分好胜之心。董士锡有时虽说胆小一点,木讷一点,可自有其坚持,心中也决不以为自己不如人,尤其是在经学、文章与词上。至于诗,这倒是一件很奇怪的事。董士锡父亲董达章精于诗与戏曲——这大约与母家钱维乔有关,董士锡的祖母钱桥为钱维乔的从姐,论起来,董士锡也要唤钱维乔一声舅爷爷。钱维乔擅作传奇,有《碧落缘》《鹦鹉媒》《虎阜缘》传世。董达章则著有《琵琶侠》。张惠言曾经随董达章学诗,终无所成。董士锡与张惠言一样,终弱于诗,至于戏曲,兴趣更是少少。

其实,江承之原本直接就进金家去找他的老师了。

江承之一直都是个很腼腆的人,而金家,一年到头,又不知道有多少人像董士锡这样,在府门外鬼鬼祟祟地徘徊。有的是想来拜师,拜到金状元金榜门下;有的是想来打秋风;有的大约就是想来找找门路,看看金家能否将他们推荐给某个大员做个幕僚……

往日里,看到这样的人,金家一般都是不理不睬的,直到他们觉得无趣,自己灰溜溜地离去。可不知道为什么,今天,江承之第一眼看见董士锡,就觉得,如果不理不睬的话,是一件很失礼的事。

从去年拜入张惠言门下,江承之就一直都在学《易》与《仪礼》。

于是,江承之就走到董士锡的身前,很认真地施礼,问道:"先生,请问,你有什么事么?"就像中午到了要吃饭一样,自自然然、简简单单。

就像春天来了,春风吹过;春风吹过,桃花淡淡开。

"我找我舅。"董士锡嗫嚅着说道。

"你舅?"江承之愣了一下。

"嗯,"董士锡点头道,"我大舅、二舅。"

江承之想了想,很认真地道:"请问你大舅、二舅是谁?"

董士锡不觉面色一红,赧然道:"我大舅叫张惠言,二舅叫张琦。"说完,眼巴巴地瞧着江承之,心里想,大舅、二舅都在金家坐馆,眼前这少年分明就是来金家的,应该会认得他们吧?

江承之又愣了一下,瞧着董士锡,道:"你是晋卿兄?"

董士锡不觉也愣了一下,道:"你怎么认识我?"

江承之笑了起来,笑得依旧腼腆:"我叫江承之,字安甫,皋文先生是我的老师。"说着,很正式地施了一礼。

董士锡忙还礼,道:"我叫董士锡,字晋卿,皋文先生是我大舅,翰风先生是我二舅……"

从此,他们成为朋友。

有时候,成为朋友,真的很简单。

二

张惠言真的没想到会编这部《词选》。

词者,小道也,诗之余也。譬如赵瓯北,便终身不为小词。国初,如牧斋,则是偶尔为之。古来经学家,向来都是瞧不起词的。金榜为经学名家,自然也不会为词。然而,金家的年轻人,却极是喜欢这被称为"小道"的词。

尤其是金英瑊与金式玉。

还有郑抡元。

"先生,给我们讲讲词吧。"他们纷纷这样要求道。

年轻人都那么喜欢词,热爱词。

张惠言讲经、讲古文、讲赋、讲诗,如今看来,也要讲词了。

因为如果不讲,这些年轻人一样也会喜欢。

前人都是错的。如果不讲,这些年轻人就会将错就错,就会一直错下去。张惠言这样想。

"《传》曰:'意内而言外,谓之词。'"张惠言这样开场白道,

"其缘情造端，兴于微言，以相感动，极命风谣，里巷男女哀乐，以道贤人君子幽约怨悱不能自言之情，低徊要眇以喻其致。盖《诗》之比、兴、变风之义，骚人之歌则近之矣。然以其文小，其声哀，放者为之，或跌荡靡丽，杂以昌狂俳优，然要其至者，莫不恻隐盱愉，感物而发，触类条鬯，各有所归，非苟为雕琢曼辞而已。"

几个年轻人若有所思。

"简而言之，"张惠言道，"词同诗赋，须感物而发，意内言外，而非曼辞雕琢，了无意义。本朝雕琢者也多矣，便似金风亭长，若《茶烟阁体物集》，有何意义？《蕃锦集》则更坠入恶道矣。"

要之，词虽小道，终须有其意在，而非游戏。

张惠言对词的这番见解，自然是与前人迥异，对浙派，更是一种反正。本朝词学大盛，名家辈出，不是浙派就是阳羡派，却俱非张惠言心中所想。张惠言既然讲词，自然不肯矮人看戏，随人说短长，而是自有主张。

"若温庭筠，其词深美闳约，又焉能以艳词目之？"张惠言如是说道。

董士锡心中一动，仿佛有些明白。

绮罗香透烟光薄。绿云低护深深幕。兰蕊又开时。多情春满枝。　　玉箫花下弄。引起双幺凤。翠羽影翩跹。锦屏琼佩连。

柳丝飘拂珍丛碧。帘旌不卷垂朝夕。镇日绿阴中。未妨情绪浓。　　池边人比玉。照水鸳鸯绿。覆地绣罗裙。从今别样新。

流莺唤梦人初觉。画檐朱树新飞掠。莲漏不闻声。晓天星半明。　　可怜春昼永。春思惝恍静。寂寞绣帘开。双双燕子来。

一庭月影玲珑白。游丝飞过浑无迹。织缕拂柔丝。撩人故胃衣。　　苍苔风定处。点点浮零露。不觉暗愁生。春寒特地轻。

春风尽日敲檐马。金铃声小枝低亚。始信别离难。泪花双袖寒。　　山头云似雪。眼底人如月。门外碧波连。画桡飞镜天。

鸾篦夜冷停清曲。凤珠一寸销银烛。梁上月流明。悠悠蝶梦轻。　　　阑边空伫立。露气沾衣湿。此夜见梅花。怀人天一涯。

——董士锡《菩萨蛮·拟温飞卿》

三

转眼两年时间已经过去,《词选》也早已刊印。无论是张惠言,还是他的学生,都没有想到,这本原用来教学生的《词选》,竟迅速地流传了出去,为人们所接受,有同好者不断索要,觉得词就应该这么写,这么填。

这是使张惠言、张琦兄弟很开心的事。

张惠言说:"或许能够改变词坛的风气。"

近世为词,厥有三蔽:义非宋玉,而独赋蓬发,谏谢淳于,而唯陈履舄,揣摩床底,污秽中遘,是谓淫词,其蔽一也;猛起奋末,分言析字,诙嘲则俳优之末流,叫啸则市侩之盛气,此犹巴人振喉以和阳春,鼃蠅怒嗌以调疏越,是谓鄙词,其蔽二也;规模物类,依托歌舞,哀乐不衷其性,虑叹无与乎情,连章累篇,义不出乎花鸟,感物指事,理不外乎酬应,虽既雅而不艳,斯有句而无章,是谓游词,其蔽三也。原其所昧,厥亦有由,童蒙撷其粗而失其精,达士小其文而忽其义,故论诗则古近有祖祢,谈词则风骚若河汉,非其惑欤?

——金应珪《〈词选〉后序》

张惠言道:"诸君且试做咏物,与近世之词有何分别。"他这样说着,自然是自己先做了起来。

张惠言一直以为,咏物不应是单纯的咏物,而终须是"意内言外",也就是后来周济所说的"寄托"。词有寄托,从张惠言、张琦兄弟始,董士锡、宋翔凤等人发扬,至周济始得光大,从而为整个词坛接受,一直影响后世。

常州词派的形成,原就是偶然。

尽飘零尽了,何人解,当花看。正风避重帘,雨回深幕,云护轻幡。寻他一春伴侣,只断红、相识夕阳间。未忍无声委地,将低重又飞还。　　　疏狂情性算凄凉,耐得到春阑。便月地和梅,花天伴雪,合称清寒。收将十分春恨,做一天、愁影绕云山。看取青青池畔，泪痕点点凝斑。

——张惠言《水兰花慢·杨花》

　　正红楼春寂，飞点点、镜中看。恰慵避风帘，困黏香幕，娇惹云幡。依稀似曾相识，记昨宵、曾到梦魂间。可为天涯芳草，随风却又飞还。　　游丝千尺任飘零，偏不与遮阑。便谢了红尘，依将流水，一样单寒。空留十分春色，倚危栏、愁对夕阳山。剩有蜂儿蝶子，依依觅尽苔斑。

——张琦《木兰花慢·杨花次茗柯韵》

　　杨花飘零若寒士。
　　张惠言家贫，十四岁即为童子师，飘零设馆，如今，正是从常州而至歙县。张琦遗腹，很早就随兄而行。这样杨花一般的飘零，虽说无奈，终叫人感伤。

　　卷帘旌。惜花心事黄昏。多谢一片流光，恰挽住花魂。一夜一分月色，又一分花意，催送芳春。算都来做个，风前梦影，烟里愁痕。　　佳人何处，当时无奈，浅笑轻颦。竹外依依，似仿佛、伤心眉黛，暗泣罗裙。东风最恶，向空枝、摇荡还频。便拼得、教一年憔悴，怕他暗里，老却春人。

——金英瑛《湘春夜月·花影》

　　词中倔强，宛然可见。

　　乍暖帘枕，轻寒庭院，游丝系住春魂。一捻纤腰，恰谁付与愁痕。年时此地看花处，到花时、一例伤神。怎消他、几度帘垂，几度香温。　　斜阳回首江南梦，只浮云似雪，流月如银。一晌怜侬，不教飘逐芳尘。天涯处处吹香絮，便相逢、谁伴黄昏。更禁他、容易飞花，容易残春。

——金式玉《高阳台·胡蝶》

　　这首词使张惠言沉默了很久，到最后，也终是无言，只在无人的时候，轻轻地叹息了一声。
　　张琦道："祈孙也这样写蝴蝶……"

张惠言叹道:"祈孙多病,也不知……"

张氏兄弟早与陆继辂定交。陆继辂自幼多病,故而写蝴蝶词写得很是无奈而忧伤。他们没想到,金式玉笔下的蝴蝶也是一样。

"容易飞花,容易残春。"

暮雨催眠,朝风催起,丝丝绾住春愁。依旧清明,还教伴我登楼。平芜一片斜阳影,问韶光、何处勾留。怎凭他、蘸尽流波,送尽行舟。　　当年系马江南路,正歌台月暗,舞榭烟稠。纤手而今,攀来可记温柔。侬心化作天涯絮,怕重来、错认帘钩。便拼他、过了残春,又是残秋。

——郑抡元《高阳台·柳》

张惠言沉吟片刻,苦笑道:"又是残春……"

张琦道:"又是残秋……"

张惠言点点头。他明白二弟的意思。金式玉写到"容易残春",春残,花落,蝴蝶萎落芳尘。而郑抡元呢,"残春"之后,写到"残秋",纵使秋残,垂柳仍在。同样的咏物,同样的无奈,同样的拟写形象,郑抡元终比金式玉多了几分生机。

张琦轻声道:"只是作词,哥,不要太担心。"

张惠言叹道:"意内言外,词即心声;名为咏物,实为写人。故写淫词者,淫人也;鄙词者,鄙人也。言为心声,焉能不忧?"

张琦想了想,道:"稼轩说,'为赋新词强说愁'……"

张惠言轻轻摇头,不过,没有再说什么。

金式玉已经二十多岁,早不是"为赋新词"的少年了。

风漾帘旌闲不卷。胡蝶飞飞,随意游芳苑。又是一年春过半。鹧鸪啼遍垂杨岸。　　不住游蜂春意乱。花底纷纷,搅尽斜阳院。好梦醒时都不管。怪来小径香尘满。

嫩绿娇红堤上路。瘦损腰肢,可被愁牵住。生就轻盈谁与护。无端消尽枝头露。　　帘外飞花墙外絮。底事韶华,容易匆匆去。芳草天涯情万缕。从今化作相思句。

——董士锡《蝶恋花·蝶》

张惠言道:"其一欢快,其二,其二虽也写到'匆匆去',却不见无奈,也不见哀伤。'从今化作相思句',收尾一振,词便有气,意也悠长。"

张琦笑道:"晋卿还是少年。"

张惠言白了他一眼,道:"最初,大姐来求亲的时候,我还有些犹豫,现在看来,这门亲事,当时答应了倒也没错。"张惠言四岁丧父,张琦为遗腹子,大姐张观书年长他四岁。幼时,全靠老母与大姐做女工,他们兄弟二人方能读书、方能长大成人。老母姜氏与同邑董家的钱太君钱纯一向友善,便将大姐许给了钱纯之子董达章。成亲之后,生有四子——士锡、士傅、士镛、士闻,士锡为长。生下士锡后不久,大姐便回娘家求亲,与张惠言由姐弟成了儿女亲家。

士锡两岁即能识字,三岁能诵杜甫《秋兴》,四五岁习《孝经》,六岁入私塾读书,十二三岁学习属文,前两年,始到歙县,随张氏兄弟游学。

董士锡原就极有天分,张惠言也一直都很满意。只不过如陆继辂一般,幼时多病,张惠言便有些担心。好在成年以后,董士锡一直都健健康康的。从这两首咏蝶词来看,董士锡更显出一种欢快、积极来。

张琦笑道:"大哥得此佳婿,当贺。"

张惠言又白了他一眼,道:"也是你外甥。"

兄弟两人说了一阵话,心里却都是欢喜。对于张惠言来说,董士锡既是外甥,又是女婿,还是学生,有如此心性,自然没什么不满意的。

"此子或可传我衣钵。"张惠言这样想道。

在歙县,董士锡与金氏兄弟、郑抡元等人跟随张惠言、张琦二人学的可不仅是词。

词终属小道。

他们学经,学古文,学赋,学诗,然后方是学词。

张惠言原自多能,在金家,又随金榜学经,更成为一代经学大师,尤其精通《易》与《仪礼》。

四

年年寄旅,向天涯、底事又难留。几度凉飔萧瑟,倦羽不胜秋。此去斜阳无数,怎抛他、幽恨锁重楼。算来年重到,人还在否,难问旧帘钩。　　只为雕梁春信,趁东风、容易到南州。雨雨风风花事,一度一含愁。谙尽凄凉情绪,再相逢、切莫话温柔。只怜伊瘦损,阑干竟日自凝眸。

————金式玉《南浦·秋燕同董晋卿作即送归里》

雕梁睡稳,又西风、夜夜做秋声。吹破栖香好梦,倦羽似频惊。醒醉几番花月,到如今、只合共凄清。怎舞衣不管,平芜零落,犹自趁身轻。　　误却高楼凝伫,恨天涯、消息不堪听。屈指谁怜幽独,筝柱一行平。怕是匆匆轻别,又凭他、掠尽夕阳明。算魂消无奈,有人凝恨傍帘旌。

————郑抡元《南浦·秋燕》

栖香正稳,早霜花、点点到重门。好梦和愁都醒,别恨又纷纷。消得凄凉多少,便判他、一度一伤神。只怜伊岑寂,湘帘深押,独自倚黄昏。　　容易芳春催暖,向天涯、烟月问王孙。怎奈朝风暮雨,处处锁愁魂。此去舞衣飘尽,怕重来、憔悴不胜春。算斑斑泪湿,双襟犹染旧啼痕。

————董士锡《南浦·秋燕同金朗甫作》

嘉庆四年(1799),张惠言取道杭州,前往京城,参加他的第七次会试。

吴山盛景,众人流连。数日后,董士锡独回常州。

临行前,同学相送,各自填词。

张惠言门下十数弟子,有金英珹、金应珪、金式玉、郑抡元、江承之,均随他学经,学古文,学赋,学词。

"晋卿,"金式玉略有些伤感,"你不随我们去京城么?"金式玉已经决定随老师进京。决定与张惠言一起去京城的,还有江承之。

董士锡笑道:"不了。"他这一次回去,要准备成亲的事了。前一阵,母亲已经写信给张惠言,说起了这件事。

"我先回一趟家,"董士锡道,"明年,再到京城去找你们。"

他抬起头,看檐前的秋燕。

"燕子要到南方去了。"金式玉的声音还是有些伤感。

"明年,他们还会回来。"董士锡道。

金式玉轻轻摇头:"明年回来的,还是今年的这一只么?"

"朗甫,"郑抡元忍不住道,"可那还是燕子啊。"

金式玉道:"旧时王谢堂前燕,其实,早不是当年飞入王谢家的那一只了。"

郑抡元愣了愣,苦笑一下,不过,也没有与金式玉再争辩下去。三人各赋一词之后,拱手相别。有相逢,便有相别,这原就是人世间最为寻常之事。

然而,归途之中,董士锡还是忍不住写道:

武林归舟中作。

看斜阳一缕,刚送得、片帆归。正岸绕孤城,波回野渡,月暗闲堤。依稀是谁相忆,但轻魂、如梦逐烟飞。赢得双双泪眼,从教浣尽罗衣。 江南几日又天涯,谁与寄相思。怅夜夜霜花,空林开遍,也只侬知。安排十分秋色,便芳菲、总是别离时。惟有醉将醽醁,任他柔橹轻移。

——董士锡《木兰花慢》

六

舟行淮阴道中作。

雪冷春沙,风飘夜雨,天涯消受孤征。细草平堤,片帆又去高城。相思望断长淮路,渐清愁、和月俱生。那堪他、酒入离肠,水带离声。 伤心暗数年时,恨早轻抛别绪,款赋柔情。梦里依依,几番吹荡心旌。金闺自是多惆怅,到而今、一例无凭。但萧然、远树千重,寒柝三更。

——董士锡《高阳台》

过了淮阴,京城更近了。然而,董士锡却一点也不快活,心中就像压着一块铅似的,只觉人生无常,何至于斯?

嘉庆四年（1799），张惠言第七次会试，中二甲进士，改庶吉士，充实录馆纂修官。张惠言进京赶考的时候，将他的几个弟子也都带了过来，一则是不荒废学业，二则是增长见识，三则呢，像金式玉，中举之后，也要准备应礼部会试了。

只是张惠言怎么也没有想到，十八岁的江承之竟会突然病死。

他才十八岁。

病死的那一天，还是正月初一。

董士锡原本想着，到京城之后，便会与江承之重逢。却不料，新年过后不久，张惠言便在催促他来京城的书函中告知了江承之的死讯。

这使得董士锡怔怔了很久，不敢相信。

到京城以后，不知道为什么，董士锡记挂起江承之，想起与他的第一次相见。这个腼腆的少年，瘦瘦弱弱的，对老师很是依恋，对同学彬彬有礼。去年在杭州，同游吴山，踏着落叶，这个少年显得很快活的样子，眉眼之间还留有几分稚嫩与天真；到今年，竟已人天永隔。这怎不使董士锡伤感万分？

庭中桂华盛开，因忆往岁偕亡友江安甫吴山之游，感而赋此。

广寒旧影。想故人去后，秋山尘冷。满地绿阴，暗忆招凉步芳径。前度题襟未远，空回首、相思谁省。早付与、酒醒黄昏，和月带烟暝。　　夜永。正寂静。算只有乱蛩，还共凄咏。风帘露井。飞入疏香伴清境。无奈华年似水，残梦断、金波千顷。便取次开遍也，旧游难证。

——董士锡《暗香》

前题。

香林映月。有黄英数树，金粟重叠。见说亭皋，斜倚晴空，依稀此地离别。西风一夜窗前度，乍变了、霜痕叶叶。是耶非、吹到空山，已误再来时节。　　堪笑年年憔悴，鬓丝换几缕，长共愁绝。自是花工，解释秋情，染就千枝绛雪。明朝试与簪花去，怕满镜、星星华发。莫等闲、消受黄昏，断送玉颜香骨。

——董士锡《疏影》

梦江安甫。

鹧鸪歌残,琵琶响断,三年一样伤神。不胜清梦,梦里更逢君。苦恨无情花柳,江南路、惹遍春痕。东风外、落红如海,何处与招魂。　　重门。帘幕静、还听夜雨,共把离尊。甚闲愁千斛,都隔香尘。凝想来时宫阙,相将见、细觅前因。楼头月、算教长好,消受几黄昏。

——董士锡《满庭芳》

不仅董士锡,对江承之的死,张惠言也很是难过,连续写文章《江安甫葬铭》《祭江安甫文》《告安甫文》表示哀悼。

江承之随张惠言学《易》《仪礼》之后,便开始著述,有《周易爻义》《虞氏易变表》《仪礼名物》《郑氏诗谱》……

七

在张惠言的住处,董士锡见到了金式玉。一见面,金式玉便似笑非笑道:"晋卿,你可欠我一首词啊。"到京城后不久,金式玉便写了一首词寄给了远在常州的董士锡,然而,董士锡一直都不曾有心情回一首。

写词,自然是需要心情的;否则,就真的是稼轩所说的"为赋新词强说愁"了。

雁寄董晋卿。

秋风萧飒。又惊心数点,塞鸿飞度。野渡寒汀,多少云罗,伴尔天涯羁旅。都怜漠漠黄昏近,谁信道、哀音难诉。怕他一夜霜严,却把年华轻误。　　休问新来憔悴,拼零落、漫说圆沙非故。一缕斜阳,分付平芜,莫便促他归路。明年此地浓花满,还记否、当时倦羽。看画梁、海燕翩翩,正背愁烟飞去。

——金式玉《绿意》

董士锡苦笑一下,道:"放心,一定会还给你的。"

"写雁?"金式玉瞪着他道。

董士锡点头:"嗯,写雁。"

金式玉嘿嘿一乐,道:"老师说,从张玉田、朱竹垞之后,再写雁的话,便总有他们的影子。我不信这个茬儿,便试着写了一首,结果发现,还真是那么回事儿。'写不了相思,又蘸凉波飞去。'唉,我写来写去,到底还是有个'飞去'。"无论是金式玉自己还是董士锡,自然都能看出,这首《绿意》,终究是脱胎于前贤。董士锡之所以一直都没有做这首雁词,就是觉着自己也无法写出新的意思来。

词终须有些新意才好。

"元遗山的雁丘词,倒是与玉田、竹垞不同。"董士锡沉吟一下,道。

金式玉轻轻摇头,道:"其实,那已不是雁词了。"那首雁词,"问世间、情为何物",固然脍炙人口,只是这样的写法,终是"只可有一,不可有二",若还有人这样来托物,必是东施效颦。无他,这首雁丘词着实是写得过于直露,名为写雁,实为写人,从蕴藉这个角度来说,已是大大不够。

词,终须是有些蕴藉的好,也就是说,要"意内言外",决不说破。

古来咏物,原都不应说破,故屈子才会借香草美人来诉说自己的心意。词,写得好的话,也就是屈骚——张惠言并不以为词是小道,只是要看这被人称之为"小道"的词如何去写。

董士锡沉吟道:"这几年,我也一直在想,老师所说的'意内言外',究竟该怎么写。淫词、鄙词、游词,固不可为;可要摆脱前人窠臼,却也不算是一件很简单的事。所谓'寄意深远',则是更进一步的了。"

金式玉点点头,笑道:"这两年,晋卿在家里也没闲着啊。"

董士锡苦笑道:"老师还是不放心,这不,将我叫到京城里来了!"

金式玉笑着啐道:"是你丈人老子,也是你舅舅,还一口一个老师的……"

董士锡嘻嘻笑道:"他喜欢我叫他'老师'。"

金式玉伸手,轻轻打了他一拳,道:"快进去吧,你老师和你二舅正等着你呢。"

"正等着我?"董士锡疑惑地道,"等着我做什么? 不会是……要考什么吧?"他便有些面色发苦,心道,万一考了个不熟的,老师骂两句事小,丢人可事大。这样想着,董士锡忽然又想起江承之来。

张惠言的弟子当中,江承之年纪最小,但最合张惠言心意的,也便是他。江承之之死,实在使张惠言很是难过。然而,生命无常,也是没有办法的事。

金式玉嘿嘿一乐,道:"进去了不就知道了。"

靠窗的花瓶里,斜插着桃花,使这间阴暗的屋子多了几分春的气息。江承之死后,这间屋子,一直都显得阴森森的。

董士锡进来的时候,张惠言正盯着那瓶中的桃花看。粉红色的桃花,就好像眼泪。不知道为什么,当看到这瓶中桃花的时候,他首先想到的,居然是眼泪。

"老师。"董士锡向张惠言深施一礼,而后,方才与张琦见过,"二舅。"

金式玉想笑,不过,终究还是忍了忍,没笑出来,只将笑意浮出那么一点,在眼角、在嘴角。

张琦点头,道:"你老师在想着,这'瓶中桃花',该如何写才能贴切。"

"瓶中桃花?"董士锡略有些惊奇。

张琦叹息道:"瓶中桃花,纵然绚烂开放,却注定很快就枯萎凋零。"顿了顿,涩涩地道:"瓶中桃花,留春不住,且自孤寂,无人相伴。"

董士锡心中一沉,嘴唇动了动,想说些什么,一时间却又不知从何说起。张惠言已自站起身来,在屋子里来回走了十数步,提笔写道:

疏帘不卷东风,一枝留取春心在。刘郎别后,年时双鬓,青青未改。冷落天涯,凄凉情绪,与花憔悴。趁红云一片,扶侬残梦,飞不到,垂杨外。 看取窗前细蕊,酿幽芳、几多清泪。六曲屏风,一痕愁影,搅来都碎。明月深深,为花来也,为人无寐。怕明朝、又是清明,点点看、他飞坠。

——张惠言《水龙吟·瓶中桃花》

写罢,张惠言长叹一声,放下笔,方才回头道:"晋卿,你来了?"仿佛才看见董士锡一般。

董士锡道:"老师。"

张惠言点点头,道:"你母亲还好吧?"张惠言老母已经去世,妻子吴氏与十三岁的儿子成孙年前已到京城团聚,二弟张琦也在北京,如今,最牵挂的,也就是还在常州的大姐观书了。女儿已与董士锡成亲,他反倒不是那么牵挂。

董士锡施礼道:"还好。母亲腌了一点咸菜,叫我带到京城来给老师。"张惠言姐弟父亲早逝,家中全靠老母与大姐做些女工才算是能够勉强度日,那时,家中吃得最多的,便是咸菜。

张惠言与张琦对望了一下,俱不由有些感慨,有些想念他们的大姐了。

张琦也早已成亲,娶汤修业之女汤瑶卿为妻。

说过一阵闲话,张惠言笑道:"翰风,轮到你了。嗯,还有晋卿,来得正好……朗甫?"

金式玉忙道:"老师,我忙着举业呢。"

张琦笑骂道:"这又费得了你多少时间?"这样说着,便也不再言语,眼睛盯着张惠言的"瓶中桃花词",若有所思的样子。董士锡也自沉吟,想,如果我来写的话,该如何去写?又当如何"意内言外"?

一时间,屋子里就安静了下来,只有那瓶中的桃花,仿佛犹在报道着春意。

桃花,斜插在瓶中,真的很美。

瓶中桃花次茗柯韵。

一枝休怨崔郎,从教留得红云在。依稀前度,笑痕娇靥,夭姿未改。寂寞黄昏,几多情绪,看侬憔悴。尽东风阵阵,飘香吹絮,管不到、重帘外。　　恨煞归期难数,借花枝、一腔清泪。丝丝斜月,侬心似汝,影儿都碎。残醉来扶,花犹解语,伴人无寐。算明朝、点点飞红,侬也够、看他坠。

——张琦《水龙吟》

瓶中桃花。

嫣然笑入帘来,不知春色谁高下。西园折去,南楼移到,粉痕初卸。往日朱门,俊游何处,曲池芳树。想玉颜无恙,几番临镜,空忆起、春寒夜。　　回首桃源旧梦,为仙郎、不教花谢。天台路杳,而今剩取,一枝低亚。好倩红云,和将素月,十分相射。恐黄昏、冷到银屏,容易得、看春罢。

——董士锡《水龙吟》

舅甥二人先后写罢,张惠言低头看了一下,道:"没次韵?"

董士锡道:"次韵有些束缚。"

张惠言点头,道:"我亦不喜次韵。"

董士锡笑道:"二舅喜欢。"

张琦失笑,道:"我懒得找韵,现成的韵,这样,多好。"

张惠言想了想,道:"次韵的话,到底还是有些束缚,不过,如果次韵能够次得好的话,也见才情,如东坡的杨花词。"

张琦、董士锡、金式玉俱自点头。

张惠言将两词读罢,微微地闭上眼,半晌,方才重新将眼睁开,又伸手在书桌上轻轻地敲击了几下,道:"翰风这词,比晋卿的话,要稍不如些。无他,翰风有些'为赋新词'。"沉吟一下,续道:"开篇两韵,不见闲愁,到第三韵,蓦然憔悴,转换太快,应是'憔悴'二字所致。晋卿言次韵束缚,此词正是如此。"

张琦道:"大兄所言正是,'憔悴'二字之后,弟也曾想回到开篇,故有'管不到、重帘外'之句,却到下阕之转,还是回到了'憔悴'二字。"说着,轻轻地摇了一下头。次韵固然可以用不着选韵,但随之而来的,就是作者填词之时,必受韵脚影响,而这韵脚的影响,最终导致的就是全篇随之而动。昔人有言"次韵恶习"者,正是这样的道理。

张惠言又瞧了一眼董士锡,道:"晋卿此词的好处便在于跳出原词的窠臼,另辟蹊径,从'笑入帘来'入手,全词格调便以此奠定,即使到全词之结,'容易得、看春罢',亦不见'怨',昔人所谓'哀而不怨',正是词家本色。词之道,晋卿极有天分,他日读书涵养,必有所成。"

董士锡忙向张惠言深施一礼,不过,什么也没有说。他自然明白,当年那部《词选》对他影响有多大,张惠言的一句"意内言外"对他影响有多大。

一部书、一句话,影响一个人的一生,原就是很正常的事。

八

董士锡在京城住了下来。

在京城,他认识了很多朋友,有刘嗣绾、陆继辂、刘逢禄、李兆洛、恽敬、包世臣、丁履恒……

这些原都是张惠言、张琦兄弟的朋友。不过,董士锡被这些朋友看重,自然不仅是因为他张惠言得意门生、外甥、女婿的身份,而是他在经学、古文、词、赋上的惊人天分。像包世臣,就毫不遮掩对二十岁的董士锡的欣赏之情,一直到二十多年后,犹自赞不绝口,道:"晋卿甫弱冠,工为辞及古文……而气力遒健能自拔,故予雅不喜望溪、才甫而特爱晋卿。"认为董士锡"上攀班张,下亚江庾而无愧","赋亚文通、子山,词兼清真、白石",而这些话,包世臣都是写在他自己文集的自序《自编小倦游阁文集三十卷总目序》中,竟也没觉得有什么不妥。

对这样褒扬,董士锡自然也会开心、欢喜,然而,每当夜晚,无人之时,不经意间,他就会想,如果安甫还活着呢?

世事无法假设,世人总有愿望,即使这愿望永远不可能实现。

嘉庆六年(1801),陆继辂赴京赶考,见面的时候,张惠言刚一介绍,陆继辂便笑了起来:"我与晋卿是亲戚呢。"陆继辂早在庄家读书的时候,就与张惠言、张琦、李兆洛、丁履恒、祝百五、祝百十等人定交。其实,常州也就那么大,各家又往往是姻亲,很多时候,真的是不说不知道,一说就是亲戚。

陆继辂的妻子钱惠尊是董士锡祖母钱纯的从侄孙女,这样算下来,两家可不就是亲戚?

陆继辂比董士锡要大十岁。

既然是亲戚,两人一下子就将关系拉近了很多,再聊几句,又很是投机,就此定交。张惠言悠悠道:"祁生,你这要比我矮一辈了。"陆继辂嘿嘿道:"张皋文,我可不会叫你'叔'。"众人呵呵一笑。

去年,陆继辂中式举人,今年到北京,是来应礼部试的,可惜不售。董士锡安慰道:"我老师考了七次呢……"陆继辂先是一愣,而后大笑,道:"晋卿啊晋卿,有你这样说你老丈人的么?"

陆继辂是与刘嗣绾一起出京的。

刘嗣绾,字简之,一字芙初,号醇甫,常州阳湖人。乾隆五十九年(1794)甲寅恩科顺天乡试举人。可惜,中举之后,会试一直不售,蹉跎至今。

此时的董士锡自然不会明白，不要说会试，便是乡试，也不知有多少人终身不得中。嘉庆十八年（1813），董士锡考取副贡——乡试录取名额之外列入备取，可入国子监读书，称为"副榜贡生"，简称"副贡"。那时，他才明白，原来考一个举人，也不是一件很容易的事。

年轻时，总会有很多事不明白，别人的经历，永不如自己的来得刻骨。

送刘芙初、陆祁生归里。

问年来、心事苦低徊，不如水东流。听紫箫声断，魂锁画舫，梦逐红骝。胡蝶飞飞千里，风卷绿萝秋。认得江南路，怕说温柔。 燕子归期未卜，只尘鸾压镜，钗凤当头。摘樱桃人远，缥缈玉山愁。恨茫茫、一帘明月，被海云、扶上最高楼。空回首、万花丛外，香冷银篝。

——董士锡《八声甘州》

九

嘉庆七年（1802），金式玉考中进士，改庶吉士。对于张惠言、张琦兄弟来说，这是一件极大的喜事。

因为这是他们兄弟的弟子当中，第一个中进士的。

更重要的是，金式玉中进士的时候，才二十八岁。

"青出于蓝而胜于蓝。"张惠言开心地说道。然后，瞧向董士锡，道："晋卿，要努力啊。"

"是，老师。"董士锡恭敬地施礼道。替金式玉开心的同时，董士锡未免也有些羡慕。经学也罢，古文也好，或者赋，或者词，这一切，说到底都不如功名来得实用；否则，张惠言也不会七次赴京赶考了。

因为中进士的话，能够改变一个人的命运，乃至改变一个家族的命运。

张惠言这样吩咐着女婿兼弟子，又转头看向张琦。张琦笑道："我会的。"张琦至今犹未中举。张琦所学，跟张惠言比起来，更为芜杂，诗词古文之外，舆地、医学，亦自精通，曾道，若不为名儒，便为名医。这些年来，张琦一直都跟在张惠言的身边，即使成亲、生女之后也如此。张琦已有四女,绶英、绲英、纶英、纨英,日后,这四女个个能诗能词,不坠家声。

众人替金式玉高兴的时候,谁也没料到,金式玉竟突然病倒在床。金式玉病倒倒也罢了,不幸的是,金式玉病倒之后,张惠言竟也病倒……

起初,众人也没太在意,可很快他们就发现张琦的脸色有些不对。

"二舅,"董士锡小心翼翼地问道,"朗甫他没事吧?还有我岳父大人?……"

张琦叹了口气,低头不语。董士锡一颗心就直往下沉。他想起十八岁的江承之,也是这样一病不起。

嘉庆七年(1802)六月三日,金式玉病逝。

这使得董士锡一阵茫然,落泪道:"朗甫,朗甫,我还欠你一首词呢……"人生当中,有些债,如果不及时还的话,只怕永远都还不了;像这首词,董士锡即使去写,那死去的人,却是再也看不到了。

有些事,一定要及时做;有些情,一定要及时还;因为谁也不知道明天将会发生什么。

金式玉的死讯传到张惠言耳朵的时候,张惠言叹了口气,什么都没说。九天后,即嘉庆七年(1802)六月十二日,张惠言去世,时年四十二岁。张惠言祖父张金第三十五岁而卒,父亲张蟾宾三十八岁而亡。对于张家来说,或许,这就是宿命。

张惠言去世之后,遗孀吴氏带着十四岁的成孙扶棺还乡,家贫如昔。或有劝其让成孙习贾以谋生者,吴氏拒绝了,曰:"吾家十数世食贫矣,然皆业儒,隳祖业不可自吾子始。"

茗柯先生挽词。

三五年时,向紫萝深处,小住荆关。碧云丛里,看尽花信番番。曾栽瑶草,一枝枝、开遍空山。凭谁问、重来燕子,偏经此度春寒。

别样玲珑长记取,亲栽宝锦,巧制花旛。殷勤护教风雨,好驻春还。春归未久,有残红、飘堕人间。生怕是、台荒径老,空余点点苔斑。

——董士锡《汉宫春》

写罢,董士锡忍不住又想起江承之、想起金式玉来。逝者逝矣,只是活着的人,总是未免有些伤感。

碧林风树夜争鸣。离绪最先惊。分明付与人肠断,为秋声、怕听春声。却是清商送我,谁人解道愁生? 莫须收汝泪纵横。余恨更难平。断魂化作蛛丝去,向檐前、黏住红英。怎祝东风一夜,和他尘梦吹醒。

——董士锡《风入松·感世》

张惠言去世之后,董士锡也与吴氏、成孙一起南下,回到常州。

十

江南的雨总是那么缠绵,就像江南女儿的眼波似的。然而,董士锡却始终心头沉重,茫茫然,不知前路。母亲与妻子的脸上,也是终日不见笑容。董达章叹息着,虽然什么也没有说,董士锡却也知道,家中生计已日趋艰难。

如丝天上雨,剪不断、做成愁。渐滴碎霜钟,飘残风桥,点暗尘籌。销魂那堪重记,记连宵华月正当头。惟有软红帘子,怜侬日日凝眸。 花天絮海旧登楼。余恨倩谁收。但黏著香泥,飞将不起,一样惊秋。新来梦都无准,算停辛伫苦几时休。好挽流光住也,付他醉里清讴。

——董士锡《木兰花慢·寒夜甚雨有作》

张琦已经决定行医。

他笑着说道:“有四个女儿要养呢。”其实,不仅有四个女儿要养,寡嫂、成孙,他也不能坐视不理。好在张琦原就精于医道,早就想着“不为名儒,便为名医”。

董士锡苦笑道:“我或可为堪舆。”他从张惠言学《易》,阴阳五行之学、风水之业,原是当行。只不过非迫不得已不肯为之而已。

然则事到如今,是真的迫不得已了。

董士锡兄弟四人,家中还有三个弟弟,父母俱已老去,妻子又怀有身孕,这注定了他必须为全家打算,总不能坐吃山空、坐以待毙。

张惠言就像张家、董家的顶梁柱似的,一旦断折,整间屋子就会随之坍塌。

"我要去一趟杭州。"董士锡对妻子说道。他的眉宇间,是洗不掉的忧色。

妻子已怀有身孕,面色有些发黄,低着头,道:"有什么事?"

"芸台先生欲刊行老师的遗书,写信来,叫我去参与校刊。"董士锡说道。

阮元,字伯元,号芸台,时任浙江巡抚。张惠言去世之后,阮元便决定刊印张氏遗书,命陈善担任校刊工作。然则张惠言之著,博大精深,陈善一人未必能行,于是,便又请董士锡、李兆洛、刘逢禄一起来参与校刊。董士锡是张惠言门下弟子,李兆洛与刘逢禄是张惠言平生好友,由他们参与校刊,自然会事半功倍。

妻子叹了口气。

董士锡勉强笑了一下,道:"又不是不回来了……事情做完就回来。"

"娘那边你有没有去说一下?"妻子问道。

董士锡神情黯然,半晌,道:"娘腌了很多咸菜……娘说,小时候,老师最喜欢吃她腌的咸菜……"

夫妻二人相对无言。

"如果我来不及赶回来的话,孩子就取名叫董毅吧。"董士锡道。

妻子白了他一眼,道:"万一是个女儿呢?"

董士锡嘿嘿一笑,道:"我感觉是儿子。"

妻子又白了他一眼,不过,这一回,什么也没说,脸上反而飞起一丝丝红晕。

嘉庆八年(1803)九月,张氏遗书校刊完毕。阮元作《周易虞氏义序》,陈善作《周易虞氏义后序》,董士锡作《张氏易说后序》。

陈善曾在北京随张惠言学《易》,亦张氏弟子。

十一

嘉庆九年(1804),周济举乡魁。

也是在这一年，周济与董士锡相识。

他们谁也没有想到，这一次的相见，不仅改变了周济，也催生了后世影响深远的常州词派。

张惠言、张琦兄弟是常州词派之初始，然而，他们编订《词选》的时候，可决没有想到，会形成一个词派，并隐约有取代浙派、阳羡派之势。

"你的词，我喜欢。"一见面，周济就这样说道。周济与李兆洛、陆继辂早就相识。常州就那么大，成为朋友原就是很简单的事。

董士锡脸色微红，瞧着这个爽朗的青年。这一年，周济可谓意气风发。因为二十四岁的举人，肯定不会太多；更何况，无论是李兆洛还是陆继辂，都坚定地认为，周保绪考中进士，是很简单的事。

"祁生说起过你。"董士锡很认真地道，"你的词……"他有心也赞几声，可最终硬是没说得出口。原来，很多时候，赞美也会很难，尤其是对于有原则的人来说。

毫无疑问，董士锡就是一个很有原则的人。

因为他学《仪礼》，跟江承之一起。

江承之就一直都是个彬彬有礼的人。

有礼，并不是随口就赞美人。

瞧着董士锡的窘态，周济忍不住大笑："我的词，我自己明白。"

董士锡脸色又是一红。

周济沉吟道："我十六岁开始学词，至今已经八年，只可惜一直都不得其门而入，甚是惭愧。"他苦笑一下："昔人以为词为小道，不屑为之，愚以为大约很多人与我一样，是不得其门而入而已。易安居士嘲笑永叔、东坡，何尝没有其道理？"

董士锡点头道："词虽小道，当以大力为之。"忽地又失笑，道："何况，词未必就小道。我老师茗柯先生就认为，词可与骚赋并列。"

周济道："曾读茗柯先生之《词选》，大有收益——只选词何其严也？"唐宋词数万首，《词选》只选一百一十六首，这选词之标准，自然是很严的了。

董士锡轻轻地道："先生只选合乎他要求的……"想了想，又道:"譬如行路,如果进城只需要一条路的话,又何须修很多? 纵然进城有很多路,可到最后,进城门的就一条。"

周济抚掌大笑,笑罢,向董士锡恭恭敬敬施了一礼,道:"晋卿,我随你学词。"

董士锡不动,受了他这一礼。因为他知道,这一礼,是替老师张惠言受的。

润气生衣,翠阴沉树,不应画得秋真。小别天涯,听愁又替何人。斑痕不照湘潭水,怕淋浪醉也无因。但销凝、一片云帏,一片苔茵。　　故山归去呼猿鹤,放春波千顷,流尽斜曛。尽夜舒蕉,分他一半酸辛。相思不为相逢断,为难消、十丈缁尘。更谁知、近了残秋,远了残春。

——周济《高阳台·雨竹》

重压青泥,湿拖红楯,修篁不隔层阴。记得年时,香尘飐到而今。湘妃夜挽春江水,放如铅泪雨成霖。要消他、一丈飞沙,净洗烟林。　　比邻十里原头草,怕凉秋野火,然到空心。有泪难浇,珊瑚碧海无音。斑痕忆煞浪浪雨,不忘它、入骨恩深。更难忘、径老蹊荒,日炙风侵。

——董士锡《高阳台·和周保绪雨竹》

憔悴西风。更难寻断红。尚有昏鸦一点,须留着、送归鸿。山翠落孤篷。湖光似酒浓。莫问湖心深浅,禁不起、恨重重。

——董士锡《霜天晓角》

别路人间。记曾扶袂看。消得疏林遮住,怕特地、问长安。绮霞飞又残。暮云浮乱山。添取一分黄叶,浑不是、见时难。

——周济《霜天晓角·和晋卿》

十二

董士锡又准备出门了。这一次是到南通,紫琅书院请他去做教习。对于董士锡来说,这倒是适合他做的,就像当年他的岳父张惠言那样。

张惠言从十四岁开始，就以设馆为生。

这些年，董士锡东奔西走，在为人幕僚之时，或修志书，或撰写一些墓志铭之类的文章，有时，还会帮人看看风水，新宅、墓地，董士锡手持罗盘，宛然江湖之术。不过，每当有人真的这样质疑的时候，他会很认真地说："堪舆之学又怎么会是江湖之术？"然后，他会很认真地和对方讲《易》，就像当年与江承之等同门讨论的时候一样。所不同的是，江承之会与他讨论，讲得入巷处，无论是讲的人还是听的人，都会很欢喜；而现在质疑他的人，其实，都不懂堪舆。他们或者是觉得不可思议，或者是曾被江湖之人骗过，又或者只是与董士锡逗趣而已。

向来那些手持罗盘的，要么是道士打扮，要么是白须白发，一看就仙风道骨的模样，哪有像董士锡这样年轻的？而且，据说，这还是个书生，是读书人。

道士自然是识字的，看风水的白须白发仙风道骨们也须是识字的，可不是所有识字的都算是读书人不是？

"这个先生面嫩。"他们这样说。

然而，董士锡堪舆的名声，居然就这样渐渐地传了出去，人们说："这个先生看着面嫩，却有真本事。"

这其实使董士锡很悲哀。

因为他没想到，他居然要靠堪舆谋生。

张琦已成名医。

有时候，舅甥两人相见，也会忍不住说起，如果茗柯先生还在，是会夸赞他们，还是责骂他们呢？

寒风相送出层城。晓霜凝。画轮轻。墙内乌啼，墙外少人行。折尽垂杨千万缕，留不住，此时情。　　红桥独上数春星。月华生。水天平。镜里芙蓉，应向脸边明。金雁一双飞过也，空目断，远山青。

——董士锡《江城子·里中作》

去矣。直往南通。

那里有紫琅书院，那里有紫琅山。

那里有万里长江出海口。

那里有无边的浩瀚。

十三

独立在山巅,背靠着支云塔,眼前是万里长江,浩浩汤汤,董士锡只觉心头一阵激荡。这些年东奔西走,自然不可能没看过长江,然而,他还是没有想到,长江竟也会如此波澜壮阔。

江面上有江燕在飞,从山上望去,好像一个一个黑点,穿梭在来往的渔船之间。那些来往的渔船,挂着白帆,随江浪的涌动而上下起伏着。远处,是白茫茫的一片,看不见江的对面。

董士锡知道,那里是江南。

那里有常州。

已是深秋时节。江风轻轻吹过,吹来丝丝寒意,满山的树木在风中发出刷刷的响声,就像是蚕吃桑叶一般。

紫琅山原叫狼山,或白狼山,相传,很久以前,此山为白狼精所占,故名狼山。后人觉得狼山之名过于狰狞,故改为紫琅山。紫琅山并不高,如果放在崇山并起之处,它根本就算不了山,甚至连丘都不是。然而,置身于这长江出海口处,四顾俱是平原,这并不是很高的紫琅山便突兀而起,登山远眺,只觉海阔天空。

董士锡任得江风撩起他的衣襟,任得凉意丝丝袭来,就像任得滚滚长江滔滔而去一样。

已是秋天。

青春不再。

两鬓虽说还不见白发,两颊却已不见光泽,黄昏时分,更显黯淡,只有两眼依然显出几分亮色,仿佛诉说已经逝去的遥远的青春。

老矣。董士锡心中低低地叹息。不知什么时候才能回到故里?

孤身在外,董士锡到底想起妻子、孩子来。

然而,前程茫茫,仿佛看不到出路一般。

"为人幕僚,做书院教习,或编志书,或帮人看风水墓地,这些,终非长久之计啊!"董士锡这样叹息着,忽然想起,已经很久没有填词了。

这其间,倒也做过文章,却往往是应人之请,谀辞满目。

年轻时的词心,已渐渐消磨。只不知这到底是生活的悲哀,还是人的悲哀?

董士锡直起身来,背负双手,远望着看不到边际的长江,低低吟道:

韶华争肯偎人住。已是滔滔去。西风无赖过江来。历尽千山万水几时回。　　秋声带叶萧萧落。莫响城头角。浮云遮月不分明。谁挽长江一洗放天青。

——董士锡《虞美人》

董士锡在南通没呆多久,又前往扬州广陵书院任教习,然后,又到了泰州书院。一眨眼,很多年就过去了。据说,随着年龄的增长,会越来越觉得时间过得快。原来,真是这样啊!

嘉庆十四年(1809),张惠言《茗柯文集》四编刊行。

嘉庆十八年(1813),张琦中顺天榜乡试,董士锡副榜贡生。

同年,董达章去世。

十四

最无端、满地凄冷,青青流遍疏影。蓼花风里秋萧瑟,何况孤根无定。鸥梦醒。算此度闲情缭绕随渔艇。远天云净。任拍岸浮溪,等闲离合,踪迹更谁省。　　前身事,一片柔縢穄径。而今旧恨都併。秋心比似春心老,早又柳桥烟暝。波似镜。便照彻秋丝难照凄凉性。西风正劲。消几日寒潮,星星吹散,绿意恁重认。

——董毅《摸鱼儿·秋萍》

但茫茫、一天凉意,望来江上初暝。浦南画桨斜分处,中有白鸥眠醒。秋水静。比嫩绿池塘约略添凄景。曲栏闲凭。又谁向枝头,殷勤细觅,吹堕旧时影。　　沧波老,剩有鲤鱼风冷。飘流漫指蓬梗。相看等是无根活,絮果本来难定。还记省。道改尽秋颜未改缠绵性。不堪临镜。忍触起当年,鬓丝风里,历乱穄青径。

最难忘、飘棉时节,万花齐落如霰。相思一夜随流水,剪了又还难断。波力软。流不尽人间花命三分短。嫣红零乱。并化作青青,一池碎影,细逐晓风转。　　耶溪路,十里荷衣香满。亭亭翠袖扶遍。芳心欲抱芙蓉死，怕惹惜花人见。春梦远。又不道秋来惯衬闲花片。洞庭烟晚。莫唤起鱼龙，做他风雨，吹彻楚天怨。

——董士锡《摸鱼儿·秋萍》

董毅有些紧张地瞧着父亲，不知道父亲会怎样评价他的这首《摸鱼儿》。

董毅是年已经十七岁了。虽说一直都在跟着父亲学词，写完之后，自己也觉得不算错，可父亲到底会怎样评价，这少年还是心里有些没底。他倒不是怕听到父亲的批评，而是担心父亲会失望。

父亲曾不止一次地表示，外公的词学须发扬光大。前年，二舅公张琦在京师发起《蓉影词》唱和，很多词人都参与了，然而，终是以常州人为主，外籍的，如包世臣，也是与常州有着密切关系的，而且，对于包世臣来说，词真的只是小道，只偶尔为之。

父亲说："当年，你外公和你二舅公编写《词选》，原只是拿来教授我们这些做弟子的，却不料很多人喜欢，一下子就传了出去。你知道是为什么吗？"

董毅点头，道："我知道。"董毅很早就开始读《词选》，对张惠言的词学主张，自然也很早就烂熟于心，只是跟其他人一样，有时也会觉得，外公选词太严格，将很多好词都摒弃在外了。每当这时，董士锡都会一笑，道："当初，我以为这是恰到好处——学词取径不必太多，譬若进城的路，一旦路多了，反而会使人不知所从，甚至误入歧途。"

这番话，当初他遇见周济的时候也曾说过。

"又似烹调，"当时，董士锡还这样说道，"主菜、配菜，三五味足矣，若十几二十几种菜肴同时下锅，只怕这样的大杂烩味道不会很好。朱竹垞编《词综》，收词可谓多矣，然则学词者孰能一一读过？像这样泛读千首，不如精读百首，好生揣摩，反而更易登堂入室。"

无疑，董士锡的这些话都很有道理。朱彝尊编《词综》三十卷，后王昶又补二卷，汪森又补六卷，合三十八卷，收词二千二百余首，可谓丰厚，但却无益于学词。无他，太多了，反而使人无所适从。哪里如张惠言所辑《词选》，不过百余首，可以再三揣摩，觅得学词之径。

只可惜，世人往往贪多，十余年来，有多少人都以为《词选》有遗珠之憾。

"现在呢?"董毅这样问父亲道。

董士锡呵呵地笑了起来,道:"我最初很喜欢玉田,周保绪说,玉田意尽于言,不足好。我亦喜清真,以为沉著拗怒,可比少陵,周保绪以不喜,忽有抵牾差不多要一年。一年之后,我竟忽然讨厌起玉田来,而周保绪竟开始笃好清真。这是一年前我们两个谁都没有料到的。继而保绪不喜少游、白石,而我讨厌竹山,抵牾又是一年,一年以后,保绪也开始鄙薄竹山,不过,对少游,他还是不喜。"

"父亲的意思是……"董毅仿佛捕捉到一些什么东西,追问道。

"人是会变的,"董士锡悠悠道,"我昔日之所好,未必就是今日之所好。汝之所好,亦未必是吾之所好。所以,我相信,如果你外公还活着的话,对《词选》,他也必然会有所修订。"说着,叹息一声。

张惠言已经去世十多年了。董士锡很明白,张惠言对他这一生的影响有多大。

董毅一副若有所思的样子。那样子,使董士锡忽然想起自己像他那么大的时候,在歙县,跟着张惠言、张琦兄弟读书……

他想起与江承之的初相见,想起还欠金式玉一首词……

那时,真年轻啊!

这样想着,瞧着董毅,心中一动,道:"如果你觉外公选得少了些的话,那么,他日,你就替外公续选吧。"

董毅迟疑道:"这……可以么?"不过,脸色分明是意有所动的样子。

董士锡笑道:"这又有什么不可以? 选你觉得好而你外公没选的就是。不过,不管怎样,也不能像《词综》那样,选个两千多首,太多了。嗯,选得跟你外公持平,应该也可以了。古来真能称之为好词的,并不是很多,很多词的好坏,都只是人云亦云罢了。选词,切忌为旁人所左右,众口曰'佳',便不敢不选,这样的话,是你在选词还是'众口'? 一部好的词选,是以词选来影响人,而不是相反。"

董毅点点头。

董士锡又低头看了一眼儿子的这首《摸鱼儿》。这一年,董士锡在京城,见满池萍飘,只觉此生飘零,意动于内,便连填了两首秋萍词。这样的秋萍词,自然不是单纯的咏物,而是有着不尽身世感慨与寄托。

董士锡想起,周济曾经说起的"词有寄托"之说。与张惠言的"意内言外"相比,这"词有寄托"说更是向前进了一步,使词这一文体更向诗赋靠近。词虽小道,终须大力为之。

"子远,"董士锡沉吟一下,道,"我像你这么大的时候,正跟在你外公身边读书,那个时候,安甫、朗甫都还活着,安甫比我还要小一岁……"

董毅心中苦笑,想,父亲已经说过很多次了。打记事起,董毅就经常听父亲说起当年歙县的事,说起江承之之死,说起金式玉之死,每当说起,总是叹息不已。也许是人老了之后总会喜欢回忆吧。董毅这样想道。更何况,这十几年,父亲一直都飘零在外,堪舆、卖文……只要能做的,几乎什么都做了。

董家也曾有人痛心疾首地说:"有辱斯文,有辱斯文……"

父亲则是冷冷道:"莫非等死才是不辱斯文?"

董毅心里这样想着,脸上却还是保持着平静,等父亲继续说下去。年纪逐渐大了的父亲不仅喜欢回忆,说话的时候,也越来越显得啰嗦,就像是十几年都没说过话似的。

董士锡瞧着儿子的神情,好像很恭敬、平静的样子,不觉莞尔一笑,道:"行了,我不啰嗦了,瞧着你那样儿,憋着不难受?"

董毅心知父亲看出他假装平静,不由得讪讪地笑了一下,低声地说了一句什么。不过,声音太小,董士锡没能听得清。

董士锡嘿嘿一乐,也不管他,续道:"我是想说,当年,我像你这么大的时候,可没你这么低沉。"他叹道:"为父现在低沉,是因为这些年一直都在外,浮萍似的,没多少时间陪你,陪你娘,你呢?你又做甚这么低沉?"

董毅咕哝道:"儿子现在也飘零在外啊。"

董士锡稍稍愣了一下,呵呵大笑,道:"这首已经很好,正是秋萍之性,摹物得体,自有得体,然则过于凄凉了一些,可不似你小小年纪,稼轩所言'为赋新词',正此之谓也。"沉吟一会儿,道:"再做一首吧,可依旧以此词牌……嗯,未必就赋秋萍……曾有人言,词自有题而亡,唐五代之词,何尝有题?有之,亦后人硬给加上去的。"他忽然想起当年张惠言论温庭筠之词。温庭筠一组《菩萨蛮》,正因无题,才会引起后人的无限遐想,张惠言也因之以为是有所寄托,意内言外,正屈子"香草美人"之意。倘若当时温庭筠给加上一个题的话,大约后人便无法自心揣摩了。

董毅苦着脸,点点头,沉吟起来。

　　锁眉峰、一双愁黛,东风吹也难展。故园消息晴烟隔,一桁珠帘不卷。春梦远。频记取王孙芳草征途远。清宵苦短。立尽月黄昏,阑干倦倚,两袖露华满。　　天涯事,长忆鹃声轻唤。韶光已是偷换。相思故欲抛红豆,恨煞离情难断。云影乱。却不道香轮从此禁千转。游丝天半。待柳骨飘残,花魂瘦尽,细认旧时燕。

——董毅《摸鱼儿》

董士锡失笑道:"看来果然是愁词易工,欢词难写了。"
董毅挠着头,不好意思地笑了起来。

十五

　　"晋卿,这一次,你真的不去乡试了?"幕府中的幕僚们闻得董士锡竟然放弃这一次的乡试,都觉不可思议。要知道,像他们这些做幕僚的,原就是不得已,每逢乡试,无论如何总不会放弃的,即使未必有得过。有这样一句话:你去了,未必得中;不去,肯定不中。而中举,是改变际遇与命运的唯一途径。

　　做人幕僚,终不是长久之计。

　　更何况,即使他们都是做幕僚的,却也决不会以为自己就比东翁差,只不过运气不如东翁,在科举上折戟沉沙罢了。

　　尤其是像董士锡,经学、文章、词赋,无不让人高看一等,如果去乡试的话,中举的机会应该很大。

　　可董士锡居然放弃了。

　　在苏大人幕下,大家相处也久,对董士锡的放弃,既觉不可思议,更觉可惜,有相处比较好的,忍不住就这样问道。

　　"不了。"董士锡淡淡地回答。他的神情很是平静,一点看不出有什么不甘心、不得已的样子。想来他做出这个决定也是深思熟虑过,并非一时冲动。

　　"为什么?"那人想了想,还是忍不住问道,"以晋卿你的才学,中举是早晚的事!"

董士锡苦笑一下,轻轻地道:"我到现在也只是个副贡。"

"那是考官瞎了眼!"那人毫不犹豫地道,"晋卿,听我的,今年再去试一次吧。"

董士锡拱手道:"谢兄好意,只是我不想去了。"

"为什么?"那人再次瞪大惊疑的双眼。

董士锡长长一揖,不过,没有再说什么。

其实,也没有什么,就是东翁苏大人患时疫,董士锡不想此时离开而已。

他记得,那一年,田钧田仲衡已经去职,病倒在苏州,周济犹自不肯离开,而是亲自侍候汤药,而后,又束装疾驰曹州,去看望田钧的家人,替田钧营葬他去世的老母。是时,正有白莲作乱,沿途多盗匪。

周济凛然不惧。

董士锡想,这才是君子,这才是大丈夫。

周济是他的朋友。周济能做到的,他就一定也能做到。

更何况,苏大人不仅是他的东主,也一直都将他当作朋友。他又怎能在朋友最困难的时候弃之而去?

董士锡自然也知道,时疫很危险,不仅是对苏大人,也是对他这个侍候汤药的人。可有的时候,有些事,明知危险也要去做的。

人生总要做一些自己认为对的事,至于别人怎么说,又何必去管呢?

十六

"父亲。"董毅将编好的《续词选》递向董士锡。董士锡吃力地接过。不知道从什么时候起,他的左肘处生了个瘤子,行动时,总有些不便,有时,还有些隐隐疼痛的感觉。

"父亲?"见董士锡眉眼间有些不舒服的感觉,董毅忙又关切地叫了一声。

"没事。"董士锡点点头,接过《续词选》来,慢慢翻开。

《续词选》的开端,便是太白的《忆秦娥》,然后,是张志和的《渔歌子》。这两首小令,可谓脍炙人口,影响深远,尤其是太白的

《忆秦娥》，更是气象万千，与另一首《菩萨蛮》被后人合称为"百代词曲之祖"。然而，张惠言选《词选》的时候，这两首小令都落选了。

董士锡慢慢地翻看着，脸上渐渐地就多出几分笑意。他明白《词选》的价值，自然也就会明白这部《续词选》的价值。选词若沙里淘金，决非是拿支笔随便勾勒一下就行的，而且，选得越少越见造诣。数万首唐宋词中，选出百余首，原就不是简单的事，原就需要再三斟酌，确保这首入选的词是怎样的优秀，否则，徒使人笑话耳。

待翻完，已是黄昏，董士锡将《续词选》合上，微微地闭着眼，若有所思的样子。

"父亲，"董毅有些忐忑，道，"还有没有什么需要增删的？"他记得父亲说过，人对于词的喜好，会随着时间的迁移而有所变化，从前喜恶的，现在未必。那么，从跟父亲说起到现在，已经好几年过去了，父亲的喜恶，是不是又有所变化了呢？

董士锡笑道："是你选词，又不是我选，问我做甚？"笑的时候，不小心动了一下左臂，使得肘关节一阵疼痛，脸上不由自主地就抽搐了一下。刚发现有这瘤子的时候还好，不疼不痒，也不大，却不料这两年竟渐渐地长大了些，而且，不小心牵扯到，还会很痛。董士锡自然也曾寻医问药，可惜，不管是哪个大夫，都没什么好的方法。也有人安慰道："瓜熟蒂落，没事，到时候会自己脱落的。"董士锡明白，这只是安慰而已；然而，在无可奈何的时候，这样的安慰，总会使人看到希望，不至于那么慌乱。还有人建议，找个大夫割掉。无疑，这也是一个很好的方法。然而，割瘤子又哪里是那么简单的事？到时候，只怕瘤子没割掉，一条手臂反而没了，严重一点的话，命都会送掉。一来二去的，拖延至今，瘤子还在董士锡的左肘，没自己脱落，也没割掉，只是开始疼痛起来。

人生多苦。很多苦，原就没有丝毫来由。就像这突如其来的瘤子一样。

好在对这瘤子，纵然疼痛，董士锡也早就习惯了。有时候，连续几天不疼不痛，他反而还会有些不习惯。人真是很奇怪，当习惯了疼痛之后，忽然有一天不再疼痛，倒反而不习惯了。

董毅见父亲脸上又在抽搐，忙道："父亲，我……我这就去找董士锡淡然道："不用了。"他沉吟道："这部《续词选》，与你外公的《词选》就一起刊印吧……或可裨益于词林。"

董毅关切地瞧着父亲，不过，也没有再坚持。因为他知道，请谁都没有用，父亲的这个瘤子，谁也没办法；总不好听那些庸医的，真的割掉。他只是心中暗自担忧着，想，《续词选》是应该早些刊印出来，或许，这能够给父亲以些许的安慰。

从小到大，父亲不知道多少次称道外公的《词选》，每一次都喋喋不休地说："你外公的'意内言外'之说，必能泽被词林。"事实上，已经越来越多的词人接受了"意内言外"说。董毅知道，这与父亲的努力有关，与父亲的影响有关，无论是周济还是宋翔凤，还有汤贻汾，都表示过曾受父亲的影响；自然，父亲表示，其实他也是传自外公，只不过外公早逝……

"这样就可以了么？"董毅到底对自己还是有些不自信。

董士锡笑道："可以了，子远。"

董毅便深施一礼，道："那还请父亲大人赐一篇序。"

董士锡笑道："你二舅公还在呢，哪里轮到我来作这篇序？"

"父亲……"

董士锡微笑道："当初，《词选》便是由茗柯先生与翰风先生共同编成的。"他相信，董毅应该明白他的意思。

道光十年（1830）夏，董毅携《续词选》至山东馆陶，七月，张琦为之序。

《词选》之刻，多有病其太严者，拟续选而未果。今夏，外孙董毅子远来署，携有录本，适惬我心，爰序而刊之，亦先兄之志也。道光十年七月张琦。

——张琦《续词选序》

这一年，张琦刊印《续词选》，重刊《词选》。张惠言"意内言外"说愈为词坛所重。两年后，周济刊印《宋四家词选》，在"意内言外"的基础上，提出词需有"寄托"说，常州词派渐成规模。到同治十二年（1873），潘祖荫重刻《词选》，遂流行于大江南北矣。至此，常州词派几一统词坛。

只不过后人往往只记得张惠言、周济，对张琦、董士锡，有意无意地，没有注意到他们的开创之功、发扬之功。

不过，董士锡哪里会在意这些呢？

十七

道光十一年（1831），董士锡因左肘上的瘤子恶化而去世。终年四十九岁。

那一年，舟泊荻港，雨夜之中，董士锡写道：

向旧曾经地扁舟住。听江干、叠鼓悲笳传夜雨。幢幢一炷残膏，相对怜孤旅。写荒寒、万里长天，迷云树。　　念远道、分吴楚。故园柳、飘尽春残絮。伤离早、佳约晚，萧瑟江关句。想沧波、又添新水，日夜东流，冉冉征途，那不成衰暮。

——董士锡《祭天神·雨夜泊荻港》

一生漂泊，至此雨夜之中，夫复何言？

"想沧波、又添新水，日夜东流，冉冉征途，那不成衰暮。"

那一晚，董士锡真的觉得累了。

图书在版编目(CIP)数据

恋他芳草不多时：道咸词人的寥落穷愁/沈尘色著
. —镇江：江苏大学出版社,2018.3(2022.11 重印)
（清名家词传）
ISBN 978-7-5684-0637-6

Ⅰ．①恋… Ⅱ．①沈… Ⅲ．①传记小说—中国—当代
Ⅳ．①I247.5

中国版本图书馆 CIP 数据核字(2017)第 260427 号

恋他芳草不多时：道咸词人的寥落穷愁
Lian Ta Fangcao Bu Duo Shi：Dao-Xian Ciren de Liaoluo Qiongchou

著　　者/沈尘色
责任编辑/权　研　吴小娟
出版发行/江苏大学出版社
地　　址/江苏省镇江市京口区学府路 301 号(邮编：212013)
电　　话/0511-84446464(传真)
网　　址/http：//press.ujs.edu.cn
排　　版/镇江文苑制版印刷有限责任公司
印　　刷/山东华立印务有限公司
开　　本/718 mm×1 000 mm　1/16
印　　张/20.5
字　　数/321 千字
版　　次/2018 年 3 月第 1 版
版　　次/2022 年 11 月第 2 次印刷
书　　号/ISBN 978-7-5684-0637-6
定　　价/61.00 元

如有印装质量问题请与本社营销部联系(电话：0511-84440882)